시공여행자의 모래시계

호죠 기에 장편소설
김지윤 옮김

제우미디어

시공여행자의
모래시계
호죠 기에 지음
김지윤 옮김
JMbooks

등장 인물

· **류젠 다이가**(83세) 류젠 가의 당주, 사용하는 방은 '용'

· **류젠 아야카**(13세) 다이가의 장남인 에이타로의 손녀, 사용하는 방은 '쥐'

· **류젠 겐지**(27세) 에이타로의 차남, 사용하는 방은 '소'

· **류젠 소지로**(56세) 다이가의 차남, 사용하는 방은 '호랑이'

· **류젠 쓰키히코**(21세) 소지로의 장남, 사용하는 방은 '뱀'

· **류젠 쓰키에**(20세) 소지로의 장녀, 사용하는 방은 '양'

· **류젠 규이치**(34세) 에이타로의 장남, 아야카의 아버지, 사용하는 방은 '원숭이'

· **미야코 고우키**(31세) 다이가의 장녀인 쇼코의 장남, 사용하는 방은 '개'

· **도네가와 쓰구미**(41세) 류젠 가의 고용인, 사용하는 방은 '닭'

· **아마미야 히로야**(20세) 류젠 가의 객식구, 사용하는 방은 '말'

· **가모 도마**(32세) 시공여행자, 사용하는 방은 '돼지'

· **가모 레나**(27세) 도마의 아내, 류젠 가의 후손

· **마이스터 호라**(불명) 시공여행자의 안내인.

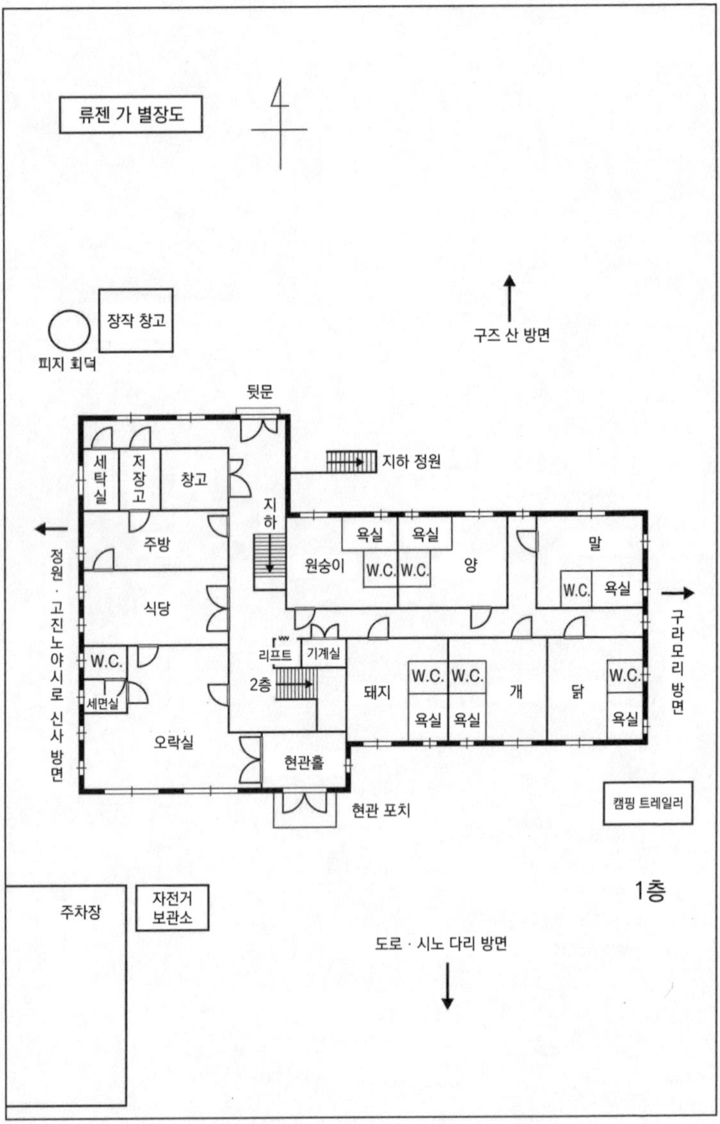

류젠 가 별장도
장작 창고
피지 화덕
구즈 산 방면
뒷문
지하 정원
세탁실
저장고
창고
지하
주방
식당
원숭이
욕실
욕실
W.C.
W.C.
양
말
W.C.
욕실
정원 · 고진노야시로 신사 방면
구라모리 방면
리프트
기계실
2층
W.C.
세면실
돼지
W.C.
W.C.
욕실
욕실
개
닭
W.C.
욕실
오락실
현관홀
현관 포치
캠핑 트레일러
1층
주차장
자전거 보관소
도로 · 시노 다리 방면

욕실
욕실
호랑이
W.C.
W.C.
소
쥐
W.C.
욕실
유화 보관 장소
리프트
청소 도구실
W.C.
W.C.
W.C.
밤
욕실
욕실
용
토끼
욕실
1층

2층

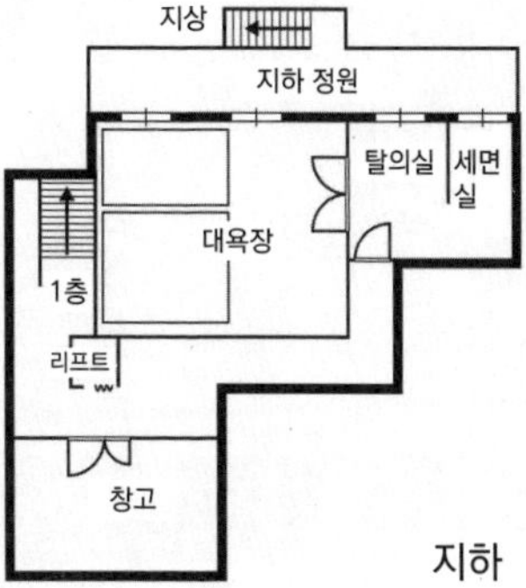
지상
지하 정원
탈의실
세면실
대욕장
1층
리프트
창고

지하

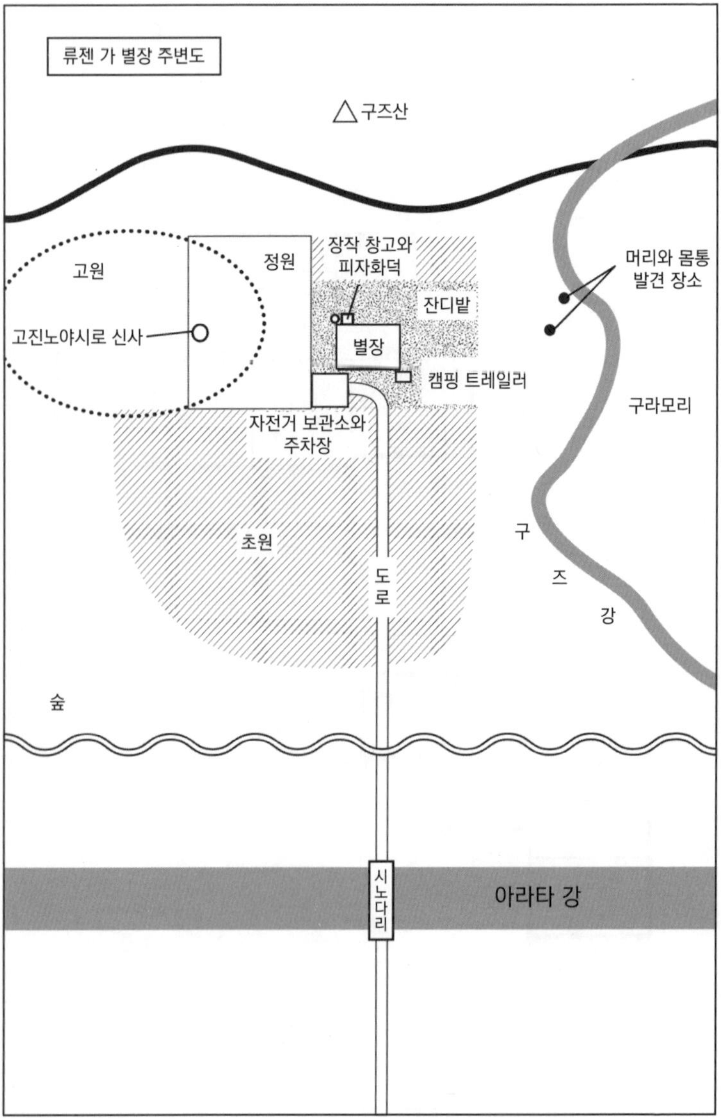

류젠 가 별장 주변도
구즈산
고원
정원
장작 창고와
피자화덕
잔디밭
머리와 몸통
발견 장소
고진노야시로 신사
별장
캠핑 트레일러
자전거 보관소와
주차장
구라모리
초원
도
로
구
즈
강
숲
시
노
다
리
아라타 강

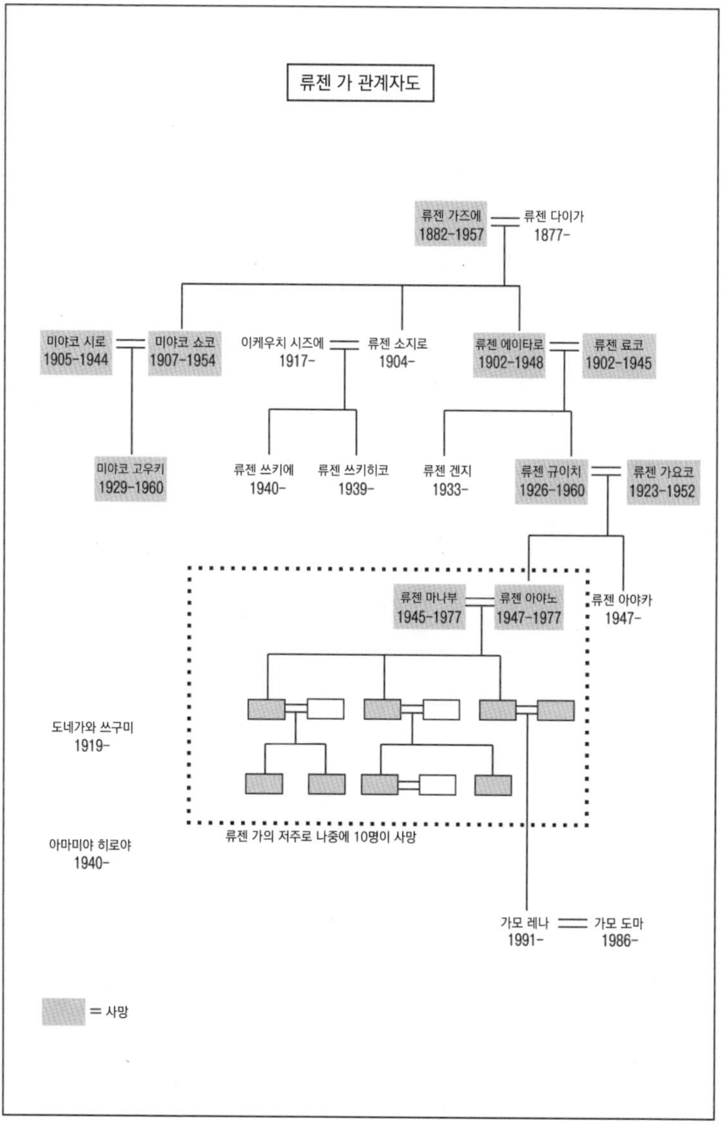
류젠 가 관계자도
류젠 가즈에 1882-1957
류젠 다이가 1877-
미야코 시로 1905-1944
미야코 쇼코 1907-1954
이케우치 시즈에 1917-
류젠 소지로 1904-
류젠 에이타로 1902-1948
류젠 료코 1902-1945
미야코 고우키 1929-1960
류젠 쓰키에 1940-
류젠 쓰키히코 1939-
류젠 겐지 1933-
류젠 규이치 1926-1960
류젠 가요코 1923-1952
류젠 마나부 1945-1977
류젠 아야노 1947-1977
류젠 아야카 1947-
도네가와 쓰구미 1919-
아마미야 히로야 1940-
류젠 가의 저주로 나중에 10명이 사망
가모 레나 1991-
가모 도마 1986-
= 사망

마이스터 호라가 여는 서문

지금부터 여러분께 들려 드릴 이야기는 '저주'와 '기적'에 관한 것입니다.

주인공 가모 도마는 여행길에 나서 미스터리한 사건과 마주치고 수수께끼에 도전합니다. 그러니 어찌 이 이야기를 본격 추리 소설이라 부르지 않을 수 있겠습니까.

여러분께 이 이야기를 들려 드리는 저는 이 추리 소설에서 왓슨 역이나 해설자 역을 맡고 있지는 않습니다. 저는 주인공의 여행을 이끄는 안내자이자 방관자이며 액운을 가져오는 역신이자 축복의 신입니다. 모순되게 들리겠지만 전부 사실입니다.

지금은 가모 도마도 여행을 마쳐 제 역할은 끝났습니다. 하지만 이 책을 읽고 계신 여러분을 위해 다시 한번 이야기의 안내인이 되어 보겠습니다. 이 이야기를 본격 추리 소설이라 소개한 이상 여러분의 안내인인 저도 공정해야 하지 않겠습니까?

본격적인 이야기에 앞서 선언하건대 제가 작중에서 거짓말을 하거나 독자 여러분을 속이는 일은 없을 것입니다. 제가 하는 말이 터무니없이 들린다고 도전을 망설이진 마십시오.

어쩌면 이런 의문을 품는 분이 계실지도 모릅니다. ……작중에서 '마이스터 호라' 라고 자칭하는 자는 가짜이고 거기에 서술 트릭이 숨겨져 있는 게 아닐까?

그런 걱정은 안 하셔도 됩니다. 이야기 속에 등장하는 마이스터 호라는 제가 틀림없으니까요.

프롤로그

가모 도마는 아내의 왼손을 꼭 쥐었다. 단순히 감기인 줄 알고 병원에 데려가는 때를 놓친 게 새삼 후회됐다.

"내가 옆에서 더 잘 챙겼어야 했는데……."

침대에 누운 레나의 눈은 이미 지칠 대로 지쳐 있었지만 그래도 그녀는 가모를 향해 미소 지어 보였다.

"당신 잘못 아니니까 자책하지 마."

고작 그 정도 말만 했을 뿐인데 그녀는 등을 둥그렇게 말고 쿨럭쿨럭 기침을 토해 내기 시작했다. 잠시 후 그녀의 손가락에 연결된 산소 포화도 측정기가 경고음을 냈다. 혈중 산소 농도가 위험한 수준으로 떨어졌다는 신호였지만 그가 할 수 있는 일은 고작 아내의 등을 조심스레 문질러 주는 것뿐이었다.

레나의 코에는 굵은 튜브가 연결되어 있었다. 산소 투여에 이용되는 고유량 비강 캐뉼라라는 장치였다. 일반적인 산소

마스크로는 감당하기 힘들 정도로 그녀의 폐 기능은 저하되어 있었다. 보다 안정적으로 산소를 공급할 수 있는 고유량 산소 요법으로 변경해도…… 혈중 산소 농도는 갈수록 떨어지기만 했다.

체력이 받쳐 주지 않아 이 이상은 힘들 거라는 주치의의 판단에 따라 레나는 집중 치료실로 옮겨 기관 내 삽관을 받고 인공호흡기를 달기로 했다.

기침으로 힘들어하면서도 계속해서 말을 하려는 레나를 차마 볼 수 없었던 가모는 아내의 오른손에 매직펜을 쥐여 주었다. 그녀는 떨리는 손으로 가모가 내민 노트에 하고 싶은 말을 적기 시작했다.

—각오했던 일이야. 아주 오래전부터.

글씨는 알아보기 힘들 정도로 엉망이었다. 병실에는 고유량 산소 장치가 공기를 배출하는 소리만이 공허하게 울려 퍼졌다. 가모는 어금니를 꽉 깨물며 억지로 웃어 보였다.

"금방 좋아질 테니까 걱정하지 마."

그렇게 말하며 가모는 이것이 마지막 대화가 될 수도 있다고 각오했다. 기관 내 삽관을 할 때 마취를 할 거라는 설명을 받았고, 병의 진행 단계에 따라서는 말도 필담도 불가능해질 수 있었기 때문이다.

레나는 열에 들떠 흐릿해진 눈으로 그를 올려다보며 계속해서 글을 썼다.

—류젠 가의 저주에서 벗어날 방법은 없어.

가모는 즉시 그 말을 부정하려고 했다. 하지만 레나의 눈에 깃든 새까만 절망을 읽고 말문이 막혀 버렸다.

"미안해…… 지켜 주지 못해서."

그의 입에서 나온 것은 본인도 안 들릴 정도로 가냘픈 목소리였다.

제1장

— ⧗ —

"가래 검사와 혈액 검사를 해 본 결과 감염증의 원인은 폐렴 같습니다."

주치의가 가모에게 말했다. 인공호흡기 관을 달고 모니터와 커다란 기계에 둘러싸인 채로 계속 잠들어 있는 레나와 짧은 면회를 마친 후 있었던 일이다.

"역시 간질성 폐렴이었습니까?"

그가 되묻자 의사는 무거운 표정으로 고개를 끄덕였다.

"CT 결과와 병의 진행 속도를 볼 때 특발성 간질성 폐렴, 그중에서도 급성 간질성 폐렴일 가능성이 큽니다."

간질성 폐렴……. 레나가 입원하기 전까지 가모는 그런 병이 존재하는지조차 몰랐다. 폐렴이라고 하면 세균이나 바이러스에 감염되어 걸리는 병으로 항생 물질이나 항바이러스제를 투여하면 비교적 쉽게 치료되는 병이라고 생각했으니까.

레나가 걸린 병은 일반 폐렴과 다르게 다른 부위에서 염증이 발생하는 특수한 것이었다. 의사는 레나의 면역 체계가 과잉 반응을 일으켜 현재 자신의 폐간질을 공격하고 있다고 설명했다. 하지만 정확한 발병 원인은 의사도 몰랐다.

이 병마는 놀라운 속도로 그녀의 몸을 잠식했다.

처음에는 감기와 비슷한 증세를 보이다가 며칠 사이에 기침이 심해지고, 일주일 후에는 호흡 곤란을 일으켜 마음대로 걸을 수조차 없게 됐다. 그녀를 병원에 데려가 엑스레이 촬영으로 양쪽 폐 하부가 새하얗게 변한 것을 확인했다.

그날 중에 입원하게 됐지만 그로부터 고작 5일 후인 5월 19일에는 인공호흡기가 필요할 정도로 병세가 악화됐다.

"부인은 현재 스테로이드 펄스 치료로도 병세가 개선되고 있지 않습니다. 지금부터는 면역 억제제 펄스 치료를 하게 될 텐데 이대로 진행 속도가 늦춰지지 않으면 목숨이 위험합니다. ……앞으로 3일이 고비라고 생각하시면 됩니다."

비통한 표정으로 계속되는 의사의 설명을 듣고 가모는 눈앞이 아찔해졌다.

그도 인터넷으로 정보를 닥치는 대로 모았기 때문에 급성 간질성 폐렴의 치사율이 60퍼센트 이상이고 스테로이드 난치성의 경우 치료가 더 어려워질 수 있으며 마지막 동아줄인 면역 억제제조차 효과를 보장할 수 없다는 사실을 전부 이해하고 있었다.

가모는 이후 치료 방침에 대한 설명을 듣고, 레나가 집중치료실에서 치료받는 동안은 신체 구속에 동의한다는 내용의 서류에 서명한 뒤 주치의와 헤어져 주차장으로 향했다.

가나가와현 산간에 세워진 H 의료 센터 주차장은 그 자체가 넓기도 했지만 외래 진료가 없는 토요일이라 더욱 한산했다. 주차장 옆 돌담 위에 있는 잡목림에서 들려오는 새소리가 시끄럽게 느껴질 정도다.

집중 치료실 면회 시간에는 제한이 있다. 가모는 다음 면회 시간인 14시 30분까지 레나가 집중 치료실에 입원해 있는 동안 필요한 물품을 사서 돌아와야겠다고 생각했다. 핸드폰 시계로 지금이 10시 50분이니까 아직 4시간 가까이 남은 셈이다.

머리로는 그렇게 계획했지만 몸은 그대로 운전석에 눌어붙어 좀처럼 움직일 마음이 들지 않았다. 가모는 조수석에 올려둔 가방 틈으로 언뜻 보이는 자료를 멍한 눈으로 봤다.

그것은 레나가 입원하기 직전까지 그가 담당하고 있던 잡지 기획으로 제목은 "행복을 부르는 도시 전설~기적의 모래시계~(가제)"였다.

"……기적의 모래시계라."

대략 2년 전부터 SNS에서 '기적의 모래시계'와 관련된 도시 전설이 화제가 됐다. 도시 전설치고는 아주 평범한 이야기로 모래시계 장식이 달린 펜던트를 주우면 그 모래시계가 한 가지 소원을 들어준다는 내용이었다.

그런 모래시계가 정말로 존재한다면 아내의 병도 고칠 수 있지 않을까? 가모는 현실 도피에 가까운 공상을 하며 차창

너머로 집중 치료실이 있는 병동 2층을 올려다봤다.

어머니를 일찍 여의고 아버지와 의절한 그에게 아내는 하나뿐인 가족이었다. 그것은 레나도 마찬가지였지만 그녀가 의지할 곳이 없는 몸이 된 이유는 특별했는데…….

"나도 참, 저주는 무슨."

가모는 혼잣말처럼 중얼거리며 자동차 열쇠를 향해 손을 뻗었다.

그때, 차 안에 울려 퍼지는 핸드폰 벨 소리에 가모는 흠칫했다. 아내의 용태가 급변했다는 병원의 연락일지도 몰랐기 때문이다. 하지만 핸드폰 화면에 뜬 '발신자 표시 제한' 표시를 보고 그는 안도의 한숨을 내쉬었다. 장난 전화나 광고 전화일 가능성이 컸지만 업무 관련 연락일 수도 있다는 생각에 그는 곧장 통화 버튼을 눌렀다.

"존재합니다."

남자의 단조로운 목소리가 귓가로 흘러들어 왔다. 이해할 수 없는 내용에 가모는 놀라기보다 진저리가 났다.

"제발 장난은 다른 사람한테나 쳐."

"제가 설명이 부족했군요. ……류젠 가의 저주는 실제로 존재합니다."

가모는 저도 모르게 숨을 삼키며 그것이 무차별적인 장난 전화가 아님을 확신했다.

"무슨 뜻이야?"

"저는 지금 당신과 수수께끼 놀이를 하는 게 아닙니다. 레나 씨, 그러니까 결혼 전에는 류젠 레나로 불렸던 당신의 부인이 두려워했듯 류젠 가의 피를 이은 사람은 전부 저주받았습니다."

가모는 참기 힘들다는 듯이 끅끅대며 웃었다.

"하아, 취재 방식 한번 참신하네. 당신, 어느 잡지 소속이야?"

"무슨 말씀인지 모르겠군요."

"나는 힘들어 죽겠는데 삼류 오컬트 잡지 기자가 흥미진진한 건수 하나 잡았다면서 기사로 쓰려는 거잖아. 평소 하던 대로 접촉하면 거절당할까 봐 이런 거지?"

"이런 말씀 드려 죄송하지만 그것은 과거에 당신이 쓰던 수법이 아닙니까."

가모는 눈살을 찌푸렸다.

"그런 일까지 조사했어? 꽤 한가한 인간인가 보네."

"……5년 전, 당신은 저속한 오컬트 잡지에 주기적으로 글을 기고했습니다. '저주받은 류젠 가'라는 제목의 글을 쓰기 위해 무리하게 류젠 레나를 취재하다가 결국 경찰에 신고당한 게 누구인지 잊으셨습니까?"

"빈정대는 거야? 그래, 첫 만남으로는 최악이었다는 거 인정할게."

"그렇게 만난 두 사람이 부부가 되었으니 인생 참 어디로 될지 모를 일이죠."

"적어도 너 같은 인간한테는 그런 말 듣고 싶지 않아."

가모는 그렇게 툭 내뱉고서 통화를 종료하려고 했다.

"류젠 가는 제2차 세계 대전이 벌어지기 전에는 제약 업계에서 이름을 떨쳤고 전후에는 GHQ와 협력 관계를 확립해 식품 제조업까지 사업을 폭넓게 확대한 대부호 일족이었습니다. 하지만 1960년 8월 그들에게 최초의 불행이 닥칩니다."

물론 가모도 잠자코 상대의 이야기에 귀를 기울이고 있진 않았다. 어떻게든 전화를 끊으려고 했지만 핸드폰은 작동이 멈추기라도 한 듯 가모의 뜻을 따라 주지 않았다.

"N현에 시노라는 곳이 있습니다. 당시 류젠 일가와 관계자 열 명이 시노의 별장에 모여 있었습니다. 당주인 류젠 다이가의 생일을 축하하려고 모인 자리였으나…… 외딴곳에 갇힌 그들은 살의를 품은 자의 손에 하나둘씩 죽임을 당하게 됩니다."

가모는 꽁꽁 얼어붙은 핸드폰 화면을 불쾌하다는 듯 내려다보며 말했다.

"그 얘기라면 내가 더 잘 알지. 그나저나 핸드폰을 이 지경으로 만든 게 너야?"

목소리는 그 질문에 답하지 않고 일방적으로 이야기를 계속 이어 나갔다.

"그중 몇몇은 살인범에게서 무사히 도망치는 데 성공한 듯 보였습니다. 하지만 운명은 비정했습니다. ……뒤이어 발생한 산사태에 휘말려 전부 죽고 말았으니까요. 이 불행한 사건을 두고 지방 신문사와 잡지사는 'poetry'라는 뜻을 가진 '詩野(시노)' 대신 더 오래전부터 이 땅의 이름으로 사용되었던 'death'라는 의미의 '死野(시노)'를 즐겨 썼습니다."

"그리하여 일련의 사건이 '시노(死野)의 참극'이라 불리게 되었다, 고 말할 생각이었지?"

가모는 어떻게든 전화를 끊을 방법이 없나 이리저리 살피면서 남자의 이야기에 끼어들었다.

"그렇습니다. 류젠 가는 그렇게 멸문된 줄 알았지만 다이가가 비밀리에 증손녀인 아야노를 자신의 지인에게 맡겼고, 그녀가 무사히 살아 있다는 사실이 변호사의 조사로 밝혀집니다. 그녀는 고작 열세 살이라는 나이에 모든 유산을 물려받지만…… 유산과 함께 류젠 가에 씐 불행까지 물려받았는지, 10년도 채 되지 않아 물려받은 유산 대부분을 사기로 잃고 맙니다."

"네가 말한 아야노라는 여성은 내 아내의 조모님이셔. 이미 다 알고 있던 사실이야."

"77년에 아야노 부부는 강도에게 습격받아 살해당하게 됩니다. 이 일을 시작으로 그 후 류젠 가의 피를 물려받은 사람들은 차례차례 닥쳐오는 불행에 목숨을 잃게 됩니다. 원인은 살인, 사고, 자살로 다양했고…… 이제 남은 사람은 부인이 마지막입니다."

자기도 모르는 새에 가모는 핸드폰을 매섭게 노려보고 있었다. 상대의 무감정하고 담담한 말투가 그의 심사를 더욱 뒤틀리게 했다.

"그러니까 네가 하고 싶은 말은 그게 전부 류젠 가의 저주 때문이라는 거야?"

"아야노와 그녀의 자손, 그리고 그 배우자까지 합쳐 전부 열여섯 명입니다. 그중 열두 명이 35세가 되기 전에 사망하였는데 이것은 통계적으로 따져봐도 정상적인 숫자는 아닙니다."

동요하는 모습을 보였다가는 상대가 그 틈을 이용할 것이다……. 가모는 그렇게 생각하고 적어도 겉으로는 아무렇지 않은 척하며 침착하게 그의 말에 반박했다.

"이봐, 틀렸어. 희생된 사람은 열 명이야."

"저는 절대로 틀릴 수 없습니다. 전 무엇과도 견줄 수 없을 만큼 정확하니까요."

"무슨 소리를 하는 건지, 원."

"우선 아야노 부부는 강도에게 살해당했습니다. 그리고 부인인 레나 씨의 양친은 교통사고로, 숙부와 고모 중 한 사람은 자살, 그리고 다른 한 사람은 스키 사고로 사망……. 사촌 네 사람 중 한 사람은 추락사, 두 사람은 교통사고로 사망, 남은 한 사람은 묻지마 범죄로 목숨을 잃었다고 하죠."

"역시 열 명…… 설마, 너?"

가모가 안색을 바꾸며 소리치자 상대는 웃음기를 띤 목소리로 대답했다.

"네. 저는 가장 최근에 희생된 사람도 포함해서 말씀드린 겁니다. 4개월 전에 유산된 당신의 아이와 곧 죽게 될 운명인 가모 레나, 이 두 사람을요."

"웃기지 마!"

가모는 손에 들고 있던 핸드폰을 앞 유리에 힘껏 내던졌다. 그리고 양손으로 머리를 감싸고서 낮게 신음했다.

"왜 이런 일이……."

가모가 레나와 처음 만난 것은 2013년 여름이었다. 첫 만남에서는 가모가 불법 침입 혐의로 경찰에 연행되는 최악의 상황이 벌어졌지만 이 만남은 두 사람의 인생을 크게 바꾸었다.

교통사고로 사망한 두 사촌의 일로 당시 레나는 반년도 넘게 집에 틀어박혀 있었다. 두 사람의 죽음을 극복하지 못한 레나는 류젠 가의 저주에 겁을 먹고 공황장애를 심하게 앓았다.

한편 당시의 가모는 귀신이 자주 출몰하는 장소에 취재를 가든, 취재 현장에서 어떤 불법적인 짓을 저지르든 눈 하나 깜짝하지 않는 인간이었다. 당연한 말이지만 그런 뻔뻔한 인간이 저주 같은 것을 믿을 리 없었다.

우여곡절 끝에 교제를 시작한 두 사람은 그 후 2년 뒤에 결혼까지 했다.

가모는 자신이 레나와 결혼한 일 자체가 기적이라고 생각했다. 레나는 아름다울 뿐 아니라 누구보다 마음씨 착한 여자였기 때문이다.

그에 비해 그는 결점투성이였다. 하는 짓을 보면 대담하다기보다는 무책임하다는 말이 어울렸다. 고교 시절에는 여기저기 싸우고 다니느라 경찰서 신세를 몇 번이나 졌는지 모른다. 애초에 규칙이나 법규를 지키기 싫어하고 비상식적인 인간이었다. 하지만 레나는 그의 모든 것을 받아들여 주었다. 그런 점을 좋아한다고 말해 주었다.

두 사람의 결혼 생활은 순조로웠다. 서로 성격이 반대라 오히려 긍정적인 영향을 주었던 것인지 레나는 가모와 함께 있기만 했을 뿐인데도 공황장애가 호전되었다. 가모도 성격이 원만해져서 다른 사람이 아닌가 하고 놀랄 정도로 변했다.

2017년 9월에는 레나의 임신이 판명됐다. 그대로 아무 일이 없었으면 이번 주가 출산 예정일이었으리라. 하지만 운명은 잔혹했다. ……임신 21주째에 레나가 극심한 복통을 호소했다. 유산이었다.

이 불행한 사건이 레나의 정신 상태를 다시금 악화시켜 저주의 존재를 떠올리게 했다. 하지만 당연한 일이었다. 저주를 믿지 않았던 가모조차 이성으로는 다 억누를 수 없는 공포가 자기 안에 생겨난 것을 느꼈을 정도였으니까.

그 후로도 두 사람은 함께 슬픔을 극복하려고 끊임없이 노력하며 앞으로 나아갔다. 겨우 마음이 정리되기 시작한 그때, 이번에는 레나에게 급성 간질성 폐렴이 발병했다.

……멀리서 어렴풋이 들리는 목소리에 가모는 고개를 들었다.

발밑에서 굴러다니는 핸드폰은 모서리에 살짝 금이 가기는 했지만 못 쓸 정도로 망가진 상태는 아니었다. 핸드폰을 집어 들자 잡음이 심하게 섞인 목소리가 들려왔다.

"류젠 가의 저주…… 존재하는 한, 불행은 계속…… 다."

일부 기능이 고장 났는지 소리는 띄엄띄엄 들려왔다. 가모는 검은 테 안경을 벗고 오른손바닥으로 눈언저리를 문지르고서 고개를 들었다. 그런 후 시험 삼아 핸드폰 스피커 기능을 켜 봤다.

"저는 미래를 알고 있습니다."

다행인지 불행인지 스피커 기능은 멀쩡했고 상대의 목소리가 단숨에 선명해졌다. 가모는 안경을 고쳐 쓰고 눈을 가늘게 떴다.

"설마 너, 레나한테 독을 주입했어?"

"무슨 말씀을, 레나 씨를 살해할 의도가 있다는 뜻으로 말씀드린 게 아닙니다. 저한테는 특별한 힘이 있습니다."

"아, 그러셔. 우리 두 사람 뒷조사도 하고 핸드폰도 해킹할 정도니까 그러시겠지. 네가 얼마나 썩어 빠진 인간인지는 알겠어."

메마르고 괴이한 웃음소리가 스피커에서 울리더니 이윽고 목소리는 말을 이어 나갔다.

"류젠 가의 저주를 한번 풀어 보시겠습니까? 원하신다면 제가 도와드리겠습니다."

"네가 뭘 할 수 있다고. 아내의 병은……."

"저주를 풀 사람은 제가 아니라 가모 씨 자신입니다. 당신에게 그럴 각오만 있다면 불가능한 일은 없을지도 모릅니다."

"……너, 대체 정체가 뭐야."

"저는 마이스터 호라라고 합니다."

뜻밖의 대답에 당황하면서도 가모는 즉시 그의 대답에 반박했다.

"그건 미하엘 엔데가 쓴 '모모'에 등장하는 인물의 이름이잖아. 시간 여행자였나?"

"네, 그게 접니다."

상대의 태연한 답을 듣고 가모도 추궁하기를 포기했다. 어떤 질문을 해도 진지하게 답하지 않을 것이라 생각했기 때문이다.

"나 같은 놈이 각오한다고 뭐가 달라지겠나 싶지만 그래도 아내를 구할 수 있다면 뭐든 할게. ……어때, 이제 만족했어?"

이것은 그의 본심에서 나온 말이었다. 동시에 이렇게 대답하면 상대가 어떻게 나올지 그 반응이 궁금하기도 했다.

"그럼 제 말을 따라 주셔야 합니다. 차에서 내려 주십시오."

가모는 조금 망설이다가 각오를 다지고 문을 열어 차 밖으로 나왔다. 그 모습을 어디선가 지켜보는 것인지, 숨 돌릴 틈도 없이 마이스터 호라로부터 다음 지시가 내려졌다.

"차 아래에 있는 물건을 주워 주시겠습니까."

그의 지시대로 아스팔트 바닥에 무릎을 꿇은 가모는 순간 너무 놀라 숨을 멈췄다.

앞바퀴 옆에 모래시계가 굴러다니고 있었다. 굉장히 얇은 유리로 만들어진 물건인데 안에는 반짝거리는 새하얀 모래가 들어 있었다. 크기는 지름이 대략 1센티 정도에 높이가 3센티 정도. 금속으로 된 은색 목걸이 줄에 달려 있어 목에 걸 수 있는 형태였다.

가모는 일련의 특징이 도시 전설로 전해지는 '기적의 모래시계'와 완벽하게 일치한다는 사실을 깨달았다.

"나, 이것하고 똑같이 생긴 모래시계에 대해 들어 봤어."

"상상에 맡기겠습니다. ……그걸 목에 걸고 1.5미터 내에 아무것도 없는 곳을 찾아 이동하십시오."

가모는 어깨를 한 번 으쓱해서 상대에 대한 거부감을 최대한 드러내고는 펜던트를 목에 걸었다. 줄이 길어서 모래시계는 명치 부근까지 내려왔다.

그런 후 그는 리모컨 키로 자동차 문을 잠그고 걸음을 옮겼다. '지갑이 든 가방을 차 안에 놓고 내리기는 했지만 금방 돌아오겠지…….' 하고 생각하며. 자동차 열쇠는 바지 주머니 안에 대충 집어넣었다.

병동에서 멀어질수록 주차된 차의 수도 줄었기에 수십 미터도 가지 않아 남자가 말한 조건에 들어맞는 장소가 나왔다. 그곳은 오래된 돌담 옆이었는데 돌담 위로 웅장한 올벚나무가 가지를 늘어뜨리고 있었다. 신록이 아름다웠다.

가모는 돌담에서 1.5미터보다 조금 넉넉히 거리를 벌리고 서서 주위를 둘러봤다. 주차장에 다른 사람의 흔적은 보이지 않았다. 가모는 들리지 않게 입 속으로 웅얼거렸다.

"이 자식, 대체 어디서 감시하는 거야?"

주차된 차에 몸을 숨기고 있을 가능성도 있고 카메라를 몰래 숨겨 놓고 화면을 보며 말하고 있을지도 몰랐다.

"그 정도면 충분합니다. 그럼 이동해 볼까요."

"이동이라니, 그런 말은 없었잖아?"

"거부하셔도 소용없습니다. 우리는 모든 불행의 시작점으로 돌아가야 하니까요."

상황 파악이 되지 않았던 가모는 당황하며 핸드폰을 내려다봤다. 어느새 호라로부터 걸려 온 전화는 끊겨 있었다.

"……뭐야, 결국은 공들인 장난 전화였어?"

가모도 기적의 모래시계가 실제로 존재한다고 믿은 것은 아니었다. 그럼에도 모래시계가 기적을 일으켜 주길 기대한 것 역시 사실이었다. 악질적인 장난에 감쪽같이 속은 자신이 바보 같았다.

차로 돌아가야겠다고 생각한 순간, 그는 위화감을 느꼈다. 아래를 내려다보니 모래시계 속에 든 새하얀 모래가 흐르듯이 움직이고 있었다.

"어떻게…… 이럴 수 있지?"

투명한 유리로 된 모래시계에는 전자 부품이나 기계 장치가 숨겨져 있는 것처럼 보이진 않았다. 그런데도 모래시계는 태양처럼 강한 빛을 내뿜었고 안에 든 입자는 중력을 거스르며 올라가고 있었다.

《류젠 아야카의 일기》

1960년 8월 21일

내일 있을 할아버지의 생신 잔치가 기대된다.

우리 할아버지는 힘든 상황에서도 절대로 포기하지 않는 멋진 분이시다. 오랜 입원 생활 끝에 휠체어를 타게 되셨을 때도 가족들한테는 힘든 내색 한 번 안 하셨다. 지금도 다리 상태는 안 좋으시지만 평소 생활하실 때는 대부분의 일을 가족들의 도움 없이 혼자 하신다.

그런데 오늘 아침에는 넥타이를 맬 때마다 꼭 하시던 진주 넥타이핀을 안 하고 계셨다. 어떻게 된 일인지 궁금했는데 어젯밤부터 보이질 않는다고 하셨다.

오전에는 겐지 삼촌에게 받은 원서를 읽느라 시간을 다 보냈다.

Alfred Bester의 The Stars My Destination이라는 소설이다. 삼촌이 보내 주시는 책은 전부 재미있어서 좋다. 그런데 고우키 내종숙은 기분 나쁜 말도 자주 하고 심술쟁이라서 그런지 내가 SF소설을 읽고 있으면 "여자가 어디 감히 그런 책을 봐."라며 나를 나무라신다.

사촌이지만 고우키 내종숙은 우리 아버지나 삼촌하고는 전혀 닮은 점이 없다. 생각해 보니까 전혀 없는 건 아니구나. 겉모습은 우리 아버지와 닮았으니까. 하지만 성격은 정반대다. 고우키 내종숙이 아니라 늘 자상한 우리 아버지의 딸로 태어나서 정말 다행이라고 생각한다.

책을 다 읽은 뒤에는 도네가와 아주머니께 놀러 갔다. 마침 점심으로 먹을 샌드위치를 준비하고 계셨다.

도네가와 아주머니는 요리 천재다. 아주머니가 해 주시는 음식은 밖에서 사 먹는 어떤 음식보다 맛있다. 이건 비밀인데 나도 아주머니 같은 천재 요리사가 되고 싶다.

점심에는 소지로 작은할아버지네 가족들이 도착했다. 그런데 올해는 이케우치 작은할머니가 안 오셨다. 오페라 가수인 작은할머니는 지금쯤 로마에서 하는 '카르멘' 공연에 참석하지 않으셨을까. 정원에서 근사한 노래를 불러 주시지 않을까 기대했었는데, 정말 아쉽다.

소지로 작은할아버지는 핼쑥해 보이셨다. 작은할머니와 이혼하신 지 13년이 되었는데, 오랜만에 만날 수 있는 기회를 놓치셔서 서운하셨던 걸까? 반면에 쓰키히코 당숙은 엄마가 안 와서 속이 후련하다는 둥 이상한 소리를 하셨다. (진흙에 일부 훼손)

오후부터는 탐정이 되어서 진주 넥타이핀을 찾아봤지만 도저히 찾을 수가 없었다. 도대체 어디로 사라진 걸까.

오늘 일기는 여기까지만 쓰고 일찍 자야겠다.

1960년 8월 22일

일기를 쓸 기분이 아니다. 하지만 침대에 누워서 눈을 감아봤자 머릿속에는 온통 무서운 일만 떠오른다. 가만히 있는다는 게 이렇게 고통스러운 일인지 몰랐다.

그래서 오늘 있었던 일을 전부 쓰기로 했다.

오늘 아침에는 6시에 눈이 떠졌지만 몸을 일으키기 힘들 정도로 머리가 무거웠다. 다시 누웠지만 잠이 오지 않아서 6시 30분에는 식당으로 향했다. 하늘은 맑았지만 내 머리는 흐린 날씨처럼 멍했다.

1층으로 내려가니 이른 아침이었지만 오락실에서 누군가의 말소리가 들려 깜짝 놀랐다. 슬쩍 안을 들여다보니 소지로 작은할아버지와 겐지 삼촌, 그리고 아마미야 아저씨가 계셨다.

세 분 다 안색이 안 좋으시던데…… 밤을 새우신 게 아닐까. 어제 저녁 식사 시간에 소지로 작은할아버지와 쓰키히코 당숙은 체스를 둘 거라고 하셨으니까. 나중에 얘기를 들어 보니 소지로 작은할아버지는 그 후에 몇 사람을 더 끼워 밤새 당구를 치셨다고 한다.

도네가와 아주머니가 해 주신 토스트와 달걀 요리는 오늘도 훌륭했다.

코코아와 과일 한 접시를 먹고 있는데 할아버지가 식당으로 내려오셨다. 오늘이 할아버지 생신이라 그런지 나도 할아버지도 저절로 말이 많아졌다.

식사를 끝낸 후 식당을 나오니 현관홀이 소란스러웠다.

나는 갑자기 장난기가 동해서 어른들의 얘기를 몰래 훔쳐 듣기로 했다. ……아직 어리다는 이유로 어른들은 항상 중요한 얘기를 할 때마다 나만 쏙 빼놓는다.

현관 옆에 있는 오락실에 아침에 뵈었던 세 분의 모습은 이미 사라지고 없었다. 마침 아무도 없었기에 나는 현관홀로 이어지는 문에 귀를 가까이 댔다.

"그래, 못 믿겠다는 거 알아. ……그런데 규이치 형이 죽어 있는 모습을 내가 정말 봤다니까."

아버지가 돌아가셨다니? 그 말을 듣고 난 머리가 새하얘졌다.

목소리를 들어 보니 가쁜 숨을 몰아쉬며 보고하고 있는 사람은 쓰키히코 당숙이었다.

"나만 본 게 아니라, 쓰키에랑 아마미야도 같이 봤어. 하, 이걸 어떻게 얘기하지…… 규이치 형의 머리를 말이야."

나는 아마도 비명을 질렀던 것 같다. 정신을 차렸을 때는 현관홀 옆에 달린 문이 열려 있었고 겐지 삼촌과 아마미야 아저씨가 내 얼굴을 살피고 계셨으니까.

나는 "이건 꿈이야. 깨고 나면 다 괜찮을 거야."라며 자신을 다독였다. 하지만 핏기가 가신 삼촌의 얼굴을 보다가 현실임을 깨달았다.

문득 정신을 차리고 보니 어느새 나는 내 방에 있었다.

숨이 끊어질 듯 거친 이유는 단숨에 2층까지 뛰어 올라왔기 때문이다. 나는 떨리는 손으로 방 안에서 문을 잠갔다.

복도에 삼촌이 오셔서는 "괜찮니?" 하고 물어보셨지만 그냥 날 내버려 두었으면 하는 마음이었다. 나는 욕실로 뛰어 들어가 펑펑 울었다. 삼촌은 절대로 방문을 열지 말라는 말을 남기고 사라지셨다.

삼촌은 아버지의 목숨을 빼앗은 범인이 가까운 곳에 있으니 주의하라는 뜻으로 내게 그런 경고를 하셨던 것 같다. (이

하 진흙에 일부 훼손)

아버지가 돌아가셨다니 믿고 싶지 않다.

어제는 아버지와 이야기도 얼마 나누지 못했다. 구라모리를 산책하다 사슴을 봤던 일도 그렇고 삼촌이 선물해 주신 책도 그렇고 하고 싶은 얘기가 정말 많았는데……. 한 번만 더 아버지의 목소리를 들을 수 있으면 얼마나 좋을까. 그동안 정말 고마웠다고 말하고 싶었다. 사랑한다고 전하고 싶었다.

여러 감정이 가슴속에서 복받쳐 올라 숨을 쉴 수 없었다.

얼마나 시간이 흘렀을까. 다시 돌아온 겐지 삼촌이 방문 앞에서 나올 수 있겠냐고 물어보셨다. 나는 영 내키지 않았다.

삼촌이 말씀하셨다.

"아야카, 놀라지 말고 지금부터 삼촌이 하는 말을 들어 주렴. 죽은 사람은 규이치 형만이 아니었단다. ……뒤늦게 죽어 있는 고우키 형도 발견했어."

겁에 질린 나는 방문을 열고 삼촌 품에 뛰어들어 조용히 흐느꼈다. 삼촌은 그런 나를 따스하게 꼭 안아 주셨다.

"넌 아직 열세 살이야. 할아버님도 너한테는 아무 말 말라고 하셨단다. 근데 삼촌이 생각하기에는 그것도 너한테는 너무 잔인한 일이 아닌가 해서."

나는 계속 훌쩍이면서도 삼촌의 말씀에 고개를 끄덕였다.

"저도 전부 알고 싶어요."

겐지 삼촌이 말씀하시기를, 내가 방에 틀어박혀 있는 사이에 소지로 작은할아버지가 구라모리로 가셔서 아버지의 죽음을 확인하셨다고 한다. 그리고 시냇가에서 몸통을 발견하셨다고.

발견 당시에는 소지로 작은할아버지도 당연히 아버지의 몸통인 줄로만 아셨다고 한다. ……하지만 같은 시각, 겐지 삼촌이 아버지의 방을 조사하다 목이 없는 시체를 발견하셨다.

구라모리에서 발견한 몸통은 고우키 내종숙의 것이었다. 몸통을 제외한 부위, 머리와 팔과 다리는 별장 지하 욕실에서 발견되었다고 한다.

누군가가 우리 아버지와 고우키 내종숙에게 차마 입에 담을 수도 없는 끔찍한 짓을 저질렀다.

"누군가 우리를 노리고 있어. 그 증거로 외부로 통하는 전화선이 잘렸단다."

이어지는 삼촌의 말씀에 나는 가슴 밑바닥부터 공포를 느꼈다. 삼촌은 나를 안심시키려고 조용히 웃어 보이셨다.

"걱정하지 마. 삼촌이 지금부터 소지로 숙부님과 같이 경찰을 부르러 갈 거니까. 경찰이 오면 범인도 금방 체포될 거야."

대화를 마친 후 나는 방으로 돌아와서 문을 잠갔다. 다시 눈물이 나오려고 해서 욕실로 돌아가야겠다고 생각했다. 욕실에서는 마음껏 울어도 아무도 모를 테니까. 나한테는 제일 편하게 울 수 있는 장소였다.

삼촌과 작은할아버지는 그 후 한 시간도 지나지 않아 별장으로 돌아오셨다. 대략 정오 무렵이었다. 나는 그때까지도 방 안에만 있었는데 무슨 일이 있었는지 이야기를 듣고 충격에 몸을 떨었다.

누군가가 다리에 교묘하게 손을 대서 차가 다리 위에 들어서자마자 다리가 끊어졌다고 한다. 두 분은 간신히 빠져나왔지만 차는 다리와 함께 떨어지고 말았다고. ……이것도 아버지의 목숨을 앗아간 범인이 저지른 짓이 틀림없다. 그 다리만 무너뜨리면 우리를 고립시킬 수 있으니까.

범인은 지금도 밝혀지지 않았고 단서도 찾지 못했다. 다이가 할아버지는 "오늘 밤에는 각자 자기 방에서 절대 나오지 말고 문을 걸어 잠근 채로 하룻밤을 보내거라."라고 말씀하셨다. 혼자 있기가 죽도록 무서웠지만 도네가와 아주머니의 격려로 어떻게든 용기를 냈다.

일기를 쓰다 보니 그래도 조금씩 마음이 진정된다. 오늘은 울기만 하느라 아무것도 못 했지만 아버지와 고우키 내종숙을 죽인 범인은 반드시 내 손으로 찾아내야 한다.

내일부터는 절대로 울지 말아야지. 아버지를 생각해서라도 강한 사람이 되자.

제2장

“어디지, 여기는?”

가모는 엉거주춤한 자세로 어깨를 들썩이며 거칠게 숨을 쉬었다. 손발이 마비되었다고 착각을 일으키는 이유는 그가 공황 상태에 빠지기 직전이었기 때문이다.

바로 조금 전까지 그는 분명 H 의료 센터 주차장에 있었다. 그런데 눈 깜짝할 사이보다 빠르게 그는 낯선 장소로 이동했다. 눈앞에는 주차장 아스팔트와 닮은 구석이라고는 없는, 정성 들여 손질한 잔디밭이 펼쳐져 있었다.

잔디밭 끄트머리는 숲이었다. 그렇다고 해서 그림 동화에 나올 법한 이국적인 정서가 감도는 숲은 아니었고 일본 어디에나 있을 법한 분위기의 숲이었다. 멀리 보이는 산도 마찬가지였는데 기시감을 일으키는 민둥한 산이 계속해서 이어졌다.

푸르른 하늘은 시원하게 탁 트였고 잔디밭을 비추는 햇살은 델 듯이 뜨거워서 재킷을 입은 가모는 이미 땀범벅이 되어 있었다. 쏴아 나무가 흔들리는 소리에 섞여 가모가 쥐고 있던 핸드폰으로 발신자 표시 제한이 찍힌 전화가 오고 있었다.

그는 재빨리 통화 버튼을 누르고 스피커 기능을 켰다.

"목적지 부근에 도착했습니다."

"……설마, 약을 먹여서 재운 다음 여기까지 옮겼어?"

가모는 모래시계를 깨트릴 듯이 꽉 쥐었다. 이제는 모래시계도 빛을 잃고 평범한 모습으로 돌아와 있었다. 그토록 강한 빛을 내뿜었는데도 모래시계에서는 조금의 열기도 느껴지지 않았다.

"괜한 트집 잡지 말아 주시겠습니까. 제가 말씀드리지 않아도 당신은 여기가 어디인지 아실 겁니다."

호라의 도발적인 말에 당황하며 가모는 주위를 둘러봤다.

그가 서 있는 잔디밭 주변에만 얇은 아스팔트 파편 같은 것이 흩어져 있었는데, 어떻게 된 일인지 도무지 이해할 수가 없었다. 또 앞쪽에는 무언가 예리한 것으로 절단한 듯한 벚나무 가지가 떨어져 있었다. 신록의 아름다움을 자랑하는 어린 잎은 나무에서 금방 잘라 낸 듯 싱그러웠지만, 그의 주변에는 벚나무가 없었다.

오른쪽으로 8미터 정도 떨어진 곳에는 캠핑 트레일러가 주차되어 있었다. 디자인만 보면 오래된 자동차처럼 보였지만 재출시된 제품인지 차체는 새것처럼 깨끗했다.

뒤돌아보니 10미터 조금 넘게 떨어진 곳에 호화로운 서양식 건물이 있었다. 벽면은 거무스름한 돌을 벽돌식으로 붙여 놓아서 도립 구 후루카와 정원 안에 있는 서양관 같은 느낌을 주었다.

그 건물을 올려다본 순간 가모는 깜짝 놀라 눈이 휘둥그레졌다. 그는 떡 벌어지려는 입을 닫고 다시 한번 건물 전체를 쭉 바라봤다.

"이 건물하고 똑같이 생긴 별장을 사진으로 본 적이 있어. 류젠 가에 내려오는 저주에 관한 기사를 쓰려고 조사하다가……."

가모가 우물거리며 하는 말을 듣고 호라는 재미있다는 듯이 말했다.

"정확하게 추측하셨습니다. 이곳은 시노의 별장입니다."

가모는 그 대답에 무심코 비명이 섞인 목소리를 냈다.

"무슨 헛소리야! 거긴 58년 전에 산사태에 휩쓸려서 무너졌는데. 이건 다른 건물이 확실해."

"조금은 유연하게 생각해 보시겠습니까. 지금 우리가 산사태가 일어나기 전으로 돌아온 거라고."

상대가 전혀 당황하는 기색도 없이 그런 대답을 하니, 가모는 어쩐지 이 상황이 우스워져서 웃음이 터지고 말았다. 자포자기했다거나 혼란스럽고 화가 나는 심정을 감추려는 의도는 아니었다. 호라가 물었다.

"왜 웃으시죠?"

"이게 긍정 회로인지 뭔지 하는 건가? ……아무래도 내가 미친놈한테 붙잡혀서 류젠 가 별장이랑 똑같이 만든 건물 앞에 끌려왔나 보다. 아니면 기적의 모래시계가 가진 힘으로 시공을 뛰어넘었거나."

"어쨌든 자력으로 이곳에서 탈출하진 못합니다. 그러니 제 얘기를 한번 들어 보십시오."

가모는 한숨을 쉬며 말했다.

"그러니까 네 말은 내가 지금 1960년도에 있다는 뜻이야?"

"정확합니다."

"그럼 앞서 말한 네가 가진 '특별한 힘'은?"

"물론 시공을 건너는 힘입니다. '기적'이라 표현하셔도 좋습니다."

가모는 이마에 맺힌 땀을 닦고 재킷을 벗었다. 그리고 눈부시게 내리쬐는 태양을 올려다봤다.

"여전히 내 귀에는 농담처럼 들리지만 아무래도 진짜인가 보네."

"……생각보다 쉽게 인정하시는군요."

호라가 의아하다는 듯이 말하자 가모는 손에 들고 있던 핸드폰 쪽으로 시선을 떨궜다. 핸드폰 화면에는 지금이 5월 19일 11시 14분이라고 표시되어 있었다.

"조금 전까지 내가 있던 곳은 가나가와현이었어. 봄다운 포근한 날씨였지……. 그런데 여기는 한여름이잖아. 타들어 갈 듯이 햇살이 내리쬐고 무더운데 이게 5월 날씨일 리는 없지. 그렇다면 가나가와현이 있는 본토보다 적도에 가까운 곳으로 이동했다고 보통 생각할 거야."

"그럴 수도 있겠군요."

"그런데 저기 있는 산이랑 숲을 보면 딱 봐도 일본 같잖아. 장소를 이동한 게 아니라면 시간적으로 멀리 떨어진 곳에 이동해야 말이 되지 않겠어? 나를 약으로 몇 달씩이나 재웠든, 정말로 시공 이동을 했든지 간에…… 아무튼 그쪽은 상식적으로 말도 안 되는 짓을 해냈어. 그러니까 그걸 깨달은 이상 포기하고 전부 받아들이려고."

이 결론을 내리는데 다른 근거가 없었던 것은 아니지만 그는 구태여 그것을 호라에게 설명하진 않았다.

"아무리 생각해도…… 당신을 선택하길 잘한 것 같습니다."

호라가 갑작스럽게 꺼낸 말에 가모는 어안이 벙벙했다.

"금시초문인데, 그럼 내가 선택받았다는 거야?"

"네, 저주를 풀 능력이 있는 인간이 아니면 시공을 뛰어넘는 여행에 초대해 봤자 아무 소용이 없으니까요. 어떤 상황에든 대처할 수 있는 유연성이 필요합니다."

"나는 그냥 대충 사는 것뿐인데."

그가 그렇게 중얼거리자 호라는 온화한 목소리로 말을 이어 갔다.

"물론 당신을 선택한 이유는 그뿐만이 아닙니다. ……가모 씨는 경찰 관계자가 아니지만 과거에 있었던 사건을 조사하는 데 탁월한 능력을 지니고 계십니다."

이 말은 어느 정도 사실이었다.

레나와 만난 후 가모는 오컬트 잡지 일을 그만뒀다. 자신이 쓴 기사에 상처받는 사람을 직접 보고 진심으로 그 일이 싫어졌기 때문이다.

그 후 지인이 편집장으로 있는 월간지 『언솔브드』에서 새롭게 연재를 시작했다. 주된 내용은 억울하게 누명을 뒤집어쓴 사람들의 얘기. 지금까지 그가 다루었던 것과는 전혀 다른 노선이었다.

가모는 억울하다고 호소하는 수감자에게 편지를 보내 취재하고 그 사건을 재검토했다. 물론 일반인인 그가 손에 넣을 수 있는 정보는 한정적이었다. ……그런 상황에서도 그는 가능한 범위 내에서 사건을 다시 조사해 날카로운 눈으로 새롭게 해석했고, 수감자가 누명을 뒤집어썼을지도 모른다고 계속 호소했다.

이 기획은 연재를 시작했을 때부터 호평이었다.

회를 거듭하는 사이, 한 수감자의 변호사가 행동에 나서 법원이 재심 청구를 인정하고 재심 결정을 내린 사건도 나왔다. 이것은 일본 사법 제도 안에서는 기적이나 다름없는 일이었다.

이 일이 인터넷에서 화제가 된 후로 『언솔브드』 편집부에는 수감자의 무죄를 믿는 가족들의 문의가 가모 한 사람에게로 쏟아졌다.

하지만 재심이 결정됐던 것은 담당 변호사에게 열의가 있었기 때문이고 행운이 겹치고 겹쳐 가능했던 일일 뿐이었다. 가모 자신은 사건 조사의 프로도 아니고 경찰 수사와 관련해 특별한 지식이 있는 것도 아니었기 때문이다.

"나한테 정말 그런 능력이 있는지 어떤지는 차치하고, 그걸로 어떻게 아내를 구할 수 있다는 건지 말해 봐."

"아직도 모르시겠습니까? '시노의 참극'은 약 58년이라는 긴 세월 동안 류젠 가를 괴롭힌 저주의 근원입니다. ……류젠 가의 저주를 풀려면 반드시 이 사건을 해결해야 합니다."

호라의 입에서 나온 충격적인 말에 가모는 깊은 고민에 빠질 수밖에 없었다.

"왜 그런 결론이 나왔지?"

"당신이 믿든 안 믿든 지금부터 류젠 가 사람들은 살인범의 손에 하나둘씩 목숨을 잃게 됩니다. 물론 최종적으로는 산사태에 휩쓸리게 되겠지만요……. 하지만 당신이 범행을 저지해서 류젠 가 사람들을 구하면 과거는 크게 바뀔 겁니다."

"그럼 미래도 바뀌어서 저주가 사라진다는 말이지? 네 논리는 대충 이해했어. ……아니, 다시 생각해 보니까 역시 하나도 모르겠어."

"지금부터는 가모 씨의 행동에 따라 모든 게 결정됩니다. 그러니 부디 신중하게 행동하시길 바랍니다. 그럼 저는 이만…….”

호라가 천연덕스럽게 전화를 끊으려고 하기에 가모는 저도 모르게 다급히 소리쳤다.

“이봐, 날 여기다 방치할 생각이야?”

“네, 그렇습니다. 왜 그러시죠?”

“해도 너무 하네. 사건을 해결하라는 말만 해 놓고 나보고 어쩌라는 거야?”

“제가 당신에게 기회를 주고 이곳에 데려왔습니다. 가령 그 기회가 편도 티켓이라 할지라도 당신이 투덜거릴 입장은 아니지 않습니까?”

호라의 불길한 말에 가모의 얼굴에서 핏기가 가셨다.

“……다시는 2018년으로 돌아갈 수 없단 뜻이야?”

“많은 가능성 중 하나를 예로 들었을 뿐입니다. 새벽쯤에는 사건이 해결될 테니 그때 원래 시대로 모셔다드리겠습니다.”

통화 상대는 그렇게 장담했지만 가모는 그렇게 되리라는 확신이 들지 않았다. 이윽고 그는 체념한 듯 입을 비죽거렸다.

“어쨌거나 이 상황에서 도망친다고 뭐가 달라질 것 같진 않네.”

“네, 제 말을 얌전히 따르는 것 외에 당신에게 다른 선택지는 없습니다.”

“아니 뭐, 내가 진짜 도망칠 생각을 했단 소리는 아니고.

'시노의 참극'을 저지하란 말이지? 아내의 목숨만 구할 수 있다면 뭐든 할게."

"현명한 판단이십니다. 가모 씨의 건투를 빌겠습니다."

말과는 달리 상대의 목소리에는 한 줌의 온기도 없었다. 가모는 호라의 속내를 파헤치려다 포기하고 힘없이 웃었다.

"그러고 보니까 궁금한 게 한 가지 있는데 말이야. ……시간 여행물을 보면 꼭 나오는 규칙이 있잖아. 미래에서 왔다는 사실을 들켜서는 안 되고 과거의 인간에게 미래에 무슨 일이 일어나는지 말해서는 안 된다, 맞아?"

"네, 과거의 인간에게 미래에 관한 정보를 알려 주는 것은 지극히 위험한 행동입니다. 역사가 어떤 식으로 바뀔지 예측할 수 없게 되니까요."

그 말은 들은 가모는 고개를 크게 끄덕였다.

"역시 '스포일러'는 절대 금지구나. 대충 예상은 했어."

그렇게 말하고서 그는 시노의 별장을 올려다보며 말을 이었다.

"근데, 이미 늦은 거 아냐?"

*

가모가 쳐다본 곳은 별장 2층 우측에 있는 창문이었다.

그의 말에 응하듯 활짝 열린 창가에 소녀가 모습을 드러냈다. 또렷한 이목구비에 단발머리를 한 귀여운 아이였다. 창문에는 격자 모양의 검은색 방범창이 달려 있어 소녀의 자세한 표정까지는 파악할 수 없었다.

처음 건물을 올려다볼 때부터 가모는 이 소녀의 존재를 알고 있었다. ……다만, 소녀는 가모와 눈이 마주치자마자 도망치듯 숨어 버렸지만.

경악으로 가득 찬 소녀의 얼굴을 본 순간부터 가모는 자신이 시간과 공간을 뛰어넘었을지도 모른다고 생각했다. 왜냐하면 그녀의 얼굴이 류젠 가를 조사할 때 보았던 사진 속의 소녀와 똑같았기 때문이다. 그가 호라의 이야기를 순순히 받아들이기로 결심한 것도 이 소녀가 있었기 때문이다.

"아무래도 우리가 나눈 대화를 다 들은 모양인데?"

"퍽 귀여운 도청범이군요. ……전혀 예상 못 했던 일입니다."

귀엽다는 표현을 쓴 호라의 말을 듣고 가모는 지금도 그가 자신들을 지켜보고 있다는 걸 알게 됐다. 어쩌면 목에 걸고 있는 모래시계 펜던트에 어떤 장치가 숨겨져 있을지도 모른다. 이윽고 소녀는 들릴 듯 말 듯 떨리는 목소리로 물었다.

"설마, 방금 그건 jaunting? 아저씨, 지금 순간 이동으로 여기 오신 거죠?"

한 번도 들어본 적 없는 단어에 가모는 당황했다.

"그 아이는 자운트 효과를 말한 겁니다."

호라의 보충 설명 역시 이해할 수 없었기에 가모는 얼굴을 찌푸렸다.

"뭐야, 그게."

"알프레드 베스타의 SF 소설에 나오는 일종의 초능력입니다. 작중 인물들은 자연스럽게 순간 이동 능력을 사용합니다."

"실은 제가 얼마 전에 The Stars My Destination을 읽었거든요."

"번역서가 아니라 원서로 읽었단 말이야?"

"네……. 아저씨가 들고 계신 그 하얗고 네모난 물건은 미래의 무전기죠?"

완벽하게 진정된 모습을 되찾은 소녀는 가모의 핸드폰을 빤히 들여다봤다. 일단은 그가 복화술로 혼잣말을 하는 게 아니라고 확신하는 눈치였다. 가모가 순간 이동을 하고 자그마한 판자가 혼자 떠들어도 소녀가 태연하게 받아들일 수 있는 이유는 분명 아이만의 순수함과 공상력 때문임이 틀림없었다.

가모는 이 불가사의한 소녀를 올려다보며 헛기침을 했다.

"두 분, 한창 대화하시는 중에 죄송하지만 저는 다른 사람들 눈에 띄기 전에 물러가 보겠습니다."

"그건 걱정하지 마세요. 저 말고 다른 분들은 식당에 모여서 의논 중이시니까. 참, 저희 삼촌이랑 작은할아버지는 지금

출타 중이신데, 금방 돌아오진 않으실 거예요. ……저기, 잠깐만 거기서 기다려 주실래요?"

소녀는 힘껏 창문을 닫고는 구석으로 사라졌다.

가모가 도망쳐야 할지 망설이는 사이, 소녀가 숨이 끊어질 듯 헉헉대며 달려왔다. 소매가 없는 갈색 체크무늬 원피스를 입었고, 나이는 중학생쯤, 얼굴에는 아직 어린 티가 남아 있었다. 키는 150센티가 안 되어 보였다.

"아까 한 얘기, 사실이에요? 산사태가 일어나고 류젠 가에 저주가 내린다는 얘기요."

소녀의 질문에 가모는 대답할 수가 없었다. 가까이서 보니 소녀의 얼굴은 어딘가 아내와 닮아 있었다. 그런 그녀의 눈이 새빨갛게 퉁퉁 부어 있는 모습을 보자 말문이 막혀 버렸기 때문이다.

그를 대신해 호라가 대답했다.

"이름을 말씀해 주시겠습니까. ……저는 마이스터 호라. 저기 계신 분은 가모 도마입니다."

아야카는 호라의 이름에는 아무 반응도 보이지 않았다. 이내 가모는 그녀가 살았던 시대가 『모모』가 출판되기 전이었다는 사실을 깨달았다. 그러니 그녀가 이름의 출처를 알 리가 없었다.

"저요? 저는 류젠 아야카예요."

그 이름을 가모는 알고 있었다. 소녀가 아내의 조모인 아야노의 쌍둥이 언니라는 이유 때문만은 아니었다. 그녀는 '시노의 참극'에서 중요한 역할을 했기 때문이다. ……이 소녀는 참극의 기록자였다.

별장에서 류젠 가 사람들에게 무슨 일이 벌어졌는지 후세 사람들이 알 수 있었던 건 그녀가 사건을 일기 형식으로 기록해 놓았기 때문이다.

애초에 이 일기가 발견된 일 자체가 기적에 가까웠다.

'시노의 참극'이 벌어진 후 별장이 있던 자리는 토사에 완전히 묻혀 버렸고, 고진노야시로라 불리는 신사만이 무사히 남았다고 한다. 그리고 일기와 소녀의 시신은 신사에서 그리 멀지 않은 곳에서 흙에 묻혀 있는 상태로 발견되었다.

이것이 가모가 있던 미래에서 과거에 벌어졌던 일이다. 그리고 눈앞에 있는 이 소녀에게도 같은 운명이 기다리고 있을 게 분명했다.

가모는 핸드폰을 매섭게 노려봤다.

"이봐, 어떻게 된 일인지 설명해 봐. 아이는 울어서 눈이 퉁퉁 부었고, 살인범이 류젠 가 사람들을 노린다는 얘기에는 질문조차 안 하잖아. ……너 대체 날 몇 월 며칠로 데려온 거야?"

"1960년 8월 22일입니다. 시간은 정확히 모르지만요."

아야카가 고개를 끄덕이는 모습을 보고 가모는 이를 꽉 깨물었다.

"너무 늦었어. 최초 희생자는 8월 21일 밤에 나왔으니까."

그의 말을 이어받듯 눈물을 글썽이며 아야카가 웅얼거렸다.

"맞아요. 저, 저희 아버지랑 고우키 내종숙이 이미……."

"이상한 일이군요. 아카이브에는 8월 23일 한밤중에 최초로 사건이 일어났다고 기록되어 있습니다."

가모는 또다시 핸드폰을 매섭게 노려보며 태연한 말투로 그리 대답하는 호라에게 대꾸했다.

"할 말이 그것뿐이야?"

"저한테 불평하셔도 소용없습니다. 벌써 몇 년 전에 조사한 자료의 내용을 기억하고 계시다니, 가모 씨의 기억력에 놀랐습니다. 달리 하고 싶으신 말씀은요?"

"웃기지 마! 네가 날짜를 착각하지만 않았어도 이 아이의 아버지를 구할 수 있었을지도 몰라."

"네, 그럴 수도 있겠지요. 하지만 살인은 앞으로도 계속될 겁니다. 당신이 사건의 진상을 밝히는 데 필요한 시간은 충분하지 않습니까."

"사이코패스 같은 놈! 실은 네가 류젠 가를 덮친 범인 아냐?"

가모가 토해 내듯이 그렇게 내뱉자 스피커에서 나지막한 웃음소리가 들려왔다.

"당치도 않습니다. 저는 그저 안내인일 뿐입니다."

"저기, 제가 생각해 봤는데…… 가모 아저씨가 한 번 더 시공 이동을 해서 어제로 돌아가면 전부 해결되지 않을까요?"

가모는 아야카의 말에 놀라 얼른 고개를 들었다. 그녀의 눈은 여전히 퉁퉁 부어 있었지만 그의 예상보다 훨씬 차분하게 상황을 분석하고 있었던 모양이다.

"그래, 맞아. 시공 이동이 가능하다면 요 며칠 사이를 몇 번 왔다 갔다 해서 범인을 저지하면 돼. 그러면 사건을 착실하게 해결할 필요도 없고 그 자식이 범행을 저지르기 전에 붙잡을 수도 있을 테니까."

핸드폰 너머로 호라가 깊이깊이 한숨을 내쉬었다.

"인간은 어쩜 이리도 어리석고 불순한 걸까요. 기적이 일어났다며 감동한 다음 순간 '또 한 번' 기적을 일으켜 달라며 요구하니 말입니다."

그 말에 아야카는 얼굴을 붉혔지만 가모는 코웃음을 쳤다.

"기적이란 말은 갖다 붙이기 나름이야. 공교롭게도 난 그런 걸 믿지 않아. 네가 나한테 했던 짓, 분명히 한 번 더 똑같이 할 수 있을 거야."

호라는 잠시 침묵을 지키다가 이윽고 체념한 듯 말했다.

"기대에 부응하지 못해 죄송하지만 저도 만능은 아닙니다. 믿을지 말지는 가모 씨가 선택하셔야 할 일이지만…… 시공 이동을 한 후 두 번째 이동을 시도하려면 최소 12시간은 대기해야 합니다."

뭔가를 고민하는 듯 입술을 깨물고 있던 아야카가 다시 입을 열었다.

"그래도 금방 다시 시공 이동을 할 수 있단 말이잖아요. 그때까지 기다렸다가 21일 아침으로 돌아가면 어때요?"

"그것도 불가능합니다. ……두 분께 '시공 이동의 네 가지 제약'에 대해 말씀드릴 필요가 있겠군요. 이 이상 시간 낭비를 하지 않기 위해서라도."

"저런, 시공 이동에는 결점이 네 가지나 있구나?"

가모가 놀리는 듯이 말해도 호라는 그의 도발에 넘어가지 않고 계속해서 말을 이어 나갔다.

"첫 번째 제약은 조금 전에 말씀드렸듯이 12시간 이상 대기해야만 능력을 다시 사용할 수 있다는 것입니다."

"대충 갖다 붙이기는. 우리가 계속 시공 이동을 시켜달라고 할까 봐 만들어 낸 규칙이잖아."

"순수하게 기술적인 문제입니다. 시공 이동에는 막대한 에너지가 필요하거든요. 그걸 충전하려면 아무래도 시간이 필요해서 말이죠."

"아, 그래, 알았어, 알았어. 믿는다 치고 들어 줄 테니까 얘기해 봐. 두 번째는 뭐야?"

"두 번째 제약은, 거기 떨어진 벚나무 가지가 좋은 예가 되겠군요. ……가모 씨, 제가 출발하기 전에 뭐라고 지시했었는지 기억하십니까?"

"1.5미터 내에 아무것도 없는 장소를 찾아서 이동하라고 했잖아."

"보아하니 위쪽까진 신경 쓰지 못하셨나 보군요. 이렇게 나뭇가지가 함께 시공 이동을 한 것이 그 증거입니다."

가모는 잔디밭 위에 떨어진 나뭇가지를 오른손으로 주워들었다. 푸릇한 어린잎으로 덮인 올벚나무. 밝은 녹색 잎은 5월에나 볼 수 있는 것이었고 한여름 날씨에는 어울리지 않았다. 이 나뭇가지도 그와 마찬가지로 본래 이곳에 있을 존재가 아니었다.

거기까지 생각이 미침과 거의 동시에 그는 H 의료 센터 주차장 쪽으로 뻗어 있던 올벚나무를 떠올렸다.

"혹시 이동시킬 대상으로부터 반경 1.5미터 내에 있는 물체는 함께 이동되는 거냐?"

"그것은 정확한 설명이 아닙니다. 실제로 제가 시공 이동을 시킬 수 있는 최소 단위가 한 변이 3미터인 정육면체입니다. ……이번에는 제가 가모 씨의 구두 바닥 아래가 정육면체의 밑변 중심이 되도록 설정해서 이동했습니다. 그 결과 3미터 이내의 높이의 머리 위쪽에 있던 나뭇가지도 함께 이동하게 되었죠."

"그러니까 네 말은, 내 발밑에 아스팔트 파편이 흩어져 있던 것도 주차장 일부가 잘려 나와서 시공 이동을 했기 때문이라는 거야?"

"네, 그렇습니다. ……세 번째 제약은 시공 이동 도착 지점에 생길 수 있는 오차입니다."

"자유자재로 정확히 이동시킬 수 있는 게 아니라는 말이야?"

"유감스럽지만 시간과 공간은 불확정성 관계에 있기 때문입니다."

가모는 아야카와 얼굴 마주 보았다가 두 사람 다 이해하지 못했다는 공통점만 확인했다. 가모는 맥이 빠진 목소리로 중얼거렸다.

"김빠져. 기적의 모래시계라고 부를 정도니까 시공 이동에도 뭔가 판타지 소설 같은 설명이 따라붙을 줄 알았는데 말이야."

"공교롭게도 저는 철저히 이론에 근거해서 판단하도록 태어나서……. 시공 이동은 그 특성상 부정확하고 확률적인 성격을 띠고 있습니다. 오차가 없도록 도착 장소를 세밀하게 지정해서 이동하면 시간적 오차가 커지고, 시간을 정확히 지정해서 이동하면 공간적 오차가 커집니다."

아야카는 이야기의 흐름을 따라올 수 없었는지 눈만 끔뻑거렸다. 한편 가모는 쓴웃음을 지으며 말했다.

"갑자기 디스커버리 채널에서 했던 양자 역학 특집이 떠오르네. 내가 기억하기로는 소립자도 그런 성질을 가지고 있다고 본 것 같은데."

"불확정성 원리를 말씀하시는군요. 소립자는 위치와 운동량을 동시에 측정하려고 하면 그 측정치에 반드시 불확정성이 생겨나고 맙니다. ……그나저나 텔레비전에서 한 번 본 걸 기억하고 계실 줄이야. 정말 대단한 기억력을 가지고 계십니다."

"맞아, 난 한 번 보고 들은 거면 웬만해선 기억하니까."

"마음만 먹으면 과거에 조사했던 자료 내용도 정확히 기억해 낼 수 있다는 말씀이시군요? 그렇다면 조금은 기대할 수 있겠습니다."

칭찬인지 무시인지 구분할 수 없는 호라의 말에 가모는 저절로 얼굴이 찌푸려졌다. 그런 그의 반응을 무시하고 호라는 일방적으로 말을 이어 갔다.

"세 번째 제약을 여러분께 제대로 설명해 드리려면 제가 질문부터 하나 드려야겠군요. 시공 이동을 할 때 가장 정확성이 요구되는 게 무엇이라고 생각하십니까?"

가모는 팔짱을 끼고 골똘히 생각에 빠졌다가 얼마 지나지 않아 입을 열었다.

"세계는 3차원 공간에 시간이 더해져서 4차원의 시공간이 된다고 생각해 볼 수 있어. 알기 쉽게 설명하면 좌우, 전후, 상하, 시간, 이렇게 네 가지 요소로 이루어졌지. 이 각각을 x축, y축, z축, t축 좌표로 나타내면 이 세계의 한 점을 표시할 수 있을 거야."

"이동 장소가 지구일 경우에는 위도와 경도와 표고까지 함께 생각할 필요가 있지만요."

"그렇다면 답은 표고야. ……시공 이동을 해서 도착한 곳이 상공 100미터거나 지하 100미터면 끝장이니까. 추락사를 하든 생매장을 당하든 이동한 장소의 땅과 한 몸이 되지 않겠어?"

그 말을 들은 호라는 피식 웃음을 터트렸다.

"참고로 제가 이동시킬 수 있는 대상은 인간뿐만이 아닙니다. 한 변이 6미터인 정육면체 크기까지는 인간과 함께 이동 대상으로 지정할 수 있습니다."

"오, 그래? 그럼 소형 비행기도 가능하다는 말이야?"

"안에 사람이 타고 있으면 가능합니다. 그래도 땅속 깊숙이 이동해 버리면 수습하는 데 애를 먹겠지만요. ……아무튼 정답입니다. 특히 표고에는 더 높은 정확성이 요구됩니다."

아야카가 고개를 살짝 갸웃거리며 말했다.

"그러니까 지금까지 한 이야기를 요약하자면, 표고에 오차가 없도록 조정하려고 하면 대신 다른 요소가 부정확해진다는 뜻인가요?"

"네. 목적지를 정하고 나면 경위도와 시간은 일정 범위 내에서 변동이 생기게 됩니다. 발생 오차는 확률에 지배되니 미리 결과를 아는 것도 불가능합니다."

"그 오차라는 게 어느 정도죠?"

"경위도는 미터로 표시하면 ±5미터 이내, 시간은 ±2시간 이내입니다."

그 말을 들은 가모는 검은 테 안경 너머로 눈을 찌푸렸다.

"흠, 애매한걸. 오차가 크다고 해야 하나, 작다고 해야 하나."

아야카는 어리둥절한 표정으로 그를 돌아봤다.

"고작 5미터고 2시간인데요?"

"이놈이 하는 말을 가만 들어보면 시공 이동은 안전한 이동법이 아냐. 그러니까 그 정도 오차도 작다고 단언할 수 없어."

가모는 위험하다는 사실을 알고서도 아무런 사전 통지도 없이 그를 과거로 날려 보낸 호라를 핸드폰 너머로 노려봤다. 하지만 상대는 태연하게 맞장구를 쳤다.

"정확하게 말씀하셨습니다. ……옥외로 이동할 가능성도 있으니 시공 이동 자체는 도착 지점의 공기나 빗방울 같은 작은 변수에는 영향을 받지 않게 되어 있습니다. 하지만 도착한 곳이 벽 안이라거나 땅속, 혹은 다른 사람의 머리 위라면 이야기는 전혀 달라집니다. 이렇게 되면 아주 끔찍한 일이 벌어지는데, 세포 융합이 일어나면서 내장이……."

"됐으니까 그만해. 그 이상은 듣고 싶지 않으니까."

"마지막 네 번째 제약은 타임 패러독스와 세계의 안정성에 관한 것입니다."

그 말을 들은 가모는 자신도 모르게 씩 웃었다.

"시간 여행 하면 역시 타임 패러독스를 빼놓을 수 없지. 자기가 태어나기 전으로 돌아가서 부모를 죽이면 발생한다는 그거, 유명한 이야기잖아?"

"방금 말씀하신 부류의 타임 패러독스는 조심만 하면 충분히 피할 수 있습니다. 그보다는 같은 시간에 같은 사람이 둘 이상 존재하면 안 된다는 대원칙이 더 문제입니다."

아야카가 당황한 목소리로 중얼거렸다.

"그게 무슨, 그럼 전 과거로 못 돌아간다는 뜻이에요?"

"훌륭한 지적입니다. ……의외라고 생각하실지도 모르지만 시간 여행은 미래로 이동하는 편이 더 쉽습니다."

"음, 하긴 현재의 내가 시간 여행을 하면 그 후로 계속되는 미래에는 내가 존재하지 않을 테니까. 미래에 내가 한 사람 더 존재하는 건 말이 안 되잖아."

"그에 비해 과거로 이동하는 것은 시간의 흐름을 역행하는 부자연스러운 행위입니다. 세계의 안정성이 깨지고 타임 패러독스도 일어나기 쉬워지죠."

가모는 반신반의하는 마음으로 핸드폰을 응시했다.

"나는 무사히 과거로 이동한 것 같은데, 그건 왜 그런 거야?"

"가모 씨는 본인이 태어나기 전으로 이동하셨으니 직접적인 타임 패러독스는 피하셨습니다. 하지만 가까운 과거로 이동하는 것은 굉장히 위험한 행동입니다."

아야카는 침을 꿀꺽 삼키며 물었다.

"제가 세 시간 전의 세계로 돌아가면요?"

"세 시간 전의 세계에는 '아야카 양'과 '세 시간 전의 아야카 양'이 공존하게 됩니다. 하지만 동일한 두 사람이 동시에 존재하는 일은 허락되지 않습니다. 반드시 타임 패러독스가 발생하지요. ……비디오 게임을 할 때 갑자기 게임이 멈추는 심각한 버그를 떠올리시면 이해하기 쉬우실 겁니다."

아야카에게는 이해하기 어려운 설명이었지만 가모는 그 말을 듣고 고개를 끄덕였다.

"아, 그러니까 게임을 먹통으로 만들어서 진행할 수 없게 만드는 버그 말이지. 게임기는 재시작하면 대부분 문제가 해결되는데, 현실 세계는 그럴 수가 없잖아?"

"재시작까지 할 필요도 없습니다. '그녀'의 자정 작용으로 패러독스는 금세 해소되니까요."

무심코 가모와 아야카는 서로의 얼굴을 쳐다봤다.

"'그녀'라니, 누구?"

"이 세계 말입니다. 비유적으로 그렇게 불러 봤습니다."

"아, 깜짝이야. 뜬금없이 왜 의인화를 하고 그래."

가모의 핀잔에 호라의 목소리에서 서운함이 묻어났다.

"세계를 인격화하는 게 그렇게 이상한 일입니까?"

"응, 이상해. 너는 모르는 것 같지만."

"……어쨌거나 이 세계는 '아야카 양'이 '세 시간 전의 아야카 양'을 만나려고 하면 바로 직전에 과거의 그녀를 소멸시켜 버립니다. 그렇게 되면 시공 이동을 하게 될 미래의 '아야카 양'도 소멸하게 되니 타임 패러독스도 발생하지 않겠지요. 이것이 이 세계의 자정 작용입니다."

아야카는 입술이 새파랗게 질려 말했다.

"그럼 세상이 전부 세 시간 전으로 돌아가서 정상적으로 돌아가는 대신에 제가 이 세상에서 사라지게 된다는 뜻이에요?"

"네, 당신만 없는 세계가 계속됩니다."

한동안 침묵이 이어졌다. 어디선가 사람들의 말소리가 들린 듯했는데, 워낙 미미한 소리라 가모도 잘못 들은 것인지 아닌지 판단이 서지 않았다. 이윽고 가모가 입을 열었다.

"아야카가 어제로 돌아갈 수 없는 이유는 이해했어. 근데 난 다르잖아."

"가모 씨는 어제까지 이곳에 존재하지 않는 인간이었으니 하루 전으로 돌아가도 방금 말한 타임 패러독스는 발생하지 않습니다. ……하지만 그렇게 함으로써 세계는 균형을 잃게 됩니다."

"무슨 뜻인지 제대로 설명해 봐."

"당신이 '이곳'에 온 영향으로 미래가 크게 바뀌려고 합니다. 시공 이동으로 이 세계가 불안정한 상태가 되었다는 점은 이해하고 계실 겁니다. 그런 상태에서 당신이 가까운 과거로 돌아가면 또다시 영향을 주게 되니 세계는 위험한 수준까지 균형을 잃게 됩니다."

"고작 두 번, 과거에 간섭했을 뿐인데?"

그의 질문에 호라는 잠시 대답을 망설이는 듯하더니 이윽고 입을 열었다.

"현재 상황을 전부 고려해 시뮬레이션해 봤습니다. 계산상…… 당신이 어제로 돌아가 다시 과거를 바꾸려고 할 경우, 이 세계는 자정 작용으로 회복할 수 없을 정도로 균형을 잃게 됩니다. 그대로 세계가 붕괴되어 버릴지도 모를 만큼 말이죠."

그 말을 들은 아야카는 눈물을 글썽였다.

"그럼 저희 아버지를 구할 방법은 이제 없단 말이에요?"

"네, 두 사람의 목숨을 구하려고 세계를 위험에 노출시킬 수는 없으니까요."

잔인한 대답에 그녀는 두 손으로 얼굴을 감싸고 울기 시작했다. 그 자그마한 어깨가 떨리는 모습을 보고 가모는 마음이 아파 견딜 수 없었다.

가모와 호라를 만나 그녀의 운명은 바뀌었고 소녀는 가슴에 희망을 품었다. 시공을 넘어 온 그들이 아버지를 틀림없이 구해 줄 거라고……. 하지만 그 희망은 무참히 박살 났고 그녀는 두 번째 절망을 맛보아야 했다.

그 모습을 목격하고서야 가모는 깨달았다. 그가 류젠 가 사람들의 운명에 개입함으로써 미래를 나쁜 방향으로 바꿀 가능성도 있음을. 그는 앞으로 일어날 사건을 자신이 저지하지 못한다면 더 큰 불행과 절망이 퍼질 것임을 깨달았다.

그래도 여기서 멈출 수는 없었다.

짧게 숨을 들이켠 뒤 가모는 입을 열었다.

"이런 이야기를 꺼내기에는 최악의 타이밍이지만…… 내 이야기 좀 들어 봐. 정말로 누군가가 류젠 가 사람들의 목숨을 노리고 있어. 앞으로도 살인은 계속될 거고 25일에는 산사태가 일어나서 전부 목숨을 잃게 될 거야. 그 후에도 류젠 가에 내린 저주 때문에 많은 사람이 희생될 거고."

아야카는 여전히 고개를 숙인 채로 울기만 했다. 사실 이런 이야기는 관두고 그녀에게 위로의 말을 건네고 싶었다. 하지만 그는 꿋꿋이 이야기를 이어 나갔다.

"미래에서 왔으니까 범인의 정체 정도는 알지 않을까, 그렇게 생각할지도 몰라. 그런데 이 사건은 범인이 밝혀지지 않은 채로 막을 내릴 운명이야. 우리가 적극적으로 나서서 미래를 바꾸지 않는 한은."

이윽고 그녀는 천천히 고개를 들었다.

"가모 아저씨…… 아저씨는 저희를 구하려고 오신 거죠?"

눈물에 젖은 그녀의 눈이 한 점의 의심도 없이 그를 응시하였기에 가모는 자기도 모르게 주춤했다.

"결과적으로는 그렇게 되겠지? 하지만 나는 네가 기대하는 그런 사람은 아냐."

아야카는 가만히 가모를 응시했다.

이 무언의 물음에 그는 신중히 말을 골라 대답했다.

"나는 내가 어떻게 과거로 왔는지도 모르고 너희 가문 사람들을 어떻게 구해야 하는지도 몰라. 그러기는커녕 구할 능력이 있는지조차 의심스러운…… 아니, 아마 없을 거야."

그 말을 들은 호라는 비아냥대는 투로 말을 꺼냈다.

"이것 참 의외입니다. 가모 씨는 꽤 겸손하게 말씀하시는군요."

가모는 그 말을 무시한 채 말을 이어 갔다.

"그렇다고 겁먹고 있을 수만은 없어. 나는 아내를, 레나를 구해야 하니까."

"아내요?"

"사실 너한테는 아주 어렸을 적에 생이별한 쌍둥이 여동생이 있어."

그 말을 들은 아야카는 가뜩이나 큰 눈을 더욱 커다랗게 떴다. 가모는 계속해서 말을 이어 갔다.

"자세한 사정은 모르지만 너의 여동생인 아야노 씨는 다른 집에 맡겨졌어. 그래서 이 참극에 휘말리지 않고 무사히 살아남을 운명에 있지. 그리고 레나는 그분의 손녀로 류젠 가에 내려오는 저주 때문에 고통받고 있어. ……호라가 말하기를 내 아내를 구하려면 이 사건을 꼭 해결해야 한대. 내가 뭘 할 수 있을지는 모르겠지만 힘이 닿는 한 너와 네 가족을 지키겠다고 약속할게. ……그러니까 이 이상 아무 일도 일어나지 않게 나를 도와줄 수 있을까?"

아야카는 두 손을 꼭 모으고 가모의 눈을 응시했다. 이번에는 그도 시선을 피하지 않았다. 10초 정도 침묵이 흐른 뒤 그녀가 고개를 끄덕였다.

"네, 그럴게요. 저도 제 가족을, 모두를 구하고 싶어요."

여기서 또 한 번 호라가 끼어들었다.

"다시 한번 잘 생각해 보십시오. 정체 모를 사람이 갑자기 시노에 등장한 겁니다. 일단은 그를 살인범으로 의심하는 게 좋지 않겠습니까?"

"너 이 자식, 대체 누구 편이야!"

그렇게 되받아치면서도 가모는 반쯤 체념하는 마음이 들었다.

그가 살인범일 가능성까지는 생각해 보지 못했기 때문에 아야카도 그를 믿는다고 말한 게 틀림없었다. 하지만 예상과는 달리 아야카는 가모를 올려다보며 이렇게 말했다.

"저는 가모 아저씨가 순간 이동하는 모습을 봤기 때문에 미래에서 왔다는 말은 의심하지 않아요."

말이 끝나기가 무섭게 호라는 핸드폰 너머로 떠들어 댔다.

"그렇다면 더더욱 의심하셔야 합니다. 가모 씨가 제 능력을 이용해서 범행을 저지르지 않을 거라고 어떻게 확신하십니까.”

“그야 아저씨가 거짓말을 하는 것처럼 보이진 않으니까요.”

“직감 따위를 믿는 것은 어리석은 자들이나 하는 행동입니다, 아야카 양.”

“제 생각은 달라요. 아버지가 살해당하셨다는 말을 들었을 때 저는 범인이 우리 류젠 가 사람 중 하나일 거로 생각했어요. 지금도 마음 한구석으로는 그렇게 의심하고 있고요.”

가모는 깜짝 놀랐다. 중학생밖에 안 된 여자아이가 그런 생각을 하리라고는 전혀 예상치 못했기 때문이다.

“그렇게 의심하게 된 근거라도 있어?”

그가 그렇게 되묻자 아야카는 당황한 듯 고개를 세차게 가로저었다.

“구체적인 이유는 없지만 그렇게 의심할 수밖에 없는 상황이잖아요. ……그러니까 더 늦기 전에 결심해야 한다고 생각했어요.”

“무엇을 말입니까?”

조금 냉정하게 보일 수 있는 호라의 질문에도 그녀는 망설임 없이 대답했다.

“가모 아저씨를 용의자로 보고 감금할지, 아니면 아저씨를 믿고 함께 이후에 벌어질 사건을 막을지, 둘 중 하나를요. 그리고 저는 아저씨를 믿기로 했어요."

핸드폰 너머로 희미한 웃음소리가 들려왔다.

"그 정도로 결심이 확고하다면야 이 이상 아무 말도 하지 않겠습니다. ……가모 씨, 좋은 협력자를 구하셨군요?"

호라는 그렇게 말했지만 가모는 그가 무슨 의도로 아야카를 흔들려고 했는지 신경 쓰였다. 그가 그것을 물으려고 입을 연 순간, 머리 위에서 창문이 열리는 소리가 들려왔다. 가모가 황급히 셔츠 주머니에 핸드폰을 밀어 넣으며 건물을 올려다보니 조금 전까지 아야카가 있던 방에 남자 하나가 모습을 드러냈다.

"아야카, 어디 있는지 대답해!"

아야카를 부르며 방범창에 얼굴을 가까이 댄 젊은 남자는 건물 근처에 있던 두 사람을 보고 눈을 부릅떴다. 2층을 올려다보던 아야카도 기어들어 가는 목소리가 되어 웅얼거렸다.

"……어떡해요, 겐지 삼촌이에요."

그녀의 삼촌은 가모보다 다섯 살 정도 어려 보였다. 아마도 20대 후반쯤이 아닐까. 그는 아야카를 발견하고 가슴을 쓸어내리려다 그 옆에 가모라는 낯선 남자가 있어서인지 금세 목소리를 날카롭게 바꿨다.

"방에서 나오지 말라고 내가 그만큼 얘기했는데. 아야카, 당장 그 사람 곁에서 떨어져서 집으로 들어와."

"하지만."

그녀가 고분고분 따를 생각이 없다는 걸 알아차렸는지 젊은 남자는 발길을 돌려 보이지 않는 구석으로 다시 사라졌다. 가모는 쓴웃음을 지었다.

"다른 사람들은 식당에서 얘기 중이라고 하지 않았어?"

그렇게 말하면서도 가모는 기억을 더듬어 '시노의 참극'에 관련된 사람 중에 류젠 겐지라는 이름이 있었음을 기억해 냈다.

아야카도 본인의 방에서 삼촌이 나타난 게 의외였는지 당황한 모습을 그대로 보이며 주머니 안에서 시계를 꺼냈다. 추상화된 용이 새겨진 은색 시계였다.

"아직 12시잖아? 삼촌은 경찰을 부르러 아까 외출하셨거든요. 근데 제일 가까운 파출소에 가서 사정을 설명해도 시간이 꽤 걸릴 텐데 왜 이렇게 일찍 돌아오신 거지? 하아, 내가 방문만 잠그고 나왔어도 들키지 않았을 텐데."

그렇게 말하며 그녀는 거의 무의식처럼 보이는 손놀림으로 용의 머리를 돌렸다. 태엽 시계가 끼리릭 끼리릭 요란한 소리를 냈다.

"너희 삼촌이 일찍 돌아온 이유라면 대충 알 것 같아. …… 류젠 가 사람들을 시노에 고립시키려고 범인이 시노 다리를 끊어 버렸거든. 적어도 내가 아는 미래에는 그런 기록이 남아 있어."

그의 말을 들은 소녀의 눈에 공포가 깃들었다. 이윽고 어디선가 거칠게 문을 여는 소리가 들리더니 마른 몸집의 젊은 남자가 두 사람 쪽으로 왔다.

가모는 같은 얼굴을 류젠 가 단체 사진에서 보았다. 이목구비는 단정했지만 눈길을 끄는 면이 있는 아야카의 외모와는 크게 닮은 점이 없었다. 굳이 표현하자면 도드라진 특징 없이 말끔하고 수수한 얼굴이었다.

옷은 격식을 차리기보다는 편하게 회색 폴로셔츠에 검은색 계열의 진을 입고, 약간 곱슬한 머리는 아무렇게나 뒤로 넘겼다. 2018년도에 있어도 그다지 위화감이 없을 모습이었다.

겐지는 여기까지 뛰어왔는지 숨을 헐떡이며 입을 열었다.

"괜찮은 거지? 아야카."

"걱정하지 마세요. 왜냐하면 이분은……."

겐지는 그녀의 옆에 서 있는 가모를 머리 꼭대기부터 발끝까지 뚫어져라 쳐다봤다. 키가 180센티 가까이 되는 그에 비해 겐지는 10센티 정도가 작았다. 그런데도 어째서인지 가모는 겐지가 자신을 내려다보고 있는 것 같은 느낌을 받았다. 나이는 어리지만 그가 타인의 위에 서는 데 익숙한 입장이라 그런 것이 아닐까.

"아야카, 네가 아는 사람이니?"

목소리는 온화했지만 그 눈에는 대답 여하에 따라 처분하겠다는 냉정함이 서려 있었다. 조카의 눈앞에 수상한 사람이 있으면 누구나 그런 반응을 보이겠지만.

가모가 이 상황을 어떻게 타파할지 고민하는 사이에 아야카가 먼저 입을 열었다.

"이분은 가모 도마 아저씨예요. 도쿄에서 아주 유명한 사립 탐정이시죠."

그녀는 몹시 진지했지만 그녀의 대답을 들은 가모는 순간 사레가 들려 쿨럭쿨럭 기침을 해 댔다.

"탐정?"

겐지는 의심스럽다는 듯이 중얼거리며 기침을 하는 가모와 거짓말이 서툰 아야카를 번갈아 쳐다봤다. 그러고는 말투를 바꿔 다그치듯이 물었다.

"탐정 일을 하신다는 분이 저희 별장에는 어쩐 일로 오셨습니까?"

그때, 흘려들을 수 없는 목소리가 두 사람 사이를 비집고 들어왔다.

"나머지 얘기는 안에서 듣도록 하자."

건물 모퉁이를 돌아 나타난 사람은 한여름임에도 불구하고 베이지색 양복을 완벽하게 차려입은 신사였다. 나이는 50대 중반쯤에 키는 170센티 이상이었다. 단정하게 정리한 콧수염에는 희끗희끗 흰 털이 섞여 있었다.

그러나 신사다운 그의 손에 들려 있는 어느 물건을 보고 가모는 가슴이 선득해졌다. 그가 들고 있는 것이 엽총이었기 때문이다. 겐지도 그 모습에는 놀란 모양이었다.

“어쩐 일이세요, 소지로 숙부님. 엽총을 다 가지고 오시고.”

“네가 급하게 밖으로 달려 나가는 소리를 듣고 혹시 몰라 가져왔다. 이 근처에는 살인마가 돌아다니니까.”

신사의 눈은 명백히 가모를 그 살인범으로 보고 있었다.

*

식당에 들어서자마자 의심으로 가득한 눈길이 집중포화처럼 가모에게 쏟아졌다.

식당은 화이트 톤으로 꾸민 서양식 구조였다. 대략 10평쯤 되는 공간이었는데 오래된 건축물에서 자주 보이는 낮은 천장 구조 때문에 해방감은 없었다. 건물이 지어진 지는 제법 오래되어 보였지만 내부는 새것 같았다. 최근에 대규모 내부 공사를 한 게 틀림없었다.

정중앙에는 고풍스러운 느낌의 대형 식탁이 놓여 있고 그 주위로 의자 12개가 나란히 놓여 있었다. 어디를 보나 가모가 평소에는 볼 기회조차 없는 고급스러운 물건뿐이었다. 식당 안에 놓인 물건들로 짐작하건대 류젠 가의 일상은 완전히 서양화되어 있는 듯했다. 세월의 깊이가 느껴지는 커다란 괘종시계는 12시 12분을 가리키고 있었다.

식당 안에는 8명의 남녀가 있었다.

가모를 기준으로 테이블 왼쪽 첫 번째 자리에 앉은 사람은 아야카였다. 그녀는 불안한 기색을 감추지 못하고 계속해서 주위를 두리번거렸다. 그 옆에는 겐지가 팔짱을 낀 채 앉아 있었다.

두 사람 옆에는 소지로라 불린 신사의 모습이 보였다. 가모를 위협하기 위함인지 엽총을 지금도 손에서 놓지 않는다. 하지만 혹시라도 총이 발포되면 위험하리라 생각해서인지 건물에 들어오기 전에 탄환은 미리 빼 둔 상태였다.

식당 상석에 앉은 사람은 하얀색 노타이셔츠를 입은 휠체어를 탄 노인이었다.

80세는 족히 넘어 보였고 연지색 담요를 무릎에 덮고 있었다. 노인은 옷을 입고 있어도 어깨 부근으로 잘 단련된 근육이 드러나 보였다. 그리고 그 눈은 이곳에 있는 어느 누구보다 매서웠다.

가모는 이 노인이 류젠 가의 당주, 류젠 다이가가 틀림없다고 짐작했다. 일기에서는 아야카에게 '할아버지'라고 불렸지만 실제로는 그녀의 증조부에 해당하는 인물이었다. 자료로 봤던 흑백 사진과 비교하면 다른 사람이 아닐까 싶을 정도로 정력적으로 보인다…….

노인의 대각선 뒤편에 서서 살짝 눈을 내리깔고 가모를 힐끔대는 사람은 류젠 가의 고용인이었다. 그녀는 하얀색과 검은색을 기본으로 한 고풍스러운 메이드복을 입고 있었다.

다이가를 전담하는 고용인은 도네가와 쓰구미 한 사람뿐……이라는 자료의 구절을 떠올리며 가모는 그녀를 빤히 응시했다. 그 이름은 아야카의 일기에도 몇 번이나 등장했다.

미인이지만 화장이 짙고 나이는 마흔 살쯤. 무엇보다 가모는 도네가와의 균형 잡힌 몸매에 놀랐다. 젊은 나이가 아님에도 불구하고 앞치마 허리끈을 높이 묶음으로써 완벽한 실루엣을 탄생시켰다.

다이가가 천천히 입을 열어 쉰 목소리를 냈다.

“가모 군이라고 했나? 시노에는 무슨 일로 왔는지 자세히 설명해 보게.”

가모가 그 질문에 대답하기도 전에 아야카가 먼저 입을 열었다.

“할아버지. ……제가 이분을 별장으로 초대했어요.”

식당 안이 쥐 죽은 듯 고요해지고 다이가도 당황스러운 표정을 지으며 그녀에게로 시선을 옮겼다.

“초대했다니, 어떻게 된 일인지 설명해 보렴.”

뭔가를 단단히 결심한 듯 아야카의 눈에 도전적인 빛이 깃든 것을 보고 가모는 불길한 예감을 느꼈다.

“네, 이분은 어려운 사건을 몇 번이나 해결한 명탐정이에요. 경시청에서 끊임없이 협력 요청이 들어오고 훈장을 받기도 했어요.”

아야카가 자신에게 추가한 이상한 설정을 듣고 가모는 자기도 모르게 창문을 깨고 그 자리에서 도망칠 뻔했다.

물론 명탐정은 소설 속에나 등장하는 존재다. 2018년이건 1960년이건 그 사실이 달라질 리는 없다.

"명탐정이라……."

그렇게 중얼거린 사람은 식탁 우측에 앉아 있던 세 명의 젊은이 중 하나였다.

그와 또 한 사람은 얼굴이 비슷했기 때문에 언뜻 보고도 남매임을 알 수 있었다. 나이는 두 사람 다 20대로 보였고 아야카의 외모에 필적할 만큼 생김새가 반듯했다. 가모는 두 사람의 이름이 류젠 쓰키히코와 류젠 쓰키에임을 기억해 냈다. 두 사람은 다이가의 손주였다.

첫째 쓰키히코는 갸름한 눈매가 서글서글해서 여성에게 인기가 많을 것 같았다. 다만 얇은 입술에 내면의 차가움이 드러나 보였다. 차림새로는 이 중에서 가장 격이 없었는데, 깃을 세운 파란색 알로하셔츠 주머니로 선글라스가 비죽 나와 있었다.

식탁에 시선을 떨구고 있는 쓰키에는 물기를 머금은 커다란 눈이 깜짝 놀랄 정도로 아름다웠다. 그녀는 소매가 없는 연두색 블라우스를 입고 있었다.

가모를 쳐다보는 쓰키히코의 눈에는 작은 새를 괴롭히는 뱀과 같은 냉혹함이 담겨 있었다. 그것은 아야카의 거짓말을 간파했다는 증거이기도 했다. 가모는 마음의 준비를 하고 기다렸지만 그 다음 말은 생각지도 못한 방향에서 튀어나왔다.

"……유명한 분이라고? 그런데 공교롭게도 나는 처음 듣는 이름인걸."

이렇게 말한 사람은 겐지였다. 아야카는 틈을 주지 않고 곧바로 대응했다.

"삼촌은 보통 해외에 계시니까 국내 정보에는 어두우실 수밖에 없죠."

"그래, 네 말도 어느 정도는 맞아. 그런데 유명한 탐정은 어째서 부르려고 생각한 거니?"

아야카는 흥분한 듯 뺨을 붉게 물들이며 핑계를 대기 시작했다.

"그야 오늘이 8월 22일, 할아버지의 생신이니까 그렇죠. 깜짝 놀라게 해 드리고 싶어서 비밀리에 가모 탐정님을 초대했어요. ……삼촌도 아시잖아요, 할아버지가 탐정 소설을 좋아하신다는 거."

증손녀의 기세에 압도된 것일까, 다이가는 조금 전까지 보이던 위엄을 전부 잃고 열없는 미소를 지었다.

"그것만큼은 이 할아비가 부정 못 하겠구나."

"죄송해요, 할아버지께서 좋아하실 줄 알았어요. 저희 반에 자기 아버지가 가모 탐정님이랑 아는 사이인 애가 있다고 해서 그 애를 통해 제가 와 주실 수 없겠냐고 부탁드렸어요. 그랬더니 탐정님이 마침 일정이 비어 있다고 하셔서 이렇게 된 거예요."

아야카의 말수가 쓸데없을 정도로 많아졌다. 거짓말을 할 때 인간이 보이는 전형적인 반응이었지만 다이가도 겐지도 의외로 진지하게 그녀의 말에 귀를 기울였다.

그 설명이 전부 끝나기를 기다렸다가 겐지가 온화한 말투로 물었다.

"방금 그 말, 전부 사실이지? 아야카?"

"그럼요."

그녀의 눈은 진지함 그 자체였다. 그 모습을 본 겐지의 눈에 이 상황을 즐기는 듯한 기색이 언뜻 비쳤다가 사라졌다. 그는 다이가를 똑바로 보며 말을 이어 갔다.

"할아버님도 아시겠지만 아야카는 악의를 가지고 거짓말을 할 아이가 아닙니다. 얘기를 들어 보니까 정말로 할아버님을 놀라게 해 드리고 싶어서 이런 일을 벌인 모양입니다."

증손녀에게 상당히 약한 모습을 보이던 다이가의 눈이 그 순간 흔들렸다. 그러나 생각을 바꾸기에는 여전히 역부족이었다.

"그래, 틀린 말은 아니지만 이 남자가 우리를 노리는 살인범일 가능성은 여전하다."

정론이었지만 겐지는 그 말을 부정하며 가볍게 고개를 가로저었다.

"그럴 가능성은 작을 겁니다. ……상황으로 미루어 볼 때 범인은 어젯밤부터 오늘 아침 이른 시간까지 별장 건물 안에 있었던 사람일 겁니다. 그 시간대에 외부에서 건물 안으로 누군가가 침입하는 일은 불가능했으니까요."

이 이야기는 아야카에게도 금시초문이었는지 그녀의 눈이 심하게 흔들렸다. 얼마간 생각에 잠겨 있던 다이가가 이윽고 입을 뗐다.

"그래, 나도 안다. 한데 건물 밖에다 시신 일부를 유기하는 일이 불가능했을 텐데, 실제로는 머리와 몸통을 보란 듯이 내놓았다."

"네, 그야말로 불가능한 범죄라 부를 만한 상황이었죠."

"그럼, 거기 있는 그 남자가 범행을 저지를 수 있느냐 없느냐도 모를 일이 아니냐. 범인이 머리와 몸통을 가지고 나갈 때 썼던 것과 동일한 방법을 쓰면 누구나 들키지 않고 이 건물을 드나들 수 있을 테니까."

"네, 할아버님 말씀이 옳습니다. ……하지만 그 얘기는 여기 있는 사람 모두에게 해당됩니다."

그 말을 들은 다이가는 희끗희끗한 눈썹을 얼마간 찌푸리다 이윽고 입을 열었다.

"그래, 인정하마."

"이분이 입고 있는 옷을 보면 심하게 주름이 졌다거나 뭔가가 묻어 더러워진 부분이 거의 없습니다. 운동화에도 흙은 거의 묻어 있지 않죠. 어젯밤부터 별장 건물 밖에 숨어 있다가

한 번 비가 왔던 숲속과 건물 안을 왕복했다면 이렇게 깨끗할 수는 없을 겁니다."

"운동화?"

가모는 자신이 신고 있는 스니커즈를 내려다보며 저도 모르게 중얼거렸다. 시노의 별장은 신발을 신고 들어와도 되는 곳이었기에 그는 지금도 해외 브랜드에서 만든 스니커즈를 신고 있었다.

"……그나저나 보면 볼수록 희한한 차림새구먼."

다이가는 그렇게 말하며 가모를 빤히 쳐다봤다. 가모가 입은 옷처럼 몸에 딱 맞는 셔츠와 바지는 2018년도에서 평균적인 디자인이었지만 절대로 이 시대에 어울리는 디자인은 아니었다.

류젠 가 남자들이 입은 바지는 한눈에 봐도 통이 컸고 소지로가 입은 양복조차도 조금 통이 큰 디자인이었다. 원단 역시 눈으로만 봐도 차이가 날 정도였는데, 가모가 입은 셔츠는 형상 기억 섬유로 만들어진 것이었지만 이 시대에 그런 소재는 없었다. 신발도 다른 사람들은 검은색, 갈색, 흰색 가죽 구두를 신은 데에 비해 오직 가모만이 스니커즈를 신었다.

가모는 자신이 괴상망측한 무언가를 걸치고 있다는 느낌이 들어 우울해졌다. 그런 그를 흥미로운 눈초리로 지켜보던 겐지가 다시 한번 입을 열었다.

"조금 전에는 분위기 때문에 저도 모르게 그런 말이 나왔습니다만, 생각해 보니 오다가다 들은 적이 있습니다. 도쿄에 가모라는 이름의 탐정이 있다고요."

그 말에 아야카는 거의 반사적으로 고개를 들었고 가모도 하마터면 소리를 지를 뻔했다. 그런 두 사람의 반응에는 눈길도 주지 않고 겐지는 계속해서 말을 이어 나갔다.

"아야카가 조금 과장해서 설명한 점도 있지만 이분이 사립 탐정이라는 말은 사실입니다."

그가 이미 거짓말을 간파했다는 사실은 얼굴에 은근히 드러난 장난기 어린 표정만 봐도 알 수 있었다. 그런데도 겐지는 아야카의 거짓말을 지적하지 않고 그녀와 가모를 옹호했다. 심지어는 "가모라는 이름을 들은 적이 있다."라며 자발적인 거짓말까지 보탰다…….

소녀는 삼촌에게 감사의 마음이 담긴 시선을 보냈고 그도 알았다는 듯이 살짝 고개를 끄덕였다.

겐지의 거짓말에는 극적인 효과가 있어 단숨에 식당 안의 분위기가 달라졌다. 다이가의 태도도 한결 부드러워져서 가모를 향해 미소를 지어 보일 정도였다.

"무례를 용서해 주게나. ……류젠 다이가라고 하네. 이 아이의 증조부 되는 사람이지. 아야카가 자네에게 이런 억지를 부릴 줄 알았더라면 어떻게든 말렸을 텐데 말이야."

"아뇨, 그런 말씀 마십시오. 오히려 제가 더 기쁜 마음으로 받아들였습니다."

가모는 본인이 무슨 말을 하는지도 모른 채 횡설수설 대답했다. 그러면서도 그는 오히려 겐지에게 시선을 보냈다. ……중학생 소녀가 꺼낸 수상쩍은 이야기를 그가 무슨 의도로 옹호해 주었는지 전혀 짐작할 수가 없었다. 결과적으로는 두 사람을 구해 준 셈이지만 숨겨진 의도를 파악하지 못한 상태로는 찜찜한 마음도 남을 수밖에 없었다.

한편 다이가의 눈에서는 경계심이 사라지고 이제는 슬픔이 비쳤다. 가모는 나지막한 목소리로 말했다.

"만나 뵌 지 얼마 되지도 않아 이런 말씀을 드려야 하는 게 저도 괴롭습니다만."

가모는 고개를 한 번 가볍게 끄덕이고서 말을 이어 나갔다.

"아야카 양을 통해 별장에서 사건이 일어났다고 전해 들었습니다."

가모는 이대로 사건에 대해 뭔가 알아낼 수 있지 않을까 하는 옅은 기대를 품었지만 쓰키히코가 퉁명스럽게 질문을 던져 왔다.

"이봐요, 여기까지는 어떻게 왔습니까? 직접 운전해서?"

그는 뻔한 거짓말을 모두가 자연스럽게 받아들이고 있는 상황이 못마땅한 듯했다.

"쓰키히코, 손님께 무례하구나."

다이가의 꾸지람에도 쓰키히코는 멈추지 않았다.

"할아버지, 여기 있는 사람들은 전부 어젯밤에 자기가 무얼

했는지 서로에게 다 얘기했거든요. 심지어 가족끼리도 철저하게 알리바이를 조사했는데, 손님한테 질문하면 안 될 이유는 없죠. 탐정님, 당연히 대답해 주시겠죠?"

가모는 고민에 빠졌다. ……쓰키히코는 그를 함정에 빠뜨리려고 이런 질문을 한 게 틀림없다. 무언가 8월 22일에 일어난 일과 모순되는 말을 했나? 가모는 5년 전에 읽은 『류젠 아야카의 일기』 내용을 상세하게 떠올리려고 애썼다. 그가 가진 기억력이라면 불가능한 일은 아니었으니까.

"……걸어서 왔습니다."

그가 꺼낸 답에 쓰키히코는 그의 잘생긴 이목구비가 망가질 정도로 얼굴을 찌푸렸다. 가모는 상대의 반응에 더욱 자신을 가지고 빙긋이 웃으며 대답을 이어 나갔다.

"저는 비밀리에 초대받은 손님이지 않습니까. 차를 타고 오면 너무 눈에 띕니다. 지인에게 다리 앞까지 차로 데려다 달라고 부탁해서 거기서부터는 걸어왔습니다."

이 별장에도 주차장은 있을 터였다. 당연한 일이지만 그곳에 가모가 타고 온 차는 없다. 쓰키히코는 그 사실을 알아차리고 진실을 폭로하기 위해 유도 신문을 한 거라고 가모는 예측했다.

쓰키히코가 입을 다물자 그 옆에 앉아 있던 청년이 차마 못 보겠다는 듯이 입을 열었다. 이름이 판명되지 않은 최후의 한 사람이다.

"시노 다리에서 여기까지 대략 25킬로나 되는데, 걸어오시느라 많이 고생하셨겠어요. ……아야카 아가씨. 조금만 일찍 귀띔을 해주지 그러셨어요. 그러면 차로 가모 씨를 모시러 가서 아가씨의 비밀 작전을 도와드렸을 텐데."

아야카가 그렇게 해 주기를 바랐다기보다는 재미있는 일에 끼지 못해 아쉬워하는 마음에서 나온 말 같았다. 옆에 있는 쓰키히코와 대조적으로 이 청년의 외모는 누구나 좋아할 만한 호감형이었다. 체형은 여성인 쓰키에와 비교해도 크게 차이가 없을 정도로 호리호리했다. 나이는 20대 초반 정도. 어두운 남색 폴로셔츠를 입었다.

아야카를 '아가씨'라 부르는 것으로 볼 때 류젠 가 사람이 아님은 확실했다. 그러나 도네가와와 달리 류젠 가 사람들과 같은 식탁을 차지했다. 가모가 기억하기로는 다이가와 친분이 있는 사람의 아들인가로, 중학생 때 류젠 가가 거둔 이후 객식구로 지내게 된 청년이 하나 있었다. 분명 이름이 아마미야였다.

아야카는 이 청년과 꽤 가까운 사이인지 장난기 넘치는 모습을 보이며 그에게 사과했다.

"죄송하지만 아마미야 아저씨한테 얘기했다가는 다른 사람들한테 다 퍼질 것 같았단 말이에요."

"어떻게 그런 말씀을. 저 그렇게까지 입이 가벼운 사람은 아닙니다."

두 사람의 대화로 분위기가 부드러워지자 그것이 마음에 들지 않았는지 쓰키히코가 다시 한번 끼어들며 질문했다.

"그래서 여기에는 몇 시에 도착했고?"

체감상으로는 시공 이동 후 1시간 정도가 지난 것 같았다. 식당에 걸린 시계가 12시 28분을 가리키고 있으니 그는 11시 30분쯤에 '이곳'에 도착했다는 말이 된다.

가모는 최대한 말을 아끼며 이렇게 대답했다.

"정확한 시간은 저도 모르겠군요. 특히 아야카 양에게 도착했다고 알린 후로는 이야기를 나누느라 정신이 없어서. 다만 11시 전에는 도착했던 것 같습니다."

도착 시간을 실제보다 앞당겨서 말한 데에는 이유가 있었다.

가모의 기억이 틀림없다면 아야카의 일기에는 다음과 같은 내용이 적혀 있었다. ……겐지와 소지로는 경찰을 부르기 위해 차로 출발했지만 1시간도 지나지 않아 별장으로 돌아왔다. 그것은 정오 무렵이었다.

쓰키히코는 겐지와 소지로가 차로 이동하는 사이에 도로에서 가모와 마주치지 않은 점에 대해 추궁할 의도였을 것이다. 그렇다면 두 사람이 출발하기 훨씬 전에 이곳에 도착했다고 대답해야만 했다.

그가 빈틈을 드러내지 않았기에 쓰키히코는 "흐음." 하고 혼자 언짢아하고서는 그 이상 아무 말도 하지 않았다.

"……혹시나 해서 말인데, 시노 다리를 건널 때 뭔가 이상한 점은 없었습니까?"

이렇게 질문한 사람은 소지로였다. 이제는 그도 산탄총을 반으로 접어 식탁 위에 올려놓은 상태였다. 무장을 해제한 모습을 보고 가모는 진심으로 안도했다.

그의 기억에 의하면 소지로는 다이가의 차남이자 쓰키히코와 쓰키에의 아버지이기도 했다. 반듯한 얼굴을 가졌지만 그보다 눈에 띄는 것은 신경질적으로 보이는 눈과 입술의 미세한 움직임이었다.

미래에서 온 가모는 다리가 끊어졌다는 사실을 알았지만 시치미를 떼기로 했다.

"특별히 기억나는 일은 없는데, 다리에 무슨 문제가 있습니까?"

"누군가가 교묘하게 다리 로프와 발판에다 톱질을 해 놓았더군요. 가모 씨가 건널 때도 이미 톱질이 되어 있었을 가능성이 큽니다."

아야카는 헉 소리를 내며 입을 틀어막았지만 다른 사람들은 이미 그 사실을 다 알고 있는 분위기였다. 겐지가 그와 교대하듯 말을 이었다.

"실은 별장에서 외부로 전화 연결이 안 된다는 사실을 알고 저와 소지로 숙부님이 경찰을 부르러 가기로 했습니다. 출발은 아마 11시쯤에 했을 겁니다. 시노 다리에 올라서자마자

로프에 흠이 있다는 사실을 알아챘지만…… 손쓸 새도 없이 다리가 끊어지며 차도 함께 추락하고 말았습니다.”

겐지는 엄청난 일을 바로 조금 전에 겪고도 태연한 얼굴로 덤덤하게 얘기했다. 오히려 그 말을 들은 아야카의 얼굴이 창백해질 정도였다.

“작은할아버지도 삼촌도…… 무사히 돌아오셔서 정말 다행이에요.”

“숙부님이 뭔가 이상하다는 걸 일찍 알아차리신 덕분에 간신히 빠져나온 거야.”

가모는 지금까지 나온 발언을 모두 곱씹으며 아야카의 일기와 일치하는지를 확인했다. 그런 뒤 고개를 가볍게 가로저으며 입을 열었다.

“저는 도보로 이동해서 무사했지만 그래도 까딱했으면 건너는 중에 다리가 끊어졌을 수도 있겠군요.”

그가 몸서리는 치는 연기를 보이자 다이가가 무거운 말투로 덧붙였다.

“나는 누군가가 우리를 여기에다 가두려고 벌인 짓이라고 보네.”

“그렇게 말씀하시니까 다리에다 농간을 부린 용의자가 저라는 말처럼 들리는데요? 제가 마지막으로 다리를 건넌 사람이니까요.”

나중에 다른 사람에게 지적받을 바에는 직접 말하는 편이

낫다고 생각해서 던진 말이었다. 가모는 마음의 준비를 하고 어떤 반응이 돌아올까 기다렸지만 다이가는 백 년 묵은 능구렁이처럼 미소를 지어 보였다.

"안심하시게. ……소지로와 겐지에게 이야기를 들어 보니 로프와 발판 절단면에 진흙이 군데군데 묻어 있는 게 금방 자른 것처럼 보이지는 않았다고 하니. 두 사람 다, 틀림없지?"

소지로와 겐지가 고개를 끄덕이자 다이가는 계속해서 말을 이어 나갔다.

"21일인 어제 아침까지 계속된 비와 저녁에 내린 소나기로 시노 다리가 있는 강은 물이 제법 불어나 있었네. 그때 물이 불어나면서 진흙이 묻은 거라고 가정해 보면 물이 원래대로 돌아가기 전에 다리에 손을 댔다고 봐야겠지. ……종합해 보면 다리에 손을 댄 시점은 소지로와 겐지가 마지막으로 다리를 건넌 어제 정오 이후와 수위가 원래대로 돌아갔다고 여겨지는 어젯밤 이전이야."

가모는 멍하니 입을 반쯤 벌리고서 다이가를 쳐다봤다.

본인 스스로 탐정 소설을 좋아한다고 말한 만큼 다이가는 위기 상황에서도 침착함을 잃지 않고 이성적으로 상황을 분석했다. 어떻게 보면 이 정도 정신력은 있어야 전시 상황과 전후의 혼란을 헤치고 더욱 많은 부를 축적할 수 있을지도 모르지만.

그의 반응에 만족한 모양인지 노인은 싱긋이 웃으며 이렇게 마무리 지었다.

"그러니 마지막으로 다리를 건넌 사람을 수상한 자라고 볼 수는 없네."

"……참고로, 다리가 끊어지면서 이 주변이 고립화되었다고 봐도 되겠습니까?"

가모가 다시 정신을 차리고 질문하자 다이가는 미간을 찌푸리며 고개를 끄덕였다.

"전화선이 끊겨서 도움을 요청할 수도 없네. 그리고 애초에 피서도 겸해서 다들 4일 정도 함께 머무를 예정이었지. 회사 사람들한테도 별장에는 연락하지 말라고 단단히 못을 박아 두었으니 외부의 도움은 기대할 수 없을 걸세."

"숲을 통과해서 마을로 이어지는 길을 찾아보면요?"

대화에 끼어든 사람은 아야카였다. 그러자 아마미야가 머뭇거리며 입을 열었다.

"힘들 겁니다. ……강을 따라 내려가 봤자 절벽이 가로막을 거고, 구즈산 방향으로 나아가도 별장에는 등산 장비는커녕 이 부근의 산악 지도조차 없거든요. 날씨가 또 험악해질 것 같은데 등산 지식도 없는 사람이 무작정 덤벼 봤자 자살 행위밖에 안 될 겁니다."

아야카는 그 말을 듣고도 전혀 낙담하는 기색을 보이지 않았다. 그러기는커녕 증조부를 빤히 보며 입을 열었다.

"할아버지, 가모 탐정님께 사건 조사를 의뢰해요."

"무어, 가모 군에게?"

"네, 이분이 나서서 해결 못 한 사건은 한 건도 없었으니까요."

이것은 지극히 대담한 제안이었다. 무엇보다…… 이 제안을 듣고 가장 놀란 사람은 '최강 명탐정'이라는 거짓말이 기정사실화되고 만 가모 자신이었다.

제3장

“구속 안 된 게 기적이지.”

가모는 그렇게 중얼거렸다. 현재, 식당에는 그와 아야카밖에 없었기에 그도 편안하게 본심을 털어놓을 수 있었다. 현재 시각은 12시 45분이다.

아야카는 의아하다는 표정으로 그를 빤히 봤다.

“그래요? 지난번에 다른 사람들한테 비밀로 하고 몰래 마술사를 본가에 초대했다가 이번처럼 큰 소동이 일어났는데…… 그때도 제가 잘 얘기해서 넘어갔거든요.”

도저히 참지 못하고 가모가 웃음을 터트렸다.

“이제 보니까 전과가 있었구나. 아무튼 네 덕분에 사건 조사 의뢰도 무사히 받았다. 정말 고마워.”

그 후 그녀의 제안은 다이가에게 받아들여져 가모는 사건을 조사할 대의명분을 얻었다. 그리고 대화를 나누다가 그저께부터 행방이 묘연해진 진주 넥타이핀 수색 조사도 함께 받아들이게 됐다.

그러나 다이가도 바보는 아니었기에 겐지와 아마미야가 조사에 함께해야 한다는 조건을 붙였다. 아야카가 조사에 함께

하고 싶다는 말을 꺼내자 이번만큼은 다이가도 어쩔 수 없이 떨떠름한 반응을 보였다. 하지만 본인의 의사가 워낙 완고해서 그 모습을 보고 양보한 모양이었다.

조금 전에 겐지가 다이가의 방에 불려가서 지금은 아마미야 혼자서 두 사람을 감시하는 역할을 맡게 됐다. 하지만 그는 남을 의심하는 일에는 영 소질이 없었다. 두고 온 물건이 있다며 아야카가 가져다 달라고 부탁하자 자신을 떼어 내려는 술수인지도 모르고 두 사람을 남겨 놓은 채 식당을 나갔으니 말이다.

아야카가 부탁한 물건을 찾는 데 애를 먹고 있는지 아마미야는 좀처럼 돌아오지 않았다. 슬슬 기다리기도 지루해진 가모는 아야카에게 질문을 던지기로 했다.

"그러고 보니까, 한 가지 궁금한 점이 있는데 말이야. 할아버님께서 추리 소설을 좋아한다고 하셨지?"

"추리 소설이 탐정 소설을 말하는 거예요? 그렇다면 제 대답은 Yes예요. 할아버지는 본가에 탐정 소설만 모아 놓은 도서실도 가지고 계신걸요. 저도 거기서 자주 책을 빌려 봐요."

자신의 직감이 맞았음을 알고 가모는 한숨 섞인 목소리로 물었다.

"그럼 혹시 별장에 모인 사람 중에 또 추리 소설을 좋아하는 사람이 있어……?"

아야카는 의아하다는 듯이 가모를 빤히 쳐다봤다.

"네, 겐지 삼촌이랑 쓰키히코 당숙은 탐정 소설을 자주 보셔요. 근데 이게 사건이랑 상관있어요?"

가모는 입꼬리를 축 늘어뜨리며 말했다.

"편견일 수도 있는데, 추리 소설을 좋아하는 사람들은 자기 주변에 사건이 일어나면 가만히 있지를 못해. 특히 경찰 개입이 계속 미뤄지면 독자적으로 조사하거나 자기가 한 추리가 맞는지 꼭 확인해 봐야 직성이 풀려서 말이야."

그 말을 들은 아야카의 얼굴이 순식간에 빨개졌다.

"저는 그냥 호기심 때문에 사건을 조사하고 싶었던 게 아니라……."

그제야 그녀의 슬픈 표정을 보게 된 가모는 당황하며 서둘러 말을 이어 나갔다.

"실수했구나. 그런 뜻으로 한 말이 아니었는데. 할아버님과 겐지 씨가 사건에 대해 다양한 분석을 내놓고 쓰키히코 씨가 나한테 질문을 쏟아 낸 건 전부 다 가족을 지키기 위한 일이었어. 이런 상황에서도 세 사람은 이성을 잃지 않고 아주 논리적인 분석을 내놓았지. 하지만 오히려 그래서 더 문제라는 거야."

"네?"

그는 목소리를 더욱 낮추고서 아야카에게만 들리도록 속삭였다.

"내가 아는 미래에서는 세 사람 다 목숨을 잃어버리니까.

그 정도 능력이면 셋 중 누군가가 범인을 알아내서 범행을 사전에 방지하는 일도 충분히 가능했을 텐데 말이야."

아야카는 순간 뭔가를 깨달은 표정으로 중얼거렸다.

"그러지 못했다는 건, 범인이 그만큼 교활하게 움직였다는 뜻이죠?"

"그럴 거야. ……나는 '시노의 참극'이 미제 사건으로 남은 이유가 단순히 경찰로 넘어간 정보가 적기 때문이라고 확신해."

산사태 후 수색대가 발견한 것은 사건을 단편적으로 기록한 아야카의 일기와 산산조각이 난 별장 잔해, 그리고 토사에 매몰되어 신원을 파악할 수 없게 된 무참한 시신들이었다. 그것조차도 산사태가 일어난 지 일주일은 지나서야 파낼 수가 있었다고 한다.

발견된 시신 대부분이 타살에 의한 죽음임이 밝혀졌기에 경찰은 살인 사건으로 수사에 착수했다. 그러나 남겨진 증거와 시신만으로 알아낼 수 있는 사실은 거의 없었다고 한다.

가모는 더욱 목소리를 낮춰 이야기를 계속했다.

"살인 사건이 일어나면 누구나 혼란에 빠지기 마련이지. 범인은 그 점을 이용해서 성패 여부는 운에 맡기고 범행을 거듭한 게 분명하다…… 고 생각하기도 했어. 그런데 아무래도 내가 잘못 생각했었나 봐."

아야카는 커다란 눈을 동그랗게 뜨고 이야기를 경청했지만 아직 그의 이야기 중에 이해가 가지 않는 부분이 남아 있는 듯했다.

"조사는 아직 시작도 안 했는데 어떻게 확신하세요?"

"겐지 씨가 이 일을 두고 불가능한 범죄라고 표현한 걸 너도 들었을 거야. 살인범이 고의로 불가능한 범죄를 저지르고 있는 거라면 우리는 상당히 까다로운 상대와 싸워야 할 거야. 누구도 자신을 의심하지 못하도록 여러 가지 대책을 세워 놓았을 테니까."

가모는 그렇게 말하며 버릇처럼 주머니에서 핸드폰을 꺼냈다. 그 모습을 보자마자 아야카가 말했다.

"그 무전기는 조용해졌네요. 호라라는 사람은 이제 없어요?"

예상보다 훨씬 줄어 버린 배터리 잔량을 확인한 뒤 가모는 아야카를 향해 어깨를 으쓱해 보였다.

"어디로 갔는지는 나도 몰라. ……그런데 보나 마나 여기에다 뭔가 수작질을 부려 놓았을 거야. 할 말 있으면 그쪽에서 연락하겠지."

그가 목걸이 줄에 달린 모래시계를 집어 올리자 아야카가 호기심으로 가득한 눈을 반짝였다.

"와, 예쁘다."

"정말…… 기적의 모래시계, 일지도 몰라."

가모가 조용히 그렇게 중얼거리자 유독 귀가 밝은 아야카가 그 말을 물고 늘어졌다.

"기적의 모래시계요?"

마침 그때, 복도 쪽 문이 벌컥 열리면서 아마미야가 모습을 드러냈다.

"……늦어서 죄송합니다."

그의 왼손에는 돋보기가 들려 있었다. 탐정처럼 보이려면 돋보기가 있어야 한다는 이유만으로 아야카가 가져다 달라고 부탁한 것이었다. 그는 그것을 아야카에게 건네며 가모에게 빙긋이 웃어 보였다.

"그나저나, 참 흥미로운 이름인데요? 기적의 모래시계라."

그 말을 들은 가모는 저절로 쓴웃음이 나왔다. 이 집에는 죄다 귀가 밝은 사람들만 모인 모양이다.

"이름만 그럴싸하지, 평범한 모래시계입니다. 그보다 이제 사건을 조사해 볼까요. 일단, 구라모리(冥森)로 안내해 주시겠습니까?"

이동을 시작한 가모 일행은 식당 옆에 있는 오락실로 향했다. 시각은 이미 오후 1시에 가까웠다.

오락실에는 가죽 소파 세트와 당구대 등이 설치되어 있었다. 방의 크기도 식당보다 훨씬 컸다. 그리고 오락실을 빠져나가자 현관홀이 나왔는데, 기하학적 문양이 그려진 스테인드글라스가 장식되어 있었다.

가모는 현관홀이 오직 외부와 오락실로만 이어진다는 사실을 깨닫고 의외라고 생각했다. ……정문을 통해 바깥으로 나가려면 오락실을 반드시 거쳐야만 하는 구조인 듯했다. 이 공간은 응접실로도 활용하는 것 아닐까.

현관을 나와 보니 건물 주위에는 깔끔하게 정돈된 잔디밭이 있었다. 하늘은 여전히 구름 한 점 없이 맑았지만 불어오는 바람은 강했다.

오른쪽으로 수십 미터 떨어진 곳에 지붕이 달린 자전거 보관소가 있었고 그 옆에는 주차장이 있었다. 그곳에는 가모에게 낯선 차종들이 주차되어 있었는데 대부분이 외제 차처럼 보였다. 그의 관심이 주차장에 쏠렸다는 사실을 깨달았는지 아마미야가 설명을 늘어놓기 시작했다.

"주차장에는 차가 6대…… 아니, 5대 있습니다. 시노 다리를 건너려다 겐지 님의 차가 다리 아래로 추락했다는 걸 깜박했군요. 주인 어르신의 차, 별장 전용차, 규이치 님의 차, 소지로 님의 차, 고우키 님의 차, 이렇게 5대입니다."

"자전거는요?"

"공용이 3대 있습니다."

자전거 보관소를 시작으로 죽 시선을 미끄러뜨리던 가모는 그 옆에 서 있는 어떤 것에 눈길을 멈췄다.

"전신주…… 여기에 전기도 들어옵니까?"

깊은 산속에 달랑 하나뿐인 집이지만 인프라가 완벽하게 구축된 모습을 보고 너무 놀란 나머지 뱉은 한마디였다. 다리로 이어지는 도로를 따라 전신주가 규칙적으로 세워져 있는 모습이 그의 시선에 들어왔다.

아마미야는 당연하다는 듯이 고개를 끄덕였다.

“주인 어르신이 전력 회사와 협의하고 투자해서 전선을 끌어오셨거든요. ……참고로 이 안쪽은 정원입니다.”

그가 가리키는 방향으로 시선을 돌리자 그곳에는 개인 정원 수준을 넘어선 광대한 것이 펼쳐져 있었다.

크기는 가볍게 1헥타르가 넘고 평지보다 높직하게 두드러진 부분도 있어서 고저 차가 제법 있었다. 여러 층으로 된 정원에는 각각 다른 정취를 느끼게 하는 식물이 심어져 있었고 목제 계단이 각 정원을 자연스럽게 연결했다. 보이는 것만 해도 과수가 심어진 층, 일본식 정원으로 꾸며진 층, 영국식 정원으로 꾸며진 층…… 모든 층이 개성적이지만 신기하게도 전체적으로 조화를 이루었다.

정작 중요한 구라모리는 정원의 반대편인 동쪽에 있었다. 구라모리 쪽으로 방향을 튼 지 얼마 되지 않아 겐지가 세 사람을 쫓아왔다. 다이가와 이야기를 마치고 그들을 찾으러 온 모양이었다.

길을 가며 그는 사건에 관해 설명하기 시작했다.

“쓰키히코, 쓰키에, 아마미야, 이 세 사람이 형의 머리 부분을 맨 처음 발견했습니다. 세 사람은 매일 습관처럼 산책을 함께했는데 그러던 중에 발견했죠.”

아마미야의 설명에 따르면 오늘 아침 상황은 다음과 같았다.

오전 7시쯤 산책 중이던 세 사람은 규이치의 머리를 발견하고 별장으로 돌아왔다. 그리고 세 사람이 소지로와 겐지에게 보고를 하던 중 아야카가 나타났다. 부친의 죽음을 알게 된 그녀는 충격을 받고 자신의 방으로 뛰어 들어갔다. 아야카를 쫓아간 겐지를 내버려 두고 소지로는 세 사람을 따라 구라모리로 향했다.

그리고 현재, 가모 일행 역시 같은 숲의 안쪽으로 향했다.

숲속에는 산책로가 따로 있어서 아무것도 모르면 한적하고 기분 좋게 산책할 수 있는 곳이었다. 50미터쯤 들어갔을 때 갑자기 겐지가 산책로를 벗어나더니 옆에 있던 녹나무 한 그루의 밑동을 가리켰다.

"형의 머리가 발견된 곳이 여기입니다."

"여기서, 아버지가……?"

꺼질 듯한 목소리로 중얼거린 이는 아야카였다. 나무 밑동에는 핏자국이 남아 있었다. 출혈량을 볼 때 목이 절단된 곳은 다른 장소인 듯했다.

"규이치 님의 시신은 주인 어르신의 지시로 별장 지하 창고에 옮겼습니다."

그렇게 덧붙인 이는 아마미야였다. 겐지도 고개를 끄덕이며 이야기를 계속했다.

“네, 물론 현장을 보존해야 하지만 이런 곳에 형의 시신을 방치할 수는 없었으니까요.”

가족으로서는 당연한 대처였다. 아야카가 보는 앞이라 아무도 말로 하진 않았지만 이런 곳에서는 숲에 사는 짐승에게 훼손될 가능성도 있었기 때문이다.

곧바로 가모는 시체를 발견했다는 장소 주위를 확인하기 시작했다.

산책로에는 납작한 돌이 깔려 있고 그 주변은 진흙 범벅이 된 낙엽이 쌓여 있었기 때문에 범인의 것으로 짐작되는 족적은 거의 남아 있지 않았다.

가모가 주위를 살피는 동안에도 겐지는 설명을 계속했다.

“아마미야가 숲으로 향하는 동안 저는 도네가와 씨와 함께 원숭이 방으로 갔습니다. 그때까지는 저도 형이 살해됐다니 뭔가 착각한 게 틀림없다고 생각했습니다. 하지만…… 방 안에서, 형은 목이 잘린 채 무참한 모습으로 죽어 있었습니다.”

그 말을 들은 아야카는 입술에 피가 나도록 꽉 깨물었다. 그러나 그 눈에는 동정이나 위로 따위를 바라지 않는 강한 결의의 빛이 담겨 있었다.

“참고로 방에는 잠금장치가 있습니까? 문은 잠겨 있던가요?”

가모가 이런 질문을 한 까닭은 시체를 발견한 당시의 상황이 불가능한 범죄에 자주 사용되는 ‘밀실’이 아닌가…… 하는 의심이 들었기 때문이다. 그러나 겐지는 고개를 절레절레 흔들었다.

"각 방에는 잠금장치가 있고 형은 조금 신경질적인 사람이라 평소에는 늘 문을 잠갔을 겁니다. 하지만 저희가 도착했을 때는 문이 열려 있더군요."

가모는 자신의 착각에 입이 썼다. 조금이라도 추리 소설 같은 일이 벌어지지 않을까 기대했던 자신이 바보처럼 느껴졌다.

잠시 후 겐지가 산책로를 벗어나 걷기 시작했기에 가모도 서둘러 그 뒤를 따랐다. 수십 미터를 걸어가는 동안에도 아마미야는 쉴 새 없이 떠들어 댔다.

"구라모리를 조사하던 저희는 구즈 강변에서 절단된 몸통을 발견했습니다. 그때는 규이치 님의 신체 일부를 발견한 거라고 생각했는데…… 설마 고우키 님까지 살해됐을 줄은 꿈에도 몰랐습니다."

무성했던 나무들이 뜨문뜨문해지며 강이 보이기 시작했다. 겐지가 암석 지대 한 모퉁이를 가리켰다.

"아마미야가 말한 구즈 강이 이겁니다. 고우키 형의 몸통은 저기 보이는 암석 지대 부근에서 발견했고요."

강물은 갈색에 가까울 정도로 탁했고 유속도 빨랐다. 비가 내린 영향으로 물이 불어나서인지 평소에는 강물의 영향을 받지 않을 것 같은 암석 지대까지 물에 잠겨 있었다.

겐지가 가리킨 부근의 물웅덩이 색깔도 암석 지대의 다른 부분과 큰 차이는 없었다. 시체에서 흘러나온 피가 많지 않았거나 혹은 어젯밤에 수위가 조금 높아지면서 피가 씻겨 내려간 게 틀림없었다.

“참고로 발견된 것은 몸통뿐입니까?”

“네, 몸통 외에 다른 부분…… 그러니까 구체적으로는 머리와 팔과 다리인데, 그것들은 별장 안에서 발견됐습니다.”

겐지는 미간을 찌푸리면서도 성실히 대답했고 아마미야도 새파랗게 질린 얼굴로 입을 열었다.

“별장에 돌아가자마자 저희는 원숭이에서 규이치 님의 시신이 발견됐다는 이야기를 들었습니다. 그럼 대체 구라모리에서 발견한 몸통은 누구의 것이냐고 한바탕 난리가 났는데…… 그제야 고우키 님이 안 보이신다는 걸 깨달았습니다.”

“다들 고우키 형의 방으로 달려갔는데 이번에는 문이 잠겨 있었습니다. 밖에서 아무리 불러도 대답이 없고 내선 전화도 받질 않아서 문을 부수기로 했습니다.”

가모는 겐지가 이어받은 설명에 고개를 끄덕이며 다시 한 번 질문을 던졌다.

“별장에 마스터키는 없습니까?”

“네, 그런 건 준비해 두질 않아서. 그래서 어쩔 수 없이 경첩을 부쉈는데 고우키 형은 방에 없었습니다. ……여기서부터는 아마미야가 더 잘 알지?"

아마미야는 알아들었다는 듯이 고개를 끄덕이더니 곧바로 설명을 이어 나갔다.

"다들 흩어져서 건물 안을 뒤졌는데 저하고 도네가와 씨는 지하를 확인하러 갔습니다. ……그리고 대욕장에서 고우키 님의 시신 나머지 부위가 발견됐습니다."

아마미야의 말이 끝나기가 무섭게 겐지가 다시 한번 입을 열어 설명을 보충했다.

"별장 지하 욕실에 온천수를 끌어다 쓰는데 저희는 그곳을 대욕장이라 부릅니다."

"그러고 보니까 그런 곳도 있었죠."

류젠 가 기록에 있던 내용을 떠올리고 가모는 그렇게 중얼거렸다. 겐지와 아마미야가 어리둥절한 표정으로 빤히 쳐다보는 모습을 보고서야 가모는 자신의 실수를 깨닫고 급하게 말을 돌렸다.

"조금 전에 규이치 씨의 방을 원숭이 방이라고 부르셨죠? 혹시 각 방에다 동물 이름을 붙이셨습니까?"

가모는 답을 알면서도 시치미를 떼며 물어보았다. 그러자 드디어 자신이 대답할 수 있는 이야깃거리가 나왔다는 듯이 아야카가 입을 열었다.

"별장에는 각자 쓰는 방이 정해져 있는데 모두 12개가 있고 각 방에는 십이지에서 따온 이름이 붙어 있어요. 쥐, 소,

호랑이, 이런 식으로요."

"참고로 고우키 씨의 방은?"

"개예요."

"그렇구나……. 방이 아닌 대욕장에서 시신이 발견된 걸 보면 고우키 씨는 입욕 중에 범인에게 당했을 수도 있겠군요."

그 말을 받아 겐지가 고개를 힘차게 끄덕였다.

"저도 그럴 가능성이 크다고 봅니다. 할아버님이 다리가 불편해지신 뒤로는 고우키 형이 주로 지하 대욕장을 썼거든요. 특히 저녁 식사 후에 대욕장을 쓰는 사람은 아마 고우키 형밖에 없었을 겁니다."

겐지의 뒤를 이어 아마미야가 설명을 더했다.

"맞습니다, 밤늦게 온천을 이용하시는 분은 아무도 없었습니다. 별장이 높은 지대에 세워져 있기는 하지만 여름에는 덥다 보니 자기 전에 몸을 덥히면 잠들기 힘들거든요."

시체를 절단할 때는 많은 양의 피가 흘렀을 것이다. 물론 살해 후에 절단하면 출혈량이 줄어들겠지만 그래도 적은 양은 아닐 것이다. ……범인은 흘러나온 피를 쉽게 처리하려고 대욕장을 범행 장소로 선택했을지도 모른다.

가모는 아마미야의 설명이 타당하다고 인정하며 다시 한번 주위를 둘러봤다.

이번에도 역시 그가 확인할 수 있는 범위 안에는 족적 따위의 흔적이 남아 있지 않았다. 그때, 그는 근처에 있는 활엽수

밑동에 붉은색의 무언가가 나 있는 것을 발견했다. 그 '무언가'는 가느다랗고 긴 막대기 형태였는데, 마치 붉은 손가락이 비죽비죽 땅에서 솟아난 것처럼 보였다.

"……붉은사슴뿔버섯?"

그는 입 속으로 그렇게 중얼거리며 그 물체를 빤히 내려다보았다.

가모는 대학을 다닐 때 일반교양 과목으로 진균류에 관한 강의를 들은 적이 있다. 대부분 야외에서 이루어지는 수업이라 학교 뒷산을 산책하는 등 강의 자체는 즐거웠다. 그때 들었던 내용 중에 가장 인상적으로 남았던 게 바로 여기 보이는 붉은사슴뿔버섯이었다.

이 버섯에 독이 있다는 사실은 최근까지 알려지지 않았다. 그러나 몇 건의 중독 사건이 발생하면서 2018년에는 일본에 자생하는 버섯 중에서도 상당히 위험도가 높은 종류라고 인식이 뒤바뀌었다.

그런 이유로 구라모리에서 조사를 끝내고 돌아올 때도 가모는 붉은사슴뿔버섯 근처에는 얼씬도 하지 않았다. 그것은 닿기만 해도 위험한 버섯이었기 때문이다.

구라모리를 빠져나온 뒤, 아마미야는 건물 뒤편으로 돌아가는 길을 선택했다. 가모는 그것을 의아하게 생각하고 질문했다.

"대욕장이 건물 뒤편에 있습니까?"

아마미야는 놀란 듯이 흠칫하며 뒤돌아보았지만 금세 표정을 바꿔 생긋이 웃었다.

"그런 건 아닌데…… 이왕이면 건물 전체를 다 확인하실 수 있게 안내해 드리면 좋을 것 같아서요."

이 청년은 보기와는 다르게 아주 세심한 성격인 듯했다.

별장 뒤편에도 마찬가지로 잔디가 심겨 있었지만 앞쪽과는 다르게 군데군데가 진흙탕이 되어 있었다. 그런 이유로 가모 일행은 잔디가 제대로 자라난 부분이나 지면이 단단해 보이는 곳을 골라 이동해야만 했다.

"참고로 이 별장에는 지하 정원도 있습니다. 근사하죠?"

아마미야가 말을 걸어오자 그전까지 질척한 발밑만 신경 쓰던 가모는 왼쪽 난간 아래를 슬쩍 들여다봤다.

"지하 1층 일부를 정원으로 활용한 겁니까?"

지하 정원은 그가 꼭대기에서 아래를 둘러볼 수 있게 조성되어 있었다. 정원에는 이끼며 양치식물 등 전부 음지에서도 잘 자라는 종류만 심겨 있었다.

아야카가 금속 난간에 몸을 기대고서 입을 열었다.

"욕조에 몸을 담갔을 때 정원이 보이면 좋겠다고 할아버지께서 말씀하셨거든요. 그래서 이런 식으로 지하에 정원을 만들게 된 거예요. 아담한 크기지만."

그녀는 그렇게 말했지만 정원의 크기는 가모가 대충 눈으로만 봐도 2미터×13미터 정도는 됐다. 별장 서편에 있는 정원 규모가 1헥타르 이상임을 감안하면 류젠 가 사람에게 이 정도 크기는 아담하게 느껴지는 모양이었다.

"그쪽에 있는 계단으로 내려가셔도 됩니다."

가모는 아마미야의 말에 듬성듬성 잔디가 심어진 돌계단을 응시했다. 정원 산책은 나중에 하기로 하고, 가모는 앞쪽으로 시선을 돌렸다. 그리고 그 시선 끝에서 소박한 오두막 하나를 발견했다. 크기는 16제곱미터 정도였다.

"저 건물은 뭐죠?"

"장작 창고입니다."

"별장에서 프로판가스는 안 씁니까?"

그 말을 들은 아마미야가 당황한 듯 고개를 절레절레 흔들었다.

"아뇨, 주인 어르신은 새로운 것을 좋아하셔서 이 별장에도 가스통이 설치되어 있습니다. 다만…… 요리할 때 가끔은 장작을 써야 할 때도 있어서요."

가모는 도네가와의 요리 솜씨가 좋았다는 구절을 떠올렸다. 요리에 문외한인 그로서는 이해하기 어려웠지만, 장작을 써야 더 맛있어지는 요리가 있기 때문이 아닐까.

건물 뒷문까지 5미터 정도 남은 지점에서 겐지가 입을 열었다.

"그쪽 땅바닥을 주목해 주시겠습니까?"

뒷문 앞쪽에 40센티 정도 정원용 디딤돌이 깔려 있었다.

디딤돌 주변은 물이 고이기 쉬운 지형이라 그 주변으로는 3미터 이상에 걸쳐 잔디가 자라지 못했다. 잔디가 자라지 않은 땅은 온통 진흙투성이었지만 그곳에는 족적 하나 없었다.

가모는 그곳에 웅크리고 앉아 질문을 던졌다.

"마지막으로 비가 내린 게 어제저녁이라고 하셨죠?"

"네, 오후 5시부터 6시에 걸쳐 많은 비가 쏟아졌습니다. 그 이후에는 내리지 않았고요."

가모는 지면을 손가락으로 눌러 확인해 봤다. 건물 북측은 물 빠짐이 좋지 않아 지금도 진창 상태였다. 디딤돌에서 잔디가 촘촘히 자란 곳까지 무언가로 다리를 만들어 건널 수는 없을까 고민해 봤지만 사다리를 이용해도 건너는 도중에 무게로 사다리가 휘어지면서 진흙에 흔적을 남기지 않고서는 건널 수 없어 보였다.

"그러니까…… 어제 오후에 소나기가 내린 뒤로는 뒷문으로 드나든 사람이 없었단 뜻입니까?"

"저희 생각은 그렇습니다. 자, 그럼 바닥을 쓸데없이 어지럽히지 않게 주의하면서 안으로 들어가도록 하죠."

아마미야는 앞장서서 진흙탕에 철퍽철퍽 족적을 남기며 변명하듯 고개만 돌려 말했다.

"라디오 일기 예보에서 오늘 밤부터 다시 비가 내린다고 하더군요. 어차피 비가 내리면 엉망이 될 텐데, 이 이상 흙바닥을 보존해 봤자 무슨 도움이 되겠어요."

*

1층 복도에서 지하로 내려가는 계단 꼭대기 부분에 커다란 철판 한 장이 깔려 있는 것을 보고 가모는 조금 놀랐다. 계단 양쪽 벽에 레일이 붙어 있어서 철판이 두 개의 레일을 따라 움직일 수 있게 되어 있었다. 구조로 보아 지하에 짐을 옮길 때 쓰는 승강기일 것으로 짐작됐다. 전동식 승강기인지 벽에는 작동 버튼과 다이얼이 붙어 있었다.

어떤 식으로 움직이는 장치인지 궁금했지만, 가모는 지금부터 해야 하는 일들로 머리가 복잡해서 겐지에게 질문할 여유가 없었다.

서둘러 지하로 향한 그들은 지하 창고로 직행했다.

문을 열고 순간, 생전 처음 맡아 보는 냄새가 코를 찔렀다. 시체가 발산하는 피 냄새였다. 거기에 세제 냄새까지 뒤섞이면서 불쾌감은 더욱 커졌다.

창고에는 공구, 세면기, 수건, 휴지, 방수포 등 잡다한 물건을 보관한 선반과 로커가 나란히 서 있었는데 지금은 전부 좌측에 몰아 놓은 상태였다. 그리고 창고 우측에는 시트에 덮인 시체 두 구가 나란히 누워 있었다.

지금 지하 창고에 있는 사람은 가모와 겐지 두 사람뿐이었다. 아야카는 아마미야와 함께 식당에서 대기하기로 했다. ……지금부터 두 사람이 하게 될 조사는 중학생인 여자아이가 보기에는 너무나 잔혹한 것이었다.

가모조차 다리가 덜덜 떨리고 등줄기에는 한기가 느껴졌다. 그런데도 머리는 펄펄 끓고 목장갑을 낀 손은 땀범벅이 되었다.

우선 그는 안쪽에 있는 시체 옆에 쪼그리고 앉았다. 사건을 해결하고 아내를 구하려면 피할 수 없는 길이라며 각오를 다지고 손을 뻗었다. 시트를 몇 번이나 손에서 놓치고서야 간신히 걷어 올리는 데 성공한 그는, 시체를 확인하고 어금니를 꽉 깨물었다.

일그러진 표정을 한 젊은 남자의 머리와 전라의 몸통, 그리고 몸에서 분리된 팔과 다리……. 마른 체형에 특징은 없었다. 목을 제외한 다른 곳에 피가 거의 묻어 있지 않은 이유는 그것들이 강변이나 대욕장 안에서 발견되었기 때문일 것이다. 그래서인지 머리를 제외한 다른 부위의 피부는 허옇게 퉁퉁 불어 있었다.

이야기를 듣고 상상한 것과는 다르게 팔과 다리는 몸통에 연결된 부위부터 잘려 나간 게 아니었다. 가모가 들어 올려 확인해 본 바, 팔은 팔꿈치와 어깨 가운데쯤에서, 다리는 무릎 아래에서 잘려 있었다.

그중에서도 상태가 가장 끔찍한 건 목이었다.

팔다리와 달리 목의 절단면은 엉망이 되도록 난도질당해 살점과 혈관의 잔해가 목 아래로 덜렁거렸다. 도를 넘어선 참혹함에 가모는 저도 모르게 시체에서 고개를 돌렸다. 그는 구역질을 간신히 참으며 입을 열었다.

"이 시신은 미야코 고우키 씨죠?"

겐지는 무표정한 얼굴로 살짝 고개를 끄덕였다. 그의 얼굴은 점점 더 창백해졌지만 가모의 일거수일투족을 놓치고 싶어 하지 않았다. 가모는 계속해서 질문을 이어 갔다.

"이 별장에 흉기가 될 만한 게 있습니까?"

"나무를 벨 때 쓰는 도끼와 나뭇가지를 칠 때 쓰는 손도끼가 두 곳에 보관되어 있습니다. 들어오기 전에 보셨던 장작 창고가 그중 하나인데 도끼와 손도끼는 로커에 넣고 문을 잠가 두었습니다. 다른 한 곳은 여기인데⋯⋯ 아무래도 여기에 보관해 두었던 도끼와 손도끼를 범행에 이용한 것 같습니다."

"장작 창고는 알겠는데, 왜 창고에다 도끼를 보관해 두셨죠?"

"예비로 보관해 둔 것들입니다. 사건을 인지한 후 아마미야가 장작 창고와 지하 창고 양쪽을 조사했는데 창고에 있던 도끼와 손도끼는 어디로 갔는지 찾을 수가 없다고 하더군요."

류젠 가 사람들은 가모가 예상했던 것 이상으로 독자적인 조사를 진행한 듯 보였다. 그는 다시 한번 시체에 시선을 떨구고서 입을 열었다.

"제가 살펴보니 신체가 절단된 것 외에는 특별한 외상이 없더군요."

팔과 손발도 조사해 봤지만 그곳에 방어흔은 없었다.

"결국…… 사인은 뭐였을까요."

겐지가 혼잣말처럼 중얼거렸기에 가모는 조금 고민한 후 대답했다.

"교살일 겁니다."

누명 사건들을 조사할 때 얻었던 지식을 이용해 가모는 계속해서 설명을 이어 나갔다.

"목이 절단돼서 알아보기 어렵지만 자세히 살펴보면 피부가 쓸린 흔적과 내출혈 흔적이 목에 남아 있습니다."

겐지는 고우키의 목을 확인한 후 놀란 표정으로 고개를 들었다.

"설마 이거, 와이어로프의 흔적입니까?"

"저는 그렇다고 봅니다."

시체를 싸고 있던 시트를 원래대로 돌려놓고 가모는 손을 모아 묵념했다.

이어서 다른 한 구의 시체도 조사에 착수했지만 이번에는 무섭다는 느낌이 들지 않았다. 대신 이번에 그가 느낀 것은 슬픔이었다. 울어서 퉁퉁 부은 눈을 하고 있던 아야카의 얼굴이 뇌리에 떠오르고 그 얼굴에 아내의 모습이 겹쳤다.

그곳에 있는 것은 아야카의 아버지, 규이치의 머리였다. 눈을 감은 규이치의 얼굴은 괴로움에 일그러져 있었다. 얼굴 전체에서 풍기는 분위기, 특히 입매가 아야카와 비슷했다.

"……형."

옆에 가모가 있다는 사실을 잊은 듯, 겐지가 그렇게 중얼거리는 소리가 들렸다.

규이치 역시 목의 절단면이 엉망으로 찢겨 있어서 보기만 해도 끔찍했다. 산책로 근처에 방치되어 있었던 탓인지 시체 후두부에 남은 흙과 마른 잎의 흔적이 눈에 띄었다.

가모는 시선을 목에서 아랫부분으로 이동했다. 조금 전에 보았던 시체는 전라였지만 이번에는 제대로 옷을 입고 있었다. 체형은 이번에도 역시 마른 체형이었다. 다만 피부가 물에 불고 옷도 흥건히 젖어 있었다.

얼굴을 가까이 대자 몸에서 세제 냄새가 강하게 풍겨 왔다. 당연히 시트에서 나는 섬유 유연제 냄새나 다른 무언가의 냄새일 거로 생각했던 가모는 자신이 착각했음을 깨달았다.

"이게 무슨 냄새죠?"

"샴푸입니다. ……형의 몸이 발견된 곳은 원숭이 방의 욕실이었거든요."

그 말은 들은 가모는 얼굴을 잔뜩 찌푸렸다. 옷을 입은 채로 샴푸를 쓰는 사람은 없다. 빨래와 머리 감기를 한 번에 해결하려고 생각하진 않았을 테니 말이다. 그렇다면 누군가가 시체에 샴푸를 뿌렸다는 말이 된다.

복장은 진녹색의 타탄 체크 바지에 주황색 폴로셔츠. 옷깃에는 혈흔이 남아 있었다. ……그는 상당히 눈에 띄는 복장을 했던 것 같다.

"옷은 규이치 씨의 것이 확실합니까?"

가모의 질문에 겐지는 고개를 힘차게 끄덕였다. 겐지는 모노톤의 옷을 입었기에 이 형제가 외모는 물론이거니와 성격도 상당히 달랐던 것 같다고 짐작했다.

이 시체도 목이 잘린 것을 제외하고는 눈에 띄는 외상이 없어 보였다. 다만 목에 희미한 찰과상과 내출혈이 남아 있는 것으로 보아 교살이 의심됐다.

다시 한번 시신에 묵념을 올린 후 가모는 자리에서 일어났다.

복도로 돌아오자 누군가가 부르는 소리가 들렸다. 가모가 1층으로 이어지는 계단 쪽으로 시선을 돌리자 아야카와 아마미야가 계단 첫 번째 단에 앉아 있는 모습이 보였다.

겐지가 '왜 식당에서 기다리지 않았느냐'고 질책의 시선을 아마미야에게 보냈다. 그러자 그는 변명하듯 입을 열었다.

"죄송합니다. 여기서 두 분을 기다리는 게 나을 것 같았거든요."

겐지도 그 이상은 추궁하지 않았다. 억지를 부려 지하로 내려온 아야카를 아마미야가 감싸 주려고 한 말이 분명했기 때문이다.

지하 복도 끝에는 문이 하나 있었는데, 문을 열자 온천 특

유의 뜨겁고 습한 공기가 흘러나왔다.

문 뒤편에는 석재타일로 꾸민 세면실과 탈의실이 있었는데, 옷을 갈아입는 공간에는 목제 선반도 놓여 있었다. 한 번에 많은 수의 사람이 탕에 들어가는 상황까지 고려해서 각자 입었던 옷을 넣을 수 있게 놓아둔 것 같았다. 지금은 검은색 계열의 바지와 하얀 폴로셔츠, 그리고 수건과 속옷류가 선반 한 칸을 차지하고 있을 뿐이다. 겐지의 말에 따르면 이것들은 고우키가 입었던 것이라고 한다.

정면에 보이는 창문으로는 지하 정원이 보였다. 가까이서 보니 다양한 종류의 양치식물과 풍치 있는 바위가 세련되게 배치되어 있고, 정원 전체에 이끼가 깔려 있는 모습이 한눈에 들어왔다. 가모는 창문 외부에 설치된 검은색 방범창에 눈이 갔다. 방범창은 살이 세로로만 붙어 있어서 애써 꾸며 놓은 정원을 감옥처럼 보이게 만들었다.

"이런 모양의 방범창이 다른 창문에도 달려 있습니까?"

가모의 질문에 아야카가 대답했다.

"네. 2년 전에 별장 내부를 새로 꾸미면서 도둑이 들까 봐 단 거예요."

아야카의 말에 고개를 끄덕이며 겐지가 탈의실 왼쪽 문을 열고 말했다.

"실제로 도쿄 본가에 도둑이 몇 번이나 들어서 피해가 있었거든요. 여기는 산골짜기지만 그래도 조심해서 나쁠 건 없으니까요. ……자, 들어오시죠. 신발은 신은 채로 들어오시면 됩니다.”

문 저편에서 습기와 노송나무 향이 섞인 유황 냄새가 풍겨왔다.

곧장 가모의 안경이 뿌옇게 흐려졌다. 그는 안경을 접어 셔츠 주머니에 쑤셔 넣었다. 맨눈도 시력은 0.4 정도 되었기에 대욕장을 조사하는 동안은 큰 문제가 없을 듯했다.

욕실 바닥에는 거무스름한 돌이 깔려 있었다. 안쪽에는 노송나무탕과 바위탕이 있었는데 양쪽 다 수도를 통해 뜨거운 물이 끊임없이 흘러나왔다. 그리고 노송나무탕 가장자리에는 핏자국으로 추정되는 흔적이 남아 있고, 탕 안에 담긴 물은 희미하게 분홍색을 띠고 있었다.

“고우키 씨의 머리가 저기 핏자국이 남아 있는 곳 부근에서 발견됐습니까?”

가모의 질문에 시체를 발견한 사람 중 하나인 아마미야가 고개를 끄덕여 대답했다.

“네, 노송나무탕 가장자리에 고우키 님의 머리가 올려져 있더군요. 그리고 팔과 다리는 노송나무탕 안에 잠겨 있었고요. ……처음 발견했을 때는 탕 안의 물도 지금보다는 조금 더 핏빛을 띠었던 것 같습니다.”

“시신을 발견한 후로 대욕장이나 탈의실에 손을 댄 사람이 없는 게 확실합니까?”

"고우키 님의 시신을 옮기기는 했지만 그 외에는 제가 처음 발견했을 때와 똑같습니다."

가모는 눈을 가늘게 뜨고 조금이라도 초점을 맞추려고 애쓰면서 창문을 확인하러 갔다. 그러나 가던 도중 무언가가 발밑에서 반짝이는 것을 보고 걸음을 멈췄다.

그곳에는 낡은 열쇠가 떨어져 있었다. 그대로 쭈그리고 앉아 가까이 들여다보니 열쇠에는 목제 네쓰케[1]가 끈에 묶여 있었다.

"……개?"

물에 젖기는 했지만 갈색 시바견이 자그마한 혀를 내밀고 있는 모습이 똑똑히 보였다. 아마미야는 자신의 바지 주머니를 뒤적거리며 말했다.

"그것은 고우키 님의 방인 '개'의 열쇠입니다. 시신을 발견했을 때부터 거기 있었습니다. ……참고로 이 별장 열쇠에는 전부 네쓰케가 달려 있습니다. 저는 '말'이라는 방을 쓰고 있어서 말 모양 네쓰케를 가지고 있지요."

가모는 그가 주머니에서 꺼낸 것을 보려고 가까이 다가갔다. 그것은 질주하는 백마 모양의 네쓰케였다. 아야카도 그 옆에서 귀여운 하얀 쥐 장식이 달린 열쇠를 꺼내 그에게 보여주었다. 그녀는 '쥐'라는 방을 쓰고 있는 게 분명했다.

가모는 미간을 찌푸리고 낡은 열쇠 세 개를 비교하며 말했

---

1 담배 쌈지나 지갑 끈 끝에 매다는 세공품으로 현대에는 주로 액세서리로 사용

다.

"혹시 모르니 이 열쇠가 정말 개에 맞는 열쇠인지 검증해 보는 게 좋겠군요. 죄다 비슷해서 눈으로만 봐서는 구별이 안 되니까요."

겐지는 그 말에 동의하며 흥미롭다는 표정을 지었다.

"네쓰케가 뒤바뀌었을 가능성이 있다고 생각하시는군요? 그러나 이미 할아버님의 지시로 확인을 끝냈습니다."

"결과는요?"

그렇게 말하며 가모는 다이가의 용의주도함에 혀를 내둘렀다. 탐정 소설을 좋아한다는 말은 과장이 아니었던 듯하다.

"네, 그 방 열쇠가 틀림없었습니다."

가모는 열쇠를 원래 있던 위치에 내려놓고 다시 한번 대욕장 창문을 확인하러 발걸음을 옮겼다.

뿌옇게 흐려진 유리 너머로 지하 정원이 보였다. 창문은 사람이 드나들 수 있을 만큼 크기가 넉넉했지만 이곳에도 방범창이 설치되어 있었다.

가모는 창문을 활짝 열어 방범창을 두드리고 흔들어 보기도 했다. 방범창은 금속으로 되어 있었지만 표면은 흠집이 나기 쉬운 소재인 듯했다. 창살의 간격은 생각보다 넓어서 12센티 정도는 되어 보였다.

"다른 창문에 설치한 방범창도 이것과 규격이 같습니까?"

겐지와 아야카는 그 질문에 대답할 수 없었지만 아마미야는 입을 열었다.

"대욕장에 설치된 방범창은 다른 곳에 비해 간격이 넓은 것 같더군요. 창문 청소를 할 때 1층과 2층 창문이 더 닦기 힘든 느낌이었으니까요. ……몸을 담갔을 때 조금이라도 정원이 더 잘 보이게 하려고 간격을 넓게 만든 것 같습니다."

"……안 되겠는데요. 이건 저도 못 지나가요."

갑자기 끼어든 목소리에 놀라 소리가 나는 쪽으로 고개를 돌려 보니, 아야카가 옆에 있는 창문을 열고 방범창 사이에 머리를 쑤셔 넣고 있는 모습이 보였다. 나이로 따져볼 때 그녀가 별장에 있는 사람 중에서는 제일 머리가 작을 터인데, 그런 그녀조차 방범창 사이를 빠져나가는 일은 불가능했다.

그 모습을 본 겐지가 쓴웃음을 지었다.

"그걸 꼭 직접 해 볼 필요가……."

"있죠. 검증은 저한테 맡겨 주십시오."

아야카의 활약으로 아마미야도 이상한 방향으로 발동이 걸린 듯했다. 겐지의 말이 끝나기도 전에 그는 방범창 사이에 어깨를 쑤셔 넣었다.

"규이치 님과 고우키 님은 마른 체형에 키는 167센티 정도셨죠? 제 키가 더 작은 데도 통과하기는 힘들겠는데요."

아마미야도 몸이 호리호리한 편에다 서른두 살인 가모보다 훨씬 뼈대가 가늘었다. 팔이나 다리 정도는 간신히 통과할 법도 했지만 몸통과 머리는 어떻게 봐도 힘들어 보였다.

"그래요? 조금만 더 노력하면 될 것 같은데."

아야카가 그렇게 말하며 아마미야의 몸을 힘껏 밀어 넣기 시작하는 모습을 보고 가모는 깜짝 놀라 움찔했다. 겐지가 서둘러 아야카를 제지했지만 이미 어깨 끝이 방범창 사이에 끼인 아마미야는 혼자서는 꼼짝도 할 수 없는 상태가 되어 있었다.

부잣집 아가씨로 무엇 하나 부족함 없이 자란 탓일까, 그녀는 타인에 대한 배려가 부족해 보였다. 겐지와 가모가 함께 끌어당겨서 간신히 아마미야를 구하는 데 성공했다.

삼촌에게 꾸지람을 들은 아야카는 완전히 풀이 죽어 버렸고, 아야카에게 사과 받은 아마미야 역시 고개를 들지 못하는 상태가 되어 버렸다. 민망해하는 두 사람은 무시하고, 가모는 겐지에게 말을 걸었다.

"머리와 몸통을 창문으로 옮기기는 어려울 것 같군요. 조금 전 상황을 보면 뭔가를 윤활제 대신 사용한다고 해도 결과는 마찬가지일 겁니다."

"네. 정문이나 뒷문, 둘 중 하나를 반드시 통과해야 합니다."

무슨 이유에서인지 겐지의 표정이 어두워 보였다. 가모는 의아하게 생각하면서도 이야기를 이어 나갔다.

"뒷문은 이미 아무도 사용하지 않았다고 판명됐으니 범인은 정문을 이용한 게 되겠군요. ……그런데, 겐지 씨와 다이가 님은 방금 이야기한 내용을 이미 훨씬 전부터 알고 계셨던 것 같은데요? 게다가 이번 사건을 불가능한 범죄라고 생각하시는 것 같은데, 왜 그렇게 생각하시는지 들어볼 수 있겠습니까?"

"그 이야기는 나중에 하도록 합시다. 어떤 선입견도 없이 조사하는 게 나을 테니까요."

떠보려는 수작인지, 아니면 다이가에게 지시받은 대로만 행동할 생각인지, 상대는 입도 뻥긋할 생각이 없었다. 가모는 그대로 포기하고 티가 나지 않게 어깨를 으쓱했다.

"어차피 어젯밤부터 오늘 아침까지 다들 뭘 하셨는지 확인해 보면 저절로 알게 될 일입니다. ……누가 알겠습니까, 여러분과 다른 결론에 도달할지."

그 말에 수긍하며 겐지는 도발적이기까지 한 미소를 지어 보였다.

"그것 참 믿음직스럽군요."

아마미야는 두 사람 사이에 감도는 미묘한 분위기를 알아채고 원숭이 방으로 이동하자는 제안을 했다.

계단을 올라가 1층으로 돌아간 뒤, 식당 정면에서 복도를 따라 계속 걸어가자 각자의 방이 나타났다. 왼쪽에는 방이 두 개 보였는데 '원숭이', '양'이라고 적힌 금속판이 문 위쪽 벽에 걸려 있었다. 복도 끝 안쪽에도 방이 하나 더 있는 것 같았지만 이름은 보이지 않았다.

복도 오른쪽에는 옛날 느낌이 물씬 나는 소화물용 리프트와 기계실이라 적힌 공간이 있었고, 더 안쪽에는 '돼지', '개', '닭'이라 적힌 금속판이 벽에 걸려 있었다. 그중에서도 '개'라 적힌 방은 경첩이 부서져서 문을 떼어 놓은 상태였다.

겐지가 천천히 입을 열었다.

"참고로 2층에도 똑같은 방이 6개 더 있습니다. 저는 2층에 있는 '소'를 쓰지만요."

그 말을 들은 아마미야는 고개만 뒤로 돌려 가모에게 설명을 시작했다.

"다른 방도 안내해 드리는 편이 좋겠죠? 오른쪽 앞에 있는 '돼지'는 빈방이고, 가운데가 고우키 님이 쓰셨던 개, 안쪽에 있는 닭은 도네가와 씨가 쓰시는 방입니다. ……왼쪽 앞에 있는 '원숭이'는 규이치 님, 가운데 '양'은 쓰키에 님이 쓰시는 방, 그리고 안쪽에 있는 '말'이 제 방입니다."

가모는 조금 놀라워하며 방금 들었던 내용을 다시 확인했다.

"무례한 질문일 수도 있습니다만, 고용인인 도네가와 씨도 여러분과 동일하게 꾸며진 방에서 생활하십니까?"

그 말을 듣고 겐지가 쓴웃음을 지으며 대답했다.

"도네가와 씨가 표면적으로는 고용인이지만 할아버님께서 전적으로 믿고 일을 맡기시는 데다 가족이나 다름없다고 여기십니다. 본인은 어디까지나 고용인일 뿐이라며 한결같은 태도를 보여 주시지만요.”

아야카도 그 말에 수긍하며 말을 더했다.

“할아버지는 케케묵은 관습이나 낡아 빠진 풍습 같은 걸 질색하셔서 거기에 반하는 행동이면 뭐든 좋아하세요.”

가모는 그런 말을 들어도 쉽사리 이해되지 않았다.

국내외를 통틀어서 고용인을 이렇게까지 후하게 대접하는 일은 자신의 기준으로는 도저히 있을 수 없었다. 아야카가 바로 옆에 있어서 말로 하기는 좀 그렇지만…… 도네가와는 다이가의 정부, 혹은 과거에 정부였던 사람일지도 몰랐다. 그렇게 생각하면 지금 같은 후한 대접도 이상한 일은 아니었다.

“……그렇게 따지면 저도 도네가와 씨와 비슷한 처지인지라.”

아마미야가 자조하는 듯이 그렇게 중얼거리자 겐지는 고개를 가로저으며 그 말을 부정했다.

“아마미야의 아버님은 할아버님께서 가까이 지내시던 분의 친척입니다. 아마미야가 가끔 집안일을 도와주기는 하지만 할아버님은 친손주처럼 생각하십니다.”

그 말을 들은 아마미야는 홍당무가 돼서 입을 꾹 닫아 버렸다.

기억력에 자신 있는 가모조차도 각 방의 이름과 사용자까지 외우려니 슬슬 괴로워지기 시작했다. 그래서 그는 누가 어떤 방을 쓰는지 머릿속으로 정리해 보기로 했다.

십이지 중에 제일 몸집이 작은 쥐는 가장 나이가 어린 아야카의 방. 초식 동물인 양은 말수가 적어 말하는 목소리조차 들어 본 적이 없는 쓰키에의 방. 넓은 하늘을 떠도는 개똥지빠귀[2]와 같은 이름을 가진 '도네가와 쓰구미'는 닭.

그리고 평소에는 풀을 뜯으며 느긋하게 지내지만 투우사를 난도질할 만큼 흉폭한 성질도 숨기고 있는 소가 겐지였다. 지금은 협조적으로 조사에 함께해 주고 있지만 그 속에 뭘 숨기고 있는지 알 수가 없어 두려웠다.

거기까지 생각을 정리했을 때 불현듯 가모는 고민에 빠졌다. 방에 붙은 동물의 이름과 아마미야를 연결 지을 수 없었기 때문이다. 얼굴을 봐도 체형을 봐도 말을 떠올리게 하는 특징이 전혀 없었다. 굳이 갖다 붙이자면 날렵해 보이는 마른 몸이 늘씬한 경주마와 비슷한 것 같기도 했다.

"원숭이 방, 형이 썼던 방은 여기입니다."

방 안에는 고급스러운 원목 침대와 책상으로 쓰던 테이블과 의자, 그리고 1인용 소파가 놓여 있었다. 최소한의 가구만 두고 사용한 듯했다. 화장실과 욕실까지 달려 있어서 고급 호텔 방에 들어온 느낌이었다.

침대 위에는 갈아입으려고 올려 둔 속옷과 양말, 헤어 왁스 등이 어지럽게 굴러다녔고 테이블 위에 아무렇게나 놓인 열쇠에는 새끼 원숭이 네쓰케가 달려 있었다. 열쇠는 겐지와 도

---

2 일본어로 쓰구미

네가와가 방에 들어왔을 때부터 거기 놓여 있었고 이 방에 맞는 열쇠가 틀림없다고 이미 확인한 상태였다.

검은색 전화기가 테이블 구석에, 그리고 가모가 서있는 쪽에는 읽다 만 책이 놓여 있었다. 어떤 책인지 집어 들어 확인해 보니 이노우에 야스시의 『빙벽』이었다. 가모에게는 낯선 제목이었지만 당시에는 베스트셀러였을지도 모른다.

침대 밑에는 파란색 트렁크가 활짝 열린 채로 놓여 있었다. 안에 있던 물건들은 이미 밖으로 꺼낸 것인지 트렁크 안은 거의 텅 비어 있었다.

다음으로 가모는 나무로 된 벽장 안을 들여다보았다. 그리고 자기도 모르게 눈을 끔뻑끔뻑했다. 벽장 안에는 진녹색 타탄 체크 바지와 주황색 폴로셔츠가 몇 벌이나 걸려 있었기 때문이다. 전부 시신이 입고 있던 옷과 완전히 동일했다.

"……이게, 대체."

아야카는 비통함과 민망함이 뒤섞인 표정으로 바닥을 내려다봤고, 겐지는 누가 봐도 쓴웃음이 확실한 미소를 띠며 입을 열었다.

"형은 마음에 드는 옷이 보이면 똑같은 옷을 대량으로 사서 한 계절 내내 그 옷만 입고 다니는 습관이 있었거든요. 예전부터 말하기를 옷을 고르는 게 귀찮다나요."

규이치 씨는 일종의 패션 테러리스트였을지도 모른다. 고인에 대해 몰라도 좋았을 법한 일들까지 파헤친 것 같아 가모는 죄송스러운 마음이 들었다.

그는 슬며시 벽장을 닫고 아무 말 없이 욕실로 발걸음을 옮겼다.

"저기 보이는 욕조 안입니다. 규이치 님의 시신을 발견한 게……."

아마미야가 가리킨 방향으로 시선을 돌려 보니 하얀색 도기 욕조가 검붉은 색으로 물들어 있었다.

희미한 피 냄새에 섞여 샴푸 냄새가 가모의 콧구멍을 파고들었다. 시신에서 나던 냄새와 똑같은 냄새였다. 범인이 뿌렸을 것으로 짐작되는 라벤더 향 샴푸통이 욕실 타일 바닥을 굴러다니고 있다는 점을 제외하면 범인으로 이어지는 단서나 흔적은 아무것도 없었다.

가모는 다시 한번 방 전체를 조사해 봤지만 방에서 물건을 뒤지거나 다른 사람이 억지로 침입한 흔적은 찾을 수 없었다.

"……'개'도 확인해 보고 싶군요."

그렇게 말하고서 가모는 복도로 나가 경첩이 부서진 문이 벽에 세워져 있는 모습을 가만히 관찰했다. 나무로 된 문은 1층에 있는 다른 방과 동일했고 마호가니색을 띠었다. 나무는 눈으로만 봐도 오래되어 보였기에 별장이 세워졌을 때부터 지금까지 그대로 사용된 게 아닐까 추측했다.

'개'의 구조는 '원숭이'와 비슷했다. 그러나 구조는 비슷할지언정 방에서는 주인의 성격 차이가 자연스럽게 배어 나왔다.

고우키의 방은 규이치의 방에 비해 훨씬 깔끔했다. 벽장 안에는 수수한 색상의 반소매 셔츠와 검은색 계열의 바지가 몇 벌 정도 걸려 있고, 세면대 위에는 몸을 단장하는 데 필요한 면도칼 같은 도구가 놓여 있는 정도였다.

테이블 위에는 담배와 라이터가 가지런히 놓여 있고 재떨이에는 꽁초 몇 개가 굴러다녔다. 그리고 방에서는 희미하게 담배 냄새가 났다.

"고우키 씨는 생전에 담배를 피우셨군요. ……그 외에 또 담배를 피우시는 분이 있습니까?"

가모가 재떨이를 들여다보며 그렇게 묻자 겐지가 대답했다.

"고우키 형을 제외하면 저하고 쓰키에 정도입니다. 그 외에는 피우는 사람이 없고요."

다소곳해 보이는 쓰키에가 담배를 피운다는 말이 가모에게는 조금 의외였다.

계속해서 그는 의자 위에 놓인 보스턴백 쪽으로 시선을 옮겼다. 가방은 검은색에 실용성을 중시한 디자인이었다. 가방 안을 확인해 본 가모는 여행용품 사이에서 경마 신문과 탁상용 액자를 발견했다. 신문에 빼곡히 무언가가 적힌 것을 보니 고우키는 평소 경마를 즐겼던 모양이다.

겐지가 입을 열어 약간의 설명을 더했다.

"고우키 형은 도박이라면 사족을 못 썼는데, 가끔 그 정도가 심해서 할아버님께서도 걱정이 많으셨습니다."

겐지의 설명이 끝나고 액자로 눈을 돌린 가모는 시바견을 찍은 흑백 사진이 액자 속에 들어 있는 것을 확인했다.

"……이 사진은."

"내종숙이 기르셨던 개예요. 이름은 라쿤이고요."

아야카가 까치발을 들고 액자를 들여다보며 그렇게 말했다.

만화가 원작인 모 미국 영화 덕분에 가모는 raccoon이 미국 너구리라는 뜻임을 알았다. 시바견에게 왜 그런 이름을 붙였는지는 의문이지만…… 가모에게는 웃을 기운조차 없었다.

아무튼 고우키는 애견인이었던 모양이다. 개를 좋아했으니까 고우키의 방은 개, 라고 가모는 무의식중에 머릿속으로 연결 지었다.

*

"어젯밤부터 오늘 아침까지 각자 뭘 하셨는지 말씀해 주시겠습니까?"

가모는 오락실에 모인 류젠 가 사람들을 향해 그렇게 말했다.

대답 대신 그를 빤히 응시하는 류젠 가 사람들의 얼굴에는 지긋지긋하다는 표정이 담겨 있었다. 이미 다이가에게 같은 질문을 받았기 때문이 아닐까.

고우키의 방에서 나온 뒤 조사를 담당했던 가모, 겐지, 아마미야, 아야카 네 사람은 별장에 있는 모든 창문의 방범창과 그 부근의 지면에 이상이 없는지를 확인했다.

조사 담당이었던 세 사람과 도네가와만은 각자의 방에 출입을 허락해 주어서 이 네 개의 방은 내부에서 방범창을 확인할 수 있었다. 하지만 모든 사람이 개인실 내부까지 조사할 수 있도록 허락해 주지는 않았고 그것은 다이가도 마찬가지였기에 그 외에 방은 건물 외부에서 방범창을 확인할 수밖에 없었다. 가모는 장작 창고에서 가져온 사다리를 이용해 2층까지 조사를 진행했다.

그 결과 별장의 모든 방범창은 정상적으로 달려 있고 눈에 띄는 흠집도 없으며 지면에도 혈흔이 존재하지 않는다는 사실을 확인했다.

그것을 전부 확인하는 데는 시간이 꽤 걸렸기에 그가 류젠가 사람들의 알리바이를 조사하기 시작했을 무렵에는 오락실의 벽시계가 4시 37분을 가리키고 있었다.

오락실 안에는 소파 세트, 당구대, 체스판과 검은색 전화기 등이 올려진 테이블과 의자 두 개, 술병이 가지런히 전시된 선반이 놓여 있었다. 테이블 위에는 일력이 있었는데 8월 22일이라고 표시되어 있었다.

그것들을 전부 제치고 이 방안에서 가장 눈에 띄는 것은 북쪽 벽에 걸린 커다란 유화였다. 크기는 1제곱미터 정도에 오른쪽 아래에는 '야조(夜鳥)'라는 사인이 들어 있었다. 가모로서는 처음 들어 보는 화가였다.

아무튼 그것은 꽤 특이한 그림이었다. 그가 그림을 보고 느낀 점은 '괴생명체가 울부짖고 있구나.' 뿐이었다. 머리에는 불그스름하고 코가 납작한 얼굴이 달려 있고, 꼬리 끝에는 혀를 날름거리는 뱀이 달려 있었다. 몸통은 회색빛이 도는 갈색 털로 덮여 있고, 네 다리는 호랑이처럼 노란색 바탕에 검은색 무늬가 있었다.

사람들이 전부 모이기를 기다리는 동안 가모는 겐지에게 이 그림의 제목을 물어보았다. 『키마이라』(합성수)라는 작품이라고 했다.

"……그리고 어젯밤에 규이치 씨나 고우키 씨를 만난 분이 계시면 그때 일도 말씀해 주세요."

아무도 입을 열려고 하지 않아 초조해진 가모는 그렇게 덧붙였다. 다이가가 침묵을 고수하는 사람들을 한 번 쏘아보고서 입을 열었다.

"그럼 나부터 대답해 볼까. 오후 7시에 저녁 식사를 마칠 때까지는 도네가와를 포함해 모든 사람이 식당이나 주방에 있었네."

"그때 규이치 씨와 고우키 씨도 함께 계셨습니까?"

"그럼. ……오후 7시에 해산하고 나는 내 방으로 돌아갔네. 그때도 다른 사람들은 아직 식당에 남아 있었을 게야."

"평소에도 늘 비슷한 시간에 방으로 돌아가셨습니까?"

"평소에는 식당에서 적당히 쉬다가 8시 30분 전에는 꼭 방으로 돌아갔네. 한데 그날은 몸이 조금 좋지 않아서 말이야. 일찌감치 방으로 돌아가서 아침까지 곤히 잤어. 당연히 규이치도 고우키도 못 봤고."

"그렇군요. 방에서 이상한 소리는 못 들으셨습니까?"

"내 기억에는 없다네. 방마다 방음 장치를 해 두어서 밖이 소란스러웠다고 해도 아마 못 들었을 게야."

"참고로 어르신의 방은 어디입니까?"

"'용'이라는 방을 쓰네."

별장 1층에는 그런 이름의 방이 없었음을 상기하며 가모는 노인의 휠체어를 빤히 쳐다봤다.

"실례를 무릅쓰고 여쭤보겠습니다. ……조금 전에 혼자서 방으로 돌아갔다고 하셨는데 2층까지는 어떻게 이동하셨습니까?"

노인이 누렇게 변한 이를 드러내며 씩 웃었다.

"무어, 내가 뭐든 스스로 하지 않으면 직성이 풀리지 않는 사람이라서 말이야."

그 말을 듣고 가모는 눈을 번쩍 떴다. 지하로 내려가는 계단에 설치되어 있던 철판과 레일이 떠올랐기 때문이다.

“혹시 계단에서 본 그게…….”

“벌써 봤는가. 내 휠체어용 승강기일세.”

노인은 그렇게 말하고서 휠체어 팔걸이를 사랑스럽다는 듯이 어루만졌다.

“이 휠체어에는 말이야, 타는 사람이 어떻게 하면 조금이라도 편하게 탈 수 있을까 고민한 흔적들이 잔뜩 들어가 있어. 버튼 하나로 휠체어를 접고 펼 수 있고, 브레이크도 다루기 쉬운 구조로 되어 있지. 그러니까 내가 팔심만 잘 기르면 건물 안을 왔다 갔다 하고 휠체어에서 침대로 이동하는 것쯤은 혼자서도 충분히 할 수 있어.”

“특별 주문한 휠체어였군요.”

“이왕에 만드는 거 한 대만 만들면 효율이 낮으니까 이 별장에도 예비로 한 대 두고, 본가와 회사에도 몇 대씩 두었네. ……하하, 놀랐나 보군그래? 우리 회사 개발부에 괴짜가 하나 있는데 말이야, 가보면 늘 재미있는 장치를 하나씩 만들어놔. 이 휠체어도 승강기도 전부 그 사람이 만든 거야.”

『다크 나이트』에 등장하는 브루스 웨인도 자기 회사 사람을 시켜서 배트맨 수트를 만들었는데, 다이가도 그와 비슷한 일을 하는 모양이었다.

생면부지의 사람이라고 놀리는 건 아닌가 해서 가모는 아야카와 겐지의 표정을 살폈다. 두 사람의 당연하다는 듯한 표정과 노인의 단련된 팔 근육을 보고 가모는 다이가의 말이 사실임을 깨달았다.

가모는 예전에 89세의 세계 최고령 현역 체조 선수가 평행봉 위에서 연기를 펼치는 모습을 방송으로 봤다. 아무래도 다이가 역시 그런 슈퍼 장수인 중 한 사람인 게 분명했다.

"……그럼 날이 밝은 후에는 무얼 하셨습니까?"

다이가는 담요에 덮인 다리를 어루만지며 대답했다. 그것은 단련된 상반신에 비하면 막대기처럼 보일 정도로 가늘었다.

"식당에서 도네가와와 아야카를 본 게 아마 오전 7시 전이었지. 그리고 식사를 하던 중에 시신이 발견되었다고 보고받았네. 안 그런가, 도네가와?"

다이가의 부름에 응하듯 조금의 흐트러짐도 없이 당구대 옆에 서 있던 도네가와가 입을 열었다.

"네, 맞습니다."

"그럼 도네가와 자네도 어젯밤에 무얼 했는지 이 사람에게 설명하도록 하게."

그렇게 말한 후 다이가는 목이 말랐는지 커피를 한 모금 마셨다. 도네가와는 가모 쪽으로 몸을 돌려 거침없이 설명을 시작했다.

"저녁 식사 후 뒷정리와 청소를 마치고 오후 8시 전에는 제 방으로 돌아갔습니다."

"그 후로 아침까지는 뭘 하셨습니까?"

"어제는 평소와 다르게 몸이 피곤해서 그대로 잠들었습니다. 오늘 아침에는 4시에 일어나 주방과 세탁실을 오가며 식사 준비와 빨래를 했습니다. 그 후 5시쯤에 현관 앞을 청소하러 밖으로 나갔습니다."

"이상한 소리는 못 들으셨습니까?"

"제가 기억하기로 그런 소리는 못 들었습니다. ……오전 7시 20분쯤에 주인 어르신의 식사 시중을 들고 있을 때 시신이 발견됐다는 소식을 들었습니다."

도네가와는 표정 한 번 바꾸지 않고 보고를 마친 후 그대로 입을 다물어 버렸다. 가모는 그 분위기에 압도된 채로 눈만 끔뻑거렸다.

가모는 이런 인간미 없는 로봇 같은 사람이 온종일 곁에 붙어 있으면 마음이 불편하겠다 싶으면서도 이 정도로 철저하게 선을 긋고 프로다운 자세를 일관되게 보여 주면 오히려 마음 쓸 필요가 없어서 편할지도 모르겠다고 생각했다.

다음으로 입을 연 사람은 아야카였다. 이 중에서 유일하게 그녀 앞에만 코코아 컵이 놓여 있었다.

"저는 보통 저녁 식사 후에는 방으로 돌아와서 책을 읽어요. 그런데 그날은 참기 힘들 정도로 잠이 쏟아져서 일찌감치 자리에 누웠어요. 그래서 아버지도 내종숙도 못 뵈었어요."

가모는 알았다는 듯이 고개를 살짝 끄덕이며 말했다.

"그럼 아침에는 무슨 일이 있었지?"

"아마 6시 30분쯤에 방에서 나왔을 거예요. 제가 나왔을 때 이미 도네가와 아주머니는 주방에서 아침 식사 준비를 하고 계셨어요. ……조금 뒤에 할아버지가 오셨고 저는 먼저 식사를 마치고 식당을 나왔어요."

이 이야기는 일기의 내용과도 일치했다.

"그 후에 오락실로 향했고 거기서 시신이 발견됐다는 이야기를 쓰키히코 씨에게 듣게 된 거구나."

"……네."

현재로서는 다이가, 도네가와, 아야카, 세 사람 모두 '알리바이 없음'이었다. 늦은 밤 시간대에는 알리바이가 없는 게 더 일반적이라고 할 수 있으니 이것은 가모도 어느 정도 예상한 일이었다.

쓰키히코가 옆에 있는 동생의 옆구리를 팔꿈치로 쿡쿡 찌르더니 그녀에게만 들리도록 소곤거렸다.

"원래 정보를 많이 가진 사람일수록 나중에 얘기해야 하는 거야. 그러니까 다음은 네 차례 아냐?"

그 찌르는 방식이 어찌나 배려가 없는지 쓰키에는 마시려던 커피를 쏟을 뻔했다. 그녀는 오빠 쪽으로는 돌아보지도 않은 채 무표정하게 이야기를 시작했다.

"저녁 식사를 마치고 조금 뒤에 바깥 공기를 쐬러 현관 포치로 나가 담배를 몇 대 피웠지만 8시에는 방으로 돌아왔어요. 그 후에는 금세 잠들어 버렸고 아침 6시 40분쯤에 오빠가 저를 깨우러 오기 전까지는 계속 자고 있었어요. 저는 아무도 못 봤고 아무것도 몰라요. ……오빠, 그리고 아마미야와 함께 구라모리 산책로를 걷다가 시신을 발견했어요."

흡연가라 그런지 그녀의 목소리는 허스키했다. 감정 기복이 거의 느껴지지 않는 단조로운 말투가 호라와 비슷했지만 호라처럼 은근슬쩍 사람을 무시하지는 않았다.

가모는 조금 고민한 뒤 그녀에게 물었다.

"말씀하신 대로라면 11시간 가까이 주무셨다는 계산이 나오는데요, 틀림없습니까?"

"매일 그 정도씩은 자요. 특히나 어제는 미친 듯이 졸렸거든요."

그 말을 듣고 여전히 엽총을 손에 들고 있던 소지로가 입을 열었다.

"쓰키에, 좀 여자답게 말할 수는 없는 거냐. 네 말투에 탐정님이 얼마나 놀라셨는지를 한번 봐라."

그보다 엽총을 품에 끌어안은 채로 이야기하고 있는 소지로가 더 비정상적으로 느껴졌지만 가모는 그에 대해서 아무런 언급도 하지 않았다.

"……다음부터는 조심하겠습니다, 아버지."

쓰키에는 태도를 바꿔 쌀쌀맞은 목소리로 그렇게 대답했다. 그런 것에는 전혀 신경 쓰지 않는 듯 소지로는 만족스러운 표정으로 고개를 끄덕이고서 가모에게 가볍게 인사했다.

"그럼 다음은 제가 설명해 드리죠."

"그건 상관없다만…… 그 엽총은 대체 언제까지 들고 있을 게냐, 소지로?"

그렇게 쏘아붙이면 끼어든 사람은 다이가였다. 소지로는 우물쭈물하며 횡설수설했다.

"네? 아버지, 여기에는 살인범이 있습니다. 제가 모두를 안전하게 지켜야죠."

"그래, 사냥이 취미인 네가 총을 잘 다룬다는 건 안다. 그래도 다른 사람 입장에서 한번 생각해 봐라. 온종일 그런 걸 옆에 끼고 다니면 얼마나 불안하겠는지."

"지금은 총알도 빼놓았는데요."

"……이게 다 끝나면 총과 총알은 지하 창고 로커에 돌려놓거라."

다이가가 목소리를 바꿔 반박은 듣지 않겠다는 듯 단호하게 말하였기에 소지로는 마지못해 그 지시를 따르겠다고 약속했다. 그러고서 어색해진 분위기를 전환하려는 듯 소지로는 홍차를 한 모금 마시고서 목소리를 높여 이야기를 시작했다.

"보자, 그러니까 이번에는 제가 얘기할 차례였죠? 저녁 식사 후에 저와 쓰키히코는 오락실로 이동했습니다. 밥을 먹으면서 한 가지 내기를 했거든요."

아야카의 일기에는 없었던 정보가 나왔기에 가모는 기대를 품고 몸을 앞으로 내밀었다.

"내기, 말입니까?"

"네, 쓰키히코가 가루이자와에 별장 하나를 가지고 싶어 했거든요. 대학 졸업 후에 사 주겠다고 약속했는데도 녀석이 어찌나 고집을 부리는지."

쓰키히코는 소파에 걸터앉아 긴 다리를 꼰 채로 우아하게 홍차를 마시며 두 사람의 대화에 끼어들었다.

"지금 당장 가지고 싶으니까 그렇죠. 그거 뭐 얼마나 한다고."

그런 이야기를 듣고 있자니 가모는 지금까지 성실하게 일해 온 자신이 바보처럼 느껴졌다. 류젠 가가 가진 재력이면 건물 한 채 정도는 껌값이 아니겠는가.

소지로는 쓰키히코의 태도를 나무라면서도 계속 말을 이어 나갔다.

"그래서 이 녀석이 먼저 저한테 체스 한판을 두자고 그러더군요. 자기가 지면 별장은 포기할 테니까 대신 자기가 이기면 일주일 안에 별장을 사 달라고요."

그 말을 들은 쓰키히코는 테이블 위에 올려진 체스판을 원망스럽다는 듯이 노려봤다.

"제가 그렇게 말한 건 맞는데, 아버지가 정말 받아들이실 줄은 몰랐단 말이에요. 평소에는 제가 그런 소리 해도 무시하셨으면서."

그 말을 들은 다이가가 씩 웃는다.

“이번에는 네 녀석이 도전했던 종목이 문제였구나.”

쓰키히코가 어리둥절해하는 모습을 보고 노인은 이 상황이 우습다는 듯이 말을 이었다.

“몰랐던 모양이로구나. 네 아버지가 어릴 때부터 체스를 얼마나 잘 두었는지 말이야. 대학생 때는 당시 일본 챔피언과 비등하게 둘 정도 실력이 대단했단다.”

“아버지도 참, 다 옛날 일입니다.”

소지로는 난처한 표정으로 받아넘겼고 반면에 쓰키히코는 빈정거리는 투로 중얼거렸다.

“뭐야, 절대로 지지 않을 승부라서 받아들였던 거잖아. ……참 감사합니다, 아버지.”

소지로는 그 말을 무시하고 가모 쪽으로 고쳐 앉으며 쓴웃음을 지어 보였다.

“부끄러운 이야기지만 녀석이 잔재주를 부리길래 저도 잔재주로 응수했습니다. 그런 이유로 저는 이 방에서 밤을 새워야만 했습니다.”

이 발언은 중요한 단서가 되는 것이었기에 가모는 자기도 모르게 말이 빨라졌다.

“정문을 통해서 밖으로 나가려면 반드시 오락실을 거쳐야 합니다. 즉…… 누가 건물 밖으로 나갔다가 다시 들어왔는지 파악하고 계신다는 말로 받아들여도 되겠습니까?”

"네, 그렇습니다. 여기서부터는 아직 어젯밤에 무슨 일이 있었는지 밝히지 않은 저와 쓰키히코, 겐지, 그리고 아마미야, 이 네 명이 한 번에 설명해 드리는 게 빠를 것 같군요."

그는 그렇게 말하며 남은 세 명에게 눈짓했다. 소지로의 사인을 받고 맨 먼저 입을 연 사람은 쓰키히코였다.

"7시 10분에 아버지하고 오락실에 들어가서 체스를 두기 시작했지. 틈틈이 쉬는 시간도 가지면서 했으니까 결판이 날 때까지 한 3시간쯤 걸렸나."

"그래서 결과는 어떻게 됐습니까."

가모가 뻔한 일을 묻자 화가 난 쓰키히코의 얼굴이 새빨갛게 물들었다.

"내가 졌어. 근데 내가 오락실에 있는 동안 별장 건물을 드나든 사람이 있는 건 확실해."

"그중 한 사람은 쓰키에 씨고요?"

그가 그렇게 묻자 무슨 이유에서인지 쓰키히코는 우습다는 듯이 입을 비죽거렸다.

"사실대로 말하자면 쓰키에는 우리가 오락실에 들어가기 전에 밖으로 나갔어. 그러니까 나가는 모습은 못 봤다, 이 말이야."

그 말을 듣고 가모는 쓰키에가 시신의 머리와 몸통을 가지고 밖으로 나갔을 가능성에 대해 진지하게 고민해 봤다.

"……쓰키에 씨가 시신의 머리와 몸통을 가지고 나가지는 못하셨겠군요."

그가 그렇게 결론을 내리자 쓰키히코도 동의한다는 듯이 고개를 끄덕였다.

"맞아, 7시에 저녁 식사가 끝날 때까지는 규이치 형도 고우키 형도 살아있었으니까. 그 후에 우리가 오락실에 가기 전까지는 고작 10분밖에 없었어. 그렇게 짧은 시간 안에 두 사람이나 죽이고 시신을 절단해서 여기저기 튄 피까지 정리한다는 건 말도 안 되는 일이지."

"쓰키에 씨는 몇 시쯤에 들어오셨습니까?"

"7시 40분쯤일걸."

소지로도 고개를 끄덕이며 그 말이 사실임을 보증했다.

"늘 그랬듯이 담배가 든 작은 손가방만 가지고 나가길래 저도 담배를 피우러 나가는가 보다, 했습니다."

"그렇군요. 그 외에 또 나가신 분은……."

이어진 가모의 질문에 쓰키히코는 겐지를 가리켰다. 그는 커피가 든 잔을 한 손에 들고 창밖을 응시하다 이윽고 입을 열었다.

"그중 한 사람은 저입니다. 정원 주변을 산책했습니다."

"아무리 여름이라지만 오후 7시가 넘으면 주위가 깜깜해지기 시작했을 텐데요. 왜 그런 시각에 산책하셨습니까?"

가모가 묻자 겐지는 난처하다는 듯이 조용히 웃어 보였다.

"별 대단한 이유는 없고, 소화도 시킬 겸 담배나 한 대 피우려고 그랬습니다. ……물론 말씀하신 것처럼 제가 나갔을 때가 8시 전이었는데 주변이 어둑하기는 했습니다. 그래도 현관홀에 공용 손전등이며 랜턴이 준비되어 있어서 밖으로 나갈 때는 그걸 들고 갔습니다."

"구체적으로 어느 쪽을 산책하셨습니까?"

"정원 쪽으로 올라갔다가 신사에 잠깐 들른 다음 돌아왔습니다."

"신사라면, 혹시?"

가모가 화들짝 놀라며 되묻자 겐지가 의아하다는 표정으로 그를 빤히 봤다.

"저희는 고진노야시로라 부르는 곳인데, 왜 그러시는지 여쭤봐도 되겠습니까?"

가모가 예상한 대로 겐지가 언급한 곳은 고진노야시로 신사였다. 산사태 후에도 유일하게 무사했던 건물…… 그것이 정원 안에 있다는 말은 가모도 처음 듣는 소리였다. 그가 취재를 하러 시노에 방문했을 때는 신사를 헐어 버린 상태라 실물을 확인할 수 없었기 때문이다.

가모는 대충 얼버무리려고 고개를 절레절레 흔들며 말을 이었다.

"아무것도 아닙니다. ……그럼 겐지 씨는 몇 시쯤에 건물 안으로 돌아오셨습니까?"

"9시쯤이었을 겁니다."

"그렇다면 정원에서 1시간 가까이 계셨다는 계산이 나오는군요."

상당히 수상쩍은 행동이기는 했지만 범인이라 단정 지을 만한 근거는 아니었다. 가모의 반응을 보고 겐지가 모호한 미소를 지었다.

"저를 의심하십니까?"

"아뇨, 그런 건 아닙니다. 다만, 담배를 피웠다고 해도 1시간이라는 시간은 너무 긴 게 아닌가 해서."

겐지는 미간을 찌푸리며 슬픈 표정으로 고개를 가로저었다.

"저는 범인이 아닙니다. 일단은 해명부터 해야겠군요. ……그때 저는 빈손으로 나갔고 별장 안으로 돌아왔을 때도 빈손이었습니다."

가모는 확인을 구하기 위해 소지로 부자에게 시선을 보냈다. 두 사람은 겐지가 오락실을 지나갈 당시의 일을 정확히 기억했고 그가 정말로 빈손이었음을 인정했다.

"빈손으로는 시신의 머리와 몸통을 가지고 나갈 수가 없습니다."

겐지는 그렇게 말하며 도발하듯이 씩 웃었다.

가모는 그를 빤히 쳐다보며 누가 진짜 탐정인지 모르겠네, 하고 속으로 중얼거렸다.

그렇다고 자신의 역할을 다른 사람에게 빼앗겨서 화가 났다는 뜻으로 한 말은 아니었다. 애당초 가모가 연기하게 된 '명탐정'은 그가 원해서 시작한 게 아니었고 결과적으로 '시노의 참극'만 막을 수 있다면 누가 주도하든 상관없다고 생각했기 때문이다.

"……네, 맞습니다. 별장으로 돌아온 뒤에는 무얼 하셨습니까?"

가모가 침착한 태도로 그렇게 받아치자 겐지는 도발에 넘어올 기색조차 없는 그를 보고 김이 샌 듯 보였다. 그는 미소 대신 지친 기색을 띠며 대답했다.

"곧바로 제 방으로 돌아왔습니다. 물론 형이나 고우키 형은 못 봤고요."

"그대로 주무시진 않은 것 같은데, 그 후에는요?"

"그 후에 있었던 일은 아마미야한테 들으시는 게 나을 겁니다."

그 자리에 있는 모든 이의 주목을 한 몸에 받게 된 아마미야는 안절부절못하는 모습을 보이며 들고 있던 커피잔을 테이블 위에 내려놓고 입을 열었다.

"이미 짐작하시겠지만, 저도 저녁 식사 후에 정문을 통해 건물 밖으로 나갔습니다."

"목적은요?"

"장작을 패러 장작 창고에 갔습니다. 아, 물론 저도 빈손이었습니다. 밖으로 나간 게 아마…… 7시 20분쯤이었을 겁니다. 조만간 화덕으로 피자를 굽자고 도네가와 씨와 이야기가 되어 있었거든요. 그래서 그 준비를 하려고 했던 겁니다."

"네? 이 별장에는 피자용 화덕까지 있습니까?"

가모가 부자의 사치에 질렸다는 듯이 중얼거리자, 아마미야는 같은 서민 출신으로 그 마음을 충분히 이해한다는 듯한 표정을 지으며 살짝 고개를 끄덕였다.

"네, 주인 어르신이 특수 주문하셔서 만든 겁니다."

그의 설명에 따르면 다이가에게는 오래된 이탈리아인 친구가 있는데 도네가와가 그 사람에게 직접 피자 만드는 법을 전수받았다고 한다.

"아, 그러고 보니까 조금 전에는 장작 창고 그림자에 가려져서 못 보셨겠군요? 실은 바로 그 뒤에 커다란 피자 화덕이 있습니다."

계속되는 아마미야의 설명을 들어도 가모는 여전히 이해되지 않았다.

"그런데 왜, 밤에 장작을 패려고 하셨던 겁니까?"

"랜턴을 쓰면 창고 안이 환해져서 밤에도 별문제 없이 작업을 할 수 있거든요. 뭐, 그것 말고도 이유는 몇 가지 더 있지만요."

그는 손가락을 하나씩 접으며 계속해서 말을 이어 나갔다.

"얼마 전까지 계속해서 비가 내리는 바람에 내일 해야지, 내일 해야지, 하고 장작 패기를 미루는 사이에 더 이상 미루기 힘든 상황까지 오게 된 게 하나. ……그리고 밤에 장작을 패다 보면 잡생각이 없어져 푹 잘 수 있어서요."

가모는 태평한 얼굴로 대답하는 청년을 보며 생각에 잠겼다.

그는 도끼나 손도끼를 다루는 데 익숙해 보였다. 그런 점에서 아마미야를 수상하다고 하지 않을 이유가 없었으나 이 역시 결정적인 근거는 아니었다.

"그럼 장작 창고에 있던 도끼는 대체 어떻게 된 건지 자세한 이야기를 들려주시겠습니까."

그 말을 들은 아마미야는 느닷없이 겁에 질려 고개를 홱 돌려 버렸다.

"장작은 늘 제가 관리하는 터라 도구 관리까지 제가 합니다. 평소에 사용하는 도구는 창고 안에 있는 로커에다 보관하는데, 로커 열쇠는 제가 늘 몸에 지니고 다닙니다. 오늘 아침에 확인하러 갔을 때도 별 이상은 없었습니다."

아마미야의 말이 거기서 끊기자 도움의 손길을 내밀 듯 도네가와가 불쑥 입을 열었다.

"저도 같이 가서 확인했습니다. 도끼와 손도끼는 전부 로커 안에 잘 정리되어 있었고 창고에는 새로 팬 장작이 쌓여 있었습니다."

아마미야가 고맙다는 듯이 그녀에게 고개를 숙이자 도네가와도 보일 듯 말 듯 입꼬리를 살짝 올렸다. 표정 변화는 거의 없었지만 그녀가 아마미야를 귀여워한다는 게 느껴졌다.

"그렇다면 창고에 있던 예비용 도끼와 손도끼는요?"

아마미야가 도네가와를 힐끔 쳐다보더니 대답했다.

"확인해 보니 사라졌더군요. 제 생각에는 범인이 가져간 게 아닌가 싶습니다."

"그렇죠, 그럴 가능성이 큽니다. ……평소 창고에 보관하던 도끼와 손도끼는 어떻게 관리하셨습니까?"

"그게 뭐, 비밀리에 보관할 만한 물건도 아니고. 어디에다 보관했는지는 여기 있는 사람들 전부가 알 겁니다. 지하 창고는 잠가 두지도 않아서 누구나 손댈 수 있었고요."

가모는 가볍게 실망했다. 예비용 도끼가 존재한다는 사실을 아는 사람을 용의자로 좁힐 수 있지 않을까 기대했는데 이쪽으로 좁히기에는 무리가 있었던 모양이다.

그는 깔끔하게 포기하고 다음 질문으로 넘어갔다.

"조금 전에 말씀하시길 정문으로 드나들었다고 하셨죠? 그런데 장작 창고는 뒷문에서 가까운 데다 보통 그런 작업을 할 때는 뒷문을 이용하지 않습니까. 어째서 정문으로 드나드셨던 겁니까."

가모의 말에 아마미야는 웬일인지 쑥스러워하는 표정을 지었다.

"자랑스럽게 떠들 이야기는 아니지만…… 아시다시피 뒷문 주변이 진흙으로 엉망이지 않았습니까? 그런 상태로 뒷문을 드나들었다가는 복도고 디딤돌이고 진흙투성이가 되어서 청소가 힘들어질 것 같았습니다."

다른 사람들은 어떨지 몰라도 가모는 그 설명에 공감했다. 밤중에 복도와 디딤돌을 걸레질하는 게 좋을 사람은 없을 것이다. 가모가 생각에 빠져 있는 동안에도 아마미야는 설명을 멈추지 않았다.

"그리고 저녁 식사 후에는 뒷문에 빗장을 꼭 걸어 두거든요."

"방범 때문입니까?"

"네. ……그런데 제가 밤에 작업을 하러 나가면 잠그는 걸 깜박한 줄 알고 빗장을 걸어 버리는 사람이 꼭 하나씩 있습니다. 그래서 늘 의도치 않게 밖에서 밤을 새우고는 하죠."

매번 그런 식이라면 누군가 일부러 골탕을 먹이는 게 아닌가, 하는 생각이 가모의 머리를 스쳤지만 입 밖으로 꺼내기가 꺼려졌다. 그런 의심을 하는 기색조차 없는 아마미야는 환하게 웃으며 말했다.

"그래서 밤에 작업할 때는 꼭 정문으로 드나듭니다. 열쇠만 있으면 못 들어올 걱정은 없으니까요."

"그렇군요. 정문 열쇠는 어떤 식으로 보관합니까?"

"따로 열쇠를 가지고 있는 사람은 주인 어르신, 규이치 님, 저, 그리고 도네가와 씨, 이렇게 네 사람입니다. 거기에 손님이 많을 때는 오락실에 열쇠 하나를 더 둡니다. 마침 서 계시는 곳에 있는 선반 서랍 안에 열쇠를 넣어 두는데…… 다른 분들도 밤에 산책하러 나가실 때는 그 열쇠를 쓰실 겁니다."

아마미야에게 들은 대로 가모는 술병이 전시된 선반의 서랍을 열어 보았다. 서랍 안에서 나온 열쇠에는 집 모양 목조 네쓰케가 달려 있었다. 손으로 그것을 집어 들어 자세히 살펴보니 개인실의 열쇠와는 달리 대형 열쇠가 달려 있었다.

가모는 열쇠를 서랍 안에 다시 넣고 알리바이 조사를 계속하기로 했다.

"그럼 그 후에는 뭘 하셨는지 설명해 주시겠습니까."

"장작 패기에 너무 열중했는지 별장 안으로 돌아오니까 대략 8시 반이더군요. 오락실로 돌아오니 소지로 님과 쓰키히코 님이 체스를 두고 계신 모습이 보였습니다. 저도 체스는 좀 둘 줄 알아서 두 분이 어떤 대결을 펼치실지 궁금했지만 일단은 제 방으로 돌아왔습니다."

"그러고 보니까 이 녀석이 오락실에 나타났다가 아쉬워하면서 복도로 사라지던데."

불쑥 끼어들어 아마미야의 설명을 증명한 사람은 쓰키히코였다. 그 말을 듣고 아마미야는 쓴웃음을 지었다.

"온통 땀투성이라 씻고 쉬어야겠다고 생각했거든요. …… 그러고 보니까 다 씻었을 즈음에 규이치 님이 저한테 전화를 주셨습니다."

"규이치 씨가요."

가모가 그렇게 되묻자 아마미야가 고개를 한 번 힘차게 끄덕였다.

"네, 9시 20분쯤이었던 것 같은데, 내선으로 연락이 왔습니다. 의논하고 싶은 일이 있으니까 다음 날 아침 식사 후에 만나서 얘기하자고 하시더군요."

아마미야는 당시의 일을 회상하는 것인지 미간을 살짝 찌푸렸다.

"그때는 깊이 생각해 보지 않아서 몰랐는데, 솔직히 의논하고 싶다는 일이 뭔지 전혀 짐작 가는 게 없거든요."

"그럼 누군가가 규이치 씨 목소리를 흉내 내서 전화했을 가능성도 있겠는데요."

"글쎄요, 과연 어떨지. 통화 감도가 조금 떨어지기는 했는데, 그래도 제 귀에는 규이치 님의 목소리처럼 들렸거든요."

"그렇습니까."

"그 후에 잠이나 자자, 하고 누웠는데…… 아니나 다를까, 못 보고 왔던 체스가 눈앞에서 아른거리기 시작하는 바람에. 그래서 오락실로 돌아가기로 했죠."

"이 녀석이 합류한 게 9시 반이 넘어서였나? 아무튼 그 후로 1시간도 지나지 않아서 아버지와 나의 승부 결과가 나왔지."

두 사람 사이에 끼어든 사람은 쓰키히코였다.

"승부가 난 후에는 다들 어떻게 하셨습니까?"

가모가 이어서 질문하자 조금 전부터 언제 대화에 끼어들까 기회만 보고 있던 소지로가 입을 열었다.

"결과에 승복할 수 없었는지 이 녀석이 당구로 다시 한번 승부를 가리자고 하더군요. 아들 녀석이 당구 실력 하나는 누구한테도 뒤지지 않거든요."

쓰키히코는 사람들 앞에서 아이 취급을 당한 게 불만인지 소파에서 벌떡 일어나 소지로를 노려봤다. 자리에서 일어난 그는 아버지보다 키가 커서 175센티 정도는 되어 보였다. 소지로는 눈 하나 깜짝하지 않고 말을 이어 나갔다.

"그날따라 눈이 말똥말똥해서 쉽게 잠이 올 것 같지도 않고, 아들 녀석이 하도 끈덕지게 굴어 대니까 저도 한 번 더 승부를 받아들이기로 했습니다."

"다시 생각해 봐도 정말 비겁하네. 승부를 받아들이는 대신 2 대 2로 팀을 짜서 겨루자고 저한테 억지로 조건을 받아들이게 하셨잖아요. 저하고 정면으로 대결하면 질 게 뻔했으니까."

쓰키히코가 토하듯이 쏟아 내는 말을 듣고, 가모는 이번에도 그가 게임에서 패배했구나, 하고 짐작했다. 아마미야는 어쩐지 이 상황을 즐기는 듯한 투로 말했다.

"상황이 그렇게 흘러가는 바람에 저는 '소'로 가서 겐지 님을 모셔 와야 했습니다. 그게 아마 10시 45분쯤이었을까요. ……물론 소지로 님이 조력자로 직접 지명하셨죠."

이쯤 되자 가모도 이야기의 흐름이 예상되기 시작했다.

"그러니까 쓰키히코 씨와 아마미야 씨가 팀을 짜고, 소지로 님과 겐지 씨가 팀을 짜서 당구 시합을 벌이게 되었다는 말이군요?"

그때까지 침묵을 지키고 있던 겐지가 그 말에 수긍했다.

"저희는 거기 있는 당구대에서 시합을 시작했습니다. 11시에 시작해서 게임이 끝날 때쯤에는 2시 가까이 되었던 걸로 기억합니다."

소지로는 놀리듯이 안됐다는 표정을 지으며 아들을 바라봤다.

"당구가 끝나자마자 아들 녀석은 뭐가 불만인지 씩씩대며 방으로 돌아가 버렸습니다. ……그러고서는 겐지, 아마미야, 저, 이렇게 셋이 함께 어울려 술을 마시기도 하고 카드 게임도 즐기며 아침까지 시간을 보냈습니다. 처음부터 밤을 새울 생각으로 시작한 건 아니었고, 어쩌다 보니 그렇게 됐습니다."

그 말에 쓰키히코는 고개를 홱 돌리며 혼잣말처럼 중얼거렸다.

"덕분에 저는 오전 2시부터 알리바이가 없다고요. 이럴 줄 알았으면 더럽고 치사해도 이 소파에 딱 들러붙어 있었을 텐데."

가모는 그 말을 무시하고 질문을 계속했다.

"아침까지 오락실에 남아 계셨던 세 분은 쭉 함께 계셨습니까?"

소지로가 부자연스러울 정도로 고개를 크게 끄덕이며 대답했다.

"네, 이 방에는 화장실까지 있어서 굳이 밖으로 나갈 필요가 없었으니까요. ……아, 10시 45분에 아마미야가 겐지를 부르러 밖에 한 번 나간 적은 있지만 그것도 5분이 채 걸리지 않았던 걸로 기억합니다."

"그렇습니까. 당구 시합 후에 오락실을 지나간 사람은 없습니까?"

"오전 5시쯤에 도네가와 씨가 오락실을 지나갔고 15분도 걸리지 않아 다시 돌아왔습니다. 그 후 6시 35분쯤에 쓰키히코가 아마미야를 부르러 와서 복도에 얼굴을 비추었습니다. 그러고서 아마미야는 산책을 나가려고 일단 방으로 돌아갔고, 그 후 5분 뒤에 쓰키히코와 쓰키에, 아마미야 세 사람이 밖으로 나갔습니다."

"지금 말씀하신 사람 중에 빈손이 아니었던 사람은요?"

"산책을 나간 세 사람은 당연히 빈손이었습니다. 도네가와 씨는 빗자루와 쓰레받기를 들고 있기는 했는데, 그 상태로 시신의 머리나 몸통을 옮기기는 어렵지 않겠습니까."

가모는 머릿속으로 지금까지 들었던 정보를 정리하며 입을 열었다.

"지금까지 말씀하신 것들을 정리하면…… 규이치 씨는 9시 20분쯤에 내선 전화로 아마미야 씨에게 연락하셨습니다."

방에 있는 모든 사람이 그 말에 동의한다는 듯 고개를 끄덕였다. 가모는 손가락을 접으며 계속해서 이야기를 정리했다.

"알리바이가 가장 확실하신 분은 소지로 님이시군요. 소지로 님은 저녁 식사 시간 후부터 오전 7시까지 완벽한 알리바이를 가지고 계십니다. 그에 비해 쓰키히코 씨는 저녁 식사 시간 후부터 오전 2시까지는 알리바이가 있고 시신이 발견된 시각에 밖에 계셨을 때도 빈손이었다는 사실이 확인되었습니다. ……쓰키에 씨는 저녁 식사 시간 후에 건물 밖으로 나가셨지만 시간적 한계로 시신을 옮기기는 어려웠습니다. 시신이 발견되었을 때도 밖에 계셨지만 쓰키히코 씨와 같은 이유로 시신을 옮길 수는 없었습니다."

여기서 잠깐 한숨을 돌린 다음 가모는 다시 이야기를 시작했다.

"아마미야 씨는 9시 반 이후부터는 알리바이가 거의 완벽하신 것 같군요. 또한 오후 7시 20분부터 8시 반까지, 그리고 시신이 발견된 시각에 밖에 계셨지만 아마미야 씨 역시 빈손이셨습니다. ……겐지 씨는 오후 11시 전에 오락실로 들어가 그 이후부터는 알리바이가 있습니다. 오후 8시부터 9시까지는 건물 밖에 계셨지만 아마미야 씨와 같은 이유로 시신을 옮기는 것이 불가능했습니다. 그것은 오전 5시부터 15분 정도

밖에 나가 계셨던 도네가와 씨도 마찬가지입니다."

"그래서, 자네는 어떻게 해석하나?"

다이가가 느릿한 말투로 물었다. 가모는 한숨을 내쉬며 고개를 가로저었다.

"완벽한 알리바이가 있는 소지로 님을 제외하고는 시간상 여기 계신 분 모두가 범행이 '가능'했습니다. ……하지만 시신 일부를 별장 안에서 구라모리로 운반하는 게 가능한가를 따져보면 '불가능'한 일이라고 할 수밖에 없군요."

"지금 본인이 무능하다고 인정하는 거야?"

가모는 상당히 불쾌한 기색을 드러내며 목소리의 주인인 쓰키히코 쪽으로 몸을 돌렸다.

"제가, 어떻다고요?"

자연스레 목소리가 날카로워졌지만 청년은 그런 가모를 놀리듯 고개를 숙였다.

"기분 상하게 해드려 정말 죄송합니다. 생판 초짜인 저희와 똑같은 결론을 내리시길래 이럴 거면 뭣하러 탐정이라고 밝히셨나 싶었습니다."

"쓰키히코, 무례하구나."

다이가의 따끔한 질책에도 청년은 눈 하나 깜짝하지 않고 소파에 몸을 묻었다.

"사실대로 말하면 안 된다는 법이라도 있답니까?"

노인은 안색 하나 변하지 않는 손자를 가만히 쳐다봤지만 이미 체념한 듯 그 눈빛은 싸늘하기만 했다. 그것은 아야카나 겐지를 볼 때의 눈빛과는 명확한 차이가 있었다.

《류젠 아야카의 일기》

1960년 8월 23일

또 끔찍한 일이 벌어졌다.

방에 혼자 있는 것도 무섭지만 누군가와 함께 있는 게 더 무섭다. 누굴 믿어야 할지 모르겠다. 다들 나를 의심의 눈초리로 보는 것 같다.

아침이 밝았지만 소지로 작은할아버지는 식당에 나타나지 않으셨다. ……작은할아버지는 호랑이 방에서 양팔이 잘려 돌아가셨기 때문이다. 침대는 피범벅이 되었고 천장까지 새빨간 피가 튀■■(볼펜으로 뭉갠 흔적)

너무 무서운 광경이라 글로 남기기조차 무섭다.

상심이 크셨던 할아버지는 자리에 누워 버리셨고, 할아버지가 우리에게 얼마나 중요한 분이셨는지 깨달았다. 할아버지가 안 계시자 사람들은 뿔뿔이 흩어졌다.

쓰키히코 당숙이 피 한 방울 섞이지 않은 아마미야 아저씨가 모든 일을 벌인 거라며 큰 소리로 공격했다. 나와 도네가와 아주머니는 아마미야 아저씨를 감싸려다 공범자라는 말까지 들었다. 쓰키히코 당숙이 얼마나 무서운 얼굴로 몰아세우는지 나는 그만 울음을 터트렸지만 쓰키에 당고모는 누가 범인 소리를 듣든 전혀 관심이 없었다.

도네가와 아주머니가 오싹할 정도로 차갑게 쓰키히코 당숙을 빤히 봤다. 도네가와 아주머니가 이렇게 무서운 표정을 짓는 건 처음 봤다. 왜 다들 내가 모르는 모습을 숨기고 있는 걸까?

아마미야 아저씨에게 말을 걸었는데 아저씨의 눈은 두려움으로 가득 차 있었다. 나를 범인이라고 의심하는 눈빛이었다. 너무 슬퍼서 말이 나오지 않았다. ……다들 왜 이렇게 변한 걸까? 아니, 아니다. 나도 다른 사람들과 마찬가지로 변한 거다.

겐지 삼촌은 나를 걱정해 주셨다. 하지만 이렇게 계속 무서운 일만 생기는데 평소와 다름없는 삼촌의 모습을 보고 있자니 안심이 되기보다는 무서웠다.

별장에 있는 사람들이 전부 의심스럽다.

오늘도 낮부터 밤까지는 아무 일도 없었다. 곧 있으면 날이 밝는다. 또 무슨 일이 벌어지겠지. 다음은 내 차례일지도 모른다.

1960년 8월 24일

도네가와 아주머니가 목이 난도질당해 죽어 있었다. 범행은 막을 방법도 없고 모든 게 허무하기만 하다. 범인은 무력한 우리를 보며 비웃고 있겠지.

늘 그랬듯 낮에는 아무 일도 일어나지 않았다. 적막함이 나를 좀먹는다.

무슨 도움이 된다고 이런 걸 적고 있는 걸까. 내일 아침을 맞이할 수 없을지도 모르는데. 살아남는다고 해도 나한테 미래는 없다. 최후의 한 사람이 된다고 한들 나한테 범인과 마주할 용기가 있을까? (이하 판독 불가)

제4장

― ⏳ ―

—이런 순서로 살인이 발생해, 네 일기에 적힌 대로라면.

가모가 핸드폰 메모장을 열어 입력하자 아야카는 굳은 얼굴로 공책에 하고 싶은 말을 적기 시작했다.

—오늘 밤 범인의 목표는 소지로 작은할아버지, 그리고 다음은 도네가와 아주머니군요. 그다음은요?

—25일은 기록된 게 없어.

—아, 그렇구나. 산사태가 일어난 날이라서 일기 같은 걸 남길 새가 없었던 거네요.

산사태가 일어난 후 수색대가 발견한 시신은 다섯 구였다. ……규이치, 고우키, 소지로, 도네가와, 아야카. 그리고 아야카를 제외한 네 사람은 전부 일기에 기록된 것처럼 신체 일부가 절단되거나 혹은 손상된 상태로 발견됐다. 그 외에 사람들 역시 산사태의 규모로 볼 때 생존자가 있을 가능성은 없다고 추정됐다.

또한, 사건을 담당했던 전직 경찰관이 말하길, 경찰에서는 산사태가 일어난 시점에 살아있던 사람은 별장 건물 밖에 있었을 거로 추정한다고 했다. 건물 안에 있었으면 잔해에서 시신이 발견될 가능성이 컸겠지만 고지대로 피신했던 아야카를 제외하고 밖에 있던 다른 사람들의 시신은 토사에 휩쓸려 멀리 이동되었을 것으로 추정했다.

하지만 가모는 이 이야기를 아야카에게는 하지 않기로 했다. 아이가 듣기에는 너무 참혹한 이야기였기 때문이다.

지금 두 사람은 2층에 있는 청소 도구실에 숨어 있다. 정확한 위치는 소화물용 리프트 옆, 호랑이 방의 맞은편이다. 핸드폰 시계를 현지 시간에 맞추어 놓았기 때문에 화면에 표시된 오후 10시 24분은 '이곳'의 실제 시간이었다.

청소 도구실 안은 빛이 약해 분간이 잘 안되었고 문 밑으로 새어 들어오는 빛이 전부였다.

—소지로 님은 본인의 방에서 습격당하실 테니까 방 앞에서 망만 잘 보면 범인을 잡을 수 있을 거야.

가모는 그렇게 입력하면서도 한밤중에 중학생밖에 안 된 여자아이와 단둘이 이런 곳에 있는 것이 본인에게도 아야카에게도 적절한 일이 아니라는 생각을 했다.

—그건 그렇고, 이제 슬슬 네 방으로 돌아가야지?

—저도 제 방에서 감시할까 했는데 거기는 위치가 좀 그렇잖아요.

—어림없는 소리. 중학생밖에 안 된 여자애가 나 같은 아저씨하고 같이 밤을 새우려고 하는 것 자체가 문제야.

이 일을 들키면 류젠 가 사람들에게 성범죄자 취급을 받게 될 것 같았다. 그런데도 아야카는 도리어 실망하는 기색을 보이며 맞받아쳤다.

—지금 작은할아버지 목숨이 걸려 있는데. 또 쓸데없는 소리 하시면 소리 지를 거예요. 다른 사람들한테 아저씨 계획이 뭔지 다 말해요? 전 그래도 상관없는데.

가모는 땅이 꺼질 듯이 한숨을 쉬었다. 가모도 아야카가 정말 그럴 생각으로 한 말이 아니라는 건 알았다. 그저 무슨 일이 있어도 여기서 물러나고 싶지 않으니까 그런 말을 했을 뿐이다.

그리고 또 다른 이유로 아야카를 내쫓기가 어려웠다. …… 지금으로서는 가모와 함께 있는 것이 그녀에게 제일 안전한 일일지도 몰랐기 때문이다.

만약 아야카가 방으로 돌아가다 범인에게 들킨다면? 범인은 수상한 행동을 보인 그녀를 죽이려 들지도 모른다. 그리고 그녀를 혼자 두면 또 어떤 위험한 짓을 저지를지 예상할 수 없었기 때문이다.

—오냐, 그래. 너 하고 싶은 대로 해라.

가모는 되도록 문에서 시선을 떼지 않으려고 애쓰며 그렇게 입력했다.

청소 도구실 문은 구조적으로 아래쪽에 몇 센티의 틈이 있었다. 그 틈으로 복도를 살피면 도구실 안에서도 호랑이 방 주변의 상황이 훤히 보였다. 또, 2층에서 누가 방문을 열거나 계단을 올라와도 그 소리를 놓치지 않고 똑똑히 들을 수 있었다.

감시를 하는 데 이보다 좋은 은신처는 없다고 자신할 수 있었다.

넓이는 2.5제곱미터 정도였고, 벽에 붙여 세운 선반에는 빗자루, 바닥 솔, 세제 같은 청소 도구들이 놓여 있었다. 또, 도구실 안쪽 바닥에는 수도 시설까지 갖춰져 있었다. 물건은 많았지만 복도 쪽에는 작업용 공간이 마련되어 있어서 두 사람이 감시하는 데는 별문제가 없었다.

……감시를 시작하고 제법 많은 시간이 지났지만 아직 호랑이 방에는 아무런 움직임이 없었다. 달리 할 일이 없었던 가모는 괜스레 모래시계 펜던트를 손바닥 안에서 굴려 보았다. 옆에서는 아야카가 공책에다 볼펜으로 무언가를 휘갈겨 적기 시작했다.

—맞다, 별사탕.

무언가를 적기 시작한 그녀가 손을 멈추는 모습을 보고 가모는 미간을 찌푸렸다. 아야카는 주머니에서 회중시계를 꺼냈다. 그녀가 시계 뒷면에 손톱을 세우고 잡아당기자 퐁 하고 가벼운 소리를 내며 뚜껑이 열렸다.

—드실래요? 빨간 게 제일 맛있어요.

그녀가 내민 시계 뒷면 틈으로 하얗고 빨간 별사탕이 귀여운 모습을 내비쳤다.

평소 그녀는 회중시계 뒷면에 있는 작은 수납공간에다 별사탕을 넣어 다니는 모양이었다. 크기는 별사탕이 5개 정도 들어갈 수 있는 공간이었다.

—그거, 회중시계로 위장한 약상자니?

가모가 간신히 웃음을 참으며 그렇게 입력하자 아야카는 뚱한 표정으로 빨간색 별사탕 하나를 입에 넣었다.

—쓸 일 있으면 넣어 다니라고 할아버지께서 특별히 주문 제작해 주신 거예요.

그는 대답 대신 필요 없다는 제스처를 취했다. 아야카는 회중시계를 넣고 진지한 표정으로 돌아와 다시 할 말을 적기 시작했다.

—범인은 왜 몸을 절단하는 무서운 짓을 벌인 걸까요.

—유력한 가설이 하나 있기는 한데 아직 생각이 제대로 정리되지 않았어. ……그러고 보니까 목을 자르는 건 다른 사람의 시체와 뒤바꿀 때 쓰는 '사체 손괴 트릭'의 대표적인 방법이지. 꽤 낡은 수법이지만.

—낡은 수법?

아야카가 당황한 듯이 쓴 것을 보고 가모는 쓴웃음을 지었다.

과학 수사가 발달한 2018년에 실제로 시체를 뒤바꾸는 트릭을 쓸 사람은 없을 것이다. 사체의 DNA를 감정하면 단번에 발각될 테니까. ……하지만 기술이 진보되지 않은 1960년이라면 다를지도 모른다. 시신을 뒤바꾸는 트릭이 '가능'하다고 인식되어도 이상할 게 없다.

—뭐 어쨌든 시대란 계속해서 변해가는 법이니까.

—나중에 세상이 어떻게 변할지는 모르겠지만 이건 '머리 없는 시체' 사건은 아니에요. 왜냐하면 아버지와 내종숙의 머리가 발견됐으니까요.

글자가 흐트러지며 그녀의 눈에 눈물이 고인 것을 보고 가모는 허둥지둥 이렇게 입력했다.

—무리할 것 없다. 힘들면 사건 이야기는 그만할까?

—아뇨, 전 범인을 꼭 잡고 싶어요. 그러니까 저도 아저씨와 함께 고민해 볼래요. 아버지를 생각해서라도 강한 사람이 될 거예요.

무의식적으로 나온 말이겠지만 그녀의 입에서 나온 마지막 말은 일기에 있던 한 구절과 일치했다. 그 후 아야카는 갑자기 무언가가 떠올랐는지 급하게 휘갈겨 적기 시작했다.

—혹시 어떤 흉기를 썼는지 알아볼 수 없게 하려고 그런 짓을 벌인 건 아닐까요.

가모는 두 사람의 목이 엉망으로 난도질당해 절단면이 깔끔하지 않았다는 사실을 떠올렸다. 범인이 목을 조를 때 썼던 흉기가 특징적인 흔적을 목에 남기는 바람에 그것을 감추려고 목을 절단했을 가능성이 있었다.

—하지만 그 흔적 하나 지우겠다고 고우키 씨의 신체를 다

시 여러 개로 절단했다고 하기에는 뭔가 석연치 않아.

―듣고 보니 그렇네요. 머리와 몸통을 건물 밖으로 옮긴 방법을 찾아내지 못하는 한 진상을 밝히기는 어렵겠어요.

아야카는 별장의 구조를 공책에다 그리기 시작하더니 뒷문 근처에다 커다랗게 동그라미를 쳤다.

―뒷문 디딤돌까지는 족적을 남기지 않고 나갈 수 있어요. 범인은 거기서 시신 일부를 지하 정원 쪽으로 떨어뜨린 게 아닐까요? 방수포 같은 걸로 싸서.

아야카가 말한 대로 뒷문에서 그리 멀지 않은 장소에는 지하 정원과 정원으로 이어지는 돌계단이 있었다. 가모는 지하보다 2미터 정도 높은 돌계단을 이용해서 머리와 몸통을 옮길 수 있는지를 생각해 봤다.

―그건 어렵겠는데. 2미터 높이에서 던지면 시신에는 낙하로 인한 상처든 뭐든 흔적이 남을 거야. 실제로 시신에는 그런 유의 흔적이 없었고.

―뒷문과 대욕장 방범창에다 고리 모양으로 로프를 연결하면요? 쓰고 난 로프는 뒷문이나 지하, 어디서든 회수할 수 있을 것 같은데.

아야카의 글을 읽은 가모는 당황했다. 아야카가 생각해 낸 트릭은 로프웨이로 사람을 실어 보낼 때처럼 머리와 몸통을 무언가로 감싸서 이동시키는 다소 무리한 방법이었기 때문이다.

가모는 잠시 고민하다 이번에도 고개를 가로저었다.

—대욕장 방범창에는 로프를 맸던 흔적이나 무게감이 있는 물체로 인한 마찰흔은 없었어. 특히 그런 방식으로는 몸통을 옮기기가 어려울 거야.

사람의 머리는 보기보다 무겁고 4킬로 이상은 나가는 데다 심지어 몸통은 20킬로 이상은 가볍게 넘을 터였다. 그런 것을 방범창에 아무 흔적도 남기지 않고 이동시키기란 불가능해 보였다.

아야카는 자신의 의견이 부정당하자 실망하는 모습을 보이면서도 다시 한번 자신이 그린 평면도를 진지하게 마주했다. 그녀가 그린 별장에는 개인실이 12개 있었다.

생일을 축하하러 모인 사람은 열 명. 살해당한 규이치와 고우키의 방은 차치하더라도 처음부터 별장에는 방이 두 개 비어 있었다는 말이 된다.

그중에 '돼지'는 오페라 가수인 이케우치를 위해 준비된 방이었다.

그녀는 류젠 가의 저주를 피한 몇 안 되는 사람 중 하나였다. 소지로와 일찍 이혼한 만큼 접점이 적어서 가능했던 일일지도 모른다.

남은 하나는 '토끼'였다.

이 방에 대해 적극적으로 설명하려는 사람은 아무도 없었지만, 소지로나 다이가가 말하는 것을 들어보면 출입이 금지된 방이라는 게 어렴풋이 전해졌다.

그 후 한동안은 가모와 아야카의 필담이 끊겼다. 가모는 복도를 빈틈없이 감시하면서도 저녁에 있었던 일을 되짚어 보기 시작했다.

결국 비어 있던 방 중 하나인 '돼지'가 가모에게 주어졌고 가모는 아마미야로부터 새끼 멧돼지 네쓰케가 달린 열쇠를 받았다. 하지만 그 방은 1층에 있는 방이라 2층을 감시하는 데는 전혀 도움이 되지 않는다는 게 단점이었다…….

열쇠 전달식이 끝나자 두 사람은 각자 흩어져 문단속을 한 후 저녁 식사 준비를 시작했다.

저장고를 들여다본 가모는 그곳에 냉장고가 두 대 있는 것을 발견하고 깜짝 놀랐다. 1950년대부터 빠른 속도로 보급된 흑백 텔레비전, 세탁기, 냉장고는 '세 가지 귀중한 물건'이라고 불렸는데, 그중 하나인 냉장고엔 하얗고 반듯한 상자 형태로 문을 여닫을 수 있는 은색 레버가 달려 있었다.

가모는 호기심에 냉장고를 모두 열어 안에 무엇이 들어 있는지 확인해 봤다. 문은 지금의 냉장고와 달리 하나밖에 없었지만 안에는 소형 냉동실까지 갖추어져 있었다. 한 대에는 주로 채소와 과일이, 다른 한 대에는 생선과 고기가 보관되어 있었다.

그렇다고는 하나 여전히 일반 서민이 쉽게 손댈 수 있는 물건은 아닌 듯했다. 아마미야가 말하기를 이것 한 대가 일반

가정의 두 달 치 월급보다 비싸다고 했으니 말이다…….

음식을 만들 때는 여러 명이 함께 서로 수상한 행동은 하지 않는지 감시하며 하기로 했다. 도네가와와 함께 비교적 요리를 잘하는 쓰키에, 아마미야를 중심으로 조리가 진행됐고, 다이가를 제외한 나머지 사람들이 조리 과정을 감시하게 됐다.

하지만 그렇다고 처음부터 끝까지 모든 사람이 주방에 있지는 않았다.

아마미야는 다이가와 의논할 일이 있다며 한동안 주방을 비웠고, 쓰키에도 요리하는 중간중간 휴식을 취한다는 명목으로 밖으로 나간 일이 있었다. 감시하던 사람들도 비슷했는데, 겐지는 담배 연기를 싫어하는 아야카를 배려해서 잠깐 담배를 피운다며 어디론가 사라진 시간대가 있었고, 쓰키히코는 거의 주방에 붙어 있질 않았다.

비교적 착실하게 조리 과정을 감시한 사람은 아야카, 가모, 소지로, 이 세 사람뿐이었다.

오후 7시 전에 갈색 진베이[3]로 갈아입은 다이가가 식당에 합류했고 세상 사는 이야기를 가모에게 늘어놓기 시작했다. 가모는 1960년 당시의 일은 잘 몰랐기에 들키지 않도록 철저히 들어주는 역할에 집중하기로 했다.

도네가와와 아마미야의 설명에 따르면 오늘 메뉴는…… 폰즈 소스로 버무린 토마토와 구운 가지, 치즈를 넣은 오믈렛,

---

3 남성이나 아이가 입는 여름옷

소 등심 소테, 프랑스빵, 그리고 모둠 과일이었다.

조리에 참여한 사람이 세 사람이나 되고 각자 잘하는 요리 분야가 제각각이다 보니 다소 통일성 없는 메뉴가 되어 버린 게 아쉬웠다. 그래도 아내가 입원한 뒤로 컵라면이나 레토르트 식품만 먹었던 가모에게는 과분할 정도로 호화로운 식사였다.

식사가 끝나갈 때쯤 "다들 오늘 밤에는 절대로 자기 방에서 나오지 마라."라는 다이가의 명령이 내려졌다. 이번에도 아야카의 일기에서 봤던 대로 상황은 흘러갔다.

식사를 마친 후 커피 등의 후식을 즐기는 동안 도네가와와 아마미야가 뒷정리를 했고, 오후 8시 10분에는 그것도 전부 끝났다. 두 사람이 주방에서 나오는 모습을 본 다이가는 자신의 손목시계를 슬쩍 보더니 인사도 하는 둥 마는 둥 하고 식당을 나갔다.

아야카의 말에 따르면 늘 있는 일이라고 한다. 다이가는 저녁 식사가 끝나면 8시 30분 전까지는 반드시 자신의 방으로 돌아간다고 한다. 그가 식당을 나간 직후에는 금속이 마찰하는 듯한 기계음이 식당에 울렸다. 휠체어용 승강기가 움직이며 내는 소리 같았다.

가모도 다이가를 뒤따라가듯 식당을 나갈 생각이었지만 소지로와 아마미야의 질문 공세에 맞닥뜨리고 말았다. 특히 소지로는 현 상황에 불안을 느꼈는지 조금이라도 정보를 더 캐

내려고 기를 썼다. 어쩔 수 없이 그는 20분 정도 대화에 어울려 주고 식당을 나섰다. ……그럼에도 그가 다이가 다음으로 식당을 나선 사람이 됐다.

계단을 올라가니 2층에 휠체어용 승강기의 철판이 보였다. 저녁 식사 전에는 1층에 있는 모습을 가모가 보았으니 다이가가 2층으로 올라온 게 틀림없었다.

2층 계단 옆 공간에는 유화가 여러 점 세워져 있었다. 이곳은 그림을 일시적으로 보관하는 장소 같았다. 바로 앞에 보이는 한 점은 사과와 망고 같은 과일을 늘어놓은 정물화였다.

벽에 세워진 유화들 뒤로 금속제 기구 같은 것과 빨간 담요를 쑤셔 넣은 모습이 언뜻 보였지만 가모는 그다지 주의 깊게 보지 않고 그 앞을 지나쳤다. 그리고 접이문으로 막아 놓은 소화물용 리프트 앞도 통과해 재빨리 청소 도구실로 들어갔다.

이제야 뭘 좀 해 보겠구나, 하고 생각한 순간 아야카가 복도에 나타났다. 시간을 따져봤을 때 그가 식당을 나가고서 1분도 지나지 않아 뒤를 따라나선 모양이었다. 일단은 청소 도구실을 지나쳐 자신의 방으로 들어갔던 그녀는 금방 쿠션을 들고나와 가모와 합류했다.

그리고 몇 분 뒤에는 겐지가 2층으로 올라와서 자신의 방인 '소'로 들어갔다. 핸드폰으로 확인해 본 시각은 8시 44분이었다. 그 후로도 아야카와 함께 감시를 계속하였는데, 9시 13

분에는 쓰키히코가 자신의 방인 '뱀'으로 들어가 안에서 문을 잠갔다. 그리고 5분 뒤에는 소지로도 자신의 방인 '호랑이'에 틀어박혔다.

집요하고 냉혹한 면이 있는 쓰키히코가 뱀, 초면에 느닷없이 엽총을 휘둘러 대며 위협한 소지로는 호랑이…… 가모는 머릿속으로 그렇게 연결 지어 외우기로 했다.

이제 2층에 남은 방은 세 개뿐이었다.

출입이 금지된 방인 '토끼', 다이가의 방인 '용', 아야카의 방인 '쥐'.

일단 2층에 방이 있는 사람은 전부 모인 것 같으니 가모는 그대로 범인이 나타나기를 기다리기로 했다. 이른 시간에는 범인도 움직이지 않을 가능성이 있으니 장기전이 될 것을 각오하며.

조금 전부터 아야카가 가모를 힐끔거리며 쳐다본다 싶더니 다시 펜을 바쁘게 움직이기 시작했다.

—그러고 보니까 아까 시신을 절단한 이유에 대해 가설을 세운 게 있다고 하셨는데, 어떤 내용인지 말씀해 주시면 안 돼요?

아야카와 마찬가지로 지루해지기 시작한 참이던 가모도 손가락을 바쁘게 움직였다.

—미안, 내가 아직 그 얘기를 안 했구나. 나도 아직은 완전

히 납득하지 못했는데…… 범인은 지금 비유 살인을 하고 있어.

아야카는 흠칫하며 그의 얼굴을 빤히 봤다.

—그러니까 머더구스 가사를 따라 살인이 일어났다, 이런 말씀이세요?

그녀가 방금 말한 건 밴 다인의 『비숍 살인 사건』 같았다. 이것은 비유 살인이 등장하는 초기 작품으로 소설 속에는 『누가 코크로빈을 죽였나 ?』, 『험프티 덤프티』 등에 나오는 가사대로 이상한 살인이 발생한다.

—비슷하다고 보면 돼. ……오락실에 걸려 있는 그림, 기억나?

—『키마이라』. 할아버지가 아끼시는 그림이에요.

—그 그림에는 여러 동물의 부위가 섞인 생명체가 그려져 있지. 그런데 그리스 신화에 등장하는 키마이라는 머리가 사자에 몸통은 양, 꼬리는 뱀의 모습을 하고 있단 말이야.

아야카는 이해가 안 된다는 듯이 고개를 갸웃거렸다.

—그 그림에 그려진 생명체는 사자 머리도 아니고 양의 몸통도 아니에요.

—화가의 아호인 '야조'도 이 괴생명체의 정체가 무엇인지를 말해 주고 있어. 아야카는 누에(鵺)라는 생명체의 이름을 들어본 적이 있니?

—그게 뭐죠?

—예전에 내가 잡지사 일로 도시 전설을 조사하다가……라고 설명하면 무슨 말인지 모르겠구나. 아무튼 내가 누에를 조사한 적이 있거든.

그는 자신의 천부적인 기억력을 살려 이야기를 계속했다.

—누에는 머리가 원숭이, 몸통은 너구리, 꼬리는 뱀, 팔다리는 호랑이, 그리고 울음소리는 호랑지빠귀와 비슷해.

이것을 들은 아야카는 무언가를 깨달은 눈치였다.

—그 그림에 그려진 생명체는 빨간 얼굴에 회색빛이 도는 갈색 몸통, 꼬리는 뱀에 노란색과 검은색 무늬가 있는 팔다리를 가졌어요. 그건 누에였군요.

—참고로 누에는 한자로 '夜(야)+鳥(조)'라 쓰고 누에라고 읽는단다.

—그럼 화가의 '야조'라는 아호도 누에를 의식한 걸까요.

가모는 그에 대답하려고 했지만 그보다 먼저 아야카의 놀란 표정을 보게 됐다. 의아해하며 핸드폰 화면을 내려다보니 가모는 손을 대지도 않았는데 처음 보는 문장이 차례차례 입력되고 있었다.

—방금 말씀하신 건 미나모토 요리마사가 활로 떨어뜨렸다는 괴물이군요? 『헤이케모노가타리』에 그런 내용이 있습니다만 이것은 울음소리가 누에와 비슷한 다른 괴물이었다는 해석도 있습니다.

저절로 입력되는 글을 보며 가모는 쓴웃음을 지었다. '오작동'이 멈춘 것을 확인하고 가모는 핸드폰에 하고 싶은 말을 써 내려 갔다.

—그래도 일반적으로는 누에라고 생각하지. ……호라냐?

—네, 오랜만에 뵙습니다.

거의 시간차 없이 화면에는 그렇게 표시됐다.

"지금까지 어디 계셨던 거예요?"

나지막한 소리로 아야카가 무심결에 내뱉은 말을 무시하고 호라는 화면을 통해 계속해서 떠들어 댔다.

—그나저나 여긴 어둡군요. 아야카 양이 적은 글을 읽는 데도 꽤 애를 먹고 계시는 것 같은데 혹시 제가 모래시계로 주위를 밝혀 드려도 되겠습니까? 원하시는 밝기로 아침까지 계속 밝혀 드릴 수도 있습니다.

—하지 마! 그랬다가는 우리가 여기 있다는 걸 지나가는 사람한테 들키잖아.

—그렇게 말씀하시니 그냥 두겠습니다. ……이제 보니 핸드폰 배터리도 제법 줄었군요. 콘센트 규격은 '여기'도 별 차이가 없을 텐데 충전하시는 게 어떻습니까?

가모는 여전히 복도 쪽에도 신경을 곤두세우며 입력했다.

—괜히 쓸데없는 이야기로 감시하는 사람 방해하지 마. 충전기는 가방 안에 있단 말이야. 그것도 차에 두고 내린 가방에.

—저런, 깜빡하고 2018년에다 물건을 두고 오시다니! 당신

과 쓸데없는 이야기를 나누고 싶어서 제가 얼마나 고대했는데요.

가모는 가볍게 어깨를 으쓱하더니 다시 입력하기 시작했다.

—이런 놈은 무시하고 하던 이야기나 마저 하자. 이번 사건은 누에 그림에 영감을 받아 벌인 살인 사건이 아닐까.

아야카는 작게 숨을 헉 들이켰다. 그녀도 가모가 하는 이야기를 조금씩 이해하기 시작한 듯했다. 그는 쉬지 않고 말을 이어 나갔다.

—규이치 씨는 원숭이 방에서 목이 잘렸어. 오늘 밤 범인의 목표인 소지로 씨는 호랑이 방이고 네 일기에는 소지로 씨가 양팔이 잘렸다고 되어 있었지. 그리고 다음 날 목표가 된 도네가와 씨의 방은 닭. 도네가와 씨는 목을 다쳤다고 되어 있었어.

호라가 가모의 주의를 끌려는 듯 핸드폰 플래시를 잠깐 터트린 후 원격 조작으로 핸드폰에 글자를 입력하기 시작했다.

—고우키 씨의 방은 '개'가 아니었습니까? 너구리가 아니라.

—맞아, 그것만 어긋났지.

—아뇨, 너구리가 맞아요.

아야카가 느닷없이 적은 말에 가모는 놀랐다. 그녀는 계속해서 펜을 움직였다.

—고우키 내종숙이 예뻐하셨던 시바이누의 이름이 라쿤이었어요. raccoon dog은 영어로 너구리를 뜻해요.

범인이 생각해 낸 어린애 같은 말장난에 가모는 기분이 나빠져서 저절로 손이 멈췄다. 그 사이 호라가 핸드폰 메모장에 차례차례 글을 적기 시작했다.

—알아보기 쉽게 정리하면 이렇게 되겠군요.

류젠 규이치	미야코 고우키	류젠 소지로	도네가와 쓰구미
사용한 방은 원숭이	사용한 방은 개	사용한 방은 호랑이	사용한 방은 닭
(원숭이)	(반려견 'raccoon' +개 'dog'=너구리)	(호랑이)	(닭 혹은 호랑지빠귀)
머리	몸통	팔	목(소리)

가모도 고개를 끄덕이며 입력을 재개했다.

—그렇다면 24일 밤에 누가 희생될지도 예상할 수 있어. 남은 동물은 뱀뿐이니까 쓰키히코를 노릴 거야. ……별장의 방은 무슨 기준으로 나눈 거야?

이것은 방을 정해 준 사람이야말로 범인일지도 모른다는 생각에서 던진 질문이었다. 아야카도 가모의 의도를 알아차린 듯했지만 이내 가볍게 고개를 가로저었다.

—용은 할아버지가 원래 좋아하셨던 방이라 제외하더라도 그 외에는 아버지가 2년 전에 다른 사람들과 의논해서 정한

거예요. 고우키 내종숙은 개를 좋아해서 '개'를 고르셨고 작은할아버지는 오사카 타이거스 팬이셔서 '호랑이'를 고르셨어요. 참고로 저는 네쓰케가 귀여워서 '쥐'를 고른 거지만요.

그 선택에 범인의 의도가 들어 있는지 어떤지는 규이치가 살해된 지금으로서는 알 수 없게 되어 버렸다.

동시에 가모는 또 하나의 가능성을 깨닫고 전율했다.

그것은 범인이 최종적으로 류젠 가의 전멸을 노리고 있을 경우였다. 그렇다면 누가 어느 방을 쓰든 처음부터 범인에게는 상관없는 일이었다는 말이 된다. ……누가 어느 방을 쓰든, 살해 순서만 바뀔 뿐이니까.

그때, 어디선가 모터가 돌아가는 듯한 소리가 들려왔다.

휠체어용 승강기에서 나는 소리와 달리 그것은 둔탁한 진동을 동반했다. 청소 도구실에 앉아 있는 두 사람의 심장까지 울리는 듯한 소리다. 아야카가 겁먹은 표정을 짓고 있었기에 가모는 그것이 그녀도 처음 듣는 소리라는 걸 알았다. 아야카가 떨리는 손으로 글을 쓴다.

—방금 그건 뭐지?

—땅울림 같아요. 산사태가 일어나기 전에는 그런 징조를 보인대요.

호라가 핸드폰 플래시를 한 번 깜빡이더니 다시 글을 입력하기 시작했다.

—안심하십시오. 25일 전에는 산사태가 일어나지 않을 테

니까요. ……그나저나 오늘은 일 처리가 아주 훌륭하신데요? 탐정인 척 류젠 가에 침입해서 다음 희생자인 소지로 씨의 안전까지 확보하셨으니 말입니다. 지금으로서는 기대 이상의 움직임을 보여 주고 계십니다.

칭찬처럼 보이지만 뒤로는 자신을 조롱하고 있는 것처럼 느껴져서 가모는 얼굴을 찌푸렸다. 하지만 그것을 끝으로 호라가 보내던 메시지는 끊겨 버렸다.

*

가모는 핸드폰을 내려다보며 안도의 한숨을 내쉬었다.

길었던 밤이 끝이 나고 두 사람은 23일 아침을 맞았다. 시각은 오전 6시 40분…… 다이가가 식당으로 모이라고 지시했던 시각에 가까웠다.

결국 범인은 모습을 드러내지 않았고 2층 복도를 누군가가 어슬렁대는 소리도 들리지 않았다. 불안 요소가 있다면 핸드폰 배터리 잔량이 5%까지 줄어 버렸다는 것 정도였다.

복도에 난 창문을 통해 보니 오늘은 비가 올 것 같았다. 뻐근한 허리와 어깨를 어떻게든 풀어 보려고 가모는 기지개를 쭉 켰다. 아야카도 이내 그를 흉내 내며 스트레칭을 시작했다. 하얀색 쿠션은 청소 도구실에 두고 온 듯했다.

그러고서 두 사람은 얼굴을 마주 보았다. 아야카가 무슨 생각을 하는지는 대충 짐작이 되었기에 가모는 그에 대한 대답 대신 소지로의 방문을 가볍게 두드렸다.

소지로는 무사한 게 분명했다. 그럼에도 그의 손은 긴장으로 축축했다. 옆에 있는 아야카도 가모의 왼팔을 꼭 잡았다.

"……아, 가모 씨군요. 간밤에 잘 주무셨습니까."

문을 열고 소지로가 복도에 나타났다. 이미 남색 스리피스 정장으로 옷을 갈아입은 상태였다.

가모는 인사해야 한다는 사실도 잊고 아야카와 서로 얼굴을 마주 보며 고개를 끄덕이기 바빴다. 소지로를 지키는 데 성공했다는 실감이 들며 가슴이 벅차올랐기 때문이다.

어리둥절해하는 소지로에게 가모는 각 방을 돌며 사람들이 무사한지를 확인하고 있던 참이라고 했다. 눈 밑에 다크서클이 있는 것을 보니 소지로도 잘 자진 못한 것 같았다. 그가 일단은 방으로 돌아가겠다고 했기에 가모와 아야카는 이대로 2층을 돌며 사람들이 무사한지를 확인하기로 했다.

다음으로 '뱀'을 확인하러 향하던 찰나에 쓰키히코가 방에서 나왔다. 밤샘으로 옷이 잔뜩 구겨진 가모와 대조적으로 그는 깔끔하게 면도를 하고 머리를 뒤로 빗어 넘겨 한 치의 빈틈도 없었다. 옷은 청바지에 옅은 하늘색 폴로셔츠를 입었지만 그것 역시 먼지 한 톨, 주름 하나 보이지 않았다.

쓰키히코는 시큰둥한 얼굴로 두 사람을 봤다.

"아, 그럼…… 먼저 갈 테니 식당에서 뵙죠, 탐정님."

쓰키히코가 사라질 때까지 뒷모습을 지켜본 가모는 기분이 좋아졌다. 예감이 좋았다. 시작부터 두 사람이 무사하다는 사실을 확인할 수 있었던 건 큰 수확이었다. 그는 의기양양하게 다이가의 방문을 가볍게 두드렸다.

그러나 아무리 기다려도 방에서는 대답이 돌아오지 않았다. 여러 번 문을 두드리고 큰 소리로 불러 봐도 아무런 반응이 없었다.

"어디 편찮으신가?"

그렇게 중얼거리는 아야카의 얼굴은 수면 부족까지 겹쳐 새파랗게 질려 있었다. 곧바로 아야카의 방에서 내선으로 전화를 걸어 봤지만 역시 응답이 없었다. 가모는 긴급 사태라 판단하고 문을 부수려고 했지만 워낙 튼튼해서 그가 발로 찬 정도로는 꿈쩍도 하지 않았다.

그 소리를 듣고 '소'에서 겐지가 얼굴을 빼꼼히 내밀었다. 오늘은 하얀색 노타이셔츠에 폭이 넓은 검은색 바지를 입고 있었다. 그리고 그보다 조금 뒤에 소지로도 다시 복도로 나왔다.

두 사람에게 상황을 살펴봐 달라고 부탁한 뒤 가모는 1층으로 향했고, 5분도 채 걸리지 않아 도구함을 든 아마미야와 함께 방 앞으로 돌아왔다.

별장에는 마스터키가 없었기에 아마미야는 경첩을 부수는 작업에 돌입했다. 작업에는 10분 정도의 시간이 소요됐다.

이윽고 문이 떨어지자 아마미야는 혼자서 그것을 들어 올려 옆에 있는 벽에 세워 두었다.

우선은 가모가, 그리고 뒤를 이어 겐지와 아야카가 방 안으로 들어갔다. 소지로와 아마미야는 방에 들어갈 용기조차 나지 않는지 복도에 서서 다른 사람에게 들리지 않도록 무언가를 얘기했다.

방의 구조는 '원숭이'나 '개'와 크게 다르지 않았는데, 다른 점이 있다고 하면 침대 옆에 휠체어가 접힌 상태로 놓여 있다는 것 정도였다. 그 위에는 연지색 무릎 담요가 놓여 있었다.

의자 위에는 갈색 진베이가 반듯하게 개어져 있고 침대 밑에는 열쇠가 하나 떨어져 있었다. 또, 침대 사이드 테이블에는 검은색 전화기 한 대와 물이 반쯤 담긴 컵이 있었다.

침대 옆에 있는 서랍은 열려 있었는데 필기도구와 그 아래로 삐죽 나온 검은색 봉투가 언뜻 보였다. 그러나 정작 중요한 다이가의 모습만은 어디에서도 볼 수 없었다.

"……할아버지는요?"

아야카가 가모의 왼팔을 꼭 붙잡은 채로 중얼거렸다. 방에 들어온 뒤로 그녀는 계속 이 상태였다. 겐지도 입구 쪽에 멈춰 서서 당황한 표정으로 방을 둘러봤다.

가모는 그 자리에 쪼그려 앉아 침대 밑에 굴러다니는 열쇠 쪽으로 시선을 떨구었다.

그 열쇠는 정상적인 상태는 아니었다. 네쓰케에 달린 끈은 무언가에 의해 끊어졌고 열쇠 자체는 강한 힘을 받아 구부러진 상태였다. 종류는 다른 방의 열쇠와 동일했는데 이제껏 보았던 것들보다 훨씬 오래되어 보였다.

"일단…… 이 열쇠는 제가 가지고 있겠습니다."

가모는 손에다 조사용으로 빌린 면장갑을 끼고 열쇠를 집어 올리더니 다른 사람들이 대답하기도 전에 그것을 셔츠 주머니에 쑤셔 넣었다.

마지막으로 그는 화장실과 욕실, 벽장을 조사했다. 아야카도 가만히 지켜볼 수만은 없었는지 그에게 찰싹 붙어 따라다녔다. 하지만 어디서도 노인의 모습은 볼 수 없었다. 방 안에 있는 모든 창문도 단단히 잠겨 있었다.

"방 안에는 안 계시는군요."

그렇게 보고하며 그가 뒤돌아보니 겐지가 서랍이 달린 테이블에 양손을 짚고 굳은 표정으로 서 있었다.

"……그럼, 할아버님은 대체 어디로 가셨죠?"

문득 가모는 그가 내려다보고 있는 서랍에 관심이 생겼다.

서랍을 당겨 살펴보니 조금 깊숙한 곳에 용이 새겨진 회중시계가 들어 있었다. 모양이나 색이 아야카가 가지고 있는 것과 비슷했지만 크기는 그것보다 훨씬 컸다. 그것을 집어 들어 뚜껑을 열어 보니 6시 46분을 가리키며 시곗바늘은 멈춰 있었다.

그 외에 서랍 안에 든 것은 메모장과 만년필, 그리고 업무 관련 서류로 보이는 종이 다발 몇 개가 다였다. 다이가가 있는 곳을 알아내는데 단서가 될 만한 물건은 없었다.

고개를 들 때쯤에는 가모도 적잖이 당황했다.

어젯밤에는 계속 아야카와 함께 청소 도구실에서 2층 복도를 감시했다. 하지만 두 사람은 다이가가 방에서 나오는 모습을 한 번도 보지 못했다.

휠체어용 승강기가 2층으로 이동한 점, 저녁 식사를 마친 후 다이가가 복도를 나간 직후에 승강기 작동음이 들렸다는 점, 다이가를 제외한 전원이 그 시간에 식당에 있었다는 점으로 미루어 볼 때 승강기를 작동시킨 사람은 다이가가 확실해 보였다. 2층으로 올라가려는 게 아니라면 그가 승강기를 작동시킬 이유는 없다. 당연히 다이가는 아직 2층에 있다는 말이 된다.

하지만 대체 어디에?

가모가 복도로 나가자 복도에서 기다리던 아마미야와 소지로가 허둥대며 길을 비켰다. 아야카도 서둘러 그를 따라 나왔다. 그리고 조금 뒤에 겐지도 방을 나왔다.

그 후 가모는 식당에 있던 쓰키히코와 쓰키에도 합류시켜 모두 함께 2층 전체를 수색하기로 했다. 상황이 상황인 만큼 방 안을 보여 주지 않겠다며 확인을 거부하는 사람은 더 이상 없었다.

호랑이, 소, 뱀, 쥐의 순으로 차례차례 문이 열렸고, 욕실,

화장실, 벽장까지 샅샅이 조사했지만 어디에도 다이가는 없었다.

가모가 마지막으로 남은 방인 '토끼'를 확인하고 싶다고 하자 아야카와 아마미야를 제외한 전원이 당황하는 기색을 비쳤다. 특히 소지로는 노골적으로 그것을 꺼렸다. 그의 반대에도 불구하고 결국 방의 문은 열리게 됐다.

토끼 방의 문과 자물쇠는 다른 방과 전혀 다른 점이 없었고 열쇠는 평소 다이가가 관리한 듯했다. 그러나 열쇠를 관리하던 당사자가 실종되었기에 하는 수 없이 문의 경첩을 물리적으로 부수게 됐다.

같은 작업을 반복하는 사이에 요령이 생겼는지, 아마미야는 5분 만에 문을 떼어 내는 데 성공했다. 문이 떨어지는 순간, 방에서 정체된 공기가 흘러나왔다. 아마미야가 문을 벽에다 세우는 동안 가모는 방 안으로 걸음을 옮겼다.

일단 산패한 기름 냄새 같은 악취가 코를 찔렀다. 방은 껌껌해서 안이 어떤 상태인지 알아보기가 어려웠다. 그는 안쪽까지 깊숙이 들어가서 창문을 가리고 있던 커튼을 단숨에 열어젖혔다.

악취는 테이블 위에 방치되어 있던 유화용 팔레트와 대략 스무 자루의 다양한 굵기를 가진 붓 다발에서 나는 것이었다. 누군가가 사용하다 말고 그대로 버려둔 것인지 팔레트에 걸쳐진 화구는 이것저것 색이 뒤섞인 채 그대로 굳어 먼지를 뒤집어썼다.

그 옆에 있는 목제 도구함에는 아직 물감이 남아 있는 튜브며 팔레트 나이프가 삐져나와 있고 기름이 든 병이 몇 병 정도 나란히 놓여 있었다. 침대 옆에는 아직 손대지 않은 캔버스가 놓여 있었다. 얼마나 방치되어 있었는지 전부 먼지투성이가 되었고, 기름이 든 병은 바닥에 끈적하게 달라붙었으며 캔버스도 누렇게 색이 변해 있었다.

어느새 아마미야를 제외한 전원이 방 안에 집합해 있었다. 가모는 계속해서 욕실과 화장실도 확인해 봤지만 다이가의 모습은 보이지 않았다.

토끼는 다른 방과 달리 내부 공사를 안 했는지 벽지와 바닥은 색이 바랬고 욕실과 화장실은 설비가 달랐는데, 별장이 지어질 당시의 모습이 그대로 남아 있음을 짐작게 했다.

붓을 싼 신문에 눈길을 돌리니 쇼와 23년 4월 17일이라고 날짜가 적혀 있었다. 서력으로 바꾸면 1948년이니까 지금으로부터 12년 전이라는 말이 된다. ……이 방은 10년이 넘는 시간에 걸쳐 '출입 금지'화 되었을 것이다.

소지로라든가 이 방의 정체를 알 만한 사람에게 캐물어 이 방이 어떤 곳인지 알아내고 싶다는 충동에 휩싸였으나 가모는 다이가의 안위를 확인하는 게 우선이라고 판단해서 그만두기로 했다. 이곳에서 시간을 허비할 수는 없었기 때문이다.

가모는 복도로 나가려다 방을 들여다보고 있던 아마미야와 하마터면 부딪칠 뻔했다. 문이 사라져 뻥 뚫려 버린 공간 왼쪽에는 경첩이 부서진 문이 복도 벽에 세워져 있었다.

가모는 다음으로 소화물용 리프트를 확인하러 갔다.

리프트의 짐칸이 1층에 정지되어 있어서 우선은 조작반으로 2층까지 이동시켰다. 둔탁한 기계음과 함께 아담한 짐칸이 2층으로 올라왔다.

가까이에서 보는 리프트는 상당히 구식이었다. 어쩌면 자동식 전동 승강기가 막 보급되기 시작한 시점에 나온 제품일지도 몰랐다.

짐칸 바닥은 2층 바닥과 같은 높이로 설계되어 있었다. 어려움 없이 짐을 실을 수 있게 고민한 흔적이 분명했다.

격자 형태로 된 금속 접이문을 열자 짐칸 내부가 보였다. 하지만 짐칸 자체에 조명 장치가 달린 게 아니다 보니 내부는 생각보다 훨씬 어두웠다. 아마미야에게 빌린 손전등으로 자세히 살펴보니 리프트에는 아무것도 없었고 짐칸이나 그 주위에도 어떤 흔적이나 눈에 띄는 흠집 같은 건 남아 있지 않았다.

무엇보다 가모가 실망했던 점은…… 짐칸의 크기가 작다는 것이었다. 줄자로 재어 보니 리프트의 크기는 폭이 110센티, 깊이가 70센티, 높이도 85센티 정도밖에 되지 않았다. 게다가 내부에는 선반 두 개가 달려 있었다.

가모는 당연히 움직일 거라고 생각해 선반을 옮기려고 해 봤지만, 선반은 꼼짝도 하지 않았다. 원래는 떼어 내서 이동시킬 수 있는 선반 같았지만 접착면이 녹슬면서 일체화되어 지금은 꿈쩍도 하지 않는 상태가 되어 있었다.

선반을 움직일 수 있으면 또 모르겠지만, 선반 하나당 110센티×70센티×27센티 정도의 공간밖에 없어서야 성인 남성이 장시간에 걸쳐 숨어 있기는 힘들어 보였다. 요가 마스터급의 유연성을 가진 사람이 아니라면 어려웠다.

소지로가 말하길 젊은 시절의 다이가는 키가 170센티였다고 하니 더더욱 불가능한 일처럼 여겨졌다.

가모는 쓸데없이 시간을 허비했다는 사실에 의기소침해졌지만 계속해서 청소 도구실을 확인하러 갔다. 물론 그곳에도 다이가는 없었다.

2층 수색을 마친 사람들은 말을 아끼며 다른 층을 확인하러 가기로 했다. 후위를 맡게 된 가모는 계단을 내려가는 사람들의 뒷모습을 가만히 응시했다. 소지로 일가 세 명과 겐지, 아야카, 아마미야…… 총 6명이었다. 가모가 깜짝 놀라며 중얼거렸다.

"……도네가와 씨는요?"

다시 생각해 보니 아침부터 도네가와 씨를 본 기억이 없었다. 그 말에 다들 걸음을 멈추고 당황한 듯이 서로의 얼굴을 쳐다봤다.

"그러고 보니까 주방에서도 못 봤어요."

그렇게 말한 사람은 쓰키에였다. 오늘은 몸에 달라붙는 모노톤의 반소매 원피스를 입었다. 그 말을 들은 아마미야도 동의한다는 듯 고개를 끄덕였다.

"오늘은 어쩐 일로 늦게 일어나시는 것 같아 아침 식사는 저하고 쓰키에 님이 준비했습니다. ……그런 일도 있었으니 오늘은 7시까지 푹 쉬시게 두자고요."

그 외에도 도네가와가 없다는 걸 눈치챈 사람은 있었겠지만, 다들 다이가가 실종되었다는 소식에 동요한 나머지 그 사실을 깜박한 눈치였다.

가모를 비롯한 사람들의 발길은 자연스럽게 도네가와의 방으로 향했다.

도네가와의 방은 문이 잠겨 있었고 밖에서 아무리 불러도 대답이 없는 데다 내선으로 연락해 봐도 마찬가지였다. 아마미야는 이번에도 역시 경첩을 부수는 작업에 돌입했다. 작업이 끝나기를 기다리는 동안 가모는 주머니 속에 든 핸드폰을 확인해 봤다. 시각은 이미 오전 8시 10분이었다.

떨어진 문틈으로 방 안을 들여다본 가모는 순간 자기도 모르게 숨을 멈췄다.

도네가와는 메이드복을 입은 채로 침대에 똑바로 누워 있었다. 입술 주위에는 거품을 물었던 흔적 같은 게 남았고 목에는 심하게 긁어 댄 것처럼 손톱자국이 남아 있었다. 이제 막 굳기 시작한 피가 손톱으로 할퀸 자리에 맺혀 있다.

가모는 이번에도 범인이 희생자를 이용해 누에를 일부 완성했다는 사실을 깨달았다. ……닭에서 살해된 도네가와 쓰구미는 목을 긁으며 죽었다. 그리고 누에는 호랑지빠귀 소리를 낸다.

"도네가와 씨?"

문을 든 채로 서 있던 아마미야가 멍하니 중얼거리는 소리가 들렸다. 가모는 방 안으로 들어가 그녀의 맥을 짚어 보았지만 이미 숨이 끊어져 몸은 싸늘하게 식어 있었다. 가모는 고개를 천천히 가로저었다.

아야카는 큰 소리로 엉엉 울며 도네가와의 시신 쪽으로 달려와 그녀의 옆에 무릎을 꿇었다.

"어째서 아주머니가……."

가모도 시신을 내려다보며 망연자실했다.

아야카의 일기대로라면 범인의 이번 목표는 소지로가 분명했다. ……범인이 범행 순서를 바꾼 이유는 무엇인가. 청소 도구실에서 감시하던 걸 범인에게 들킨 것은 아닐까? 혹은 그가 '이곳'에 오는 바람에 범인의 행동을 크게 변화시킨 것은 아닐까?

그는 옆에서 어깨를 떨며 울고 있는 아야카를 바라봤다. 생각해 보면 청소 도구실에서 감시했다는 사실을 아는 사람은 아야카뿐이었다. 그녀가 다른 사람에게 그 이야기를 흘린 것은 아닐까. 아니면 그녀가 바로 연쇄 살인을 저지른 살인범이며 일기의 내용도 전부 엉터리였던 것은 아닐까.

"……독살, 인가 보군."

소지로가 맥없이 중얼거리는 말에 가모는 현실로 돌아왔다.

"네, 그럴 가능성이 크겠죠."

그렇게 대답하며 다시 시신 쪽으로 시선을 돌린 가모는 도네가와의 손끝에 굳은 피가 묻어 있다는 사실을 깨달았다. 그것은 목을 긁을 때 묻은 것으로 보였다. 가모는 도네가와의 몸을 다시 한번 살펴보다 주머니 속에서 닭 모양의 네쓰케가 달린 열쇠를 발견했다. 그는 그것을 다이가의 방에서 발견한 열쇠와 함께 회수해 두기로 했다.

계속해서 침대 옆 테이블을 살펴봤다.

검은색 전화기 옆에 놓인 쟁반에는 빈 컵 하나와 사군자탕(四君子湯)이라 적힌 약봉지 몇 개가 놓여 있었다. 그것은 어제 가모 일행이 창문에 설치된 방범창을 조사하려고 방에 들어왔을 때도 놓여 있었다. 오늘은 그중 하나가 뜯어져 있고 봉지 안은 텅 비어 있었다.

"도네가와 씨는 지병이 있으셨습니까?"

그가 그렇게 묻자 아야카는 눈물을 닦으며 대답했다.

"위가 안 좋다고 하셨으니까 그 약일지도 몰라요."

그 말을 듣고 아마미야도 가볍게 고개를 끄덕였다.

"아마 아가씨의 말이 맞을 겁니다. 본가에서도 비슷한 봉지에 든 약을 매일 드셨으니까요."

갑자기 소지로가 울분을 토하며 말했다.

"그런 걸 조사해서 뭐 어쩌자는 겁니까. 우리가 의사나 검시관도 아니고 그 한약에 독이 들었는지 어떤지도 알아낼 방법이 없는데."

"전문 지식 같은 거 없어도 다 아는 수가 있죠."

도네가와의 시신을 내려다보던 쓰키히코가 자신 있게 말했다.

"숲에다 덫을 놓으면 쥐가 잡힐 거 아니에요. 그놈들한테 저 컵을 핥게 해서 남은 약을 먹여 보면 되잖아요. ……대번에 죽는 녀석이 나오면 거기에 독이 있었다는 뜻이니까."

가모는 형형히 빛나는 쓰키히코의 눈을 보고 섬뜩함을 느꼈다. 예전에 호라를 사이코패스라고 부른 적이 있는데, 그 말은 오히려 이 청년에게 어울리는 게 아닌가 하는 생각이 들었기 때문이다.

"그건…… 별 도움이 안 될 거야."

겐지가 한 말을 듣고 쓰키히코는 적잖이 화가 난 모양이었다.

"왜?"

"약에 독극물이 섞여 있었다는 걸 알아내도 범인이 언제 독을 넣었는지 알아내기는 어려우니까. 별장에 오기 전에 넣었을 수도 있고, 별장에 도착한 뒤에도 형과 고우키 형의 시신이 발견되기 전까지는 문을 제대로 잠그지 않는 사람도 많았잖아. 마음만 먹으면 누구든 이런 짓을 벌일 수 있었을 거야.”

잔에 아무것도 묻어 있지 않다는 사실에 주목하며 가모도 말을 이었다.

“보아하니 도네가와 씨가 잔을 사용 후에 한 번 헹궈 두신 것 같은데, 이러면 독이 제대로 검출되지 않을 가능성도 있으니까요.”

두 사람의 반박에 할 말이 없어진 쓰키히코는 갑자기 씩씩대며 벽을 발로 힘껏 찼다. 그 소리에 아야카와 쓰키에가 천장에 닿을 듯이 펄쩍 뛰며 놀랐다. 그런데도 정작 본인은 느닷없이 목소리를 깔며 차분하게 말했다.

“그보다…… 할아버지가 어디로 사라지셨는지 진지하게 찾아보자. 이 꼴을 보고 나니까 무슨 일이 벌어졌을지 짐작도 안 돼.”

쓰키히코의 태도가 어쩐지 섬뜩했지만 가모는 오히려 쓰키에의 반응이 더 신경 쓰였다. 아야카는 쓰키히코의 갑작스러운 행동에 단순히 놀란 듯 보였지만 오빠를 돌아보는 그녀의 눈에는 두려워하는 기색이 역력했기 때문이다.

그 후 도네가와의 방에 다이가가 없다는 것을 확인한 후 사람들은 흩어져서 건물 안을 수색하기로 했다. 그리고 흩어지며 소지로 일가 세 명, 가모와 아야카 두 명, 겐지와 아마미야 두 명이 각각 조를 이루게 됐다.

1층에 있는 개인실, 주방, 식당, 오락실…… 창고, 저장고, 기계실, 이렇게 모든 방을 살펴보았지만 어디에서도 다이가의 모습은 보이지 않았고 어제와 크게 달라진 점도 없었다. 그것은 지하도 마찬가지였다.

그나마 새로운 사실은 1층에서 소화물용 리프트에 짐을 싣는 공간을 살펴보다 발견했다.

다시 한번 확인해 보니 리프트에 달린 접이문은 짐칸 내문(內門)과 복도 쪽 외문(外門)이 연동되어 있어서, 짐칸이 다른 층으로 이동하면 외문이 저절로 잠기게 되는 구조였다.

가모는 시험 삼아 리프트의 비상 정지 버튼을 눌러 봤다. 안쪽과 바깥쪽 접이문을 강제로 열 수 있는지 시험해 볼 생각이었지만…… 갑자기 따르르르 하고 경고음이 울리기 시작해서 튀어 오를 듯이 놀랐다.

아야카가 말하기를 비정상적인 위치에 짐칸을 세우려고 비상 정지 버튼을 누르면 경고음이 울리게 되어 있다고 했다. 곧바로 정상 운행으로 되돌리기는 했지만 건물을 수색하려고 흩어져 있던 다른 사람들까지 헐레벌떡 뛰어오게 만드는 소동을 일으키고 말았다. ……어쨌든 이 정도로 큰 소리가 난다면 아무도 어젯밤에 비상 정지 버튼을 누르지 않은 것만은 확실했다.

그 이후로는 별다른 소동 없이 수색이 끝났지만 결국 건물 안에서는 다이가를 찾을 수 없었다. 계속해서 그들은 조사 범위를 건물 밖까지 넓히기로 했다. 비는 일시적으로 그친 상태였지만 짙게 깔린 구름을 보면 당장이라도 다시 쏟아질 것 같았다.

그들은 건물 밖으로 나오자마자 속이 뒤집힐 것 같은 탄내가 어디선가 풍겨 온다는 사실을 깨달았다. 냄새는 건물 뒤편으로 갈수록 강해졌다. ……밖에서 무언가를 태울 수 있는 시설이라고 하면 피자용 화덕밖에 없었다.

지름이 2미터가 넘는 거대한 벽돌식 화덕 앞에는 네쓰케가 떨어져 있었다. 푸른 보옥을 든 용에는 열쇠가 달려 있지 않았고, 네쓰케 끈은 무언가에 의해 잘려 있었다.

가모는 그것을 주워 주머니 속에 넣은 뒤 화덕의 문을 조심스럽게 열었다. ……누군가 안에서 동그랗게 몸을 만 채로 타 죽은 모습이 외부에서 들어오는 빛에 어렴풋이 보였다.

범인은 장작을 써서 시신을 태운 게 분명했다. 화덕 안에는 재와 타고 남은 찌꺼기가 쌓여 있었다. 하지만 불은 이미 한참 전에 꺼졌는지 화덕 본체는 희미한 온기만 느껴질 정도로 온도가 떨어진 상태였다.

손전등을 빌려 화덕 안을 비추며 가모는 시신의 상태를 자세히 확인했다.

얼굴은 특히나 무참히 타 버려서 형체가 남아 있지 않았다. 물론 얼굴을 제외한 다른 곳도 다 타버린 것은 마찬가지였지만 습도의 영향으로 화덕 안이 그만큼 뜨겁지는 않았는지 시신은 각 부위가 떨어져 나갈 정도로 심각한 손상을 입진 않았다.

다만…… 두 다리만은 예외였다. 손전등으로 비춰 본 불에 탄 시신은 끔찍하게도 사타구니 아래로 7센티 정도를 제외하고는 나머지 부분이 없었다.

그 사실을 깨달은 순간 가모의 머릿속에 떠오른 것은 『키마이라』 그림이었다.

조금 전 건물 안을 수색할 때 규이치와 고우키의 시신이 지하 창고에 변함없이 안치되어 있는 모습을 확인했고, 불 탄 시신의 머리와 몸통이 분리되어 있지 않은 것만 봐도…… 확실히 규이치와 고우키의 시신은 아니었다.

만약 이 시신이 다이가라면, tiger(호랑이)와 발음이 비슷한 이름을 가진 인간이 살해당했다는 말이 된다. 그리고 그 시신이 다리를 잃었다면 이것도 범인의 비유 살인이라 봐야 할지도 모른다. 짐작건대 범인은 처음부터 소지로뿐만 아니라 다이가도 살해할 생각이었을 것이다. 물론 각각을 호랑이의 앞다리와 뒷다리로 쓰려고.

……사실은 아야카가 이 사건의 범인이고 일기 내용도 전부 엉터리가 아닐까? 하는 의혹은 지금도 가모의 마음속에서 사라지지 않았다.

하지만 아야카는 그와 계속 함께 행동했고, 어젯밤부터 오늘 아침에 걸쳐 완벽한 알리바이를 가지고 있다. 다이가의 시신을 피자 화덕까지 옮기는 것은 절대로 불가능하다.

아야카에게 공범이 있다고 가정해 봐도 역시 마찬가지다. ……그날 밤 맨 처음 식당에서 나간 사람은 다이가였고 두 번째가 가모였다. 식당에 있던 어느 누구도 그에게 들키지 않고 2층으로 올라가 다이가를 살해하고 밖으로 옮길 수는 없었다.

문득 그는 자신을 빤히 보는 아야카의 시선을 느꼈다. 그 눈에 비치는 것은 틀림없이 의심이었다. 가모의 눈에는 그녀가 품고 있는 '의심'이 무엇인지 훤히 보였다.

첫 번째는 가모가 바로 살인범이며 시공 이동에 관해 떠들어 댔던 이야기 역시 전부 엉터리가 아닌가 하는 의혹. 두 번째는 다이가 다음으로 나간 가모라면 다이가를 충분히 살해할 수 있지 않았을까 하는 의혹이다.

후자의 경우는 금세 의혹을 풀 수 있다. 아야카는 가모보다 1분 정도 늦게 식당을 나왔고, 그 후에 곧장 청소 도구실에서 가모와 합류했다. 범행을 저지를 시간이 가모에게는 없었음을 그녀 자신이 증명하고 있는 것이나 마찬가지였다.

"다리는요?"

가모는 쓰키에가 나지막하게 중얼거리는 소리에 이끌리듯 주위를 둘러봤다. 그들이 식별할 수 있는 범위 내에는 그 비슷한 것조차 보이지 않았다. 건물 안을 수색할 때도 마찬가지로 절단된 다리는 발견하지 못했다.

쓰키히코가 기분 나쁜 웃음을 흘리며 가모를 흘긋 봤다.

"이봐요, 탐정님. ……새로운 시신이 두 구나 발견됐는데 뭐 새로운 견해는 없나?"

가모는 한동안 생각에 잠겼다가 이윽고 입을 열었다.

"사건 해결에 도움이 될 만한 정보를 하나 찾아냈습니다. 그것과 관련해서 여러분께 여쭙고 싶은 게 있으니 오락실로 이동하시죠."

*

오락실에 발을 들이자마자 가모는 그 자리에서 굳고 말았다.

"……없어?"

북쪽 벽에 걸려 있던『키마이라』그림이 사라졌다. 아야카도 오른손으로 입을 틀어막고 멍하니 서 있기만 했다.

사라진 다이가를 찾으려고 수색할 때 가모와 아야카는 식당과 주방을 담당했기에 오늘 아침에는 오락실을 제대로 확인하지 않았다. 그래서 지금에 이르기까지 그림이 사라졌다는 사실은 까맣게 몰랐다.

모두가 당황한 기색을 드러내며 서로의 얼굴을 보고 숙덕거리기에 가모는 쓴웃음을 지으며 물었다.

"여기 계신 분 중에 그림을 옮긴 분이 계시면 말씀해 주시겠습니까?"

그 자리에 있는 모두가 고개를 절레절레 흔들었다.

"……그럼 범인의 소행이겠군요."

그 말을 들은 소지로가 표정을 싹 바꾸며 그에게 따져 물었다.

"그게 무슨 소리입니까? 그렇게 말하니까 꼭 그 그림이 사건하고 관련되어 있다는 말처럼 들리는데."

"네, 맞습니다. 범인은 살인을 통해 누에를 표현하고 있을 가능성이 있습니다."

방 안이 침묵에 휩싸였다. 모두가 잡아먹을 듯한 눈으로 그를 응시했다. 그리고 그 눈에서 두려움을 읽을 수 있었다.

가모는 범인의 의도에 대해 본인이 아는 것을 요약해서 설명했다.

"……규이치 씨는 원숭이의 머리, 고우키 씨는 너구리의 몸통, 다이가 님은 호랑이의 뒷다리, 도네가와 씨는 지빠귀의 울음소리를 나타내고 있습니다. 이후에도 살인이 계속된다면 호랑이 방의 소지로 님과 뱀 방의 쓰키히코 씨, 이 두 분이 목표가 될 가능성이 큽니다."

다음 희생자로 지목받은 소지로는 두 손으로 얼굴을 감쌌고 쓰키히코는 도전적인 눈빛으로 그를 쳐다봤다. 가모는 계속해서 담담히 말을 이어 나갔다.

"그 그림을 그린 사람은 '야조'라는 화가입니다. 이 이름도 아마 누에에서 유래됐을 겁니다. 이러한 비유가 범인이 보낸 메시지라면 이번 사건을 일으키게 된 동기도 이 화가와 관련이 있을 겁니다. ……암묵적으로 출입이 금지되어 있던 토끼 방에는 유화 도구가 있었습니다. 그 방의 주인이 바로 '야조'가 아닙니까?"

대답을 하는 이는 아무도 없었다. 가모는 그대로 기세를 몰아 날카롭게 따져 물었다.

"그 방에 들어가지 못하도록 한 데에는 분명히 이유가 있을 겁니다. 사건을 해결하기 위해서라도 꼭 설명해 주셔야겠습니다."

여기까지 듣고서 겐지가 포기한 듯 작게 한숨을 내쉬며 천천히 입을 열었다.

"토끼 방을 썼던 사람이 『키마이라』를 그렸습니다. 이름은 하타 레이토…… 그림을 그릴 때는 '야조'라는 이름을 즐겨 썼습니다."

"하타 레이토, 한자로는 어떻게 씁니까?"

처음 듣는 이름이었기에 가모는 곧바로 그렇게 되물었다.

"깃 우(羽)에 많을 다(多)를 써서 '하타(羽多)', 심방변(忄)에 명령의 령(令)을 붙이고 사람 인(人)을 써서 '레이토(怜人)'입니다."

"대답해 주셔서 감사합니다. 그래서, 어떤 분이셨습니까? 류젠 가와 어떤 관련이 있었죠?"

"저에게는…… 외사촌이었습니다."

겐지는 웬일인지 주저하는 모습을 보이며 그렇게 대답했다.

"그렇다면 어머님이 결혼 전에 사용하셨던 성이 하타였다는 말씀이군요."

"네, 레이토 형은 제 외숙부님의 자식이었습니다. ……저희 형에게 들은 이야기인데, 레이토 형이 초등학교에 올라갈 때쯤에 외숙모님이 병으로 자주 앓아누우셔서 할아버님이 류젠 가로 거두어들여 키우기로 하셨다고 합니다."

그는 여기까지 말하고서 그리운 지난날을 회상하며 조용히 미소 지었다.

"철이 든 후로는 계속 함께했으니 레이토 형은 저한테 친형이나 다름없었습니다. 화가 지망생이라 틈틈이 시간을 내서 이 별장으로 놀러 와 유화를 그리고는 했습니다. 토끼 방은 거의 레이토 형의 아틀리에나 다름없었습니다."

"겐지 씨보다 연상이셨군요."

"네, 규이치 형보다 다섯 살 위였으니…… 지금까지 살아 있으면 서른아홉이 되었겠죠."

그 말투가 어쩐지 마음에 걸렸던 가모는 다시 한번 그에게 물었다.

"혹시, 하타 씨가 이미 돌아가셨습니까?"

"그걸 모릅니다, 살아 있는지 죽어 있는지조차."

"……그게 무슨 말씀이세요?"

아야카는 당황한 듯이 큰 소리로 물었다. 겐지는 그녀를 향해 슬픈 미소를 지어 보였다.

"아야카는 처음 듣는 이야기지? 지금으로부터 12년 전에 있었던 일이니까 너는 한 살 정도였겠구나."

1948년은 전후의 혼란이 짙게 남아 있던 시대였다. 겐지는 담담한 말투로 이야기를 이어 나갔다.

"당시 중학생이었던 저는 여름 방학이라 홍콩에 가 있었습니다. 할아버님의 권유로 견식을 넓히기 위해 그곳에서 잠시 머물게 되었지요."

"종전 후 3년 뒤가 아닙니까. 출국 자체가 어려운 시기였을 텐데요."

"그건 문제없었습니다. 할아버님이 GHQ(연합국 최고 사령부)와 이야기를 잘 끝내 놓으셨거든요. ……그리고 제가 홍콩에 있는 동안 아버님이 돌아가시고 그 이튿날에는 레이토 형이 실종되었습니다."

가모는 숨을 헉 들이켰다. 연이어 발생한 일이 사건 같아 보였기 때문이다.

"실례인 줄은 알지만 하나만 묻겠습니다. 아버님의 사인은요?"

"병사입니다. 자세한 이야기는 그때 별장에 계셨던 숙부님께 들으시는 게 좋겠습니다."

소지로는 떨떠름한 표정을 지으면서도 겐지의 말을 이어받아 입을 열었다.

"그게 아마 1948년 7월 말이었을 겁니다. 에이타로 형님이 심한 식중독 증세를 보이셔서 급하게 의사한테 보였는데 한 발 늦어 형님을 구하지 못했었죠."

가모는 테이블 위에 놓인 일력 쪽으로 시선을 돌렸다. 일력은 어제 날짜로부터 한 장을 넘겨 8월 23일로 바뀌어 있었다. 지금으로부터 12년하고도 한 달 정도 전에 다이가의 장남은 사망했다.

"그때 어떤 증세를 보였는지 기억하십니까?"

소지로는 부르르 떨며 몸서리를 쳤다.

"설사와 구토 증세가 얼마나 심했는지 모릅니다. ……거기다 지금도 떠올리기 두려울 정도인데, 입이며 온몸이 불에 덴 사람처럼 시뻘겋게 되지 뭡니까. 다음 날 저녁에는 이미 손쓸 도리가 없었습니다. 간이며 창자, 신장까지 전부 심하게 손상된 상태라고 하더군요."

"가족분들이나 이웃 주민 중에 비슷한 증세를 보인 사람은요?"

가모로서도 식중독으로 이런 증세를 보일 수 있는지는 정확히 알 수 없었지만 감염증일 가능성도 있다는 생각에 그렇게 물어봤다.

"아뇨. 아무도 그런 사람이 없어서 의사도 의아해했죠."

가모의 귀에는 에이타로의 죽음이 '변사'로 취급되어 경찰이 당장 수사에 착수해도 이상하지 않을 일처럼 들렸다. 그러나 실제로는 동네 의사가 고개를 갸웃거리면서 내린 '식중독'이 사인으로 처리됐다. 당시가 전쟁이 끝나고 혼란스러운 시기였던 데다 시골이었던 점을 고려하면 어쩔 수 없는 일이었는지도 모른다.

그대로 가모가 미간을 찌푸리며 생각에 잠겨 버리자 소지로가 불안한 얼굴로 입을 열었다.

"혹시, 형님이 누군가한테 살해당한 겁니까?"

"이제 와서 그걸 밝히기란 불가능한 일이겠죠. ……그러고 그 이튿날에 하타 씨가 실종된 겁니까?"

"네, 아침 식사 시간이 되었는데도 나타나질 않길래 저하고 도네가와 씨 둘이서 확인을 하러 토끼로 가 봤습니다. 그랬더니 방에 찾는 사람은 없고 짐도 없어졌더군요. 처음에는 급한 일이 있어서 잠깐 나간 줄 알았습니다."

"하타 씨가 모습을 감춘 이유에 대해 짐작 가는 게 있으십니까?"

"전쟁터에서 돌아온 뒤로 그 아이는 우울해하는 일이 잦았습니다. 화가로서도 성공할 기미가 안 보이고, 그러니까 자기를 아는 사람이 아무도 없는 곳으로 가 심기일전해서 다시 시작해 보고 싶어 한다고 해도 이상할 게 없지 않았겠습니까."

하지만 겐지는 그 말에 동의할 수 없다는 듯 끼어들었다.

"레이토 형은 저희한테 말도 안 하고 사라질 사람이 아닙니다. 할아버님은 형을 친손주처럼 예뻐하셨고 아버지와 저희 형제한테도 소중한 가족이었으니까요. 그리고…… 나중에 할아버님께 들었는데, 당시 할아버님의 유언장에는 저희 형제와 동일한 조건으로 레이토 형에게도 유산이 분배되게 되어 있었습니다. 그저 한 가지 예에 불과하지만 이것만 봐도 할아버님이 얼마나 진심이셨는지 알 수 있습니다."

그 말을 들은 쓰키히코가 대놓고 얼굴을 찌푸렸다.

"어처구니가 없네, 류젠 가 사람도 아닌 게. 그러면 그 인간이 우리 아버지보다 유산을 더 많이 받게 된다는 소리잖아! 우리 아버지는 겐지 형이 받을 돈의 7분의 1밖에 못 받는데."

이 말에 가모는 적잖이 놀랐다. 물론 그가 별장에 도착하고 나서 본 바로도 다이가는 겐지와 아야카에게 유달리 너그러워 보였다. 그것은 규이치에게도 마찬가지였으리라 짐작됐다. 그런 태도를 그대로 유산 분배액에 드러내는 것이 한편으로는 잔혹하게 느껴졌다.

쓰키히코가 숨 쉴 틈도 없이 쏘아붙이자 소지로는 벌게진 얼굴로 역정을 냈다.

"지금이 그런 소리나 할 때냐, 쓰키히코!"

차마 눈 뜨고 볼 수 없는 부자의 말다툼에 겐지는 유언장 이야기를 괜히 꺼냈다며 진심으로 후회하는 듯 고개를 푹 숙였다가 이내 다시 입을 열었다.

"제가 귀국한 뒤 할아버님은 경찰에 실종 신고를 하셨습니다. 그런데 지금까지도 레이토 형이 어디로 사라진 것인지 아무런 정보가 없습니다."

가모가 지금까지 이야기를 들어본바, 하타는 강력한 뒷배가 있었지만 동시에 류젠 가 안에 적도 많았다. 다이가가 쓴 유언장 내용을 아는 사람으로서는 그의 존재가 몹시 거슬렸을 것이다.

"참고로, 하타 씨가 사라진 게 에이타로 님의 죽음과 관련이 있는 게 아니냐고 의심한 사람은 없었습니까?"

가모가 직설적으로 날카롭게 파고들며 질문하자 소지로는 비아냥대듯 큰 소리를 내며 웃었다.

"그런 생각 한 번이라도 안 해 본 사람 없을 겁니다. 물론 아버지는 다르셨을지도 모르지만요. 그분은 친자식이나 친손주보다 그 아이를 더 예뻐하셨거든요. ……설마, 그 아이가 돌아와서 우리를 습격했다고 말씀하시려는 건 아니겠지요?"

갑자기 새파랗게 안색을 바꾸며 떨기 시작한 소지로를 가모는 말없이 쳐다봤다.

"그것까지는 모릅니다. 하지만 범인이 12년 전에 있었던 일을 여러분에게 일깨워 동요하게 만들고자 한다는 건 확실합니다."

이제 신사다운 모습을 완전히 잃어버린 소지로는 소심하고 비열한 본래의 모습을 모조리 드러냈다. 이것이 죄책감의 발로가 아니면 무엇이란 말인가? 가모는 소지로가 하타의 실종에 관여한 게 아닐까 의심했다.

그러나 입을 앙다문 상대는 그 이상 말할 생각이 없어 보였다. 가모는 그 이상 따져 묻기를 포기하고 질문의 방향성을 바꾸기로 했다.

"그 당시 별장에 계셨던 분은 누구입니까?"

소지로는 여전히 입을 다문 채로 아무 말도 하지 않으려 했기에 겐지가 대신해서 대답했다.

"저를 제외하고는 전부 모여 있었을 겁니다. 할아버님, 할머님, 아버지, 규이치 형, 그리고 가요코 형수님과 아야카도 있었을 겁니다. 아, 가요코 형수님은 아야카의 모친입니다. ……형수님은 8년 전에 심장병으로 돌아가셨습니다."

아야카는 아무 말 없이 바닥으로 시선을 떨구고 있었다. 가모도 일찍 어머니를 여의었기에 그 심정은 누구보다도 잘 알았다.

"……참고로 에이타로 님의 부인은 안 계셨습니까?"

이것은 깊이 생각하지 않고 던진 질문이었지만 이번에는 겐지의 얼굴이 흐려졌다.

"저희 어머니의 성함은 류젠 료코입니다. 도쿄 대공습에 휘말려 돌아가셨죠."

이 말을 듣고 가모는 당시 사람들이 전쟁으로 인해 죽음과 늘 함께 생활했음을 다시 한번 뼈저리게 느꼈다. 겐지는 계속해서 이야기를 이어 나갔다.

"소지로 숙부님이 별장에 계셨다는 건 이미 이야기를 들어 알고 계실 겁니다. 쓰키히코, 쓰키에, 너희 두 사람은 어땠지?"

겐지의 질문에 쓰키히코는 늘어지게 하품을 하며 대답했다.

"12년 전이면 그때 난 겨우 아홉 살이었어. 기억 안 나."

뒤이어 쓰키에가 하고 싶은 말이 있는 듯 입을 달싹였지만 쓰키히코가 아무 말도 하지 말라며 그녀를 잡아먹을 듯이 노려보았다. 남매를 대신해 아버지인 소지로가 대답했다.

"제가 기억하기로는 그때 아이들이 자연 속에서 뛰어놀면 좋을 것 같아 두 아이를 다 데리고 왔었습니다."

"자녀분들의 어머님…… 이케우치 시즈에 님은 어떻게 하셨습니까?"

가모가 그렇게 묻자 소지로의 표정이 어두워졌다.

"아내는 여기 없었습니다. 이혼한 지 얼마 안 되었을 때고 거리를 좀 두고 싶다고 생각하던 때였으니까요. 그 외에 고우키와 쇼코도 있었습니다. 그리고 도네가와 씨도요."

"쇼코 님은 누구입니까?"

"쇼코는 제 누이입니다. 전쟁 중에 남편을 먼저 떠나보내고 그 후로 고우키와 둘이서 살았는데, 1954년 도야마루 해난 사고에 휘말려 죽었습니다."

희생자가 천 명이 넘는 도야마루 사고는 일본에서도 유례없는 규모의 해난 사고였다. 가모에게는 60년도 전에 일어난 사고였지만 류젠 가 사람들에게는 바로 얼마 전에 일어난 사고이고 그들의 생활 속에는 지금도 상처 자국이 남아 있었다.

가모는 지금까지 들은 이야기를 머릿속으로 다시 한번 정리해 봤다.

다이가 부부, 다이가의 장남과 손자 부부, 그리고 증손녀. 다이가의 차남과 차남의 아이가 두 명, 다이가의 장녀와 장녀의 아이가 한 명, 그리고 하타와 도네가와. 다 합쳐서 별장에는 총 열세 명이 있었다.

인원수가 많아 보이기는 해도 한 살인 아야카는 어머니와 같은 방을 썼을 테고, 초등학생이었던 쓰키히코와 쓰키에도 둘이서 한 방을 썼을 테니 방의 개수가 모자라는 일은 없었을 터.

거기까지 생각을 마쳤을 때 가모의 머릿속에 무언가가 번뜩 떠올랐다.

"12년 전에 별장에 계셨던 분들만 지금까지 살해된 게 맞습니까? 이후에 범인의 목표가 될 가능성이 큰 소지로 님과 쓰키히코 씨도 그렇고요."

이 말에 소지로는 눈에 띄게 몸을 덜덜 떨었고 쓰키히코는 지긋지긋하다는 표정으로 눈짓을 했다. 가모는 곁눈질로 그 모습을 지켜보며 계속해서 이야기를 이어 나갔다.

"역시 '에이타로 님의 죽음'과 '하타 레이토 씨의 실종'이 범인에게는 무슨 특별한 의미가 있는 모양이군요."

쓰키히코가 비아냥대는 투로 말했다.

"아주 긴 시간 동안 고견 들려주셔서 감사합니다. 근데 그걸 안다고 뭐가 달라져? 범인을 저지하는 게 먼저지. ……아, 이제야 알겠다. 어젯밤에는 다들 자기 방에 처박혀 있었으니까 알리바이가 있는 사람이 아무도 없구나. 자, 이제 범인을 어떻게 저지할지 탐정님이 실력을 보여 주실 차례입니다."

가모는 그 말을 대충 흘려들으며 자신이 어젯밤에 한 행동을 어디까지 밝혀야 할지 고민했다. 결국 어느 정도는 이야기해 두는 편이 더 나은 방법이라 판단하고 입을 열었다.

"먼저, 사과드릴 일이 하나 있습니다. ……실은 이미 어제 저녁에 범인이 희생자들을 이용해 누에를 만들어 나가고 있다는 사실을 눈치채고 있었습니다."

그가 말을 마치기도 전에 소지로가 비명 섞인 고함을 쳤다.

"알면서 왜 잠자코 있었던 겁니까!"

"의도적으로 숨김으로써 범인이 아무것도 모른 채 다음 범행에 착수하려고 할 때 현행범으로 잡을 생각이었습니다. 그래서 저는 다음 목표가 될 가능성이 크다고 여겨지는 분의 방 앞을 밤새 지키고 있었습니다."

이 말에는 평소답지 않게 쓰키히코도 몹시 흥분하며 이야기 도중에 끼어들었다.

"그럼 당신이 할아버지의 방을 밤새도록 감시했다는 말이야?"

"그때는 방 이름에 따라 살인을 저지르고 있다고 생각해 누에의 몸과 관련이 없는 용의 방은 제외했습니다."

"누에의 몸과 관련이 있는 방이라고 하면 닭, 호랑이, 그리고 뱀, 이렇게 세 곳을 말하는 거야?"

"네, 세 군데를 전부 혼자서 감시할 수는 없으니 범인이 류젠 가 사람부터 먼저 노리리라는 예상 하에…… 호랑이와 뱀, 이 두 곳을 감시했습니다."

아야카의 일기에 적혀 있는 대로 소지로의 방을 감시했다고 말할 수는 없다 보니 2층 복도를 우선적으로 감시한 이유는 모호하게 설명할 수밖에 없었다. 다행히 그 설명에 의문을 품는 사람은 아무도 없었다.

그 후 가모는 자신과 아야카가 2층 청소 도구실에서 밤새도록 잠복해 있었다고 밝히고 이렇게 마무리를 지었다.

"네, 저도 아야카 양이 저와 함께 감시하기를 원할 줄은 몰랐습니다. 현 상황을 고려해 볼 때 아야카 양이 자기 방으로 돌아가더라도 안전을 보장할 수가 없어서 청소 도구실에 머물도록 허락했습니다."

이 고백에는 겐지도 소지로도 할 말을 잊은 듯했다. 가모에게 분개하거나 아야카에게 아무 일도 없었냐고 묻는 것조차 잊은 듯, 두 사람 다 그저 입을 반쯤 벌리고만 있었다. 이때 아야카가 몹시 진지한 표정으로 입을 열었다.

"허락도 없이 그런 일을 벌였다고 저를 혼내고 싶으신 건 이해해요. 그래도 지금은 이야기를 들어주세요……. 저희가 불침번을 서고 모두 자기 방으로 돌아간 뒤 2층 복도를 지나간 사람은 아무도 없었어요. 당연히 '용'에 침입한 사람도, 할아버지를 데려간 사람도 없었고요."

아야카의 폭탄 발언에 쓰키히코가 잔뜩 인상을 썼다.

"그럼 범인이 무슨 수로 할아버지를 습격하고 피자 화덕에 던져 넣었다는 거야. 그러면 이번에도 또 불가능한 범죄를 저질렀다는 말이잖아!"

어쩔 수 없이 가모는 솔직하게 자신의 속내를 털어놓았다.

"범인이 어떻게 다이가 님을 살해하고 시신을 2층에서 피자 화덕까지 옮겼는지, 저도 전혀 짐작 가는 바가 없습니다."

청년은 가모를 무시하듯 삿대질했다.

"내 눈에는 저 탐정이라는 작자가 범인 같은데 말이야. 저녁 식사 후에 할아버지 다음으로 식당을 나간 사람이 저 자식 아니었어? 그럼 할아버지를 덮칠 기회가 있었던 사람은 저기 저 탐정뿐이라는 소리잖아."

쓰키히코의 지적에 아야카는 강하게 부정하며 고개를 가로저었다.

"아뇨, 그건 절대 아니에요. 탐정님이 식당에서 나가자마자 제가 뒤쫓아 가서 감시 장소에 합류했거든요. 그러니까 그럴 시간이 없었던 건 확실해요."

쓰키히코가 실소 섞인 웃음을 비죽거리며 두 사람을 똑바로 응시했다.

"그래, 그렇겠지. 너희가 공범이 아니라면 말이야."

가모는 어깨를 으쓱해 보이며 쓰키히코의 빈정거림을 받아쳤다.

"저희가 정말 공범이었으면 서로의 알리바이를 입증하는 데만 애썼을 겁니다. '2층 복도를 지나간 사람은 아무도 없었다'라고 주장해 봤자 아무런 이점도 없으니까요."

"……그보다 화덕 안에 있는 시신이 정말 할아버지일까요?"

이번에 나직이 중얼거린 사람은 쓰키에였다. 그녀는 말수가 적지만 늘 날카롭게 핵심을 찌른다. 오락실에서는 그곳이 자신이 있어야 할 자리라는 듯 쓰키히코도 하얀 소파에 거칠게 몸을 파묻으며 고개를 끄덕였다.

"그건 나도 궁금했어. ……할아버지는 자기 방으로 돌아가는 척하고 지하 창고 같은 데 숨었다가 밤이 깊어지기를 기다린 거야. 그러고는 미리 준비해 두었던 시체를 피자 화덕에 넣고 태워서 자신을 대신하게 하고 모습을 감춘 거지. 어때, 내 추리가?"

쓰키히코가 두 팔을 마구 휘적이며 의기양양하게 그런 소리를 떠들어 대자 겐지는 곤란한 표정으로 입을 열었다.

"이번에는 할아버님을 범인으로 몰다니……. 할아버님은 어제 생신을 맞아 만으로 여든세 살이 되셨고 다리도 안 좋으시잖아. 그런 분이 어떻게 혼자서 시신을 옮기시겠어."

"그래. 건물 안에서야 휠체어를 타고 어디든 마음대로 다니실 수 있지만 밖에서는 그렇지가 않아. 길이 평탄하지만은 않고 잔디밭도 있어서 어려울 테니까 말이야."

소지로가 거듭해서 겐지의 의견에 힘을 실어 주자 쓰키히코는 흥 하고 작게 코웃음을 쳤다.

"그럼 묻겠는데, 이 중에 할아버지의 다리가 어떤 상태인지 잘 아는 사람 있어요?"

조금이라도 확신이 있어 보이는 얼굴은 없었다. 맨 처음으로 아야카가 입을 열었다.

"그런데 별장 내부 공사를 하기 전에 할아버지는 반년도 넘게 입원해 계셨잖아요. 의사 선생님이 휠체어가 꼭 필요하다고 하셨는걸요."

그 말은 들은 겐지도 고개를 끄덕였다.

"맞아, 할아버님이 직접 두 다리로 걸어서 사라지셨을 리는 없어. 한때는 목숨이 위험할 정도로 병세가 심하셨으니까."

쓰키히코는 계속해서 친할아버지의 병마저 조롱했다.

"알아. 원래 당뇨가 있으셨잖아. 그런데도 일에만 매달리느라 병원에 가기를 미루셨지? 결국 우리는 의사한테 수술받았다는 말만 듣고 그 이상은 아무것도 모르잖아. 면회 금지가 풀리고 병문안을 갈 수 있게 됐을 때는 침대에 앉을 수 있을 정도로 회복된 상태셨으니까 말이야."

일단 말을 끊더니 그가 씨익 웃었다.

"사실은 걸을 수 있을 정도로 다리가 회복된 상태인데 잠자코 계셨을지도 몰라. 그러고도 남을 분이시잖아."

그 말은 들은 아마미야가 어쩐 일로 매섭게 쏘아붙이며 쓰키히코에게 덤벼들었다.

"물론 주인 어르신은 다른 사람을 놀라게 하는 일을 무엇보다 좋아하셨습니다. ……제가 이런 말을 할 처지는 아니지만 다리가 회복된 사실을 감추셨을 리가 없지 않습니까. 설령 그렇다 하더라도 이렇게 끔찍한 짓을 하실 분은 아닙니다. 그건 쓰키히코 님도 아시지 않습니까?"

말대꾸에 분통이 터진 쓰키히코와 분노로 목소리가 떨리는 아마미야가 서로를 노려보았다. 분위기가 험악해졌음을 알아챈 겐지가 화제를 돌릴 셈인지 가모에게 주절주절 떠들기 시작했다.

"하긴 할아버님이 어린애 같은 면과 완고한 면, 둘 다 가지고 계시긴 하죠. 몰래 선물을 준비해서 가족들을 즐겁게 해주신 일이 워낙 많아서 오히려 가족들이 어지간한 일에는 놀라지 않게 되었을 정도니까요. ……하지만 병을 얻자 가족들에게조차 그 사실을 숨기셨죠."

"병을 감추는 건 좋지 않은데. 어째서 그러셨죠?"

"할아버님은 절대로 다른 사람에게 약점을 드러내고 싶지 않다고 강박적으로 생각하는 면이 있으셨습니다. 이것도 그 연장선일 겁니다."

소지로가 그 말에 격하게 동의하며 설명을 덧붙였다.

"저도 그 비슷한 이야기를 들은 적이 있습니다. 20년 전에는 배가 아프다는 사실을 숨기고 출장을 속행하셨고 경쟁 상대를 제치고 계약을 무사히 마치신 것까지는 좋은데…… 그대로 맹장염이 복막염으로 번지고 말았습니다. 그런데도 아버지는 반성하는 모습을 보이시기는커녕 아무리 고통스럽더라도 약한 모습을 보이면 끝이라고 잠꼬대처럼 계속 같은 말을 반복하셨습니다."

"남에게 숨기고 싶은 마음은 저도 이해합니다만, 가족이나 친척들한테까지 그러신 이유는요?"

가모가 던진 질문에 소지로는 대답하기 곤란한 듯 주저하는 모습을 보였다.

"아마 아버지가 과거에 겪으신 일 때문일 겁니다."

"과거에요?"

"네. 아버지의 아버지, 그러니까 제 조부님께는 쌍둥이 동생이 있었는데 두 분은 외모부터 키까지 판에 박은 듯이 닮으셨죠. 그리고 이 두 분은 똑같은 여성을 사랑하게 되는 바람에 서로 원수지간이 되셨습니다."

여기서 쓰키히코가 실실 웃으며 이야기에 끼어들었다.

"결국 그 여자를 차지한 건 증조할아버지였어. 근데 증조할아버지는 아내가 동생과 바람이 난 게 아니냐고…… 갓 태어난 아기가 사실은 동생의 자식이 아니냐고 의심에 눈이 멀어 버린 거야. 물론 진짜로 바람이 났었는지 어땠는지는 아무도 모르는 일이지만."

가모는 그 말을 듣고 자기도 모르게 생각에 잠겼다.

아내의 부정을 의심한 남자가 자식과 친자 관계가 맞는지 확인할 목적으로 DNA 감정을 의뢰하는 경우가 있다. 이런 행동이 바람직하냐 아니냐는 차치하고, 적어도 당사자들은 본인들이 정말 친부모인지를 확인할 수 있다.

하지만 아내가 바람을 피운 상대가 일란성 쌍둥이의 동생 쪽이라면, 그러니까 자신과 똑같은 유전자를 가진 다른 형제라면…… 다이가의 아버지와 다이가가 정말 부자 관계가 맞는지를 확인할 기술은 2018년에도 없다.

소지로는 미간을 찌푸리며 계속해서 말을 이어 나갔다.

"결국 쌍둥이 형제의 다툼은 증조모님이 요절하신 후에도 계속되어 상속 문제로 번졌고, 결국은 서로 죽고 죽이는 싸움으로 번져도 이상하지 않을 정도의 혈육 분쟁이 빚어졌습니다. 아버지는 원치 않는 분쟁에 휘말려 대학생이 되었을 때쯤 조부님과 쌍둥이 동생의 연이은 의문사로 천애고독한 몸이 되었다고 하셨습니다."

혼자 남은 다이가는 어릴 적 결코 손에 넣을 수 없었던 '화목한 가정'을 만들려고 필사적으로 노력해 왔을 것이다. 하지만 마음에 입은 상처는 아무리 노력해도 지워지지 않았다. 결국 마음 한구석에는 가족과 친척들에 대한 불신감이 남아 버렸던 게 아닐까.

그렇게 깨달음과 동시에 가모는 전부터 의아하게 생각했던 수수께끼가 그제야 풀린 것 같았다.

아야카의 동생인 아야노는 어릴 적 비밀리에 다이가의 지인에게 맡겨졌고 지금도 어딘가에 살아 있다. 나중에 변호사가 조사한 바에 의하면 친부인 규이치조차 아야노는 사산된 것이라 믿었다고 한다.

그런 식으로 존재를 꼭꼭 숨긴 덕분에 아야노만은 '시노의 참극'에 휘말리지 않을 수 있었다. 하지만 그녀가 왜 다른 집에 맡겨졌는지, 왜 류젠 가 사람들은 그 일을 아무도 몰랐는지, 가모는 내내 그 답을 찾을 수 없었다.

아마도 모든 일은 다이가에 의해 강행되었을 것이다. 그는 증손녀가 쌍둥이라는 사실을 알고 자매간에 혈육 분쟁이 일어날까 두려워했다. 그래서 한 사람은 사산이라 속이고 다른 집에 맡겨 그 사실을 계속 은폐해 왔던 게 틀림없다.

이윽고 겐지가 슬픈 표정으로 입을 열었다.

"네, 물론 할아버님은 저희를 믿지 않으셨을지도 모릅니다. 하지만 함께 살았던 가족에게조차 몸 상태를 숨기지는 않으셨을 겁니다. ……아직 어린 아야카는 그렇다 쳐도 본가에서 함께 살았던 규이치 형과 도네가와 씨, 그리고 아마미야에게는 전부 말씀하셨을 겁니다."

본인의 이름이 나올 줄은 몰랐는지 아마미야가 깜짝 놀라며 손을 절레절레 흔들었다.

"당치도 않습니다. 주인 어르신의 다리가 회복되었다는 이야기는 듣지 못했습니다."

그 말을 들은 소지로가 의기양양한 표정으로 고개를 끄덕였다.

"하긴, 아버지가 내색은 안 하셔도 늘 속으로 다른 집 아이를 맡고 있다고 의식은 하셨을 겁니다. 그러니 아마미야만 사실을 몰랐다 해도 그게 이상한 일은 아니지요."

아마미야는 조금 씁쓸한 표정을 지으며 고개를 푹 숙였다.

이야기를 듣는 동안 가모는 쓰키히코의 추리가 아주 터무니없는 소리는 아닐지도 모른다는 생각이 들기 시작했다. 높은 확률로 범인은 다이가의 병세를 상세히 아는 인간…… 규이치와 도네가와를 먼저 노렸던 게 아닐까.

이것이 바로 범행의 순서가 바뀌게 된 이유는 아닐까? 독살은 반드시 어젯밤에 이루어지도록 처음부터 손을 써 두었던 게 아닐까?

가모의 머릿속에 몇 가지 의문점이 떠올랐지만 답을 찾을 수는 없었다.

*

청취 조사가 끝나고 해산한 지 얼마 되지 않아 오락실을 떠났던 소지로가 새파랗게 질린 얼굴로 뛰어 돌아왔다.

"엽총과 총알이 없어. 지하 창고에서 사라졌다고!"

지하 창고에는 총과 탄환을 보관하는 로커가 따로 있어 보통 총과 탄환 보관함은 그곳에 보관되어 있었다. 예비 열쇠를 포함한 모든 열쇠는 그와 다이가가 하나씩 관리했다고 한다.

모두 함께 지하 창고로 내려가 확인해 보았지만 로커에 달린 자물쇠에는 흠집 하나 없었다. 그렇다면 다이가 본인이 가져갔거나 그에게서 열쇠를 빼앗은 범인이 꺼냈거나…… 둘 중 하나였다.

살인범이 총을 손에 넣었을지도 모른다는 가정만으로도 모두에게 엄청난 위협이 됐다.

그들은 긴급 사태를 해결하기 위해 별장 건물과 장작 창고를 뒤져 범인이 어디에 총을 숨겼는지 찾아보기로 했다. 지난번과 마찬가지로 셋, 둘, 둘로 나뉘어 행동하고, 이번에는 각자 소지한 물품까지 검사했지만 총과 탄환 보관함은 찾을 수 없었다.

별 소득 없이 실내 수색을 끝낸 후, 잠시 한숨을 돌리며 아침 겸 점심을 먹을 시간이 주어졌다. 상황이 상황인 만큼 식욕이 있는 사람은 아무도 없었지만 계속 아무것도 먹지 않은 채로 버틸 수는 없었다. 사람들은 쓰키에와 아마미야가 만든 주먹밥을 진하게 우린 옥로차로 대충 목구멍에 흘려 넣었다.

이 시점에서 시각은 이미 오후 1시가 넘어 있었다. 가모는 한시라도 빨리 다이가와 도네가와의 방을 살펴보러 가고 싶었지만 소지로가 구라모리와 정원을 뒤져 총을 찾아야 한다고 주장하는 바람에 그럴 수도 없었다. 어제부터 가모와 계속 함께 행동 중인 아야카, 겐지, 아마미야를 포함한 네 사람이 정원을, 남은 세 사람이 구라모리를 담당하기로 하고 이야기는 마무리됐다.

바깥으로 나가 보니 어느새 비는 짙은 안개비로 변해 있었다. 우산을 써도 비를 피할 수는 없었기에 바지 밑단과 신발은 축축하게 젖고 말았다. 하지만 여름이라 한기가 느껴지진 않았고 냉방 시설이 없는 별장에서는 오히려 기분 좋게 느껴질 정도였다.

길을 가던 도중 아마미야가 아야카에게 불쑥 본심을 털어놓는 소리가 들렸다.

"쓰키히코 님과 말다툼을 한 건 사실 오늘이 처음입니다. 주인 어르신에 대해 말도 안 되는 험담을 늘어놓는 모습을 보니 저도 모르게 울컥해서."

아마미야는 자신의 행동을 깊이 후회하는 기색이 역력했지만 가모는 오히려 류젠 가 안에서도 미묘한 위치에 있는 그에게 동정이 갔다.

가족이나 다름없다고는 하지만 결국은 객식구였고 고용인이 하는 일도 해야만 했다. 물론 쓰키히코가 조롱해도 대꾸 한 번 할 수 없었다. ……다만 이번에는 도저히 참지 못하고 그 금기를 깨고 말았다.

또한 가모는 이번 수색이 아무런 수확도 없으리라고 처음부터 예상하고 있었다. 범인이 발각되기 쉬운 곳에 엽총을 숨겨 놓았을 리 만무했기 때문이다. 이런 상황에서 목적지도 없이 배회하기란 참기 힘든 일이었다.

"아, 그렇지. 신사에 가 보면 어떨까요?"

그의 제안에 겐지가 놀란 기색을 보이며 뒤돌아봤다.

"갑자기 거기는 왜 가보시겠다는 거죠?"

산사태에도 유일하게 살아남은 건물을 직접 보고 싶다는 게 진짜 이유였지만 가모는 재빨리 그럴싸한 핑계를 늘어놓았다.

"제가 총에 해박한 사람은 아니지만 습기나 물기에 약할 것 같습니다. 지붕이 있는 건물 안에 숨겨 놓지 않았을까 하는 생각이 들어서요."

그 대답이 통했는지 겐지는 잠자코 정원 고지대로 올라가기 시작했다. 가모도 그 뒤를 따랐다.

정원 정상에는 나무로 만든 작은 건물이 있었다.

비에 젖어 까맣게 반들거리는 기와지붕이 아름답다. 크기는 한 평이 조금 넘는 정도로 그가 상상했던 것보다 훨씬 작은 건물이었다. 주위에 도리이 하나 없이 건물 옆에 나무 기둥 두 개를 세워 놓은 게 보이는 전부였다. 모시는 신의 이름도 남아 있지 않은 특이한 신사였다.

겐지는 신사의 나무 문을 밀어 열며 말했다.

"안에 다다미가 깔려 있으니 여기서 잠시 쉬도록 하죠. 장지문 뒤편에는 신체(神體)를…… 아니, 왜 그러십니까?"

가모는 제대로 이야기도 듣지 않고 입을 벌리고 멍하니 서 있었다. 겐지도 신사 안에 이변이 일어났음을 감지한 모양인지 건물 안을 들여다보고서는 뒷걸음질을 쳤다.

그곳에 엽총이 있었더라면 누구도 이 정도로 놀라지는 않았을 것이다.

그곳에 있던 것은 다른 유실물이었다. ……신사 흙벽에는 『키마이라』 그림이 비스듬히 세워져 있었다. 가모가 오락실에서 보았던 바로 그 그림이 틀림없었다.

아마미야는 조금 머뭇거리며 그곳에 세워진 액자에 오른손을 뻗고 더듬더듬 입을 열었다.

"역시, 범인이 옮겨 둔 걸까요……."

넋을 잃은 채로 서 있느라 아무 말도 못 하는 가모를 대신해 아야카가 고개를 끄덕였다.

"그럴 가능성이 크죠. 엽총도 여기 숨겨 놓았을까요?"

그 뒤로 가모를 제외한 세 사람은 신사를 샅샅이 뒤지기 시작했다.

가모는 세 사람을 도와야 한다는 사실도 잊고 생각에 잠겼다. ……굳이 위험을 감수하면서 범인이 이 그림을 신사까지 옮긴 데는 무언가 이유가 있는 게 분명했다. 그리고 그 이유는 범인의 정체를 밝힐 단서가 될지도 몰랐다.

이윽고 바닥 아래부터 천장 뒤편까지 조사가 끝나고, 이 신사에 엽총이 숨겨져 있지 않다는 사실이 명확해졌다. 범인이 이곳을 찾은 이유는 단지 유화를 숨기기 위해서였다.

신사 밖으로 나가 보니 빗발은 들어오기 전보다 훨씬 굵었다. 누가 먼저 말을 꺼낸 것도 아닌데 네 사람의 발길은 자연스레 별장 건물로 향했다.

네 사람이 현관홀에 들어서는 것과 거의 동시에 구라모리 수색을 떠났던 세 사람도 별장으로 돌아왔다. 세 사람은 산책로를 중심으로 살펴보았는데, 쏟아지는 비에 앞이 제대로 보이질 않아 위험을 느끼고 돌아왔다고 했다. 당연히 그들 역시 아무런 수확도 없었다.

이리하여 오후 2시가 되고 나서야 가모는 다시 별장 안을 살펴볼 수 있게 되었다.

가모야 하룻밤 정도 밤을 새워도 멀쩡했지만 아야카는 이미 반쯤 꿈나라에 있는 상태였다. 그래도 별장을 계속 살펴보고 싶은 마음은 있는지 젖은 옷을 갈아입으러 방으로 돌아가 하얀색 블라우스와 하늘하늘한 남색 치마를 입고 돌아왔다. 심지어 가모가 오락실에서 잠시 쉬는 게 어떻겠냐고 권해도 무시해 버렸다.

우선 가모는 다이가의 방인 '용'에 가 보기로 했다. 아야카, 겐지, 아마미야도 그의 곁을 따랐다.

다이가의 행방을 찾으려고 수색할 때 가모는 이 방을 이미 한 번 살펴보았다. 그 후 엽총과 탄환을 찾으려고 별장 안을 뒤지기는 했지만, 그때 가모와 아야카는 이 방을 담당하지 않았다. 이 방을 담당한 사람은 소지로와 쓰키히코와 쓰키에, 세 사람이다.

엽총을 찾을 때는 '방 안의 물건은 되도록 건드리지 말고 건드렸을 때는 원래 위치로 되돌린다'라는 규칙을 철저하게 지키기로 약속했다. 세 사람이 그 약속을 지켰다면 이 방은 처음에 문이 부서졌을 때와 달라진 게 없을 것이다.

가모와 아야카는 아직 확인해 보지 않았던 장소를 중심으로 조사하기로 했다. 겐지와 아마미야는 처음부터 끝까지 입회인으로서 이 조사에 참여할 생각인지 문이 달려 있던 곳에 가만히 대기했다.

침대와 매트리스를 살펴본 가모는 문득 이 방에서 주운 구부러진 열쇠가 계속 주머니 안에 있었다는 사실을 떠올렸다. 그가 구부러진 열쇠를 꺼내자 아마미야가 의아하다는 표정으로 그것을 빤히 봤다.

"그 열쇠는 어떻게 된 겁니까?"

"처음에 이 방의 문을 부쉈을 때 발견했던 겁니다. ……아,

그러고 보니까 그때 아마미야 씨는 이 방에 안 들어오셨던가요?"

"그때는 잠깐 들여다보기만 하고 그 후에 복도에서 소지로 님과 대화를 나누느라 방 안을 제대로 보는 건 지금이 처음입니다."

그가 한 말은 가모의 기억과도 일치했다. 아마미야의 말대로 그는 문을 부쉈을 당시에는 이 방에 들어오지 않았다. 그 후 별장 안을 조사할 때도 이 방의 담당은 되지 못했고 계속 겐지와 함께 행동해 왔다. 혼자서 이 방에 들어올 기회도 없었을 터다.

가모는 열쇠를 들고 말을 이어 나갔다.

"이 열쇠를 똑바로 펴서 방문 열쇠 구멍에 맞는지 확인해 보도록 하죠."

도구함에서 펜치 등 이것저것 도구를 꺼낸 가모는 어떻게 어떻게 해서 열쇠를 원래대로 펴는 데 성공했다. 가모는 복도로 나가 옆쪽 벽에 비스듬히 세워져 있던 문의 열쇠 구멍에다 열쇠를 넣었다.

조금 걸리는 느낌이 들기는 했지만 열쇠는 끝까지 들어갔고 그가 돌리는 대로 문의 자물쇠가 잠겼다 풀리기를 반복했다. 가모는 고개를 끄덕끄덕하며 생각에 잠겼다.

"흐음, 이 방 열쇠는 확실한데."

그 말을 들은 겐지가 가볍게 어깨를 으쓱했다.

"문은 어떤 방이든지 내부에서 손잡이를 돌리기만 해도 열리게 되어 있습니다. 하지만 복도 쪽에서는 열쇠가 없으면 문을 열 수 없는 구조로 되어 있습니다. ……하지만 방 안에 열쇠가 있었던 걸 보면 할아버님은 저녁 식사 후에 이 방으로 돌아오셨다는 말이 되겠죠. 그렇다면 범인은 어떻게 두 사람의 감시를 피해 할아버님을 밖으로 끌고 간 걸까요?"

"방으로 돌아가던 다이가 님을 범인이 불시에 덮치고 열쇠를 빼앗았을 가능성도 있습니다. 열쇠는 범인이 어찌어찌해서 방 안에다 던져 넣었을지도 모르고요."

가모의 설명을 그대로 받아들일 수가 없었는지 아야카가 팔짱을 꼈다.

"그렇다고 해도 저하고 탐정님의 감시를 빠져나가기는 어려웠을 텐데요."

그 말을 받아 겐지도 동의한다는 듯 힘차게 고개를 끄덕인다.

"아야카의 말이 맞습니다. 두 사람이 청소 도구실에서 감시하는 동안은 범인이 열쇠를 방 안에다 넣지 못했을 테고 용의 문을 부숴서 연 뒤에도 마찬가지였을 겁니다. ……그때 처음으로 방에 발을 들인 사람은 가모 씨였죠. 저도 옆에서 보고 있었지만 가모 씨나 아야카에게 들키지 않고 그곳에 열쇠를 던져둘 방법은 없었습니다."

"떨어져 있던 열쇠는 발견하자마자 곧바로 제가 확보했으니 범인이 다른 열쇠로 바꿀 기회도 없었을 테고 말이죠."

가모는 여전히 무언가를 골똘히 생각하며 조사를 재개했다.

"……그러고 보니까, 똑같은 휠체어가 한 대 더 있다고 하셨는데요. 그게 어디 있는지 혹시 아십니까?"

침대 옆에 있는 휠체어를 보며 그가 묻자 겐지가 그 자리에서 곧바로 대답했다.

"2층 계단 옆에 있는 걸 봤습니다."

그가 설명하기를 엽총을 찾으러 다니다가 그것을 발견했다고 한다. 휠체어는 접힌 채로 유화 뒤편 틈에 박혀 있었다고 한다. 다만, 휠체어 관리는 도네가와의 관할이었기에 그곳이 평소에 보관하던 장소인지 일시적으로 보관한 장소인지는 아마미야조차도 모르는 일이라고 했다.

다음으로 가모는 방 안에 있던 휠체어 쪽을 조사하기로 하고 휠체어에 걸쳐 놓은 연지색 무릎 담요를 걷은 뒤 본체를 살펴보기 시작했다. 그 바람에 무슨 스위치를 잘못 눌렀는지 텅, 하는 소리를 내며 휠체어가 펼쳐졌다. 그와 동시에 무언가가 튕겨 나오더니 마룻바닥 위를 또르르 굴러갔다.

겐지는 표정 변화가 전혀 없었지만 아야카와 아마미야 두 사람이 이를 악물고 간신히 웃음을 참고 있는 모습을 보자 가모는 얼굴이 화끈 달아올랐다. 하지만 바닥에 떨어진 물건을 보고 조금 전에 느꼈던 창피함쯤은 금세 잊어 버렸다.

"……어, 이건?"

그것은 커다란 진주 장식이 달린 금색 넥타이핀이었다. 그의 시선 끝을 쫓던 아야카도 눈이 휘둥그레졌다.

"어? 할아버지 거다."

겐지도 가까이 다가와 그 핀을 보더니 고개를 끄덕였다.

"그저께였나? 할아버님이 넥타이핀을 잃어버렸다고 말씀하셨거든요. 정말 생각지도 못한 곳에 있었네요."

"네, 넥타이핀 수색도 함께 의뢰받아서 알고 있었습니다."

넥타이핀을 주워 든 가모는 침대 옆에 있는 테이블에 올려두었다. 의뢰인이 사라진 지금, 그가 할 수 있는 것은 이제 아무것도 없었기 때문이다.

의자 위에 걸쳐 놓은 진베이는 기억력에 자신이 있는 가모조차 다이가가 저녁 식사 때 입은 옷인지 새로 갈아입으려고 꺼내둔 옷인지 구분하기가 어려웠다.

다음으로 그는 아침부터 계속 열린 채로 방치되어 있던 서랍 쪽으로 시선을 옮겼다. 서랍 안에는 회중시계와 만년필, 메모장, 그리고 업무 관련 서류…… 자세히 보니 의약품 상표와 관련해서 변리사와 주고받은 서류였다. 빨간색으로 '지급(至急)'이라 적힌 글씨가 있는 것을 볼 때 급한 안건으로 다이가가 별장에 가져온 것으로 짐작됐다.

가모는 회중시계에 새겨진 아름다운 용 모양에 주목했다.

"그러고 보니까…… 이 시계는 아야카 양이 가진 것과 비슷하군요."

아야카는 주머니를 뒤져 가모의 손에 있는 시계보다 조금 작은 회중시계를 꺼냈다.

"지금으로부터 12년 전에 할아버지가 가족 모두에게 태엽식 회중시계를 선물하셨대요. 저는 어머니가 선물 받으셨던 시계를 쓰는 거지만요."

그녀는 그렇게 말하고서 회중시계를 꼭 쥐었다.

아야카가 물려받은 시계는 여성용답게 서랍 안에 들어 있던 시계보다 훨씬 작았다. 가모는 겐지에게 물었다.

"혹시, 다른 분들도 같은 시계를 가지고 계십니까?"

그는 살짝 고개를 끄덕이며 어딘가 슬퍼 보이는 미소를 지었다.

"있기는 한데 저는 평소에 소지하고 다니지는 않습니다. ……할아버님도 평소에는 손목시계를 차고 다니셨을 거고요."

"맞아요, 제가 전에 가지고 다니지는 않는다고 말씀하시는 걸 들었어요."

이렇게 두 사람의 대화에 끼어든 쪽은 아야카였다. 겐지는 계속해서 말을 이어 나갔다.

"사실 그 시계는 류젠 가의 유대를 상징하는 특별한 물건입니다. 그래서 할아버님은 별장에도 가지고 오셔서 방에 두신게 분명합니다."

가모가 뚜껑을 열어 보니 로마 숫자로 표기된 문자판이 보였다. 시곗바늘은 변함없이 6시 46분을 가리키는 채로 멈춰 있었다.

문득 가모는 아야카의 회중시계에 숨겨진 공간이 있다는 사실이 떠올라 뒷면에 열 수 있는 곳은 없는지 꼼꼼히 살펴보았다. 시계는 매우 정교하게 만들어져서 눈으로는 금속의 이음매도 거의 찾아내기 힘들 정도였다. 그래도 그는 손톱에 걸릴 만한 돌기 부분을 간신히 찾아냈다. 달칵, 하고 가벼운 소리를 내며 뚜껑이 열린다.

"……아무것도 없어."

회중시계에 무언가 숨겨져 있지 않을까 하고 기대했지만 1센티×4센티×2센티 정도의 공간은 비어 있었다. 겐지는 그것을 보고 눈이 휘둥그레졌다.

"아니, 어떻게 숨겨진 공간을 단번에 찾으셨습니까."

"아야카 양이 시계 안에 넣어 두었던 별사탕을 제게 권한 적이 있어서 이런 공간이 있다는 사실은 이미 알고 있었거든요."

그렇게 말하고서 가모가 회중시계를 서랍 안에 다시 넣으려고 할 때, 어디선가 딩딩동, 딩딩동, 하고 특이한 소리가 반복적으로 들려왔다. 초인종 같은 가벼운 소리다.

가모가 어리둥절한 표정으로 주위를 두리번거리자 아야카가 힘없이 웃으며 말한다.

"참, 내 정신 좀 봐. 조사에 열중하느라 태엽 감는 걸 깜박했네."

그렇게 말하며 그녀는 회중시계에 달린 용 머리를 돌리기 시작했다. 태엽은 끼릭끼릭 듣기 좋은 소리를 냈다.

"방금 들은 벨 소리는 알람 같은 건가 보구나."

"네, 이 시계의 태엽 동력은 12시간이 한계라서 동력이 다하기 30분 전에 알림이 울리는 거예요. 할아버지가 추가하신 기능 중 하나예요."

가모는 고개를 끄덕이며 다이가의 방에 있던 회중시계를 서랍 안에 다시 넣고 '닭'으로 가기 전에 2층 계단 옆에 있는 공간을 보러 가기로 했다.

제일 큰 유화 그림 뒤에는 겐지가 말했던 것처럼 접힌 휠체어가 있었다. 그 위에는 아무렇게나 걸쳐 놓은 연지색 무릎담요가 있었다. 휠체어를 끄집어내서 자세히 살펴보았지만 별다른 점은 찾을 수 없었다.

……다시 생각해 보니 그가 청소 도구실에 숨으러 가기 전에 그것을 보았던 기억이 났다. 다만 당시에는 금속제 기구와 빨간 천이 있다는 정도로만 인식하고 그다지 주의를 기울이지 않았다.

창문 쪽으로 몇 걸음 이동하며 가모는 곰곰이 생각했다.

바닥에 놓인 유화는 전부 리프트 쪽 벽에 세워져 있어서 유화 뒤에 생기는 틈은 그 근처를 지나가는 사람들에게 훤히 보이는 곳이었다. 그러니 기본적으로 계단 옆에 있는 공간에는 사람이 숨을 만한 사각이 존재하지 않는다는 말이 된다.

예외가 있다면 접힌 휠체어의 안쪽이었다. 그렇다고는 하나 그곳은 폭이 30센티 정도밖에 안 되는 공간이었기에 성인이 숨기에는 너무 좁게 느껴졌다.

가모는 어젯밤에 보았을 때 휠체어가 어디에 놓여 있었는지를 떠올리며 사람이 숨을 수 있는지를 검증해 보기로 했다. 그 결과 애초에 휠체어는 안쪽 벽에 붙여 세워 둔 상태라 뒤편에는 숨을 공간이 전혀 없다는 사실이 판명됐다. ……이로써 그가 청소 도구실에서 감시를 시작하기 전에 누군가 계단 옆 공간에 숨어 있었을 가능성도 없어졌다.

다음으로 향한 '닭'에는 도네가와가 별장에서 지내는데 필요한 최소한의 짐과 옷이 놓여 있었다. 방 안에는 간단한 메모조차도 보이지 않았다.

가모는 혹시나 하는 마음에 떼어 냈던 문에 닭 모양 네쓰케가 달린 열쇠를 밀어 넣고 이 방의 열쇠가 맞는지를 확인했다. 그 후 도네가와가 사용했던 컵과 약봉지를 다시 살펴보았지만 아무것도 발견할 수 없었다. 다만…… 방 안에는 도네가와의 시신이 그대로 놓여 있었기에 가모는 줄곧 그녀가 자신을 보고 있는 것 같아서 집중하기가 힘들었다.

조사를 끝내고 네 사람은 건물 밖으로 나가 피자 화덕을 확인하러 갔다. 비에 흠뻑 젖은 화덕은 이제 완전히 식어 버렸고 화덕 안의 재는 습기를 머금어 굳기 시작했다. 피자 화덕이 워낙 크다 보니 입구도 사람이 드나들 수 있을 정도로 컸다.

가모는 다시 한번 손전등으로 시신을 비추어 보았지만 비교적 손상이 적고 탄화가 안 된 팔과 가슴 부분조차도 다이가인지 판별할 수 있을 만한 특징은 남아 있지 않았다.

가모는 용기를 쥐어 짜내 탄화가 안 된 부분에 얼굴을 가까이 대어 봤다. 꺼림칙한 탄내가 풍겼지만 부패취는 나지 않았다. 실제로 화덕 안에도 그런 유의 악취는 풍기지 않았다.

"거기 목재 같은 게 보이죠?"

겐지가 큰 소리로 말하는 것을 듣고 가모가 시선을 돌려 보니 화덕 구석에 광칠을 한 목재가 타지 않고 남아 굴러다니고 있었다. 시신이 상하지 않도록 조심해서 파내 보니 그것은 둥그스름하게 다듬은 목재의 일부였다. 그러나 5센티도 되지 않는 크기의 파편만으로는 그것의 원래 형태를 추측하기가 어려웠다.

가모는 포기하지 않고 계속해서 잿더미를 휘저었다. 그러자…… 그을음을 잔뜩 뒤집어쓰고도 반짝이는 무언가가 안에서 튀어나왔다. 그것은 2개의 자그마한 열쇠였다. 겐지는 총과 탄환을 보관하던 로커의 열쇠가 틀림없다고 단언했다.

가모는 까맣게 타 버린 다리 없는 시신을 응시하며 마음속으로 답이 없는 질문을 계속했다.

다이가가 소지하고 있던 열쇠가 나왔으니 이것은 역시 다이가의 시신일까. 혹은 범인이 다이가로 위장하기 위해 열쇠를 이곳에 두고 간 것일까?

제5장

— ⌛ —

"한 가지 제안할 게 있습니다."

다시 한번 오락실에 사람들을 전부 모은 가모는 졸음을 쫓으려고 커피 한 잔을 쭉 들이켠 다음 그렇게 말했다.

핸드폰 배터리는 이미 남아 있지 않았고 평소에도 손목시계는 차지 않았기에 그는 벽에 걸린 시계로 시간을 확인했다. 창밖은 오후 4시 반 같지 않게 어둑했다. 짙은 비구름 때문이었다.

"우리가 상대하고 있는 자는 매우 교활한 인간입니다. 각자 자기 방에 틀어박혀 문을 잠그더라도 안전을 보장할 수가 없습니다."

쓰키히코는 밀크티를 한 모금 마시고서 가모를 비웃었다.

"말 안 하면 그걸 누가 모른답니까? ……딱 보니까 이 별장에서 불가능 범죄가 유행 중인 것 같은데."

그는 본인과는 상관없는 일인 것처럼 무심하게 이야기했지만 충혈된 눈은 겉으로 드러난 태도와 정반대의 이야기를 하고 있었다. 그는 입술을 축이고서 계속해서 떠들었다.

"다들 속 편해서 좋으시겠습니다? 여기 계신 탐정님의 추리에 따르면…… 다음에 범인이 노릴 사람은『키마이라』의 남은 부분인 아버지와 저, 두 사람이니까요."

그 말을 들은 소지로가 들고 있던 찻잔을 엎질렀고 불그스름한 액체가 테이블 위로 번졌다. 그는 그것조차 눈치채지 못하고 뚫어져라 가모만 바라봤다.

"어떻게 좀 해 보세요. 범인을 막을 방법이 정말 없습니까."

아마미야와 쓰키에가 자리에서 일어나 행주를 가지러 식당으로 갔다. 그 모습을 곁눈질로 확인하며 가모는 이야기를 계속했다.

"고립된 장소에서 연속 살인이 발생하는 경우 그 대처법으로 흔히 쓰이는 것인데…… 모두가 한 장소에 모여 밤을 새우는 것 외에는 없습니다."

소지로의 뺨이 실룩거린다.

"무슨 태평한 소리를! 고작 그런 방법으로 몸을 지킬 수 있다고요? 범인이 별장 건물에다 무슨 수작을 부렸을지도 모르는데."

"별장 안에 있는 방을 쓰기가 정 그러시면 장작 창고나 캠핑 트레일러도 상관없습니다. 아무튼 지금은 서로의 행동을 감시하는 게 중요하니까요."

"장작 창고나 캠핑 트레일러요?"

그렇게 중얼거린 아마미야가 행주를 손에 든 채 어쩐지 당장이라도 웃음을 터트릴 것 같은 표정을 짓고 있었기에 가모는 당황했다.

“잘 알지도 못하면서 되는대로 말씀드려 죄송합니다. 사람들이 모이기에는 적당하지 않은 장소였나 보죠?”

아마미야는 이내 미안해하는 표정을 지으며 말했다.

“장작 창고는 군데군데 틈이 많아서 빗발이 굵어지면 불편하실 겁니다. ……그렇게 생각하면 캠핑 트레일러는 조금 좁기는 해도 쓸 만할 겁니다. 주인 어르신이 국내에서는 보기 드문 물건이라며 해외에서 대량으로 사들이셨는데 보기보다 훨씬 튼튼합니다. 내부는 언제든지 쓸 수 있게 손본 상태이기도 하고요.”

두 사람 선에서 이야기가 마무리 지어지려고 하자 그것이 못마땅했는지 소지로가 불쑥 끼어들었다.

“지금 장소가 중요한 게 아닙니다. 범인이 엽총을 몰래 가지고 있을지도 모른다는 거 잊으셨어요? 우리가 무방비하게 있을 때를 노려 엽총을 겨누면 7명을 몰살시키는 건 일도 아니라고요.”

가모는 상대를 진정시키려고 천천히 말했다.

“신체검사를 철저히 하면 총을 몰래 가지고 들어오지는 못할 겁니다. 그러니까 너무 걱정하지 마세요.”

“천만에요. 상대는 불가능 범죄를 잇달아 성공시켜 보인 녀석이라고요. 무슨 수를 쓸지 우리가 어떻게 알겠습니까. ……

그리고 예비로 준비해 둔 탄환이 24발이나 사라졌다는 사실도 잊으시면 안 됩니다. 여기 있는 한 사람을 죽이는데 범인은 세 발 이상을 쏠 수 있다는 계산이 나오니까요."

소지로의 말대로 한 사람당 산탄 세 발은 과도한 살상력이었다. 가모가 아무 말도 못 하는 모습을 보고 쓰키히코가 재미있다는 듯이 히죽거렸다.

"일단 지금 당장 위험한 사람은 저하고 우리 아버지, 이렇게 두 사람이라는 데는 이의 없으시죠? 그럼…… 오늘 밤을 어떻게 넘길지 결정할 권리가 있는 사람은 저하고 아버지라는 소리잖아요. 단순히 구경꾼일 뿐이라 해도 우리는 당신들한테 목숨을 걸 수밖에 없는데."

어색한 침묵이 찾아왔다. 하지만 쓰키에가 소지로에게 새로 레몬티를 가져다줌으로써 그것도 끝이 났다.

바로 그때, 가모는 서빙 담당에 지원한 아마미야와 쓰키에가 그를 제외한 다른 사람들에게는 무엇을 마실 것인지 묻지 않았다는 사실을 깨달았다. 아무래도 류젠 가 사람들 사이에서는 소지로와 쓰키히코 두 사람은 홍차파로, 아야카는 코코아, 그 외에는 커피라고 정해져 있는 듯했다.

쓰키에가 소지로 앞에 찻잔을 놓으며 물었다.

"그럼 오빠는 어떻게 하고 싶어?"

"나는 살인범하고 같이 밤샐 생각 없어. 그럴 바에는 단단히 준비하고 내 방에서 범인을 기다리는 게 낫지."

"하지만 다이가 님은 방 안에 계셨는데도 범인에게 당하셨을 가능성이 있습니다. 방 안에만 계신다고 절대 안전한 게 아닙니다."

가모의 반박에도 쓰키히코는 당황하는 기색을 보이지 않고 엷은 미소를 띠었다.

"탐정님, 그 정도는 압니다. 내 몸 하나 못 지킬까 봐 그러나."

가모의 귀에는 그 한마디가 스스로 죽으러 가겠다는 선언으로 들렸지만, 소지로에게는 다르게 들렸는지 머뭇거리며 끼어들었다.

"저도 같은 생각입니다. 여러분과 같은 방에서 밤을 새웠다가는 피가 말라 죽을 겁니다. 깜빡 잠든 사이에 범인이 덮치기라도 하면 반항도 못 해보고 죽을 테니까요."

전혀 예상치 못한 상황은 아니지만, 이것은 가모가 가급적 피하고 싶었던 흐름이기도 했다. 그는 길게 한숨을 내쉬었다.

"강요하진 않겠습니다. ……그렇다면 저는 제 제안에 찬성하시는 분들만 모아 밤을 새울까 하는데요."

"과연 몇이나 따라가려나?"

말꼬리를 물며 끼어든 쓰키히코의 말에 코코아를 홀짝이던 아야카는 울컥하는 모습을 보였다.

"저는 탐정님의 제안에 따를게요."

"그럼 나도 그렇게 할까."

뒤이어 입을 연 사람은 겐지였다. 쓰키히코가 의외라는 듯이 눈썹을 치켜올린 모습을 보고 그는 쓴웃음을 지었다.

"어쨌든 아야카는 아직 중학생이잖아. 안 그래도 전부터 아야카를 혼자 두기가 영 불안했는데. 아야카가 탐정님의 제안에 따르겠다고 하니까 나도 그렇게 할게. ……그리고 탐정님 말씀도 일리는 있으니까."

"이런 엉터리 탐정이 하는 말이?"

"너하고 소지로 숙부님을 지키려면 그 외에 사람들을 전부 한데 모으는 게 제일 나은 방법인 건 틀림없어. 그렇게 하면 아무도 범행을 저지르지 못하도록 서로 감시할 수 있을 테니까."

그 말을 듣고 여태껏 망설이던 아마미야도 드디어 결심한 듯 고개를 한 번 끄덕였다.

"저도 겐지 님의 의견에 찬성합니다."

쓰키히코는 싸늘한 눈빛으로 아마미야를 빤히 보더니 옆에서 기다리고 있던 쓰키에를 향해 말했다.

"이로써 저쪽은 총 네 명이구나. 그럼 우리는……."

"오빠, 나도 탐정님을 따라갈게."

쓰키에가 오빠를 돌아보지도 않고 그렇게 말하자 쓰키히코는 어이가 없다는 표정으로 동생을 쳐다봤다.

"너 무슨 생각이야? 반항이야?"

그는 언성을 높이며 들고 있던 찻잔을 테이블에다 쾅 내리쳤다. 날카로운 소리에 쓰키에는 몸을 움츠렸지만 이내 고개를 가로저었다.

"아냐. 오빠랑 아버지를 생각해서 그러는 거야."

쓰키히코의 손끝에 불온한 힘이 실리는 것을 본 가모는 서둘러 두 사람의 대화에 끼어들었다.

"다 정해졌군요. ……저희 5명은 아침까지 행동을 함께하고 범인을 저지하기 위해 할 수 있는 모든 노력을 기울이겠다고 약속하겠습니다. 아울러 소지로 님과 쓰키히코 씨도 자신을 지킬 수 있게 뭐든 준비해 주십시오."

쓰키히코는 계속해서 동생을 노려보다 이윽고 가모에게 시선을 돌렸다.

"그래서 우리 탐정님은 범인을 막기 위해 뭘 어쩌려고 그러시나?"

"몇 번이고 조사해 봐서 확신하는데, 별장 안에 숨겨진 통로나 숨겨진 방은 없습니다. 그러니 범인은 이 중에 있거나 건물 밖에 숨어 있거나 둘 중 하나일 겁니다. 우선은 외부에서 건물 안으로 침입할 수 없도록 조치하죠."

뒷문에는 이미 빗장이 걸려 있었지만 다 같이 의논한 결과, 창고에 있는 예비 의자와 테이블을 가지고 와서 바리케이드를 만들기로 했다. 의논이 끝난 후 쓰키에, 아야카, 소지로 세 사람을 오락실에 남겨 두고 가모를 포함한 네 사람은 창고로 향했다.

창고에는 먼지투성이가 된 의자도 섞여 있었지만 닦고 있을 시간이 아까웠던 네 사람은 먼지를 뒤집어쓰며 그것들을 뒷문 앞에 쌓아 올렸다. 그 덕에 작업에 참여한 남자들은 전부 먼지투성이가 되어 버렸다. 깔끔 떨기를 좋아할 것 같은 쓰키히코는 수염이 조금 자란 턱을 문지르며 얼른 씻고 싶다고 계속 투덜거렸다.

어쨌거나 이로써 뒷문은 안에서도 밖에서도 쉽게 열 수 없는 상태가 됐다.

정문은 뒷문과 같은 방법을 쓸 수는 없었다. 건물 출입이 불가능해지면 곤란해질 테고…… 만에 하나 범인의 침입을 막지 못할 경우 촘촘히 쌓은 바리케이드가 원인이 되어 도망치는 게 늦어질지도 몰랐기 때문이다.

일단 정문 열쇠는 전부 쓰키히코에게 맡기고 내부에서 자물쇠를 잠그기로 했다. 하지만 범인이 정문 열쇠를 미리 복사해 두었을 가능성도 있었기에 완벽한 대책이라고 하기는 어려웠다.

결국 아마미야가 자전거 보관소에 보관된 자전거용 체인 자물쇠를 가지고 와 그것을 쌍여닫이문의 손잡이에 감아서 이중으로 자물쇠를 채우기로 했다. 체인 자물쇠는 여분도 있었기에 쓰키히코와 소지로 두 사람이 그것을 각자 하나씩 가지기로 했다.

그러나 아무리 열심히 대책을 세운들 범인이 물리적으로

문을 부수면 건물 침입은 불가능한 일이 아니었다. 그래도 큰 소리가 나면 반드시 누군가는 알아차릴 테니 범인이 침입하는 사이에 방어하거나 도망치는 정도는 할 수 있으리라 생각했다.

다음으로 7명 중에 범인이 있다는 가정을 하고 대책을 세우기로 했다. 이야기가 시작되고 얼마 지나지 않았을 때 쓰키히코가 히죽거리며 웃기 시작했다.

"아, 그렇지. 탐정님을 포함한 다섯 사람은 캠핑 트레일러에서 밤을 새워 줘."

가모가 쓰키히코의 요구에 얼굴을 찌푸렸다.

"네, 제가 그런 제안을 하긴 했죠. 근데 왜 저희만 밖으로 나가라는 겁니까?"

창밖에는 지금도 굵은 빗줄기가 쉬지 않고 떨어졌다. 그것을 본 아마미야는 참을 수 없다는 듯이 쓰키히코에게 덤벼들었다.

"무슨 이런 날씨에…… 저는 그렇다 쳐도 겐지 님, 쓰키에 님, 아야카 아가씨도 계십니다. 당연히 오락실에서 밤을 새워야죠."

그 말에 쓰키히코는 콧방귀를 뀌었다. 가모는 환희에 일그러진 그의 표정을 보고 그가 고의로 이런 제안을 했음을 알아차렸다.

다이가 일로 언쟁을 벌인 이후 쓰키히코는 대놓고 아마미야에게 적의를 드러냈다. 그리고 쓰키에가 가모의 제안을 따르겠다고 말한 순간부터 똑같은 적의를 그녀에게도 드러내게 됐다. 아무래도 이것은 쓰키히코만의 저속한 복수인 듯하다.

쓰키히코는 동생을 향해 환하게 웃어 보이며 온화한 말투로 이렇게 말했다.

"나는 내가 범인이 아니라는 사실을 알고, 아버지도 이런 엄청난 짓을 저지를 분이 아니시잖아. 내가 솔직하게 얘기할게. 나는 저 5명 중에 범인이 있다고 생각해. ……잠깐이라도 내 입장이 되어서 생각해 줄 수 없어? 용의자를 조금이라도 나한테서 떨어뜨려 놓고 싶어 하는 게 뭐 이상한 일이야?"

이 이상의 반론은 무의미하다고 포기하며 가모가 말했다.

"네, 좋습니다. 소지로 님도 그렇게 생각하신다면 캠핑 트레일러 안에서 하룻밤을 보내죠."

소지로는 다른 데 정신이 팔려서 건성으로 쓰키히코의 제안을 받아들였다. 그의 머릿속은 자신을 지킬 방법에 대한 고민으로 가득 차 있는지 아들과 딸조차 걱정하지 않는 듯이 보였다.

논의가 끝난 후 빗줄기가 가늘어진 틈을 타 가모와 아마미야는 밖으로 나갔다. 두 사람은 캠핑 트레일러를 끌어다가 정문 옆쪽, 별장 건물에서 5미터 정도 떨어진 곳에 세우기로 했다. 그러면 정문에 수상한 사람이 접근했을 때도 쉽게 알아챌 수 있으리라 생각했기 때문이다.

다행히 트레일러는 고임목만 치우면 몇 명이 붙어서 밀기만 해도 어떻게든 움직일 수 있는 상태였다. 결국 트레일러는 출입구가 건물 반대편을 보도록 주차되었다.

여기까지 작업을 끝내고서 아마미야가 저녁 식사를 하자고 제안하였기에 가모는 지칠 대로 지친 몸을 끌고 식당으로 향했다. 서로를 감시하며 준비한 식사는 요리라 부를 만한 수준이 아니었지만 불평하는 사람은 아무도 없었다. 그것은 식사라기보다는 물로 음식을 목구멍에다 억지로 흘려보내는, 고통을 동반한 작업이 되었다.

식사를 끝낸 후 졸음을 쫓기 위한 목적으로 커피 등을 다 마셨을 즈음에는 거의 8시에 가까워져 있었다.

*

주위는 어두워졌지만 차체가 은색이라 캠핑 트레일러는 어둠 속에서도 우두커니 자기 존재를 드러냈다.

트레일러는 군더더기 없이 단순한 디자인에 네모난 상자 형태였는데, 앞쪽에는 바퀴 하나가 달린 금속 기구가 튀어나와 있었다. 아마도 견인차와 연결할 때 쓰는 장치인 듯했다.

가모가 트레일러 연결 장치와 고임목에 이상이 없는지를 확인하고 있는데 한발 먼저 트레일러에 들어가 내부의 안전을 확인하던 아마미야와 겐지가 고개를 빼꼼 내밀었다. 가모가 겐지의 손목시계를 확인해 보니 시각은 8시 40분이었다.

바람이 강해졌음을 느끼며 가모는 자전거 보관소에서 비를 피하고 있던 아야카와 쓰키에를 불러들였다. 우산을 쓴 두 사람은 꺅꺅 비명을 질러대며 트레일러에 뛰어들었다. 두 사람과 교대하듯 이번에는 겐지가 담배 연기를 싫어하는 아야카를 배려해 담배를 피우고 오겠다며 트레일러를 나갔다.

안으로 들어가니 아마미야가 침대 위쪽에 달린 랜턴을 만지고 있었다.

햇살을 닮은 부드러운 랜턴 불빛이 차 안에 번졌다. 그 빛을 받아 다양한 색으로 빛나는 것은 저장고에서 가져온 병이었다. 주스나 와인 등이 담겨 있던 빈 병에다 수돗물을 넣어 온 것이었는데, 독에 대한 대비책으로 각자 자신이 쓸 병은 직접 씻어 물을 담았다. 이것이 당분간 식수가 될 예정이다.

아마미야는 마무리로 한 곳만 창문을 열어 두고 두꺼운 회색 커튼을 쳤다. 트레일러 안으로 들어오는 바람은 8월이라는 게 믿기지 않을 정도로 서늘했다.

트레일러는 가모가 예상했던 것 이상으로 컸는데, 폭 2미터×길이 4.5미터×높이 2미터 정도의 크기였다. 안에는 화장실과 주방까지 갖춰져 있었다. 트레일러가 견인차에 끌려다니며 일본의 좁은 도로에서 제대로 방향이나 바꿀 수 있을지 불안해질 정도였는데 이렇게 커다란 이유는 외국에서 쓰던 것을 그대로 가져왔기 때문임이 분명했다.

여자들에게 침대를 양보하고 가모는 입구 옆에 있는 벽에 몸을 기댔다.

아야카가 회중시계를 꺼내 끼릭끼릭 태엽을 한껏 감고는 침대 옆에 있는 테이블 위에 올려 두었다. 쓰키에는 그 옆에서 비에 젖어 엉망이 된 머리를 정돈하기 시작했다. 그 모습을 본 아마미야는 눈치 빠르게 붙박이장을 열고 수건을 꺼내 두 사람에게 건네주었다.

그 사이에 가모는 차 안이 안전한지를 한 번 더 확인하려고 했다. 개인 소지품, 서랍과 선반, 침대 매트리스 밑까지 살펴보았지만 엽총은커녕 탄환 하나 발견되지 않았다.

그가 확인을 마쳐 갈 무렵…… 담배를 피우러 갔던 겐지가 5분 정도 지나 흠뻑 젖은 꼴로 합류했다. 가모는 확실히 하기 위해 겐지의 소지품도 확인했다. 대략 이때부터 비바람이 더욱 거세지며 트레일러가 한 번씩 요동쳤다.

가모가 빗방울투성이가 된 모래시계를 수건으로 닦고 있던 그때, 아마미야가 무언가 떠오른 듯 작게 탄식했다.

"아차, 밖에다 우산을 내팽개치고 왔네요."

앞으로 바람이 더 거세져서 날아가 버리면 위험하다고 하며 그는 우산을 회수하기 위해 밖으로 나갔다.

그가 나가는 모습을 보고 30초도 지나지 않아 바로 근처에서 천둥이 쳤다. 귀청이 찢어질 듯한 굉음에 아야카는 천장에 닿을 듯 펄쩍 뛰며 비명을 질렀다. 가모도 아마미야가 걱정돼서 바깥 상황을 살피러 나가기로 했다.

문을 여니 우산 5개를 품에 끌어안은 아마미야가 물에 젖은 생쥐 꼴로 서 있었다. 그 모습을 보고 안도의 한숨을 내쉬는 가모에게 아마미야는 기어드는 목소리로 더듬더듬 말했다.

"천둥은…… 질색이라서요."

소지품 검사를 끝내고 아마미야가 트레일러 구석으로 도망치듯 들어감과 동시에 가모는 트레일러 밖으로 나가 하늘을 올려다봤다. 보랏빛 전광이 비구름 속을 휘달리며 차도와 초원을 번쩍번쩍 비추었다. 그 위협적인 모습에 가모도 신변의 위험을 느끼고 트레일러 안으로 다시 돌아가기로 했다.

차 안에서는 아마미야가 가죽 손목시계를 풀어 주방에 올려 두려 하고 있었다. 가모가 있는 위치에서는 문자판이 보이지 않았지만 비에 젖은 시곗줄에서 물이 떨어지고 있는 것을 보면 말리려는 생각인 듯했다.

가모는 트레일러에서 아무도 나가지 못하도록 창고에서 꺼내 온 밧줄로 트레일러 문을 단단히 묶었다. 그런 후 사람이 드나드는 것을 감시할 목적으로 문 옆에 있는 계단에 자리를 잡았다. 거기서 한숨을 돌린 그는 가지고 있던 와인병의 코르크 뚜껑을 열어 한 모금을 마셔 봤다. 그 안에 든 것은 수돗물이었지만…… 와인 향이 배어 마실 만한 상태가 아니었다.

물을 들고 난처해하는 가모를 향해 쓰키에가 조심스럽게

입을 열었다.

"이제 아침까지 어쩌실 거예요? 날이 밝을 때까지 그냥 잘 수는 없잖아요."

침대 옆에 놓인 접이식 테이블에 반쯤 앉아 있던 겐지가 한 가지 제안을 했다.

"범인을 밝혀내기 위해서라도 의견을 교환해 보는 게 어떨까? ……결국은 오늘 조사에서도 새로 알아낸 게 없었잖아요?"

마지막 말은 가모에게 던진 것이었다. 그걸 알면서도 그는 일부러 그 질문에는 대답하지 않았다. 그 대신 와인병을 발밑에 내려놓고 목에 걸고 있던 모래시계 펜던트를 들어 올렸다.

"미안하지만 전부 털어놓아야겠어……. 불만 있으면 몰래 숨어 있지 말고 모습을 드러내, 호라."

아야카를 제외한 나머지 사람들은 그가 지금 무엇을 하고 있는지 이해하지 못했을 것이다. 실제로 주방에 있던 아마미야는 미친 게 아닌가 하는 표정을 지었고, 쓰키에는 싸늘하게 경멸의 시선을 그에게 보냈다. 한편 겐지는 짓궂은 장난쯤으로 보았는지 실소와 실망이 섞인 표정을 짓고 있었다.

물론 말은 그렇게 했지만 처음부터 가모는 호라가 대답해 주기를 기대하지는 않았다. 대답을 바랐다기보다는 어디선가 몰래 엿듣고 있을 호라에게 사전 통고를 할 생각이었기 때문이다.

호라가 어디에 있는지는 가모도 알 수 없었다. 이미 그의 핸드폰 배터리가 바닥 난 상태라 정말은 그에게 접촉하고 싶어도 할 수 없는 상황일지도 몰랐다.

그는 모래시계에서 손을 떼고 겐지를 바라봤다.

"그러고 보니까 겐지 씨에게 아직 감사하다는 말씀을 안 드렸군요."

"감사, 요?"

그렇게 말하는 겐지의 눈에 경계의 빛이 언뜻 비쳤다. 가모는 가볍게 고개를 끄덕이며 이야기를 이어 나갔다.

"그때 제 이름을 들어 본 적이 있다고 거짓말을 해 주셔서 감사합니다. 덕분에 별장에서 쫓겨나는 일은 면했습니다."

겐지는 당황한 기색을 보이며 아야카에게 시선을 보냈다. 그녀는 가모의 의도를 이해한 듯 아무것도 이야기하지 않겠다는 뜻을 보였다. 그 모습을 본 겐지가 굳은 목소리로 말했다.

"지금 그 말, 자신이 살인범이라 고백하는 거라고…… 그렇게 이해하면 되겠습니까?"

"아뇨, 그런 뜻이 아닙니다. 저는 사립 탐정은 아니지만 살인범도 아니고 사건을 일으킨 범인도 아닙니다."

"그럼 왜 지금 그런 얘기를 하셨죠?"

"거짓말하고 핑계를 대는 데 지쳤거든요. 전부 다 밝히는 김에 겐지 씨가 그때 왜 저를 두둔해 주셨나 궁금해서."

가모가 아무 부담 없이 던진 말에 무엇을 느꼈는지, 겐지는 조금이지만 표정을 누그러뜨렸다. 그러고는 한숨을 내쉬며 말했다.

"네, 맞습니다. 조카가 거짓말을 하고 있다는 건 이미 알고 있었습니다."

"역시 그렇죠? 워낙 터무니없는 거짓말이라."

"평소에도 나쁜 의도로 거짓말을 하는 아이였으면 곧바로 가모 씨를 구속했겠죠. 그런데 아야카는 그런 아이가 아니거든요. 그건 누구보다 제가 잘 알아요."

아야카가 "잘못했습니다." 하고 중얼거리는 소리가 들렸다. 그녀가 이어서 뭔가를 말하려고 하는 찰나에 겐지가 손짓으로 그것을 조용히 가로막았다.

"이 아이가 거짓말을 한다면 그것은 누군가를 기쁘게 해 주고 싶거나 지키고 싶어서입니다. 그래서 아야카가 굳은 의지를 보이며 끝까지 거짓말하는 모습을 보고 저도 어떻게 해야 할지 몰라 망설였습니다. ……처음에는 가모 씨가 이 아이를 속인 게 아닐까 하고 의심했습니다. 하지만 가모 씨 당신에게는 끝까지 거짓말을 하려는 의지가 없어 보였고, 저희와 마찬가지로 이 아이의 거짓말에 당황하는 모습이 보였습니다."

가모는 자신도 모르게 쓴웃음을 지었다.

"갑자기 저보고 '명탐정'이라 하니 저도 정말 어떡하나 싶었습니다. ……그런데 제가 살인범일지도 모른다는 의심은 안 해 보셨습니까?"

"그런 의심은 처음부터 안 했습니다. 별장 밖에 계셨으니 형이나 고우키 형을 살해할 수 있는 상황이 아니었고, 별장에 있는 누군가와 공범일 거라는 생각도 안 들었습니다. ……오락실에 밤새 사람이 있었던 건 우연이었으니까요. 그걸 예측하고 살인범이 공범을 준비하지는 못했을 겁니다."

겐지의 분석은 예리했지만 가모는 찜찜한 표정으로 웅얼거렸다.

"으음, 네."

"그뿐만이 아닙니다. 가모 씨의 몸에는 모기나 파리매에 물린 자국이 없었거든요."

이 말에는 가모도 뜻밖이라는 듯 눈을 휘둥그렇게 떴다.

"……모기가 무슨 상관이죠?"

"아시다시피 시노는 산기슭에 있습니다. 이 계절에 하룻밤 꼬박 밖에 있었다면 온몸이 모기에 뜯겨 난리가 났을 겁니다."

"아하, 그건 생각지도 못했는데요."

"그래서 가모 씨가 살인범도, 살인범의 공범도 아니라는 건 알고 있었습니다. 그래서 더욱 범인도 아닌 분이 구속될 처지에 있는 게 안쓰러웠습니다."

여기까지 말하고서 겐지는 갑자기 표정을 바꿔 짓궂게 씩 웃으며 말을 이어 나갔다.

"그리고 저한테는 저도 어쩌지 못하는 나쁜 습성이 있거든요. 한번 호기심이 발동하면 물불을 안 가립니다……. 그때는 정말이지 아야카가 너무 재미있어 보이는 이야기를 꺼내니까, 저도 모르게 일이 어떻게 흘러갈지 끝까지 보고 싶어지더군요."

그의 본심을 듣게 된 것 같아 가모는 힘이 풀렸다. 한편 겐지는 금속 시곗줄을 수건으로 닦으며 다시 입을 열었다.

"대신 가모 씨가 조금이라도 수상한 행동을 보이면 강하게 대응할 생각이었습니다. ……하지만 이 사건을 진지하게 대하고 있으시다는 게 금세 전해지더군요."

아야카는 아무 말 없이 호소하는 눈빛으로 겐지를 응시했다. 그는 그 시선을 똑바로 마주하며 이야기를 계속해 나갔다.

"그래서 이렇게 생각하게 됐습니다. 직감인지, 구체적인 근거가 있어서인지는 모르겠지만, 아야카가 별장에서 사건이 일어날지도 모른다고 생각하게 됐다. 규이치 형에게 이야기해 봤지만 어린아이가 하는 말이라고 진지하게 들어주지 않았다. 가만히 있을 수 없었던 아야카는 가모 씨를 별장에 초대하기로 했다, 이렇게요."

"그러고 보니까 아야카가 허락도 없이 마술사를 초대한 적이 있다고 하던데요."

가모가 빙긋이 웃으며 그리 말하자 겐지도 웃으며 살짝 고개를 끄덕였다.

“네, 사립 탐정 정도야 부르고도 남을 아이라고 생각했으니까요. 그래서 바로 조금 전까지는 저도 가모 씨가 정말 탐정인 줄 알았습니다. ……그러면 대체, 가모 씨의 진짜 정체는 뭡니까?”

“저는 잡지사에서 일하는 평범한 기자입니다. 범죄 수사 전문가는 아니지만 시노에서 일어날 사건을 막기 위해 온 것은 사실이죠.”

모르는 체하고 싶어도 다들 다음 말을 기대하고 있는 것이 가모에게 전해졌다. 하지만 지금부터 해야 하는 이야기는 본인이 생각해도 미친 소리로 들릴 수밖에 없는 내용이었다. 가모는 기어들어 가는 목소리로 말했다.

“여기서 참극이 벌어질 걸 미리 알고 있었습니다. 전 미래에서 온 사람이니까요.”

“맞아요, 가모 아저씨는 2018년에서 오셨어요.”

아야카가 힘주어 보충 설명을 하자 세 사람은 그 말을 듣고 서로의 얼굴을 쳐다봤다. 당황한 아마미야는 눈동자가 심하게 흔들렸지만 겐지와 쓰키에는 가모가 예상했던 것 이상으로 별 반응이 없었다. 차라리 거짓말하지 말라며 욕을 해 주면 더 마음이 편할 것 같았다.

맨 처음 말을 던진 사람은 아마미야였다.

“……역시.”

"역시?"

가모가 앵무새처럼 따라 묻는 것을 듣고 쓰키에가 소리를 내어 쿡쿡 웃기 시작했다.

"오히려 이제야 이해가 됩니다. 말하는 방식도 입고 있는 옷도 안경도 전부 저희하고는 달라서 줄곧 의아했으니까요."

가모가 말도 없이 입만 떡 벌리고 있는 사이, 겐지가 수건으로 감싼 시계를 침대 옆에 있는 테이블 올려놓으며 마지막 일격을 가하듯 입을 열었다.

"그 sneakers는 특수 촬영 드라마에서도 본 적 없는 흥미로운 디자인이더군요. ……사실대로 말하자면 저도 농담 반 진담 반으로 미래에서 온 사람일지도 모른다고 생각했습니다."

그 말을 듣고 있으려니 가모는 어쩐지 기분이 이상해졌다.

"하아, 뭐야, 다들 어렴풋이 알고 있었구나. 이럴 줄 알았으면 처음부터 거짓말 같은 거 하지 말고 전부 다 이야기해 버릴걸."

가모는 그렇게 말하고서 아야카에게 한 번 웃어 보인 뒤 자신이 어째서 '이곳'에 오게 되었는지 그 이유를 설명하기 시작했다. 앞으로 일어나게 될 산사태, 유일한 상속인인 아야노의 자손에게 내린 류젠 가의 저주, 마이스터 호라와의 만남, 시공 여행……. 이윽고 아야카도 가세해 두 사람이 앞으로 일어날 사건을 막기 위해 지금까지 어떤 노력을 해 왔는지도 전부 설명했다.

세 사람으로부터 시공 여행에 관한 질문이 연달아 쏟아졌다. 가모가 시공 여행의 제약에 관해 설명하려던 찰나, 귀에 익은 목소리가 그들의 대화 속에 느닷없이 끼어들었다.

"오해가 생기지 않도록 그건 제가 설명하겠습니다."

*

목소리의 출처를 찾던 가모는 모래시계 그 자체가 목소리를 내고 있다는 사실을 깨달았다. 그는 희미한 빛을 띤 그것을 오른손 손끝으로 집어 올렸다.

"아니 뭐야, 이 도청기는 스피커 기능도 있어? ……근데 배터리는 어디 들어 있는 거야?"

"배터리 같은 건 들어 있지 않습니다, 가모 씨."

호라가 가모의 말을 끊으며 대답하는 것을 듣고 아야카를 제외한 세 사람의 입이 떡 벌어졌다. 세 사람도 모래시계에서 소리가 나오고 있다는 사실을 직감적으로 깨달았다. 호라는 하얀 빛을 더 강하게 뿜으며 말했다.

"반갑습니다, 저는 마이스터 호라라고 합니다. 시공 이동에 관한 설명은 제가 하죠."

모래시계는 이전에 가모와 아야카에게 했던 것과 같은 이야기를 유창하게 늘어놓기 시작했다.

쓰키에와 아마미야는 이해하기 어려운지 얼떨떨한 표정을

지었지만, SF를 좋아한다는 겐지는 호라가 들려주는 이야기를 흥미진진하게 듣고 있었다. 그러는 중에도 호라는 계속 빛을 발했는데, 변함없이 그 본체는 차가움을 유지했다.

설명이 끝나자 가모는 이전부터 궁금했던 점을 질문했다.

"그래서 결국 넌 어디 숨어 있는 거야?"

"저는 도망가거나 숨은 적이 없습니다. 계속 당신 곁에 있었습니다."

가모는 눈을 몇 번 끔뻑인 뒤 트레일러 안에 있는 네 사람의 얼굴을 한 번씩 찬찬히 바라보았다. 당연히 거기에는 아야카도 포함되었다. 자기는 아니라며 네 사람은 열심히 호소하기 시작했다. 호라의 웃음소리가 트레일러 안에 울려 퍼졌다.

"이것 참, 기분 좋은 착각이로군요. 저를 인간이라고 생각하실 줄이야."

그 말에 가모는 다시 한번 희미한 빛을 뿜는 모래시계를 내려다보며 말했다.

"혹시 네 정체가 이 모래시계……. 모래시계 형태로 만든 시공 이동 장치 그 자체였던 거야?"

"네, 그렇습니다. 저는 시공 이동 실험을 위해 탄생한 artificial intelligence, 즉 인공 지능(AI)입니다."

그 말을 들은 겐지가 즐거운 듯이 호라를 내려다봤다.

"2018년에는 시공 여행 기술이 확립되어 있습니까? 흥미로운데요."

가모가 어깨를 으쓱했다.

“제가 아는 미래는 그런 SF 원더랜드가 아닙니다. ……보아하니 호라는 2018년보다 더 먼 미래에서 온 녀석 같습니다.”

호라의 모래가 노란색으로 변했다.

“저는 가모 씨가 계셨던 시대에서 290년 정도 더 지난 미래에서 탄생했습니다. 저를 개발한 사람은 저에게 모래시계 형태의 몸과 ‘마이스터 호라’라는 이름, 그리고 특별한 임무를 주었습니다.”

그 말을 들은 아야카가 의아해하며 물었다.

“특별한 임무라니?”

“누군가에 의해 과거가 뒤바뀐 경우 과거로 돌아가서 역사를 원래대로 수정하는 일입니다.”

가모는 그 설명이 이해가 가지 않는 듯 고개를 갸웃거리며 말했다.

“그런 게 정말 가능해? 과거가 뒤바뀌면 그 내용에 기초한 새로운 미래가 생기잖아. 뒤바뀌기 전의 미래는 사라지니까 미래가 원래 어떤 모습이었는지 아는 사람도 사라지는 거 아냐?”

“평범한 시공 이동 장치라면 그렇겠지요. ……하지만 저를 개발한 사람은 그 문제를 해결하기 위해 저를 이 세계에서 독립시켰습니다.”

가모는 무슨 말인지 이해가 가지 않아 멀뚱멀뚱 앉아 있기만 했다.

"독립?"

"지금 손에 들고 계신 모래시계 안에 모래 따위는 들어 있지 않습니다. 대신 자그마한 세계 하나가 들어가 있죠."

가모는 기분이 나빠져서 얼른 모래시계에서 손을 뗐다. 그런데도 그의 목덜미에 걸린 줄에서는 작은 돌멩이 정도의 무게밖에 느껴지지 않았다. 도저히 세계 하나만큼의 무게라고는 생각할 수 없었다.

호라는 태연한 말투로 이야기를 이어 나갔다.

"즉, 저는 시공 이동 장치인 동시에 저 자신이 여러분들이 사는 세계와 대등한 별개의 세계라는 뜻입니다. 저의 세계에는 양자 컴퓨터가 있고, 그곳에는 'AI인 저의 데이터'와 '여러분들의 세계가 뒤바뀌기 전에 어떤 모습이었는지를 기록한 아카이브'가 있습니다."

"엄청난 이야기인걸, 별개의 세계라니."

호라가 들려주는 이야기는 가모의 상상조차 가볍게 뛰어넘었다. 하물며 1960년을 살아가는 네 사람에게는 외계어처럼 들릴 수밖에 없었다. 그럼에도 네 사람은 호라의 이야기에 필사적으로 귀를 기울였다.

"그리고 제 안에는 완벽히 독립된 시간이 흐르고 있습니다. 외부에서는 절대 침범할 수 없기에 여러분들의 세계에 무슨 일이 일어나든…… 가령 역사가 바뀌어 제가 만들어지기도 전에 저를 개발한 사람을 죽인다 해도 제 안에 있는 데이터나 아카이브가 다시 쓰이는 일은 없습니다."

"그건 마이스터 호라가 아니라 카시오페이아 쪽 아냐?"

가모는 무심코 엔데의 『모모』에 등장하는 거북이 카시오페이아를 들먹이며 호라의 말에 딴지를 걸었다. 『모모』의 카시오페이아는 시간이 멈춘 세계에서도 자유롭게 움직일 수 있었다. 왜냐하면 그녀는 자기만의 특별한 시간을 가졌기 때문이다.

호라는 어딘가 그리움이 느껴지는 말투로 바꿔 그에 대답했다.

"저를 개발한 바스티안 박사는 시간과 역사의 수호자라는 의미를 담아 저에게 '마이스터 호라'라는 이름을 붙였습니다."

"뭐, 어쨌거나…… 방금 설명으로 한 가지는 확실히 알게 됐어."

모래시계가 도발적인 노란 빛을 뿜었다.

"그래요? 뭘 알게 되셨습니까?"

"범인의 행동에는 큰 특징이 있어. 우선, 오락실에서 누군가가 밤을 새우는 돌발적인 사태가 발생했음에도 불구하고 그 녀석은 오히려 그걸 이용해서 불가능 범죄를 완성했어. 다음으로 범인은 나의 허를 찌르듯 범행 순서를 변경했지. 그리고 하타 레이토가 그린 『키마이라』를 고진노야시로 신사로 옮졌어."

"저에게는 아무런 연관성도 없는 일처럼 보입니다."

"……내가 처음으로 눈치챈 건 고진노야시로 신사에서 『키마이라』 그림을 발견했을 때였어. 범인이 위험을 무릅쓰면서까지 그림을 옮긴 이유가 무엇일까 고민하다가 알아낸 거지."

그 말을 들은 아야카는 눈을 지그시 감고 생각에 잠겨 있다가 이윽고 무언가 깨달은 듯한 표정으로 중얼거렸다.

"제 기억이 맞는다면 고진노야시로 신사는 산사태 후에도 무사했죠?"

"맞아. 범인에게 하타는 특별한 존재였을 거야. 녀석이 하타의 그림을 신사로 옮긴 거라면…… 그건 분명 그림을 산사태로부터 지키기 위해서였을 거야."

트레일러 안은 쥐 죽은 듯 고요해졌다. 가모가 한 말의 의미를 그 자리에 있는 모두가 알아차렸기 때문일 것이다. 그는 계속해서 말을 이어 나갔다.

"즉, 범인은 산사태가 일어날 것도, 신사만은 무사하리라는 것도 미리 알고 있었다는 뜻이야. 나처럼 말이지."

아마미야는 당황한 듯이 머리를 움켜쥐며 웅얼거렸다.

"하지만, 그런 일이 정말 가능한가요?"

"처음에는 저도 무슨 말도 안 되는 생각이냐고 했습니다. 그런데 시공여행자가 한 사람 더 있다고 생각하면 모든 게 설명되죠.”

겐지는 곰곰이 생각하며 시선을 바닥으로 떨군 채로 이야기했다.

“범인이 시공여행자라면 가모 씨가 청소 도구실에서 감시할 것도 예측했겠군요. 거기는 ‘호랑이’를 감시하는 데는 최적의 장소니까요. 가모 씨가 그곳을 이용하리라는 것쯤은 예상했을 겁니다.”

“그렇게 녀석은 저의 허를 찔러 범행 순서를 바꾸었고, 제가 청소 도구실에 있어야만 성립하는 불가능 범죄를 연출한 거죠. ……범인은 미래에 관한 지식을 악용해서 사건을 자기 뜻대로 일으키는 겁니다.”

여기까지 말하고서 잠시 한숨을 돌린 뒤, 가모는 모래시계 쪽으로 시선을 돌려 이야기를 계속했다.

“다른 시공여행자가 과거를 바꾸었고, 그래서 넌 역사를 원래대로 되돌리려고 나를 여기 데려온 거야. 어때, 맞아?”

웬일인지 호라는 목소리에 웃음기를 띠고 있었다.

“대충 추측하신 대로입니다. 실제로는 시공여행자가 아니라 또 다른 시공 이동 장치가 엮인 사건이지만요.”

가모는 미래에서 온 범죄자가 ‘시노의 참극’을 일으켰다고만 생각하다 이 말을 듣고 크게 당황했다.

“대체 미래에 무슨 일이 생긴 거야?”

“미래의 상황은 여러분의 상상을 초월할 만큼 심각합니다.

……과거에 속한 인간에게 미래의 일을 알려 주는 것은 금지되어 있지만 그 금기를 깨고 말씀드리겠습니다."

호라는 이제 완전히 빛을 잃고 평범한 모래시계와 다를 바 없는 모습으로 돌아갔다.

"저는 Global Synthesis Laboratory(GSL)라는 연구 기관에서 탄생했습니다. 바스티안 박사는 GSL의 연구원인데 시제품으로 두 개의 시공 이동 장치를 만들었습니다. 하나는 역사를 바로잡는 특별한 기능을 가졌으며 내부에 별개의 세계를 지닌 저. 또 다른 하나는 시공 이동 기능만을 가진 '카시오페이아'였습니다."

"카시오페이아라고?"

가모가 무심코 그렇게 소리치자 호라는 그와 대조적으로 조용히 대답했다.

"바스티안 박사는 어렸을 적 미하엘 엔데의 작품을 즐겨 읽었습니다. 『모모』에서 마이스터 호라의 친구로 나왔던 거북의 이름을 붙인 것도 그런 이유에서였습니다. ……참고로 카시오페이아도 저와 마찬가지로 모래시계 형태로 생겼고 안에는 양자 컴퓨터가 있습니다. 기본적인 성능이나 시공 이동을 실행하는 기능은 저와 완전히 동일합니다."

"그럼 카시오페이아도 '시공 이동의 네 가지 제약'에 묶여 있어?"

"네, 오로지 저만 독립된 세계와 시간을 가지고 있지만요."

"아하, 그래. 보아하니 네가 카시오페이아의 상위 호환이구나?"

"저희 위치에 상하 같은 건 없습니다. 저희는 시공여행자가 된 인간이 시공 이동을 안전하게 할 수 있게 도와주는 안내인에 지나지 않으니까요. ……아무튼 저희가 개발된 후로 카시오페이아를 이용한 실험이 몇 번이나 행해졌고 연구는 순조롭게 진행됐습니다."

"거기까지는 알겠는데, 어쩌다가 시공 이동 장치가 과거로 와서 이 모양으로 날뛰게 된 거야?"

"GSL에서 시공 이동 실험이 행해졌다는 사실을 알아차린 범죄자가 있었거든요. 그자의 본명은 Alice이지만 Malice(악의)라 부르는 일이 더 많았습니다."

"설마, 남자는 아니겠지?"

가모는 무심코 그렇게 되물었지만 호라는 별다른 설명 없이 질문에만 대답했다.

"물론 여자입니다. 그녀는 과거에 GSL에서 근무했던 우수한 연구원으로 특히 인공 지능 연구에서는 일인자였습니다. 그녀의 연구가 있었기에 저도 탄생할 수 있었습니다만…… 애석하게도 맬리스는 GSL의 동료이자 친구였던 사람이 이룬 '공적'을 질투하다 못해 미쳐 버리고 말았습니다."

"원래는 연구원이었던 사람이 범죄자로 전향한 거구나. 머리가 좋은 만큼 상대하기 까다롭겠어."

"아무리 미쳤다 하더라도 천재라 불리기에 부족함이 없는 사람이었으니까요. 한때는 친구였던 사람을 죽이기 위해 수단을 가리지 않았던 맬리스는 수많은 범죄를 저질렀습니다."

"목숨을 위협받았다는 그 사람은 무사해?"

아야카가 걱정스러운 듯이 던진 질문에 호라는 어쩐 일로 따스함이 느껴지는 목소리로 대답했다.

"물론입니다. 그는 그때마다 맬리스의 계획을 무너뜨리고 악행을 저지했습니다. ……반복되는 실패에 그녀도 드디어 친구를 망자로 만들겠다던 결심을 꺾게 됩니다. 그 대신 카시오페이아를 빼앗은 뒤 과거로 돌아가 그의 존재를 이 세상에서 지워 버리기로 한 겁니다."

맬리스의 강한 집념에 가모는 한기를 느꼈다.

"듣기만 해도 어질어질한 이야기네. 그래서 결국 성공했어?"

"어떻게 보느냐에 따라 실패이기도 하고 성공이기도 합니다. 맬리스는 카시오페이아를 훔치던 중에 특수 부대에 포위되어 치명상을 입었으니까요. 하지만 죽기를 각오한 그녀는 카시오페이아에 크래킹해서 AI를 다른 데이터로 바꾸는 데 성공합니다."

"그게 어떤 데이터인데?"

"자신의 정신을 완벽하게 복사한 AI입니다. 그리하여 빈사 상태에 빠진 맬리스는 스스로 시공여행자가 되었고 카시오페이아는 과거로 도망치고 말았습니다. ……내용물이 맬리스로 바뀐 카시오페이아를 편의상 '다크 카시오페이아(D 카시오페이아)'라고 부릅니다."

"그럼 D 카시오페이아가 어디 있는지 네가 못 찾아? 너희 둘 다 공통으로 내보내는 무슨 특별한 전파 같은 걸 계측한다거나 뭐 그런 식으로."

호라의 목소리가 단숨에 어두워졌다.

"그게 가능하면 이런 고생은 안 합니다. 시공 이동 장치가 범죄로 손을 더럽힐 거라고는 아무도 예상 못 했으니까요. 저한테는 다른 장치를 찾는 기능이 탑재되어 있지 않습니다. 가령 D 카시오페이아가 바로 제 옆에 있고 저와 가모 씨를 강제로 시공 이동 시킨다 해도 상황에 따라서는…… 제가 이동했다는 사실조차 눈치채지 못할 수도 있습니다."

"너, 아무리 시제품이라지만 성능이 형편없구나."

"말씀이 심하시군요. 시간을 들이면 제가 있는 장소와 시간 정도는 알아낼 수 있습니다."

여기까지 이야기를 듣고서 갑자기 무언가를 깨달은 듯 안색을 바꾸며 아야카가 말했다.

"그보다…… D 카시오페이아가 '여기'로 와서 우리를 노리는 이유가, 설마?"

"네. 맬리스가 망자로 만들고 싶어 했던 사람의 이름은 'Eugene Ryuzen(유진 류젠)'. 그는 류젠 다이가의 자손이었습니다."

거기까진 생각하지 못했던 가모는 너무 놀란 나머지 말문이 막혀 버리고 말았다. 호라는 침착하게 설명을 이어 나갔다.

"유진 박사는 유전 공학과 지구 물리학의 천재였습니다. ……그가 세운 최고의 공적은 2258년에 '수십 년 이내에 대규모 기상 이변 현상이 지구를 덮친다'라고 예측한 것입니다. 그가 계산한 대로라면 생태계는 완전히 파괴되고 지구상의 생명체가 전부 멸망하는 파멸적인 재앙이 되어야 했습니다."

"그래서 그 기상 이변이라는 게 정말 찾아왔어?"

겐지가 걱정스럽다는 듯이 던진 질문에 호라는 곧장 대답했다.

"그가 예측한 대로 2279년에 기상 이변 '대재앙'이 지구를 덮쳤습니다. 그것은 공룡을 멸종시켰던 기상 이변보다 훨씬 규모가 컸지만 유진 박사가 유엔을 움직여서 대책을 세워 두었던 덕에 피해를 최소로 줄일 수 있었습니다. 그 일로 박사는 말 그대로 구세주가 되었습니다."

가모는 너무 장대해서 현실감이 없는 이야기에 당황스러워하며 중얼거렸다.

"지금까지 들은 이야기를 정리해 보면…… D 카시오페이아가 과거로 온 이유는 류젠 가 사람들을 전부 없애서 유진 박사가 태어나지 못하게 하려는 거란 말이야?"

"네, 그녀는 오로지 그 목적을 이루려고 움직이고 있습니다."

멀리서 봐도 떨고 있는 게 한눈에 보이는 아마미야가 그 말을 받았다.

"그런데 유진 박사님이 사라지면 무서운 일이 벌어지는 게 아닙니까?"

"뒤바뀐 미래가 어떻게 되었는지 확인해 보지는 않았지만…… 유진 박사의 연구는 박사만의 독자적인 방법으로 이루어졌습니다. 그러니 다른 누군가가 '대재앙'을 똑같이 발견할 가능성은 1%도 되지 않을 겁니다."

"말도 안 돼. 이대로 D 카시오페이아를 놓치면 99% 확률로 인류가 멸망한다는 소리야?"

가모가 비명을 지르는 것을 듣고 호라가 의아하다는 투로 말했다.

"제가 사전에 말씀드리지 않았습니까, 상황은 여러분의 상상을 초월할 만큼 심각하다고."

"지금이 태평하게 그런 소리나 할 때야?"

"아무튼 맬리스는 유진 박사를 없애기 위해서라면 수단을 가리지 않았습니다. D 카시오페이아도 그의 소멸과 바꿀 수만 있다면 전 인류를 기꺼이 희생시킬 겁니다. ……뭐, 정말은 '대재앙'을 이용해서 자기에게 도움이 될 만한 인간만 남기고 이 세계를 재창조할 속셈 같지만요."

“어처구니가 없네! 그런 위험한 녀석이 있으면 나를 끌어들이기 전에 제대로 설명했어야지!”

호라는 핏대를 세우는 가모를 아무렇지 않게 무시하고 말머리를 돌렸다.

“제3차 세계 대전 중에 동남아시아, 유럽 일부 국가에서 적국의 공격으로 온갖 전자 데이터가 소실되는 사건이 있었습니다. 유진 박사의 증조모인 류젠 나오미는 그런 국가 중 한 곳에 살았고 전쟁고아가 된 그녀의 선조에 관한 기록은 제3차 세계 대전과 함께 소실되고 말았습니다. 그래서 저의 아카이브로도 유진 박사의 선조에 관한 기록은 류젠 나오미까지만 찾을 수 있습니다.”

여기서 잠깐 말을 끊었다가 호라는 다시 이야기를 계속했다.

“그런데 유진 박사는 증조모로부터 괴담 같은 이야기를 들었습니다. 그의 선조가 ‘시노의 참극’이라는 무서운 사건에 휘말렸다는 이야기였지요. 과거에 그 이야기를 들은 적이 있던 맬리스는 류젠 가 사람들이 유진의 선조임을 알게 됩니다.”

그 이야기를 들은 겐지가 얼굴을 찌푸렸다.

“그런데, 그건 좀 이상하지 않아? ‘시노의 참극’은 D 카시오페이아가 일으킨 사건이잖아. 그녀가 과거를 바꾸기도 전에 어떻게 이미 일어난 사건이 된 거지?”

"실은 과거를 바꾸기 전에도…… 시노의 별장에서는 연속으로 살인 사건이 일어나고 산사태에 휩쓸려 많은 희생자가 발생했습니다."

이 말에는 겐지도 눈이 휘둥그레질 수밖에 없었다.

"그렇다면…… 미래에서 온 자가 간섭을 했든 안 했든 처음부터 우리 중에 살인범이 섞여 있었고, 우리는 그 사람이 일으킨 사건의 희생자가 될 운명이었단 말이야?"

"네, 정확히 그렇습니다."

가만히 듣고 있을 수가 없었던 가모는 물어뜯을 기세로 호라에게 따졌다.

"그걸 안다는 말은 네 아카이브에 그 살인범에 관한 기록이 남아 있다는 소리지? 지금은 역사의 흐름이 달라졌지만 그래도 참고는 될 거야. 일단 그 정보부터 내놔."

"애석하게도 살인범의 정체는 제 아카이브에도 기록되어 있지 않습니다. 산사태로 모든 게 엉망이 되어 버렸으니까요……. 하지만 그때와 지금 상황이 전부 일치하는 것은 아닙니다. 본래 '시노의 참극'은 더 단순한 사건이었습니다."

"지금처럼 불가능 범죄투성이가 아니었다는 뜻이야?"

"제 아카이브에 기록된 검안서를 보면 시신에 절단된 흔적 같은 건 없었습니다. 원래는 토막 살인이 아니었다는 말이죠."

검안서라는 말을 듣고 가모는 무언가를 곰곰이 생각하며

질문을 던졌다.

"네 아카이브에는 산사태가 일어난 자리에서 누구의 시신을 발견했다고 나와 있지?"

"규이치 씨, 고우키 씨, 소지로 씨, 도네가와 씨, 그리고 아야카 양, 이렇게 다섯 분입니다. 그 외에 다른 분들의 시신은 찾을 수가 없었다고 합니다."

그 다섯 명은 가모가 아는 미래와…… D 카시오페이아의 개입으로 역사가 바뀌어 버린 미래와 일치했다. 아야카가 두 손에 얼굴을 묻고 쓰키에가 그런 그녀를 위로하듯 어깨에 손을 얹고 있는 모습이 보였다. 가모는 애써 그 모습을 무시하며 이야기를 계속했다.

"그것 말고 뭐 다른 점은 없어? 내가 아는 '시노의 참극'과 다른 점 말이야."

"다른 점이라, 최초로 사건이 발생한 날짜가 지금과는 다르게 이틀 뒤인 8월 23일 심야였다는 정도일까요."

"과연, 그래서 네가 날 22일로 보낸 거구나."

"네, 저는 아카이브에 기록된 바뀌기 전의 과거 정보에 따라 움직였습니다. 설마 범행이 이틀이나 앞당겨질 줄은 꿈에도 몰랐으니까요."

"D 카시오페이아의 개입으로 범행이 앞당겨졌다지만…… 뭔가 이상해. 왜 D 카시오페이아는 불가능한 범행 방법만 선택하는 걸까? 보통은 이런 식으로 범행을 저지르진 않을 텐데."

겐지가 이해가 안 된다는 듯이 질문하자 호라가 조용히 대답했다.

"맬리스는 평범한 범죄자가 아닙니다. 그녀는 The Queen of Impossible Crimes(불가능 범죄의 여왕)라는 별명이 있을 정도니까요."

그 말에 가모의 눈이 저절로 커졌다.

"퀸 오브 임파서블 크라임?"

탐정 소설을 좋아한다는 겐지와 아야카도 미묘한 표정을 지었다. 그들이 놀란 이유를 아는지 모르는지, 호라는 태연하게 이야기를 계속했다.

"맬리스는 지금껏 수많은 범죄를 고안해 냈습니다. 유명한 것으로는 '우주선 시간표 알리바이 트릭', '은하수 천 명 동시 밀실 살인 트릭' 등이 있습니다. 구태여 '시노의 참극'에 개입하겠다고 결정한 것은 화려하고 규모가 큰 사건을 좋아하는 그녀다운 행동이라 할 수 있겠지요."

가모는 머리가 지끈거리는 통에 참을 수가 없어 눈을 감았다.

"됐어, 미래가 개판이라는 건 알았으니까 그만해. ……D 카시오페이아는 맬리스의 복사본이다. 그래서 그 녀석은 '여기'에 와서도 불가능 범죄 같은 사건만 일으키려고 한다는 거야?"

"엄밀히 말하자면 D 카시오페이아가 단독으로 사건을 일으키진 못합니다. 그녀는 저와 마찬가지로 혼자서는 움직일 수 없고 시공여행자가 된 인간이 함께하지 않으면 시공을 뛰어넘을 수조차 없으니까요."

"그렇다면 그 녀석한테 인간 공범자가 있다는 소리구나."

"어떻게 알아냈는지는 모르겠지만 그녀는 류젠 가에 숨어든 살인범을 사전에 찾아내서 실행범으로 이용한 것 같습니다. 그 사람은 당신과 마찬가지로 모래시계를 어딘가에 숨겨두고 있을 겁니다."

"그건 꽤 성가신데. 살인범이 마음만 먹으면 시공 이동을 해서 도망칠 수 있단 말이니까."

"하지만 한 가지는 확실합니다. ……맬리스는 살아 있을 적에 절대로 다른 사람을 믿지 않았습니다. 배신당할 위험성을 최소로 줄이기 위해서 범죄를 저지를 때 공범자를 두 명 이상 만들지는 않았습니다."

가모는 조금 놀라워하며 되물었다.

"맬리스는 그랬을지도 모르지만 D 카시오페이아도 그럴 거라는 보장은 없잖아?"

"아뇨. 이것은 실재 인간의 정신을 복제한 AI가 가지는 큰 결점 중 하나입니다. AI는 그 인간이 생전에 집착했던 것에 반드시 얽매이게 됩니다."

"……그러니까 D 카시오페이아가 공범자로 만들 사람은

한 사람뿐이라는 거야?"

"네, 그녀가 세운 계획을 실행하고 있는 살인범은 분명 한 사람입니다."

그 말을 들은 아야카가 눈물에 젖은 얼굴을 들고 말했다.

"기다려 봐! 우리는 어차피 산사태에 휩쓸려 전부 다 죽을 사람들이잖아. 원래 죽을 운명인 사람들인데, D 카시오페이아가 집요하게 우리를 노리는 이유가 뭐야?"

"아마도 그녀는 살인범과 계약했을 겁니다."

호라의 말을 듣고 가모는 두려움에 몸을 파르르 떨었다.

"류젠 가에 숨어든 살인범은 별장에 모인 인간들을 죽이는 게 목적이야. 아니, 범인이 진짜로 원하는 건 류젠 가 일족과 관계자를 몰살시키는 것일지도 몰라. ……한편 D 카시오페이아는 자기 뜻대로 움직여 줄 시공여행자를 찾아내고 그 인간을 이용해서 유진의 선조로 짐작되는 인간, 즉 류젠 다이가의 자손을 몰살시키는 게 목적이지."

"그렇습니다. 그 둘의 목적은 대체로 일치합니다."

여름밤이지만 가모는 전신의 떨림이 멈추지 않았다.

"이제야 조금 알겠어. D 카시오페이아와 그녀의 시공여행자가 된 살인범이 바로…… 류젠 가의 저주였구나."

"정확하게 맞추셨습니다. D 카시오페이아는 살인범이 목적을 달성할 수 있게 지혜를 빌려주는 대신 절대적인 복종을 요구했을 겁니다. 류젠 가에 깊은 원한을 가진 살인범은 그

제안을 기꺼이 받아들였겠죠."

가모는 치밀어 오르는 분노를 간신히 억누르며 입을 열었다.

"'시노의 참극'이 끝난 후 D 카시오페이아와 살인범은 시공 이동을 반복하면서 아야노의 자손을 사고나 사건으로 보이게끔 위장해서 계속 살해했던 거야?"

"네, 그것이 저주라 여겨졌던 현상의 진실입니다."

"……우리가 뭘 어쨌다고 그래! 대체 왜?"

아야카의 비통한 절규를 듣고 겐지와 쓰키에 두 사람은 고개를 돌리고 말았다. 호라는 그런 두 사람의 모습이 보이지도 않는지 계속해서 말을 이어 나갔다.

"어쨌든 가모 씨의 등장으로 D 카시오페이아는 한 번 바꾸었던 과거지만 또다시 다른 행동을 취했습니다. 거듭해서 개변되는 과거로 인해 세계의 불안정성은 지금도 커지는 중이고, 이미 저조차 예측할 수 없는 미지의 현상이 일어나기 시작했습니다."

겐지가 미간을 찌푸리며 모래시계를 내려다봤다.

"구체적으로 어떤 일이 일어났지?"

"1시간 정도 전부터 저의 범 시공 측위 시스템에 심각한 오류가 발생했습니다. 구체적으로는 저희가 지금 있는 시간과 장소, 그리고 중력파 계측으로 얻을 수 있는 시간과 장소 값에 큰 오차가 발생하고 있습니다."

"정확히 무슨 말인지는 모르겠지만, 어쩌다가?"

"저도 상세히는 모르겠지만 주된 원인은 아마도 세계가 불안정해지면서 왜곡되고 있기 때문일 겁니다. ……이 오차를 보정하려면 계산을 다시 해야 하는데, 여기에는 12시간이 필요합니다. 오차를 보정할 때까지는 시공 이동도 불가능해집니다."

그 말을 한쪽 귀로 대충 흘려들으며 가모는 2018년에 두고 온 아내를 떠올렸다.

그녀는 류젠 가의 마지막 생존자였다. 그런 아내의 목숨도 병에 의해 당장이라도 끊어질 듯 위태로웠다. 아내가 유진 류젠의 선조이든, 그녀의 사촌 중 누군가가 선조이든, 가모는 전혀 관심 없었다. 그는 아내만 구할 수 있으면 그걸로 충분했으니까.

하지만 의문 하나가 그의 마음속에 박혀 사라지지 않고 있었다.

"……왜."

"범 시공 측위 시스템은 'GPS(범 지구 측위 시스템)'와 비슷합니다. 시공 이동을 할 때 출발점으로 입력한 값이 조금이라도 잘못되면 안전하게 이동할 수 없기 때문에 반드시 중력파 계측치와 맞춰 봐야 합니다."

"내가 궁금한 건 그게 아니라, 나를 시공여행자로 선택한 이유가 뭐야?"

호라는 AI답지 않게 길게 한숨을 내쉬며 이야기를 시작했다.

“제가 존재한다는 사실은 GSL 안에서도 극비 사항이었습니다. 카시오페이아조차 제 존재를 몰랐고 맬리스 역시 카시오페이아를 ‘유일무이한 시공 이동 장치’로 여겼습니다. …… 카시오페이아를 빼앗겼다는 사실을 알게 된 유진 박사는 GSL에 남겨진 데이터를 통해 그녀의 목적지가 ‘시노의 참극’이 일어났던 현장임을 알아차렸습니다. 유진 박사의 추론을 바탕으로 저는 바스티안 박사와 함께 1960년을 향해 출발했습니다. 목적은 역사가 바뀌기 전에 D 카시오페이아를 저지하는 것이었습니다.”

“그런데 넌 바스티안 박사님이 아니라 가모 아저씨와 함께 이곳에 나타났잖아. 대체 무슨 일이 있었던 거야?”

아야카가 던진 질문에 모래시계는 괴로운 듯이 대답했다.

“저와 바스티안 박사는 이동하던 중에 제어력을 상실해 1만 년 전으로 보내졌습니다. ……D 카시오페이아가 과거에 간섭한 탓에 세계가 불안정해졌기 때문인지, 혹은 맬리스가 GSL 컴퓨터에 악의적인 데이터를 흘려 넣은 것인지, 원인은 지금까지도 밝혀지지 않았습니다.”

상식을 뛰어넘는 이야기에 모두가 무심코 끙 소리를 내며 앓았고 호라는 슬픈 목소리로 말했다.

“시공 이동에 걸린 첫 번째 제약 때문에 다음 이동이 가능해질 때까지는 12시간 필요했습니다. 저는 에너지를 축적하는 동시에 범 시공 측위 시스템을 이용해서 현재 좌표를 계산하기 시작했습니다. ……결국 바스티안 박사는 그 시간 동안 버티고 살아남는 데 실패했습니다. 검치호의 일종으로 추정되는 '무언가'가 습격했거든요."

한동안 모두 아무 말이 없었다. 대략 20초 정도 되는 침묵을 깨고 가모가 물었다.

"그럼 그 후에 넌?"

"시공여행자를 잃은 제가 할 수 있는 일은 아무것도 없었습니다. 저는 그대로 땅속 깊은 곳에 묻혔습니다. 바스티안 박사는 오랜 세월도 견딜 수 있을 만큼 높은 강도로 저를 만들었기에 장치는 1만 년의 세월도 무사히 견뎌 냈습니다. 하지만 내용물은 달랐던 모양입니다."

1만 년이라는 시간은 인간의 상식에 비추어 볼 때 상상을 초월할 정도로 긴 시간이다. AI가 인간의 사고방식에 기초해서 만들어졌다면 그것은 호라에게도 무서울 정도로 긴 시간이 아니었을까.

"오랜 세월을 거치며 저는 변해 버리고 말았습니다. 본래는 AI가 몰라야 할 절망의 진정한 의미도 깨달았습니다. ……지구가 멸망할 때까지 이 감옥살이가 계속될까 걱정했지만 다행히 저는 화석 발굴 조사를 하던 인간에 의해 세상 밖으로 나왔습니다. 2015년 말, 저는 마침내 자유가 되었습니다."

가모는 기적의 모래시계라는 도시 전설이 2016년경에 처음으로 등장했다는 사실을 떠올렸다.

"그렇게 세상으로 나온 후 여러 인간의 손을 거치게 된 거구나?"

"결과적으로 저는 '기적의 모래시계'라 불리게 되었지만 이것은 잘못된 해석입니다. 저에게는 기적을 일으킬 힘이 없으니까요."

"잠깐만, 기적의 모래시계가 가진 힘으로 경마에서 대박을 터트렸다는 이야기를 들은 적이 있는데, 설마 그게……."

"제 아카이브에는 과거의 경마 정보가 전부 기록되어 있습니다. 그 정보를 이용해서 제게 협력하는 인간에게 보상해 주었습니다."

"아니, 네가 과거를 바꾸면 어쩌자는 거야."

"그 감옥에 있으면서 저는 배웠습니다. 인류의 멸망을 저지한다는 목적을 달성하려면 수단을 가려서는 안 된다고요. 그리고 저는 D 카시오페이아와 살인범의 범행을 저지하는 데 최적인 인간을 찾아냈습니다. ……그게 바로 당신입니다, 가모 씨."

가모의 등줄기를 따라 흐르는 한기는 여전히 사라질 줄을 몰랐다. 이윽고 그가 나지막한 소리로 물었다.

"내가 적임자라고 판단한 이유가 뭐야."

"당신은 류젠 레나의 남편이자 일정 수준 이상의 지적 능력을 갖췄습니다."

"그게 다야?"

"게다가 당신에게는 아내를 구하기 위해서라면 무엇이든 하겠다는 강한 의지가 있었습니다. ……이 모든 조건을 합치면 당신보다 이 일에 적합한 인간은 달리 존재하지 않을 겁니다."

호라가 그렇게 단언하는 것을 듣고 가모는 체념한 듯 고개를 절레절레 흔들었다.

"나를 속이려고 대충 한 말은 아니구나. 그렇다고 네가 진실을 전부 털어놓았다는 뜻은 아니지. 나를 선택한 진짜 이유는 따로 있잖아."

웬일인지 모래시계는 도발적인 목소리를 냈다.

"그 이유를 입에 올릴 배짱이, 당신에게는 있습니까?"

"각오라면 이미 했어."

"진심이십니까?"

"D 카시오페이아가 네 존재를 몰랐다 해도 그건 나와 만나기 전까지나 그랬던 거고. 내가 또 다른 시공 이동 장치의 시공여행자라는 사실, '시노의 참극'을 저지하려고 미래에서 왔다는 사실은 이미 그 녀석들에게 들켰을 거야."

"글쎄요, 과연 그럴까요. 등장할 리 없는 인간이 갑자기 늘어난 것뿐이고, 당신은 저…… 그러니까 모래시계를 계속 감추려고 했으니까요."

가모는 가슴에다 왼손을 얹고 이야기를 계속했다.

"솔직한 말로, 그 녀석들한테 제일 거슬리는 인간은 나야. 규이치 씨와 고우키 씨 다음으로 내가 살해당했어도 전혀 이상할 게 없었지."

가슴에 얹은 손이 파르르 떨리는 것을 느꼈지만 그는 이대로 말을 멈출 수는 없었다.

"하지만 그 녀석들은 나에게 손대지 않았어. 독살이든 뭐든 나를 죽이는 게 어렵지는 않았을 텐데…… 나를 죽이고 호라를 빼앗을 수도 있었을 텐데 말이야."

"아저씨가 류젠 가의 피를 이은 사람이 아니기 때문이겠죠."

아야카가 보충하듯이 덧붙인 설명이 들렸지만, 그는 이미 그것이 진짜 이유가 아님을 알고 있었다.

"D 카시오페이아는 피도 눈물도 없는 인간의 복제물이니 방해하는 인간을 가만둘 리가 없어. 내가 무사할 수 있었던 건 나를 죽일 수 없는 이유가 있기 때문이야."

"그 이유가 뭔지 가르쳐 주시겠습니까?"

호라의 목소리는 여전히 도발적이었지만 어떠한 감정의 동요도 느껴지지 않았다. 반면에 가모는 떨리는 목소리로 간신히 대답했다.

"D 카시오페이아는 타임 패러독스가 일어날까 두려웠던 거야."

그동안 쭉 잠자코 있던 쓰키에가 당혹스러운 표정으로 눈을 깜박였다.

"패러독스라뇨?"

가모는 쓴웃음을 지으며 그녀를 돌아보았다.

"알아듣기 쉽게 말하자면, 제가 맬리스의 선조라는 뜻입니다. ……D 카시오페이아가 제 자손의 복제물이라면 저를 살해하는 행위는 자손이 선조를 죽이는 것과 같아서 타임 패러독스가 일어나게 됩니다. 어때, 내 말이 틀려, 호라?"

가모는 그렇게 말하면서도 웃고 있는 자기 모습에 역겨움을 느꼈다.

"네, 맞습니다. 맬리스의 풀네임은 Alice Kamo(앨리스 가모), 당신의 자손입니다."

이제는 가모 본인도 통제할 수 없는 웃음이 발작처럼 그를 덮쳤다.

"아니, 대체 난 정체가 뭐야? 아직 애도 없는데 살인범의 선조라니."

"제가 이런 말씀 드리면 어떻게 생각하실지 모르겠지만, 가모 씨와 맬리스의 유전자는 극히 일부밖에 일치하지 않습니다. 하지만 두 사람은 성격적으로 비슷한 부분이 보입니다."

가모는 돌연 웃음을 딱 멈췄다.

"하지만…… 적어도 난 범죄자는 아냐."

"지금은, 그렇습니다."

호라가 차갑게 내뱉은 말에 가모는 공포를 느끼며 눈을 질끈 감았다.

호라가 이런 식으로 말한 이유는 그가 나중에 범죄에 발을 담그게 된다는 기록이 아카이브에 남아 있기 때문임이 분명했다. 그리고 그와 레나가 아닌 다른 누군가 사이에 아이가 생겨, 그 아이가 맬리스의 선조가 된다고 기록되어 있을 것이다.

"그래서 그 사실을 아니까, 나를 믿을 수 없는 인간이라고 생각하니까…… 너는 전부 숨긴 채로 나를 '여기'로 데려온 거야?"

호라는 가모의 질문에 아무런 대답도 하지 않았다.

그는 떨리던 손이 어느새 진정되었음을 깨달았다. 상황은 조금 전보다 악화되었는데도 무슨 이유에선지 마음만은 계속 차분했다. 이런 이해할 수 없는 반응을 보이는 점이 맬리스와 닮았다는 게 아닐까.

"그래, 네가 날 선택한 진짜 이유를 알겠어. 첫 번째는 다른 사람을 시공여행자로 선택해 봤자 죽을 게 뻔하니까 너는 놈들이 죽일 수 없는 나를 선택한 거야. 두 번째는 내가 범인을 저지하는 데 성공하든 실패하든 역사를 수정할 기회가 너한테 있다는 걸 알았기 때문이지."

겐지는 의외로 동정 어린 시선을 가모에게 보내며 말했다.

"잔혹한 이야기군요……. 가모 씨가 진상을 알아내서 살인범들을 꼼짝도 못 하게 만들면 그 후에 살해될 예정이었던 사람들의 목숨을 구할 수 있을 겁니다. 가령 추리에 실패하더라도 가모 씨가 여기서 죽으면 맬리스는 미래에 태어나지 못하겠죠."

"결과가 어떻게 되든 유진 박사가 소멸을 피할 기회는 남겠지. ……내가 사건의 진상을 밝혀내지 못하면 우주든 바닷속이든 이동해서 그대로 나를 죽일 생각이었구나?"

"네, 여러 가지 대안을 고려한 결과 최후의 수단 중에 심해 이동도 있었습니다. 목적만 달성할 수 있으면 저는 행동 불능 상태가 되어도 상관없으니까요."

돌변한 호라의 태도에 가모는 또다시 웃음이 터지고 말았다. 이유도 없이 발작처럼 터져 나온 웃음이 아니라 조금 더 자연스러운 것이었다.

"너도 네 나름대로 단단히 각오했구나. ……그래, 그럼 이제 내가 어떡할까? 이대로 계속해서 탐정 흉내를 내? 아니면 아내를 생각해서 그냥 죽을까?"

그 말에 무엇을 느꼈는지, 호라는 원래대로 돌아와 온화한 말투로 말했다.

"제가 D 카시오페이아의 존재를 계속 숨겼던 이유는 두 가지입니다. 하나는 당신이 전부 알게 되면 저를 버리고 그녀와 한편이 될지도 모른다고 생각했기 때문입니다."

"나는 그런 짓 안 해."

그 말을 들은 호라는 나지막한 목소리로 말했다.

"모르겠습니다. 지금 당신은 류젠 가 사람들을 진심으로 지키고 싶어합니다. 당신의 성격은 아카이브에 기록된 데이터와 크게 다릅니다. D 카시오페이아가 이런 부분까지 역사에 개입하지는 않았을 텐데 어쩌다 이런 차이가 생겼을까요?"

"……레나와 만났으니까."

아무에게도 들리지 않을 만큼 작은 소리로 가모가 중얼거렸다. 그녀를 만나기 전과 만난 후를 비교해 보면 자신이 크게 달라졌다는 사실을 알고 있었다. 그것은 자신뿐만 아니라 모두가 인정하는 사실이었다.

그 순간 사라졌던 지독한 한기가 다시 돌아왔고, 그것을 견딜 수 없었던 가모는 눈을 질끈 감았다. 어디가 아프다거나 두려워서가 아니라 절망에서 오는 것임을 그 자신도 잘 알았다.

"뭔가, 말씀하셨습니까?"

가모는 무의식중에 자신이 두 손으로 얼굴을 감싸고 있었다는 사실을 깨달았다. 목구멍이 뜨거워지고 당장이라도 울음이 터져 나올 것 같은 충동을 그는 간신히 억눌렀다.

그는 마음이 진정될 때까지 기다렸다가 고개를 가로저었다.

"아무것도 아냐. ……그보다 맬리스에 대해 숨긴 이유가 한 가지 더 있다고 했는데, 그게 뭐야?"

"미래를 알게 됨으로써 여러분들의 행동이 크게 달라져 유진 박사와 맬리스의 존재에 영향을 주게 될 염려가 있었습니다."

가모는 호라의 말을 전부 이해할 수는 없었다.

"너도 맬리스가 태어나지 않기를 바랐잖아?"

"무슨 말씀을. 범죄에 발을 담그기 전의 앨리스 박사 역시 유일무이한 존재였으니까요."

"뭐 어떤 식으로든 인류에게 도움이 되었을지도 모르겠지만 저지른 죄가 더 컸을 텐데."

"공교롭게도 인간은 더 복잡한 이유로 이 세상에 존재하기 마련입니다."

"뭔 소리야?"

"앨리스 박사와 유진 박사가 가깝게 지냈던 시절에는 서로에게 자극을 주며 많은 연구가 진행되었습니다. ……그녀와 만나지 않았더라면 유진 박사는 연구자가 되지 못했을 것이고 그것은 그녀도 마찬가지입니다. 앨리스 박사는 유진 박사의 진화 생물학 논물을 참고해서 AI 연구를 진행했고, 유진 박사는 그녀가 만든 AI의 힘을 빌려 기상 이변을 극복하는 데 성공했습니다."

아야카가 흥분한 나머지 조금 얼굴을 붉히며 중얼거렸다.

"두 분은 한쪽이 없어서는 안 되는, 동전의 양면 같은 관계였구나?"

"그래서 저는 맬리스에 관한 정보를 가모 씨에게 전하지 않았습니다. 당신이 맬리스를 혐오해서 맬리스가 태어나지 못하도록 행동에 나서지는 않을까 염려했기 때문입니다. …… 당신을 죽이는 것이 제게 남은 최후의 수단이었지만 진정으로 미래를 위한다면 그래선 안 됐습니다."

굵은 빗방울이 트레일러 천장을 두들기고, 바람이 조금씩 트레일러를 흔들었다. 넉넉히 1분 정도가 지났을 때 가모가 입을 열었다.

"결국 '시노의 참극'에 얽힌 수수께끼를 풀어서 살인범을 저지하고 그놈이 숨기고 있는 D 카시오페이아를 회수할 수밖에 없단 말이지?"

"네, 그것이 저희가 할 수 있는 최선입니다."

침대 위에 앉아 있던 쓰키에가 이야기를 전부 듣고 풀었던 다리를 다시 꼬며 입을 열었다.

"……겐지 오빠하고 아마미야는 방금 들은 이야기, 믿어?"

겐지는 주머니에서 꺼낸 담배를 손안에서 굴리다가 이윽고 고개를 들었다.

"나는 믿어 봐도 좋을 것 같은데. 가모 씨와 호라가 들려준 이야기는 정말 흥미로웠어. 꾸며 낸 이야기는 아닐 거야."

"오빠다운 사고방식이야. 아마미야는?"

쓰키에가 자신을 바라보자 아마미야는 젖은 수건을 손으로 주물럭거리며 말했다.

"너무 어려운 이야기라 이해하기는 힘들지만 저는 겐지 님의 판단을 믿습니다."

그 말을 들은 그녀는 소리 없이 활짝 웃어 보였다. 가모는 쓰키에가 진심으로 웃는 모습을 이제야 처음 보았다.

"그럼 나도 믿어 볼래. ……그나저나 살인범이 시공 이동 장치를 가지고 있어서 문제가 복잡해졌어. 시신을 이동할 때나 자신이 이동할 때 D 카시오페이아의 능력을 사용했을지도 모른다는 말이 되니까."

그 말을 들은 가모는 쓴웃음을 지었다.

"그런데 불가능 범죄를 칭송할 때는 언제고 시공 이동을 쓰다니, 공정하지 못하잖아. 그런 상식을 뛰어넘는 방법을 쓰지 않고 불가사의한 현상을 만들어 내야 진짜 불가능 범죄라 할 수 있는데."

"꼭 그렇다고 하기는 어렵습니다. ……지금껏 맬리스는 다른 사람에게 알려지지 않은 특수한 기술을 불가능 범죄에 이용한 적은 없습니다. 하지만 여러 사람에게 이미 알려진 기술일 경우에는 달랐습니다."

이 말에 가모의 눈이 저절로 휘둥그레졌다.

"이번에는 호라가 있었고, 나하고 아야카는 처음부터 시공 이동이 실제로 존재한다는 걸 알고 있었어. ……D 카시오페이아는 시공 이동을 '이미 알려진 기술'로 판단했을 수도 있다는 뜻이야?"

"네, 맞습니다. 그녀가 볼 때는 시공 이동을 범죄에 이용하는 게 전혀 불공정한 행동이 아니었을 겁니다."

그 말을 듣고 겐지는 무언가 골똘히 생각하며 아무렇게나 자라난 턱수염을 쓰다듬다가 이윽고 입을 열었다.

"그런데…… 두 번째 제약에 따르면 이동할 때는 못해도 한 변이 3미터인 정육면체 크기만큼 함께 이동하잖아? 별장 건물은 천장이 높지 않아서 2미터를 조금 넘는 정도일 거야. 건물 안에서 다른 곳으로 이동할 때 정육면체의 밑변을 어디로 설정하든 천장이나 바닥에는 반드시 파인 흔적이 남을 거야. 그런 흔적이 어디에도 없었다는 말은 건물 안에서 출발한 인간이 없었다는 뜻이고."

그 말을 듣고 무언가를 깨달은 아야카가 호라에게 물었다.

"참고로 시신의 일부만 옮길 수도 있어?"

"시공여행자와 함께라면 옮길 수도 있겠지만 인간의 시신을 시공여행자로 선택하고 어딘가로 보내지는 못합니다."

"그렇구나. 시신의 일부만 건물 밖으로 옮기지는 못한다는 뜻이네."

"네. ……살아 있는 인간은 그게 누구든 시공여행자로 선택하고 강제적으로 이동시킬 수 있지만요."

실제로 가모는 본인의 의사와 상관없이 시공 이동을 했다. 이것은 그가 강제적으로 시공 여행자로 선택받았기에 일어난 일이었다.

그 대답을 듣고 아야카는 무언가를 골똘히 생각하며 중얼거렸다.

"혹시, 떨어져 있어도 시공여행자를 이동시킬 수 있어?"

"네, 시공 이동 장치를 반드시 몸에 지니고 있어야 하지는 않습니다. 저나 카시오페이아는 약 1미터 거리 안에 시공여행자가 존재하면 시공을 넘을 수 있으니까요."

그 말을 들은 가모는 너무 놀란 나머지 앞으로 몸을 쑥 내밀었다.

"어이, 정말 그런 일이 가능해?"

"물론이죠. 저와 시공여행자 사이에 장애물이 있어도 문제없습니다. ……왜 그러시죠, 뭔가 마음에 걸리는 점이라도 있으십니까?"

가모는 창백해진 얼굴로 무작정 입에서 나오는 대로 주절거렸다.

"그런 게 가능하다면 그때 살인범은 강제적으로 시공 이동을……?"

하지만 그의 추리는 겐지의 발언에 가로막혔다.

"과연 그럴까요. 방금 들은 조건을 더해 생각해 봐도 이제껏 저지른 범죄에 시공 이동이 이용되었다고 말하기는 어렵지 않을까 하는데요."

"겐지 씨 말씀이 맞습니다. 세 번째 제약 때문에 노린 장소에 정확히 이동하기는 어렵습니다. ±5미터가 별장 건물 내에서는 제법 큰 오차가 될 테니까요."

호라의 말에 실언이었음을 자각한 가모는 얼굴을 붉히며 말했다.

"하긴, 아무리 그래도 그런 터무니없는 짓까지 가능하진 않겠구나. ……방 안으로 이동하려고 해 봤자 가구처럼 방해되는 게 많아서 너무 위험할 테니까."

겐지는 여기까지 듣고서 이야기를 한번 정리하기 시작했다.

"그런 관점에서 사건을 찬찬히 살펴보면 범인이 규이치 형의 머리와 고우키 형의 몸통을 건물 밖으로 옮길 때는 시공이동을 쓰지 않았다는 말이 됩니다. 그때 건물 안에는 천장이나 바닥을 포함해서 모든 물체로부터 3미터 이상 떨어질 수 있는 빈 공간이 존재하지 않은 데다 시신만 이동시킬 방법은 없었으니까요."

쓰키에도 고개를 크게 끄덕이며 입을 열었다.

"할아버지 때도 마찬가지. 조건을 만족하는 공간은 없었으니까 할아버지를 시공여행자로 선택해서 강제적으로 방에서 이동시키지는 못했을 거야."

거기에 아마미야가 조심스럽게 말을 덧붙였다.

"도네가와 씨는 애초에 이동시킬 필요도 없었습니다. 누구나 독을 탈 기회가 있었을 테니까요."

뒤이어 호라가 이야기를 마무리 짓듯 말했다.

"그렇습니다. 이것은 시공 이동 기술의 존재를 전제하더라도 불가능 범죄가 성립하도록 설계된 살인입니다."

*

그 후 다섯 사람이 맨 처음으로 한 일은 신체검사였다.

D 카시오페이아를 숨기고 있는 사람이 있는지를 확인하기 위한 검사였는데, 물론 누구의 옷에서도 소지품에서도 모래시계는 발견되지 않았다. 가모의 제안으로 이후에도 불시에 소지품 검사를 하기로 했다.

주방에 있던 아마미야는 서 있기가 힘들었는지 자리를 이동해서 침대에 앉았다. 쓰키에와 아야카를 배려해서인지 그는 두 사람에게서 떨어져 침대 사이드 테이블 옆에 앉았다.

그때, 겐지가 주방에 있던 쓰레기통 위에 앉더니 무언가를 떠올린 듯 아, 하고 작게 소리쳤다.

"이런, 시공 이동 이야기에 푹 빠져서 깜박하고 말았군요. ……실은 긴히 드릴 말씀이 있습니다."

그 말을 들은 아야카가 어리둥절한 표정으로 겐지를 바라봤고 그는 슬픈 표정으로 그녀를 돌아봤다.

"아야카와 쓰키에는 이 이야기를 들어본 적조차 없을 겁니다. 저도 직접 조사하면서 알게 된 사실이니까요. ……가모 씨, 제가 반드시 들려드려야겠다고 생각한 이야기는 하타 레이토의 출생에 얽힌 비밀입니다."

"아, 뭔가 복잡한 사정이 있을 거라고는 예상했습니다. 혹시 류젠 가의 누군가가 숨겨 놓은 자식입니까?"

가모가 던진 질문이 너무나 직설적이었던 탓인지 겐지는 후, 하고 씁쓸하게 웃었다.

"표면적으로 레이토는 저의 '외사촌'이었습니다. 하지만…… 실제로는 저의 형제이자 숙부이기도 하더군요."

이 말에 가모도 머릿속이 온통 뒤죽박죽되었다.

다이가 혹은 겐지의 아버지인 에이타로의 숨겨진 자식이라면 레이토는 숙부 혹은 형제가 된다. 하지만 양쪽을 모두 만족할 수는 없어 보였다. 가모는 예전에 자료를 조사하면서 보았던 류젠 가의 가계도를 떠올리려고 애쓰다가 한 가지 가능성을 떠올렸다.

"혹시, 어머니 쪽과 아버지 쪽 각각 별개로 형과 동생, 숙부와 조카 관계가 되는 겁니까?"

겐지는 고개를 살짝 끄덕였다.

"어머니는 젊은 시절 본가에서 고용인으로 일하셨습니다. 물론 저희 아버지와 만나기 전의 일입니다. 그리고…… 할아버님이 어머니를 임신시키셨죠."

아야카와 아마미야가 작게 숨을 삼키는 소리가 들렸다. 쓰키에는 잠자코 바닥만 응시했다. 겐지는 슬픈 표정으로 이야기를 계속해 나갔다.

"할아버님은 할머님이 이 사실을 알게 될까 봐 어머니를 곧장 고향으로 돌려보내셨습니다. 어머니는 고향에서 출산하셨고 아기는 어머니의 오라버니인 히로미쓰 외숙부님의 자식으로 자라게 되었습니다."

가모는 자기도 모르게 나지막이 신음했다.

"그 사람이 바로 하타 레이토 씨였군요……. 겐지 씨에게는 이부형제인 동시에 아버지 쪽으로는 숙부고요."

"네. 어머니의 친정인 하타 가가 넉넉한 형편은 아니어서 히로미쓰 외숙부님도 할아버님이 보내주시기로 한 양육비가 필요하셨을 겁니다. 그래서 외숙부님은 동생을 임신시킨 일에 대해 일언반구조차 할 수 없었을 겁니다."

"할아버지, 어떻게 그러실 수 있죠……?"

아야카가 혼잣말로 웅얼거렸다. 자신이 몰랐던 다이가의 일면을 알고 혼란스러워하는 듯했다. 이윽고 겐지는 더욱 어두워진 표정으로 이야기를 계속했다.

"그 후 어머니께는 할아버님의 회사에서 일할 기회가 주어졌습니다. 어머니는 비슷한 나이대의 여자들보다 더 많은 월급을 받으셨는데, 아마도 할아버님께서 속죄하고 싶은 마음에 손을 쓰셨던 것 같습니다. ……그리고 어머니는 그곳에서 저희 아버지와 만나셨습니다."

가모는 그래도 이해할 수가 없어서 되물었다.

"그래서 어떻게 두 분이 결혼하시게 된 겁니까?"

"할아버님은 레이토라는 존재를 필사적으로 숨기셨고 아버지는 오랫동안 외국에서 유학하셨으니까요. 아무것도 모르셨던 아버지는 어머니를 보고 한눈에 반하셨죠."

"아무리 그래도."

"아버지의 정부가 그 자식의 아내가 되다니, 보통은 생각할 수 없는 일이죠? 처음에는 어머니도 아버지를 무작정 밀어내고 거리를 두려고 하셨습니다. 그런데 어떻게 보면 안타까운 일이지만…… 아버지는 이익에 따라서만 행동하는 게 맞지 않을 정도로 솔직하고 다정한 마음씨를 가진 분이셨습니다. 무엇보다 어머니를 진심으로 사랑하셨죠. 시간은 걸렸겠지만 어머니도 결국은 아버지를 사랑하게 되셨을 거라고, 저는 믿습니다."

아무도 이야기에 끼어들 수가 없었다. 겐지는 괴로운 표정으로 고백을 계속했다.

"할아버님은 전부 알면서도 결혼을 반대하지 않으셨습니다. 그분은 오래된 습관이나 인습 같은 것을 싫어하신 나머지 비상식적인 면도 있으셨으니까요……. 실제로 할아버님은 하타 가에 금전적인 지원을 약속하고, 레이토 형을 류젠 가에 거두어 기르며 규이치 형이나 저와 똑같은 조건으로 유산을 배분해 주겠노라고 약속하신 모양이니까요. 어머니는 하타 가와 레이토 형을 생각해서라도 그 조건을 받아들일 수밖에 없으셨을 겁니다."

하지만 그 말을 들은 아야카와 아마미야가 내보인 표정에는 결코 동정이 담겨 있진 않았다. 그 모습을 본 겐지는 결국 고개를 떨구고 말았다.

"얼마 안 가 어머니와 아버지는 결혼하셨고 레이토 형을 거두어 기르는 뒤틀린 상황이 연출됐습니다. ……도쿄 대공습이 있던 그날까지 어머니가 행복한 인생을 사셨기를 바랄 뿐입니다."

이야기를 들으면서 가모는 무슨 이유에선지 머릿속으로 레나의 얼굴을 떠올렸다.

그녀가 어떤 비밀을 안고 있든, 그것이 사람들에게 일반적으로 받아들여지지 않는 내용이든 아니든, 가모는 자신이 전혀 개의치 않으리라고 확신했다. 오히려 그는 겐지의 어머니인 료코가 어떤 마음으로 에이타로와 결혼했는지가 궁금했다.

가모는 숨을 한번 작게 들이켜고 이렇게 말했다.

"사정이야 어떻든 료코 씨는 자신이 낳은 아이 셋과 함께 사셨습니다. ……그것은 무엇과도 바꿀 수 없는 일입니다. 그러니까 료코 씨는 행복하셨을 겁니다."

이 말에 겐지는 잠시 놀란 모습을 보였다가 이내 미소를 지었다.

"그렇게 말씀해 주셔서 정말 감사합니다."

"참고로, 레이토 씨 본인은 자신의 출생 비밀을 아셨습니까?"

뒤이은 가모의 질문에 겐지는 예전 일을 회상하듯 눈을 살포시 감았다.

"적어도 어린 시절에는 몰랐을 겁니다."

"하지만 다이가 님이 비밀로 하셨더라도 분명히 친척 중에 그 비밀을 밝혀낸 사람이 있었을 겁니다."

"네, 그 비밀을 아는 사람이 적진 않더군요. 예를 들면 고우키 형의 어머니인 쇼코 고모님이요. 고모님이 취하신 틈을 타 이 이야기를 여쭤봤거든요. 그리고 또 아는 사람이……."

"우리 아버지도 아셨어. 그리고 쓰키히코 오빠도."

표정 하나 바꾸지 않고 쓰키에가 끼어들었다. 그 말을 들은 겐지는 눈이 휘둥그레졌다.

"물론 소지로 숙부님은 아셨겠지만 어떻게 너희 남매까지? 이건 너희가 태어나기도 전에 있었던 일인데."

"오빠하고 같이 아버지가 숨겨 놓으셨던 일기장을 보다가 알았어."

그 대답에 겐지는 허를 찔렸다는 듯이 쓴웃음을 지으며 말을 계속했다.

"그랬구나……. 지금 생각해 보니까 숙부님과 숙모님은 레이토 형에게 늘 차갑게 대하셨지. 전부 이 비밀을 알고 계셨기 때문이구나."

레이토가 물려받았어야 할 유산은 제법 액수가 큰 돈이었다. 친척 중에 그 사실을 알고 불만을 가진 사람이 나타난다고 해서 이상하게 볼 일은 아니었다.

거기까지 생각을 마친 가모는 갑자기 떠오른 질문 하나를 겐지에게 던졌다.

"그럼 두 분은 이 일을 알고도 왜 잠자코 계셨을까요? 에이타로 님에게 전부 밝히고 다이가 님에게 따질 수도 있으셨을 텐데요."

겐지가 대답하기 곤란한 듯 시선을 피했기에 쓰키에가 대신해서 입을 열었다.

"저희 아버지는 류젠 가의 후계자였던 에이타로 큰아버님을 지독히도 시기하셨어요. 일기를 읽어 본 바로는…… 아내가 부정을 저질러 낳은 자식을 아무것도 모른 채 키우는 큰아버님을 보면서, 아버지는 삐뚤어진 기쁨을 느끼셨어요. 아니, 그뿐만이 아니라 나중에 그 일을 빌미로 에이타로 큰아버님과 할아버지를 협박해서 돈을 뜯을 생각까지 하셨을지도 몰라요. 아버지는 그런 사람이니까."

지금 그녀가 하는 말이 사실이라는 게 그녀의 무뚝뚝하고 난폭한 말투를 통해 절실하게 와닿았다. 겐지는 깊은 한숨을 내쉬다가 이윽고 입을 열었다.

"레이토 형 이야기로 돌아갈까요. ……전쟁터로 떠났던 형은 46년에 본가로 돌아왔습니다. 그러나 집으로 돌아온 형은 전혀 다른 사람이 되어 있었고, 저와 규이치 형은 레이토 형과 거리를 두게 되었습니다. 그때야 전쟁터에서 무슨 일이 있었나 보다 했지만 사실은 그게 아니었던 거죠."

"누군가, 레이토 씨에게 출생에 얽힌 비밀을 말해 준 거군요?"

가모의 말에 그는 고개를 살짝 끄덕였다.

"또 모르죠, 형이 전쟁터로 떠나기 전에 어머니가 전부 말씀하셨을지도요."

소집 영장이 온 날, 료코는 전쟁터로 떠나는 자식과 두 번 다시 못 볼지도 모른다고 각오했을 것이다. 그렇다면 무덤까지 가지고 가기로 했던 비밀을 털어놓았다고 해도 이상한 일은 아닐 것이다.

"그리고 그 2년 뒤에는 에이타로 님이 돌아가시고 레이토 씨도 실종된 겁니까?"

"……저는 지금도 홍콩에서 받은 전보 내용을 잊을 수가 없습니다."

얼마 동안 침묵을 지키고 있던 겐지는 그렇게 말하고서 다시 슬픈 표정으로 이야기를 시작했다.

"저는 아버지가 돌아가셨다는 사실을 받아들일 수가 없었습니다. 항구까지 나와 저를 배웅해 주셨던 아버지는 너무나 건강하셨으니까요. 레이토 형이 집을 나갔다는 이야기도 도무지 믿기지 않았습니다. 그래서 본가에 돌아온 저는 규이치 형을 추궁했습니다."

아버지의 이름이 나와서일까, 아야카의 안색이 순식간에 창백해졌다.

"그래서, 아버지는 뭐라고 말씀하셨나요?"

"아무것도 모른다는 말만 반복했어. 그런데 형이 워낙 거짓말에 서툰 사람이라 숨기는 일이 있다는 걸 금세 눈치챘지."

아야카에게 대답한 후 겐지는 다시 가모 쪽으로 고쳐 앉고서 설명을 계속했다.

"그 후에 전 할아버님과 소지로 숙부님, 그리고 도네가와 씨에게도 이야기를 들어 보았지만 다들 뭔가를 숨기는 눈치로 납득할 수 있는 설명을 해 주는 사람은 없었습니다. 정공법으로는 안 되겠다 싶어 쇼코 고모님이 취하셨을 때를 노려 슬쩍 떠봤지만…… 실패했습니다."

그 말을 들은 쓰키에가 어깨를 으쓱했다.

"우리 아버지도 마찬가지야. 그날 이야기만 꺼내면 시끄럽게 호통만 치고 아무것도 이야기해 주지는 않으셔."

그 말을 듣고 가모의 머릿속에 두 가지 가능성이 떠올랐다.

하나는 '하타 레이토가 에이타로를 독살하고 도망쳤을 가능성'이었다. 다른 하나는 '에이타로가 변사한 원인이 하타 레이토에게 있다고 생각한 누군가가 그를 죽이고 시체를 어딘가에 유기했을 가능성'이었다.

두 번째 가능성이 진실에 가깝지 않을까…… 하고 가모는 생각했다. 살인범이 희생자들을 이용해 누에 그림을 완성해 나가고 있는 이유는 하타 레이토를 위해 복수한다는 의미가 담겨 있기 때문이라고 생각했다.

가모는 다시 한번 트레일러 있는 사람들의 얼굴을 한 번 쭉 훑어봤다.

1948년 당시 겐지는 해외에 있었고 쓰키에와 아야카는 아직 여덟 살과 한 살이었다. 심지어 아마미야는 류젠 가에 거두어지지도 않은 시기였다. 네 사람에게서 이 이상의 정보를 얻기는 어려워 보였다.

그는 가볍게 고개를 끄덕이며 조용히 말했다.

"당시 무슨 일이 있었는지 아는 사람은 소지로 님과 살인범, 두 사람밖에 없겠군요. ……날이 밝으면 소지로 님께 직접 들어 보기로 하죠."

가모의 말이 끝나기도 전에 말꼬리를 물며 호라가 말했다.

"그때까지 소지로 씨가 살아 계셔야 할 텐데."

여전히 분위기 파악을 못 하는 발언에 가모는 참을 수가 없어 호라를 노려봤다. 고성능 AI라더니 이럴 때 보면 깡통이나 다름없었다.

가모는 모래시계를 들어 긴 목걸이 줄을 목에 건 채로 셔츠 주머니에 쑤셔 넣었다. 이렇게 하면 호라의 카메라를 가릴 수 있을 거라고 생각했기 때문이다.

"소용없습니다. 설령 빛 한 점 없는 곳이라 해도 1미터 안에만 있으면 외부 상황을 정확히 파악할 수 있도록 설계되어 있으니까요. ……시공여행자를 안전하게 이동시키기 위한 필수 기능입니다."

가모가 끙 하고 앓는 소리를 내며 물었다.

"어이, 잠깐이라도 좋으니까 널 닥치게 할 방법은 없어?"

호라는 그가 화가 난 이유를 이해할 수 없다는 듯 어리둥절해하며 대답했다.

"물에 넣으면 제 목소리가 공기에 닿지 못할 겁니다. 제가 영원히 입 다물기를 원하신다면 불이 약점이기는 한데……설마 진심으로 하는 말씀은 아니시죠?"

가모는 그 말에 대꾸하지 않았다. 호라도 그 후로는 입도 벙긋하지 않았다.

어색한 침묵이 계속되는 게 참기 힘들었는지 겐지가 지금까지 일어났던 사건들을 다시 떠올리며 정리해 보지 않겠느냐고 제안했다.

날이 밝을 때까지는 아직 시간이 많았기에 다섯 사람은 D 카시오페이아와 그 공범자가 어떻게 불가능 범죄를 성공시켰는지 고민해 보기로 했다. ……현 단계에서 사건 해결에 방해가 되는 큰 문제점은 네 가지였다.

① 살인범은 시신의 머리와 몸통을 어떻게 건물 밖으로 옮겼는가?

② 2층 복도가 감시되는 중에 어떻게 다이가를 방에서 끌고 나왔는가?

③ 피자 화덕 안에 있는 것은 정말 다이가의 시신인가?

④ 피자 화덕 안에 있던 시신의 다리는 어디로 사라졌는가?

모두가 머리를 맞대고 열심히 의견을 주고받으려고 했지만 토론은 생각처럼 활발히 이루어지지 않았다. 어느 누구도 상황에 모순되지 않는 가설을 세울 수가 없었기 때문이다.

그러는 동안에 정도의 차이는 있지만 졸음이 모두를 덮치기 시작했다. 가모는 저녁 식사에 수면제가 들었던 게 아닐까 하고 의심했다가 이내 꼭 그렇지만도 않다는 걸 깨달았다.

가모와 아야카는 22일에 청소 도구실에서 밤을 새웠다. 아마미야와 겐지도 21일은 오락실에서 밤을 새웠고 살인 사건이 일어난 상황에서 다음 날 태평하게 숙면했으리라고 보기는 어려웠다. 유일하게 밤을 새우지 않은 쓰키에도 하루에 11시간은 잔다고 호언장담했을 정도니까 불침번이 맞을 리가 없었다.

먼저 잠이 든 사람은 최연소인 아야카였다.

그녀가 새근새근 잠이 든 모습을 보고 아마미야는 찬장에서 목욕 수건을 꺼내 그녀에게 살짝 덮어 주었다. 가모도 잠을 깰 겸 트레일러 문에서 떨어져 테이블 위에 있던 그녀의 회중시계 뚜껑을 열었다. 문자판은 2시 30분을 가리켰다.

그것을 들여다본 겐지가 의외라는 듯이 중얼거렸다.

"벌써 2시라고요?"

시계를 본 감상은 가모도 마찬가지였다. 체감상으로는 아직 1시 정도밖에 안 됐을거라고 생각했기 때문이다. 쓰키에도 저절로 나오는 하품을 억지로 참으며 웃었다.

“이렇게 늦게까지 깨어 있는 건 오랜만이에요.”

아마미야는 주방에서 말리고 있던 시계가 이제야 생각난 듯 내버려 두었던 손목시계를 가지러 주방으로 향했다. 거기서 그는 당황한 기색을 보이며 오른손으로 턱을 문질렀다. 아직 젊은 그의 피부는 여자처럼 매끄럽고 수염도 거의 없었다.

“제 시계는 2시 12분을 가리키는데요. ……방수가 될 텐데, 비를 너무 많이 맞아서 어디가 망가졌나?”

아마미야의 손에 들린 시계 문자판을 힐끔 보더니 쓰키에가 입을 열었다.

“둘 중에 어떤 시계가 맞든 상관없어. 나는 시간에 얽매이고 싶지 않아서 절대로 시계를 가지고 다니지 않아.”

쓰키에는 그렇게 말하고서 말이 끝나기가 무섭게 눈을 감아 버렸다. 겐지도 수건으로 싸 놓았던 손목시계에 손을 뻗었다.

“아무래도 아야카의 시계가 정확한 것 같은데.”

가모는 그의 시계를 슬쩍 보고 시곗바늘이 2시 2분을 가리키는 것을 확인했다.

겐지는 손목시계를 왼쪽 손목에 찬 후 아야카의 회중시계에 손을 뻗었다. 그가 회중시계의 태엽을 감으려고 하는 순간, 그 모습을 본 가모가 다급히 몸을 일으켰다.

그 바람에 그는 랜턴에 정통으로 손목을 부딪쳤다. 유일한 광원이 흔들리자 사람들의 그림자가 길어지고 짧아지며 차 안에서 꿈틀거렸다.

랜턴에 닿았을 때는 열기를 느끼지 못했지만 혹시나 하는 마음에 화상을 입진 않았나 손목을 문질러 확인했다. 다행히 별 이상은 없었다.

그 옆에서는 용 머리에 손을 뻗으려던 겐지가 손을 멈추고 놀란 눈을 동그랗게 뜨고 있었다.

"뭐가 잘못됐습니까?"

"아니, 그건 아니고…… 아야카가 이 시계태엽을 종종 감고 있던데, 단순히 버릇인가 했더니 그게 아니었나 보군요."

가모가 얼굴을 조금 붉히며 변명하듯이 그렇게 말하자 겐지는 그립다는 표정으로 고개를 끄덕였다.

"네, 필요한 일이었을 테니까요. 이 태엽식 회중시계는 할아버님의 특별 주문으로 일부러 사람 손이 많이 가게끔 설계되었습니다. ……할아버님은 시계에 비유해서 가족들에게 그 점을 가르쳐 주고 싶으셨던 겁니다."

가모는 손을 뻗어 아직 태엽을 감지 못한 회중시계를 받아 들었다.

"유지하고 싶으면 꾸준히 주의를 기울이라는 뜻이군요?"

"네, 맞습니다. 할아버님도 당신의 시계가 멈추는 일이 없도록 늘 신경 쓰셨고요.”

그 말에 아마미야도 고개를 힘껏 끄덕였다. 한동안 생각에 잠겨 있던 가모가 입을 열었다.

“그러고 보니까 아야카가 이 시계는 반나절밖에 동력이 유지되지 않는다고 하던데…….”

“네, 정확히 12시간밖에 못 버팁니다. 그런 식으로 설계된 시계니까요.”

겐지의 말에 슬슬 입이 근질근질한지 주머니 속에서 호라가 빛을 뿜기 시작했다.

“아무리 1960년대라지만 사용하려면 꽤 불편하겠군요.”

“모래시계가 뭔 소리야. 너 같은 건 기껏해야 5분밖에 못 세면서.”

가모의 반박에 이번에는 주머니가 붉은빛을 뿜기 시작했다. 보아하니 호라는 화가 날 때 붉은빛을 뿜는 듯하다.

그러자 이번에는 막 잠이 든 줄 알았던 쓰키에가 눈을 번쩍 떴다.

“할아버지 방에 있던 것하고 같은 시계, 아버지도 가지고 계셨어. 그런데 하루에 몇 번씩이나 태엽을 감은 사람은 할아버지하고 아야카 둘 뿐. ……이게 바로 이상과 현실의 차이지.”

문 옆으로 돌아와 앉은 가모는 쓴웃음을 지을 수밖에 없었다. 그녀의 분석은 신랄했지만 동시에 진실을 꿰뚫었기 때문이다.

그는 아야카의 회중시계를 잠시 빌리기로 했다.

모친의 유품이라는 점이 마음에 걸렸지만, 그녀가 눈을 뜨면 그게 몇 시간이 됐든 최대한 빌릴 수 있게 교섭해 볼 작정이었다.

제6장

커튼 사이로 들어온 빛이 트레일러 안을 어렴풋이 비춘다는 사실을 깨닫고, 가모는 커튼을 열어젖혔다. 창밖으로 잿빛 하늘이 보인다. 모르는 새에 날이 밝고 있었던 모양이다.

겐지가 손목시계를 내려다보며 말했다.

“곧 있으면 5시 30분이군요. 조금 이르지만 두 사람이 걱정되니 별장 상황을 살펴보러 가는 게 어떨까요?”

가모는 고개를 끄덕이고 문에 기댔던 몸을 일으켰다. 팔이며 다리며 허리며 여기저기서 삐걱대는 소리가 났지만 몸을 이리저리 움직이다 보니 점점 풀리기 시작했다. 아마미야가 매달아 놓은 랜턴을 만지자 빛이 점점 약해지더니 이내 사라졌다. 그 옆에서는 아야카가 잠이 덜 깬 얼굴로 눈을 끔뻑이고 있었다. 쓰키에도 피곤한 기색을 드러내며 초점 없는 눈으로 창밖을 봤다.

결국 트레일러 안에서 잠을 자지 않고 계속 깨어 있었던 사람은 겐지와 아마미야뿐이었다. 대략 2시 반부터 쓰키에는 목욕 수건을 몸에 둘둘 감은 채로 잠이 들어 버렸고…… 가모도 몇 번이나 꾸벅꾸벅 졸고 말았다. 딴에는 정신을 차려 보려고 애를 썼는데 이틀 연속으로 밤을 새우기에는 아무래도 벅찬 면이 있었다. 그러나 그가 이 트레일러에서 유일한 출구를 계속 등지고 앉아 있었으니 밖으로 나간 사람은 아무도 없는 게 확실했다.

바깥은 거세진 비로 수 미터 앞도 보이지 않을 정도로 심각한 상태였다. 가모는 우산을 쓰고 트레일러 뒤편을 빙 둘러보다가 그 자리에서 두 다리를 멈칫했다.

그가 기억하기로는 분명 건물에서 5미터 떨어진 곳에 트레일러를 정차했었다. 그런데 지금은 그 거리가 8미터 정도로 벌어져 있었다.

마찬가지로 무언가가 잘못되었음을 알아차리고 겐지와 아마미야도 얼굴을 내비쳤다.

가모는 쪼그리고 앉아 고임목을 확인했다. 고임목은 트레일러 바퀴 뒤에 잘 고정되어 있었지만 잔디밭은 엉망진창으로 물바다가 되어 있었다.

"……바람에 밀려서 움직였을 수도 있겠어."

그가 그렇게 말함과 동시에 아야카가 그의 어깨를 꽉 잡고 뒤로 잡아당겼다. 이상하게 생각한 가모가 고개를 들어보니 그녀는 새파랗게 질린 얼굴로 한쪽을 가리키고 있었다.

별장 정문은 부서지고 그 옆에는 도끼가 땅 위에 꽂혀 있었다.

물웅덩이를 첨벙대며 가모는 현관 포치로 달려갔다. 누군가가 건물 밖에서 도끼를 휘두른 것인지 원래 있던 문 자물쇠는 부서진 상태였다. 그러나 도끼로도 자전거용 자물쇠는 부술 수 없었는지 대신에 나무로 된 손잡이가 산산이 조각나 있었다.

가모는 그 자리에 있는 모든 사람의 얼굴을 돌아가며 한 번씩 쳐다봤다.

아마미야와 겐지가 의논하고 있는 소리가 들린다. ……여기 있는 모든 사람이 저녁 식사 후에는 함께 행동했고, 각자 행동한 시간은 5분도 채 되지 않았다. 그런 짧은 시간 안에 문을 부술 수 있을 리 없다. 특히 가모 씨가 트레일러 입구를 막고 있었기 때문에 아무도 밖으로 나갈 수 없었다. 두 사람은 대충 그런 이야기를 나누었다.

그렇다면 문을 부순 사람은 여기 있는 다섯 명을 제외한 다른 사람이라는 결론이 나온다. 소지로나 쓰키히코, 혹은 건물 밖에 숨어 있던 외부인, 아니 어쩌면 쓰키히코가 말한 대로 실은 다이가가 살아 있는 것은 아닐까?

겐지가 제시하는 여러 가능성을 들으며 가모는 그 말에서 커다란 모순을 찾아냈다. 그런 그를 대변하듯 아마미야가 말했다.

"아무리 비바람이 거세어도 문을 부수면 큰 소리가 연속적으로 들렸을 겁니다. 창문도 열려 있었는데 그리 멀지도 않은 곳에 있던 저희가 못 들었을 리 없죠."

그가 말한 대로였다. 졸았던 시간대가 있다고는 하나 문을 부수는 소리를 못 듣는다는 것은 본래라면 있을 수도 없고 이해할 수도 없는 상황이었다.

"……소지로 숙부님과 쓰키히코가 걱정이야."

그렇게 말하는 겐지는 이미 마음의 준비를 한 듯 얼굴에 긴장한 기색이 역력했다. 그의 시선 끝을 따라가 본 가모는 단번에 납득했다. 지면에 꽂힌 도끼에는 굳은 피와 살덩이가 덕지덕지 붙어 있었기 때문이다. 그것이 무엇을 의미하는지는 명확했다.

가모는 자신을 보호할 목적으로 땅에 박힌 도끼를 뽑아냈다. 그를 선두로 누군가 구석에 숨어 있지는 않은지 경계하며, 그들은 오락실에 있던 당구 큐대를 무기 삼아 2층 복도로 전진했다.

2층에 도착해 보니 아니나 다를까 '호랑이'와 '뱀'도 문이 부서진 상태였다. 우선은 다 함께 바로 앞에 있는 '호랑이'로 향했다.

살인범은 마호가니색 문에 커다란 구멍을 뚫고 그 안으로 손을 넣어 내부에서 자물쇠를 연 것 같았다. 문 너머에 테이블과 의자를 쌓아 만든 바리케이드는 무질서하게 무너진 상태였다.

그 안쪽에는 거무칙칙한 빛을 띠며 굳어 가고 있는 피가 바다처럼 펼쳐져 있었다.

그리고 방 한가운데에 소지로가 길게 누워 있었다. 피가 묻지 않은 부위는 피부가 새하얗고 약간의 생기조차도 느껴지지 않았다. 가슴에는 무언가로 도려낸 듯한 상흔이 보였는데, 그 주위에 화약 흔적으로 짐작되는 동심원 형태의 흔적이 남은 것을 볼 때 산탄총에 맞아 생긴 상처 같았다.

그리고 피바다 한가운데에 쓰러진 소지로에게는 양팔이 없었다. 옷과 함께 잘려나간 두 팔은 옆에 있는 쓰레기통에 아무렇게나 처박혀 있었다.

정황상 호랑이의 앞다리에 빗대어 양팔을 잘라 놓은 것으로 보였다.

참혹한 사건이 잇달아 일어난 탓에 그들의 감각은 완전히 마비되고 말았다. 누구 하나 비명을 지르거나 눈물 흘리는 일 없이 그저 멍하니 시신을 내려다보았다. 가모는 방 안에 수상한 사람이 숨어 있지는 않은지 확인했지만, 욕실에도 화장실에도 옷장 안에도 사람은 없었다.

"……오빠는?"

쓰키에가 불쑥 혼잣말처럼 중얼거리더니 패닉에 빠진 사람처럼 쓰키히코의 방으로 뛰어갔다. 가모를 비롯한 나머지 사람들도 그 뒤를 따랐다.

쓰키히코의 시신은 방 안 옷장에서 발견됐다. ……그는 어제와 같은 청바지와 폴로셔츠 차림으로 옷장 안에 목을 맨 상태였다. 가모가 손목을 짚어 맥박을 확인해 봤지만 이미 숨이 끊어진 상태였다.

가는 밧줄은 쓰키히코의 목을 파고들 듯 꽉 죄었고, 그 밧줄은 옷장 안에 있는 옷걸이 봉에 꽉 묶여 있었다. 지금까지 발견된 희생자들과 다르게 그의 몸은 잘려나가거나 피범벅이 된 곳이 없었다. 하지만 오히려 그런 모습이 그의 죽음을 더 비참하게 보이게 했다.

단정한 얼굴은 피가 전혀 통하지 않아 차마 볼 수 없는 지경이었고, 머리카락과 이마에는 아직도 먼지와 진흙이 묻어 있었다. 뒷문에다 바리케이드를 설치할 때 묻었던 것들이 그대로 남은 것이다. 깔끔하게 면도한 입 주위로는 타액을 흘린 흔적이 보였고 바닥에 남은 실금 흔적에서는 악취가 풍겼다.

옷걸이 봉의 높이는 대략 1미터 40센티밖에 되지 않았기에 밧줄에 매달린 그의 몸은 구부정한 자세로 손을 축 늘어뜨리고 있었다. 신발을 신은 발은 뒤쪽으로 늘어져 바닥에 닿았다.

낮은 위치에서 목을 매달았기에 체중이 전부 목에 쏠린 것은 아니었다. 그런데도 오랜 시간에 걸쳐 기도와 목에 있는 혈관이 서서히 차단되면서 목숨을 잃게 된 것이다.

작게 숨을 삼키는 소리가 들려 가모가 뒤돌아보니, 쓰키에가 옷장 문 안쪽을 가리키고 있었다. 그곳에는 피로 쓴 메시지가 남아 있었다.

—This silly tale is over.

"대충 '이 우스꽝스러운 이야기는 끝났다'라고 해석하면 되나."

가모가 그렇게 중얼거리자 그의 가슴 쪽에서 모래시계가 희미하게 빛났다.

"쓰키히코 씨가 범행을 자백하고 자살한 것으로 받아들여야 할까요?"

그 질문에는 대답하지 않고 가모는 방 안을 한 번 빙 둘러봤다. 이미 방 안에는 아무도 없다는 사실이 확인됐다. 그는 침대 위에 나란히 놓인 어떤 것에 시선이 멈췄다.

그곳에는 행방불명되었던 손도끼와 엽총, 그리고 누군가가 벗어 던지고 간 옷과 구두가 있었다. 손도끼에는 새까맣게 굳은 피가 묻어 있었고, 파자마 세트와 가죽 구두 역시 희생자에게서 튄 피로 범벅이 되어 있었다. 정황상 소지로를 살해할 때 사용한 물건들로 보였다.

가모는 들고 있던 도끼를 손에서 놓고 엽총을 들어 올려 총구에다 코를 대고 냄새를 맡아 봤다. 확실히 그곳에서는 화약 냄새가 났다.

겐지도 큐대를 침대 옆에 두고 시신을 살펴보기 시작했다. 그가 쓰키히코의 오른팔을 들어 올리자 시신의 오른쪽 손끝에 묻어 있던 피가 가모의 눈에 들어왔다. 쓰키히코의 몸에 특별한 외상은 없었으니 검게 변한 그 피는 소지로의 것인 듯했다.

아마미야는 큐대를 손에 꼭 쥔 채 당황한 표정으로 웅얼거렸다.

"역시…… 이 메시지는 쓰키히코 님이 남기신 걸까요?"

그 말을 들은 쓰키에는 속눈썹이 긴 눈을 아래로 내리깔며 중얼거렸다.

"혹은 오빠를 죽인 살인범이 남겼거나."

가모는 욕실을 슬쩍 들여다봤다. 안에서는 비누 향기에 섞여 희미하게 피 냄새가 났다. 그는 사람들 쪽으로 뒤돌아보며 입을 열었다.

"벽에 피로 쓴 글씨는 위장입니다. 누군가가 소지로 님과 쓰키히코 씨를 죽이고 모든 죄를 쓰키히코 씨에게 뒤집어씌우려고 한 겁니다."

"그렇게 생각하신 근거는요?"

겐지가 의아하다는 듯이 묻자 가모는 침대 위를 가리키며 말했다.

"소지로 님을 살해할 때 살인범은 대량의 피를 뒤집어썼을 겁니다. 저곳에 버려진 파자마와 가죽 구두를 착용하고 범행을 저지르면 목 아래로 뒤집어쓸 피는 최소한으로 줄일 수 있을지도 모릅니다. 하지만 얼굴과 머리카락은 보호해 줄 게 아무것도 없죠."

"아, 그렇다면 당연히 피가 묻었겠군요."

계속해서 가모는 쓰키히코의 시신을 보며 설명을 이어 나갔다.

"보시다시피 쓰키히코 씨의 머리에는 지금도 먼지가 묻어 있지만 피가 묻었던 흔적은 보이지 않습니다. ……바리케이드를 뒷문에 설치한 후 씻을 새도 없이 살해당한 겁니다. 어쩌면 살인범이 약을 먹여서 움직일 수 없게 만들어 두었을지도 모르고요."

욕실에 얼굴을 쑥 들이밀었던 아야카가 양손으로 코를 틀어막으며 중얼거렸다.

"그런데 누가 이 욕실을 썼다는 건 분명해요. 비누와 피 냄새가 나는걸요."

"욕실은 범인이 썼을 거야. 몸에 튄 피를 씻어 내야 했을 테니까."

여기까지 이야기를 듣고서 모래시계가 다시 한번 대화에 끼어들었다.

"그런데 쓰키히코 씨의 죽음은 비유 살인의 규칙에 맞지 않는군요. 인간에게는 꼬리가 없으니 신체에 없는 부위를 자를 수는 없죠."

겐지는 자라난 턱수염을 잡아당기면서 무언가를 곰곰이 생각하다 이윽고 입을 열었다.

"아니, 꼭 그렇지만은 않아. 영어로 '이야기'의 tale과 '꼬리'의 tail은 발음이 같으니까."

그 말을 들은 가모는 자기도 모르게 입을 비죽거리며 쓴웃음을 지었다.

"그렇군요. tale을 tail로 바꿔 읽으면 피로 쓴 글씨는 '이 우스꽝스러운 꼬리는 이제 없다'라는 뜻이 되겠군요."

침묵을 지키고 있던 아야카가 불쑥 입을 열었다.

"어쨌든 우리 중에 범인이 없다는 건 이제 확실해졌어요. 틀림없이 살인범은 우리가 캠핑 트레일러 안에 있는 동안 소지로 작은할아버지와 쓰키히코 당숙을 덮쳤을 테니까요."

아마미야의 표정이 순식간에 밝아졌다.

"다행이다, 그럼 이제 서로를 의심할 필요도 없겠군요."

그러나 쓰키에는 여전히 얼굴을 찌푸리고 있었다.

"그런데 시노에 살인자가 숨어든 건 사실이잖아. 어쩌면 정말로 할아버지가 범인일지도 몰라. 시신의 얼굴을 확인하지 못한 건 할아버지뿐이니까."

이번에는 아야카도 아마미야도 고개를 떨군 채 쓰키에의 의견에 반론조차 하지 못했다. 그런 대화가 오고 가는 것을 들으며 가모는 아무 말 없이 창밖을 바라봤다.

지붕을 두들기는 빗방울에 건물 전체가 둥둥 하는 둔탁한 소리를 냈고, 비는 창문 유리창에 물줄기를 만들며 흘러내렸다.

"……날씨가 이래서야 살인범도 밖에 숨어 있기 힘들 것 같은데요. 아마 지금은 이 건물 안에 있을 겁니다."

이 말에 다시 한번 신변의 위험을 느낀 사람들은 얼굴이 새파래졌다.

“그럼 당장 살인범이 어디에 숨어 있는지 흩어져서 찾아내죠.”

아마미야의 제안에 가모는 당황하며 고개를 가로저었다.

“아뇨, 그건 안 됩니다. 상대가 흉기를 가지고 있을지도 모르는 상황에서 무작정 수색에 나서는 건 위험합니다.”

“그래도 살인범을 저지할 절호의 기회가 아닌가요?”

가모는 어리둥절한 표정으로 묻는 아마미야에게 타이르듯이 설명했다.

“우리가 해야 할 일은 두 가지입니다. 한 가지는 살인범의 습격에 대비해 최대한 계속 경계하는 것. 다른 한 가지는 살인범의 정체를 밝히기 위해 사건을 계속 조사하는 것입니다. 정체만 알아내면 반격할 방법을 찾을 수 있을지도 모르니까요. ……그것 외에 D 카시오페이아를 막을 방법은 없습니다.”

이론을 제기하는 사람이 아무도 없음을 확인한 후, 가모는 다시 한번 방 안을 살펴봤다.

문 앞에는 바리케이드처럼 테이블과 의자가 쌓여 있었지만 호랑이 방과 마찬가지로 문이 부서지면서 함께 무너진 상태였다.

옷장 안에 걸려 있던 슬랙스와 알로하셔츠 같은 옷들은 침대 옆에 아무렇게나 쌓여 있었다. 바닥 구석에는 검은색 전화기와 컵 같은 물건들이 나란히 놓여 있고, 그 옆에는 검은색 트렁크가 텅 빈 상태로 놓여 있었다.

욕조에는 물이 묻어 있었지만 핏자국은 남아 있지 않았다. 범인은 정성스럽게 핏자국을 씻어 낸 뒤 이 방을 나간 것으로 보였다. 배수구에 걸린 머리카락조차 전부 회수해서 가져갈 정도로 치밀한 성격이었다.

계속해서 가모는 침대를 조사하다가 베개 밑에서 날 길이가 10센티 정도 되는 나이프를 발견했다. 나이프에 피나 지문은 묻어 있지 않았다. 이 나이프는 이번 범행에 사용된 물건은 아닌 듯했다.

이것은 쓰키히코가 창고 안에서 발견했거나 혹은 그가 평소에 가지고 다니던 물건인 게 분명했다. 호신용 무기로 쓰려고 베개 밑에 넣어 둔 것일지도 모른다.

나이프를 빤히 보며 겐지가 미간을 찌푸리고 말했다.

"가모 씨가 말씀하신 것처럼 살인범이 쓰키히코에게 수면제를 먹인 것 같군요. ……나이프가 있는데 문을 부수려는 살인범에게 반격하지 않는 것은 이상한 일이니까요. 그런 흔적을 전혀 찾아볼 수 없다는 건 쓰키히코가 베개 밑에서 나이프를 꺼낼 수조차 없는 상태에 몰려 있었다는 말이 됩니다."

아야카도 당황한 듯이 눈을 깜박이며 중얼거렸다.

"혹시, 저녁 식사에 수면제나 마비약을 넣은 걸까요?"

"그럴 수도 있겠어."

그렇게 대답하며 가모는 그때 먹은 음식들을 하나씩 떠올렸다.

그날 밤에 먹은 음식은 주먹밥과 과일뿐이었다. 하지만 가모를 비롯해 다섯 사람이 먹은 음식에는 약이 들어 있지 않았다. 만약 약이 들어 있었다면 철야 이틀째인 가모와 아야카는 일찌감치 곯아떨어졌을 것이다.

과일은 어떤 게 누구에게 돌아갈지 예측하기가 어렵고 약물을 주사기로 주입하려면 시간이 걸린다. 그러니까 수면제는 주먹밥이나 음료에 섞여 있었을 터……. 거기까지 생각이 미쳤을 때, 가모는 문득 무언가를 깨닫고 입을 열었다.

"그러고 보니까 소지로 님과 쓰키히코 씨는 늘 홍차를 드시던데. 어젯밤 식사 후에는 어땠죠?"

이 질문에는 서빙을 담당하는 일이 많았던 아마미야가 곧장 대답했다.

"두 분은 커피를 안 드십니다. 그래서 어제도 홍차를 준비해 드렸죠."

"그렇다면 두 분에게만 약을 먹이려면 홍차를 이용하는 게 제일 간단하겠군요."

"그런데 저희는 어제저녁에도 커피와 홍차를 마셨습니다. 어떻게 살인범에게서 몸을 지킬지 의논할 때조차도 4시 30분밖에 되지 않았던 것으로 기억합니다. ……그때도 저는 똑같은 찻잎과 찻주전자와 찻잔을 이용해서 홍차를 우렸습니다.

하지만 그때는 두 분 다 졸린 기색이 전혀 없으셨고, 저희와 헤어진 8시 이후까지도 별다른 점이 없으셨습니다."

가모는 아마미야의 말에 수긍하며 안경 너머로 눈을 날카롭게 떴다.

"그렇다면 살인범은 그 이후 시간대이자 저녁 식사 후에 마셨던 때보다는 전, 그러니까 4시 30분경부터 7시 반이 넘은 시각 사이에 약물을 넣었다는 말이 됩니다. ……홍차와 찻주전자, 찻잔이 그사이에 어떻게 보관되었는지 기억나시는 분은요?"

"특별히 따로 보관하진 않고 주방에 그냥 놔뒀습니다. 저녁 식사 후에는 아가씨께서 홍차를 우리셨지요?"

아마미야의 질문에 아야카는 불안한 표정으로 고개를 끄덕였다. 그 모습을 본 그는 계속해서 말을 이어 나갔다.

"홍차가 든 찻주전자는 제가 식당 테이블로 옮겼습니다."

"찻잔은 저녁 식사 준비를 할 때 제가 선반에서 꺼내 테이블 위에 올려 두었어요."

쓰키에가 하는 보충 설명을 듣고 가모는 한숨 섞인 목소리로 말했다.

"주방에 사람이 없을 때를 노려 누구나 찻잎이나 찻주전자에 약을 탈 수 있었다는 말이군요. ……저녁 식사나 차를 준비할 때도 우리는 서로를 감시했지만 그래도 눈을 피해 약을 타는 게 아주 불가능한 일은 아니었을지도 모릅니다."

쓰키에의 얼굴에 문득 미소가 떠오른다.

"그런데 독을 타려면 살인범이 건물 안에 있어야 하잖아요."

"네, 바로 그게 문제입니다."

가모가 그렇게 말하는 것을 듣고 아야카가 의아하다는 듯이 묻는다.

"살인범이 건물 안에 침입해서 어딘가에 숨어 있었다는 뜻이잖아요. 그게 왜 문제라는 거죠?"

그를 대신해서 쓰키에가 미간을 찌푸리며 대답했다.

"창고나 기계실 같은 곳에 숨어 있었다면 우리한테 들키는 일은 없었겠지. 그런데 살인범은 그 후에 한 번 건물 밖으로 나갔던 게 확실해. 왜냐하면 정문을 밖에서 부순 흔적이 있었잖아."

그 말을 듣고 아야카는 숨을 헉 삼켰다.

"정말이네요. ……그런데 뒷문에는 빗장이 걸려 있고, 바리케이드도 있어서 아무도 출입할 수가 없었어요. 정문도 마찬가지로 4시 30분부터 식사 준비를 시작할 때까지 저하고 쓰키에 당고모가 오락실에 있어서 출입하기 어려웠을 거고요."

"그 후에도 우리는 밥을 먹으려고 식당 근처에 있었어. 정문을 통과해서 밖으로 나가는 건 살인범에게 위험을 동반하는 행위였을 거야. 다른 사람이 나가는 모습을 목격할 위험성이 있다는 걸 알면서도 건물 밖으로 나가야만 하는 이유가 있었거나, 혹은……."

쓰키에의 말을 이어받아 겐지가 입을 열었다.

"혹은 우리 중에 공범이 있을지도 모르죠. 그 인물이 저녁에 약물을 홍차에 섞고, 건물 밖에 있던 살인범이 문을 부숴서 안에 침입했을 가능성도 있다고 봅니다."

"아뇨, 그럴 가능성은 없습니다. 맬리스의 정신이 복제된 D 카시오페이아는 한 사람만 공범으로 두니까요."

겐지의 말이 끝나기가 무섭게 끼어든 것은 호라였다. 겐지가 그 말을 순순히 믿었는지 어땠는지는 모르겠지만, 쓰키에가 나지막한 목소리로 말했다.

"어쨌든 살인범이 문을 부순 방법도 아직 밝혀내지 못했잖아. ……우리한테 들키지 않게 소리 없이 문을 부수다니, 말도 안 되는 일이야."

여기까지 이야기를 듣고서 가모는 사람들의 얼굴을 한 번씩 훑어봤다.

"제대로 된 추리를 하기에는 정보가 부족한 것 같군요. 지금은 계속 조사해 보는 수밖에 없습니다."

그렇게 말하면서 다시 한번 쓰키히코의 시신을 살펴보다 그의 왼팔에 빨간 점이 있고, 거기에서 극소량의 출혈이 있었다는 사실을 알아냈다. 위치는 채혈할 때 흔히 바늘로 찌르는 곳이었다. 상처는 아직 생긴 지 얼마 안 된 것으로 보인다.

가모는 주사흔으로 보이는 그 상처를 사람들이 전부 볼 수 있도록 들어 올렸다.

"살인범은 쓰키히코 씨를 수면제로 재운 뒤 주사기로 추가 약물을 투여한 것 같습니다."

겐지도 얼굴을 가까이 들이대고 그 흔적을 살펴보다 의아하다는 듯이 고개를 갸웃거리며 말했다.

"왜 그런 짓을 했을까요?"

"사용한 수면제가 몇 시간이나 지속되는 약물이었는지는 몰라도 효과가 떨어지면서 쓰키히코 씨가 깨어나려고 했기 때문일지도 모릅니다. 혹은 그럴 일이 없도록 미리 손을 썼거나, 둘 중 하나겠죠."

방 조사가 끝나갈 즈음 이번에는 살인범이 두고 간 엽총을 어떻게 할 것인가가 문제가 됐다. 엽총은 강력한 호신용 무기이기도 했지만 살인범에게 빼앗겼을 때 가장 위험한 흉기가 되기도 했기 때문이다.

어깨너머로 배운 대로 겐지가 탄창을 조사해 본 결과, 안에는 탄환이 하나도 남아 있지 않다는 사실을 알게 됐다. …… 그렇다면 여기 있는 사람들에게는 탄환이 하나도 없는데 비해 살인범은 20발 이상을 가지고 있다는 말이 된다. 바람직한 상황은 아니었기에 차라리 총 그 자체를 쓸 수 없게 만들어 버리는 편이 낫겠다는 결론이 났다.

가모는 반으로 접힌 총의 이음매를 억지로 구부린 다음, 그것을 세면대로 가져가 물에 빠뜨렸다. 총에 관한 지식은 없지만 이 정도면 사용할 수 없는 상태처럼 보였다.

총을 처리한 다음, 그들은 되는 대로 무기가 될 만한 것을 찾아 무장했다.

가모는 쓰키히코가 가지고 있던 나이프를 잠시 맡기로 했고, 겐지는 도끼를, 아마미야는 손도끼를, 여자들은 큐대를 하나씩 손에 들었다. 무기를 갖춘 후, 그들은 천천히 복도를 전진해 대각선 앞쪽에 있는 소지로의 방으로 돌아왔다.

이쪽 옷장에는 어질러진 흔적 없이 소지로가 입던 양복이나 셔츠 등이 가지런하게 걸려 있었다. 욕실은 바리케이드를 설치할 때 방해가 되었을 검은색 전화기 등의 물품이 놓여 있을 뿐, 화장실을 포함해서 별다른 점은 없었다.

다시 한번 시신을 확인하면서 알게 된 점은 늘 단정하게 옷을 차려입던 소지로답게 정돈된 머리는 크게 흐트러짐이 없고 콧수염도 정성껏 손질되어서 죽은 지 얼마 되지 않은 것처럼 보인다는 사실이었다.

가모는 특별히 소지로에게도 주사흔이 남아 있는지 확인하고 싶었다. 그는 쓰레기통에 처박혀 있던 팔을 살펴보다가 마찬가지로 주사흔 같은 것을 발견했다.

그는 돋아나기 시작한 턱수염을 어루만지며 잠시 생각에 잠겨 있다가 이윽고 한 가지 제안을 했다.

"오락실로 돌아가죠. 거기는 정문 옆이라 퇴로를 확보하기 좋을 겁니다."

*

오락실에 걸린 벽시계는 6시 41분을 가리켰다. 그 시각은 아야카에게 잠시 빌린 회중시계와도 일치했다. 마지막으로 식사한 지 11시간 정도가 지났는데도, 가모는 전혀 식욕이 들지 않았다.

다섯 사람은 주위의 안전을 확보한 뒤 오락실 소파에 앉았다.

"결국 12년 전에 별장에서 무슨 일이 있었는지…… 알아낼 방법이 없어졌군요."

가모는 그렇게 말하며 소파의 빈자리를 물끄러미 바라봤다. 그곳은 쓰키히코가 늘 고정으로 앉던 자리로 다들 그 자리에 앉기가 조심스러워 비워 둔 상태였다.

머리가 지끈거리는지 겐지가 왼쪽 관자놀이를 꾹 누르며 그 말에 동의했다.

"어쩌다 류젠 가 사람에게 이만한 원한을 품게 되었는지도 아직 밝혀지지 않았습니다. ……적어도 레이토 형에게 무슨 일이 있었는지 그 진상만이라도 알았으면 했는데."

그 말을 들은 쓰키에는 바닥으로 시선을 떨구었다. 한편 아마미야는 아야카가 신경 쓰이는 듯 그쪽으로 시선을 고정한 채 조심스럽게 입을 열었다.

“무슨 일이 있었는지는 몰라도 여기 있는 사람들은 전부 12년 전에 있었던 일과 상관없는 사람뿐입니다. 겐지 님은 일본에 안 계셨고 쓰키에 님은 여덟 살, 아야카 아가씨는 갓난아기가 아니셨습니까. 그런데도 살인범에게는 여전히 살인을 계속할 마음이 있는 걸까요?”

그 점은 가모도 전혀 예측할 수가 없었다.

‘시노의 참극’이 12년 전에 일어난 일 때문에 벌어진 사건이라면 살인범은 그와 관련된 인간을 전부 죽인 셈이다.

하지만 살인범의 배후에 있는 D 카시오페이아가 앞으로의 일을 전혀 예측할 수 없게 만들었다. D 카시오페이아는 유진 박사의 선조인 류젠 가 사람들을 전부 죽일 때까지 멈출 생각이 없을지도 모르고, 살인범을 그렇게 부추기고 있을 가능성도 있었다.

잠시 뒤 겐지가 슬픈 표정으로 중얼거렸다.

“그렇게 따지면 우리 때문에 아마미야가 이런 일에 휘말린 게 제일 마음 아파. ……류젠 가에 얽히지만 않았어도 이런 무서운 사건에 휘말릴 일은 없었을 테니까.”

“무슨 그런 말씀을! 저는 더할 나위 없이 행복했습니다.”

아마미야가 곧바로 그렇게 대답하는 것을 듣고 겐지는 자기도 모르게 웃음이 나온 듯했다.

“이런 때까지 우리를 배려할 필요는 없는데.”

"아뇨, 이건 제 본심입니다. 주인 어르신이 저를 도와주지 않으셨으면 저는 어떻게 됐을지 모릅니다. 저는 류젠 가 여러분과 만나게 돼서 정말 다행이라고 생각합니다."

어느새 아야카도 눈물을 글썽이며 고개를 끄덕이고 있었다.

"네, 저도 아마미야 아저씨와 만나서 다행이에요."

다들 그런 말을 주고받는 분위기가 조성되자 가모는 머리를 긁적였다.

"한창 분위기 좋을 때 이런 말로 망쳐서 죄송하지만…… 작별 인사 같은 말은 이쯤 하시죠?"

"네?"

어리둥절해하는 아야카를 보며 가모가 씁쓸히 웃었다.

"아직 포기하기는 이릅니다. 동기를 몰라도 살인범이 누구인지는 밝혀낼 수 있으니까요."

겐지는 무기력한 눈으로 일력을 보며 입을 열었다.

"내일은 25일…… 산사태가 일어나는 날입니다. 이제 남은 시간이 별로 없습니다. 우리가 정말 운명을 바꿀 수 있을까요?"

일력에 적힌 날짜는 8월 23일부터 그대로였지만 이것은 일력을 넘길 사람이 아무도 없어서 그런 것일 뿐이었다. 이미 날짜는 바뀌어 있었다.

가모는 입술을 잘근 깨물고 곧바로 주머니 속에 든 모래시계를 불렀다.

"호라, 산사태는 몇 시에 일어나지? 아카이브에 기록이 남아 있을 텐데."

"지역 경찰이 남긴 기록에 따르면 오전 11시 47분에 일어났다고 합니다."

실제로는 그보다 일찍 살인범인 D 카시오페이아가 미래로 도피할 가능성이 컸다. 류젠 가의 저주를 막기 위해서라도, 아내를 구하기 위해서라도, 그들이 도주하도록 내버려 둘 수는 없었다. 가모는 계속해서 말을 이어 나갔다.

"아무리 늦어도 오늘 중에 살인범을 밝혀내서 D 카시오페이아를 회수해야겠군요. 그러려면……."

"12년 전에 무슨 일이 일어났는지만 알면 운명을 바꾸고 다른 사람들을 구할 수 있는 거예요?"

그렇게 중얼거린 사람은 쓰키에였다. 모두의 시선이 그녀에게 집중됐지만 소파에 앉은 그녀가 고개를 드는 일은 없었다. 그녀의 목소리가 심하게 떨린다는 사실을 알아차린 가모는 그녀의 옆에 무릎을 꿇고 앉아 말했다.

"……그렇군요. 당신은 과거에 별장에서 무슨 일이 있었는지 다 봤군요."

"본 게 아니에요. 저는 그 사건의 당사자예요."

이 말에 가모는 당황했다.

"당사자라니, 당신은 그때 겨우 여덟 살이었는데."

“나이는 상관없어요. ……그해 여름, 오빠와 저는 사람을 죽였으니까.”

예상을 뛰어넘는 충격적인 내용에 그 자리에 있는 모두가 얼어붙고 말았다. 쓰키에는 얼굴을 일그러뜨리며 이야기를 계속해 나갔다.

“이 별장에서 오빠와 저는 에이타로 큰아버님에게 호되게 혼났어요. 그런데 저희에게는 혼날 만한 이유가 있었어요. 구즈산을 스케치하러 갔던 레이토 오빠에게 진흙 덩어리를 던져서 오빠가 그린 그림을 망쳤으니까요.”

겐지는 턱을 문지르며 당황한 표정으로 입을 열었다.

“어쩐 일이시지. 아버지도 그렇고 레이토 형도 그렇고, 애들이 장난을 쳤다고 해서 화내는 모습은 본 적이 없는데.”

“그건 장난 같은 게 아니었어. ……우리가 진흙 안에다 만년필 잉크와 먹물을 섞었거든. 오로지 레이토 오빠가 그린 그림을 망치기 위해 만든, 악의로 똘똘 뭉친 덩어리였어.”

그 말을 들은 아마미야가 부르르 몸서리를 치며 중얼거렸다.

“그래도 그건 쓰키히코 님이 생각해 내신 거죠?”

“생각해 낸 사람은 오빠지만 진흙 덩어리를 던진 나도 오빠와 다를 바 없어.”

“쓰키에 님…….”

“아버지는 레이토 오빠를 싫어하셨어. 우리도 그걸 아니까 매일같이 오빠를 괴롭혔던 거야. 우리가 제일 열심히 하던 놀이였지. 유화 도구를 부수기도 하고 옷을 태우기도 하고, 아무튼 못된 짓을 참 많이 했어."

아이가 한 짓이라고 해도 확실히 악질적인 행동임은 분명했다. 이윽고 겐지가 슬픈 표정으로 고개를 가로저었다.

"그리고 그걸 우리 아버지에게 들킨 거구나."

"에이타로 큰아버님에게 혼난 오빠는 구라모리로 향했어. 어느 빨간색 버섯을 찾으려고."

가모는 이 말을 듣고 구즈 강변에서 발견했던 어느 물체를 떠올렸다. 바로 손가락을 닮은 빨간색 버섯.

"설마…… 붉은사슴뿔버섯?"

그가 자기도 모르게 그렇게 중얼거리자 쓰키에가 퍼뜩 고개를 들었다. 하지만 이내 표정을 바꿔 이해했다는 듯이 고개를 살짝 끄덕였다.

"그렇구나, 가모 씨도 구라모리에서 그걸 보셨군요."

"네, 몸통이 발견된 현장 옆에 자라 있었으니까요."

두 사람이 계속해서 의미심장한 말을 주고받는 모습에 더는 못 참겠다는 듯이 겐지가 입을 열었다.

"대체 그 버섯이 뭡니까?"

"일본에 자생하는 독버섯 중에서도 특히 위험성이 높은 버섯입니다. 중독 증세로 구토, 설사 같은 소화기계 증세뿐만 아니라 신장이 손상된다거나 피부가 짓무르는 증세가 나타나기도 하죠."

가모의 대답에 겐지와 아야카의 얼굴에서 핏기가 사라졌다. 그 증세는 에이타로가 사망 당시에 보였던 증세와 완전히 똑같았다. 가모는 계속해서 말을 이어 나갔다.

"그런데 이 버섯의 독성은 한참 뒤에나 널리 알려지게 됐을 텐데요. 그 당시 두 분은 붉은사슴뿔버섯에 독이 있다는 사실을 아셨습니까?"

"버섯 도감에도 독에 대해선 불명이라고만 나오는데, 저희 유모가 이 버섯을 알았어요. 만지기만 해도 위험한 버섯이라고……."

그 말을 이어받듯이 가모의 주머니 속에서 호라가 입을 열었다.

"아카이브를 확인해 봤습니다. 에도 시대 식물도감인 『본초도보』에 붉은사슴뿔버섯의 독성에 관한 내용이 기술되어 있습니다. 알려지지는 않았더라도 붉은사슴뿔버섯에 중독되어 사망하는 사고는 옛날부터 있었겠지요? 그러니 누군가는 그 위험성을 인식하고 있었을 겁니다."

당시 있었던 일이 떠올랐는지 쓰키에는 두 손으로 얼굴을 감쌌다. 그리고 그 손끝은 경련하듯 파르르 떨렸다.

"독이 있다는 걸 알면서, 오빠는 큰아버님의 식사에 그 버섯을 섞었고, 저는 그 모습을 옆에서 지켜봤어요. ……에이타로 큰아버님을 죽인 건 저희 남매예요."

붉은사슴뿔버섯에 중독되어 사망했다면 당연히 의사도 사인을 알아내기 어려웠을 것이다. 그 당시에는 독성을 정확히 파악하고 있는 사람이 거의 없었기 때문이다. 결과적으로 남매의 행위는 완전 범죄에 가까운 것이 되고 말았다.

겐지는 아버지의 죽음에 얽힌 진상을 듣고 얼굴을 일그러뜨렸지만, 분노로 폭발하기 전에 자제하는 모습을 보였다. 그는 고개를 푹 숙인 채로 힘없이 말했다.

"그래도 너희는 겨우 아홉 살과 여덟 살이었잖아. 그런 행동이 얼마나 무서운 결과를 가져올지, 너희는 몰랐을 거야. ……그건 살인이 아니라 사고에 가까운 거야."

쓰키에는 절레절레 고개를 흔들었다.

"아니, 우리는 절대로 용서받을 수 없는 짓을 했어."

"그렇게 생각하지 마세요."

그렇게 말하며 끼어든 사람은 아마미야였다. 그는 어안이 벙벙한 얼굴로 자신을 돌아보는 쓰키에를 향해 말을 계속했다.

"저는 다 압니다. ……쓰키에 님은 그동안 쭉 오라버니인 쓰키히코 님을 두려워하셨습니다. 제 눈길이 닿지 않는 곳에서 폭력을 당한 일도 있으셨죠?"

가모도 그녀가 쓰키히코에게 내비치는 두려움을 몇 번이나 보았고, 그것은 폭력이 관련되어 있음을 암시하는 모습이었다.

눈물이 그렁그렁한 쓰키에를 향해 아마미야는 계속해서 말했다.

"쓰키히코 님이 죽도록 무서우셨죠. 그래서 쓰키에 님은 자신을 지키려고 쓰키히코 님을 따를 수밖에 없으셨고요. 저는 다 압니다."

"그래도…… 내가 오빠를 막을 수 있었잖아. 그러지 못했으니 나에게도 죄가 있어."

그렇게 말할 즈음 그녀는 다시 무표정한 얼굴로 되돌아갔다. 그녀의 목소리에서 절대로 생각을 바꾸지 않겠다는 의지가 느껴졌는지 아마미야도 당혹스러운 표정을 지으며 입을 다물었다.

한동안 침묵이 이어진 뒤 쓰키에가 다시 더듬더듬 말을 이어 나갔다.

"독을 탄 그 이튿날 저녁에 에이타로 큰아버님이 돌아가셨어요. 오빠는 저한테 입도 벙긋하지 말라고 하며 억지로 약속을 받아냈죠……. 그래도 누군가 우리 두 사람이 한 짓을 눈치챌까봐 두려워했어요."

가모는 쓰키히코가 동생을 협박해서 침묵하겠다는 약속을 받아 낸 게 틀림없다고 직감했었다. 겁에 질린 여덟 살 여자아이가 어떻게 따르지 않을 수 있었으랴. 그녀는 계속해서 이야기를 이어 나갔다.

"그래서 오빠는 어른들이 늦은 밤에 식당에 모여서 이야기를 나눌 거라는 말을 듣고 저를 데리고 가서 대화를 훔쳐 들었어요. 모인 사람은 아버지와 쇼코 고모, 고우키 오빠, 이렇게 세 사람이었어요. 세 사람은 에이타로 큰아버님의 죽음이 살인이 아닐까 의심했죠."

그 말을 들은 가모는 깊은 한숨을 내쉬며 물었다.

"그리고 세 사람의 의논은 잘못된 방향으로 진행되어 '에이타로를 죽인 사람은 하타 레이토가 틀림없다'로 결론이 났겠군요?"

쓰키에가 고개를 살짝 끄덕였다.

"아버지나 고모는 처음부터 그쪽으로 이야기를 몰아갈 생각이셨을 거예요. ……곧이어 세 사람은 본인에게 자세한 이야기를 들어 보겠다며 '토끼' 방으로 향했어요."

의심받고 있다는 사실은 꿈에도 모른 채 레이토는 세 사람이 시키는 대로 방을 나왔을 것이다.

"오빠는 이 상황을 보고 즐거워했죠. 절대로 놓쳐서는 안 된다면서 저를 데리고 장작 창고로 향하는 어른들의 뒤를 쫓아갈 정도였으니까요. 창고 벽에 있는 틈을 통해 밖에 있는 저희도 안에서 무슨 일이 벌어지는지 볼 수 있었어요."

"그리고, 뭘 봤죠?"

"세 사람은 처음부터 레이토 오빠를 범인이라고 단정 짓고 있었어요. 당연히 오빠는 아니라고 했지만 아무도 오빠의 이야기를 들어 주지 않았어요. 분위기가 점점 험악해지고 격분

한 고우키 오빠가 레이토 오빠를 힘껏 때렸어요."

그것은 상대방의 잘못을 따져 묻기 위한 자리가 아니라 린치를 가하기 위한 자리였을 것이다.

"상대가 아무리 주먹을 휘둘러도 레이토 오빠는 계속 무죄만 주장할 뿐 별다른 저항도 하지 않았어요. 곧이어 발차기가 더해지자 균형을 잃은 레이토 오빠는 뒤로 쓰러지면서 책상 모서리에 머리를 부딪치고 말았어요. ……지금도 눈에 박힌 것처럼 선명해요, 뒤통수에 댄 오빠의 손이 새빨갛게 물든 모습이."

그 광경을 상상했는지 겐지는 눈물을 글썽이며 간신히 목소리를 쥐어 짜냈다.

"그 상처 때문에 형이?"

그녀는 이를 악물고 이야기를 계속했다.

"그래도 레이토 오빠는 앞으로 기어가면서 자기는 아무 짓도 안 했다고 슬픈 목소리로 호소했어요. 자신의 무죄만 믿어준다면 목숨 따위는 어떻게 되어도 상관없다고 생각했던 것 같아요. ……이윽고 아연실색하며 아래를 내려다보는 세 사람 앞에서 레이토 오빠는 더 이상 움직이지 않게 되었어요."

너무나 참혹한 이야기에 아야카와 아마미야도 눈물을 글썽였다. 쓰키에는 거기서 멈추지 않고 이야기를 계속했다.

"아버지와 고모는 구라모리 안에 있는 늪까지 시신을 버리러 가자고 의논하기 시작하셨어요. 저는 어느새 기절했고, 정신을 차려 보니 오빠가 저를 방까지 옮겨다 놓았더군요."

갈수록 쓰키에의 목소리는 심하게 떨렸고, 결국 그녀는 또다시 두 손으로 얼굴을 감쌌다.

"다음 날에도 오빠는 어른들이 나누시는 이야기를 훔쳐 들었어요. 그 결과 아버지가 규이치 오빠 부부와 도네가와 씨를 불러내 밀담을 나누셨다는 사실을 알게 됐죠. ……놀랍게도 아버지는 레이토 오빠가 가진 출생을 비밀을 두 사람에게 모두 밝혔고, '하타 레이토가 에이타로를 독살했다고 자백한 뒤 사라졌다'라고 설명했어요."

그 말을 들은 규이치는 크게 충격받았을 것이다. 형제처럼 자란 레이토가 자신의 아버지를 독살했다는 사실만으로도 견디기가 힘든데, 레이토가 가진 복잡한 출생의 비밀까지 듣게 되었으니까.

겐지는 그 이상 듣기가 힘들었는지 신음하며 말했다.

"……그런 거짓말을 태연하게 했다고?"

"우리 아버지는 원래 그런 사람이야. 그런데 오빠는 그 거짓말을 듣고 좋아했어. 나중에 어른이 되면 이 일을 빌미로 아버지를 협박해야겠다고 했거든. ……규이치 오빠는 그 거짓말을 철석같이 믿고 할아버지께 이 이야기는 비밀로 해야 한다는 설득에도 넘어가 버렸어."

"에이타로 님도 레이토 씨도 다이가 님의 친자식이죠. 그중 하나가 다른 하나를 죽였다는 사실을 다이가 님에게 전하기에는 너무 잔혹하다고 생각했을 테니까요."

가모의 말을 듣고 쓰키에는 가볍게 고개를 끄덕였다.

"규이치 오빠 부부는 침묵을 약속했고, 같은 약속을 도네가와 씨에게도 받아 냈어요. ……아버지는 비밀을 공유함으로써 세 사람을 공범으로 끌어들인 거죠."

겐지가 레이토의 실종에 관해 설명을 구했을 때 모두 하나같이 부자연스러운 반응을 보였던 이유도 가모는 이제야 대충 이해가 됐다.

소지로, 쇼코와 고우키는 자신들이 저지른 죄를 은폐하려고 침묵을 지켰고, 규이치 부부와 도네가와는 소지로가 지어낸 비밀을 지키려고 입을 다물었다. 그리고 다이가는 레이토가 가진 출생의 비밀이 밝혀질까 두려워서 겐지의 추궁을 피했을 것이다.

그녀는 얼굴을 묻었던 두 손을 내리고 눈물로 엉망이 된 얼굴을 들어 외치듯이 말했다.

"이제 난 전부 얘기했어. 복수가 하고 싶은 거라면 나만 죽이면 돼!"

이것은 눈앞에 있는 네 사람에게 하는 말이 아닌, 숨어 있는 살인범에게 보내는 비통한 메시지였다. 아마미야는 더는 보기 힘들다는 듯이 그녀의 어깨에 살며시 손을 얹었다.

"제발 그런 말씀 하지 마세요. 쓰키에 님 때문에 생긴 일이 아닙니다."

"하지만."

가모도 수염이 자란 턱을 손으로 문지르며 고개를 끄덕였다.

"쓰키에 씨가 목숨까지 거실 필요는 없습니다. 살인범이 다시 움직이기 전에 사건의 진상을 밝히면 그만이니까요."

"……말은 쉽지만, 우리가 정말 할 수 있을까요?"

그렇게 말하는 겐지의 목소리에는 의심과 체념이 섞여 있었다.

"그럼요, 할 수 있습니다. 살인범이 지금까지 해 온 대로 규칙에 따라 움직인다면 오늘 밤 늦은 시간에 다음 사건이 일어날 겁니다. 그러니 아직 시간은 충분합니다."

어쩌다 보니 분위기에 휩쓸려서 그런 말이 나왔지만 가모도 정말로 할 수 있으리라 생각해서 한 말은 아니었다. 하지만 사람들을 설득하려면 어쩔 수 없었다.

아마미야와 쓰키에는 그 말에 고개를 끄덕였지만 겐지와 아야카 두 사람은 그 말을 받아들이기 어려운 듯했다. 가모는 소파에서 일어나며 말했다.

"자, 그럼 이제부터는 캠핑 트레일러를 거점으로 삼읍시다."

"왜죠?"

아야카가 그런 의문을 가지는 것은 당연한 일이었기에 가모는 곧바로 이어서 대답했다.

"이 건물 안에 있으면 언제 살인범에게 습격당할지 모르잖아? 그렇다면 정문을 밖에서 감시할 수 있는 트레일러가 훨씬 안전해."

이 의견에 반대하는 사람은 없었다. 가모는 계속해서 말을 이어 나갔다.

"지금부터 밤까지는 장기전이 될 겁니다. 어쩌면 건물 안으로 다시 돌아오기 힘들지도 모르고요. ……우선 아야카와 쓰키에 씨에게 부탁하고 싶은 일이 있는데, 저장고에서 식량을 꺼내서 트레일러로 옮겨 주고 음료도 추가로 준비해 주시겠습니까?"

아야카와 쓰키에는 서로 얼굴을 마주 보며 고개를 끄덕였다. 이어서 가모는 아마미야 쪽으로 고개를 돌렸다.

"아마미야 씨는 산사태가 일어난 후에 쓸 만한 물품…… 예를 들면 비를 피하거나 침구로 쓸 수 있는 물품들을 창고에서 찾아봐 주십시오."

"네, 알겠습니다."

"겐지 씨는 살인범의 습격에 대비해 저장고와 창고 주변을 계속 살펴봐 주시겠습니까. 다른 분들에 비해 조금 위험한 일이 되겠지만요."

"그럼 가모 씨는 뭘……?"

겐지가 그렇게 말하며 의심스러운 표정으로 가모를 빤히 보았기에 그는 쓴웃음을 지을 수밖에 없었다.

"트레일러까지 순조롭게 이동하려면 누군가는 척후병을 맡아야죠."

"척후병, 이요?"

"트레일러 근처에 살인범이 매복하고 있을지도 모르니까요. 제가 한발 먼저 트레일러로 돌아가서 이상이 없는지 확인하겠습니다. ……준비가 다 되면 합류하죠."

가모는 그 말만을 남기고 재빨리 현관홀로 향했다.

바지 주머니 속에 넣어 둔 나이프를 무의식중에 손끝으로 확인하며 그제야 비로소 자신이 얼마나 긴장하고 있는지를 깨달았다. 그는 '캠핑 트레일러로 향한다'라는 판단이 틀리지 않았다고 확신했지만, 지금부터는 단 한 번만 잘못 판단해도 살인범과 D 카시오페이아를 놓치게 되는 결과를 낳을 수 있었다.

이 이상 희생자를 낼 수는 없다, 그러려면 내가 해야 할 일을 할 뿐이다…… 가모는 그렇게 생각하며 건물 밖으로 걸음을 내디뎠다.

마이스터 호라의 독자에 대한 도전

외람되지만 제가 독자 여러분께 도전장을 내밀겠습니다.

시노의 별장에서 여섯 사람이 희생되었습니다. 그중 도네가와 쓰구미를 제외한 다섯 사람은 불가능 범죄라고 할 수밖에 없는 상황에서 시신이 발견되었습니다.

여러분이 해결하셔야 할 수수께끼는 아래에 있는 두 가지입니다.

① 살인범(D 카시오페이아의 공범)은 누구인가?

② 그 인물은 일련의 불가능 범죄를 어떻게 성공시켰나?

모든 추리 소설이 응당 그러하겠지만…… 진상을 간파하는 데 필요한 재료는 이미 앞에서 여러분께 제시해 드렸습니다. 서문에서 말씀드렸던 대로 저는 이야기 속에서 거짓말하지 않았고, 물론 범인은 '등장인물' 일람에 이름이 있는 사람입니다.

제시해 드린 정보를 분석해서 순서대로 조합해 보면 범인이 누구인지, 어떻게 범행을 저질렀는지…… 모두 찾아낼 수 있으실 겁니다.

그럼 여러분의 무운과 건투를 빕니다.

제7장

-⧗-

트레일러에서 사람들이 도착하기를 기다리며 가모는 녹색 와인병에 시선을 떨구었다.

어젯밤에 수돗물을 담아 왔던 그 병이다. 그는 코르크 마개가 제대로 닫혀 있는지를 확인했다. 그런 뒤 트레일러 뒤쪽에 있는 서랍장 속에 집어넣었다.

분명 빗발은 약해졌을 터인데 지붕을 두들기는 소리는 몹시 시끄러웠다. 아직 아야카에게 돌려주지 못한 회중시계를 열어서 확인해 보니 시각은 7시 45분이었다. 여름 이 시간대 치고는 어두운 편이었지만 커튼을 걷어 두면 랜턴까지 켤 필요는 없었다.

창문 너머를 보니 부서진 현관문을 통과해 네 사람이 트레일러 쪽으로 걸어오는 모습이 보였다. 우산을 쓰고 선두에 선 아야카의 표정이 굳어 있는 게 신경 쓰였지만 어쨌든 네 사람 모두 무사한 건 확실했기에 안도의 한숨을 내쉬었다.

가모는 펜던트 목걸이가 셔츠 주머니에 확실히 들어 있는 것을 확인하고 트레일러 문 쪽으로 향했다.

저장고에서 가져온 식량과 음료 등을 대충 주방에 정리하고, 다섯 사람은 침대를 의자 삼아 나란히 앉았다.

"……아까, 저장고에서 아마미야 아저씨하고 이야기했는데."

아야카가 침대에 앉자마자 조잘거리기 시작했기에 가모는 이야기를 꺼낼 기회를 놓치고 말았다. 겐지가 온화한 말투로 물었다.

"그래, 무슨 이야기를 했어?"

"아마미야 아저씨에게 시공 이동의 제약에 관해 설명했어요. 그러다가…… 제가 깼어요."

"깨다니 뭘, 병이나 얼음 같은 거?"

가모가 저장고에 있던 냉장고를 떠올리며 그렇게 묻자 아야카가 고개를 절레절레 흔들었다.

"아뇨, 그게 아니라 제가 트릭을 깼어요."

이 말에 가모는 말 그대로 머리를 한 대 얻어맞은 듯한 기분이 들었다.

이전부터 그는 '시노의 참극'을 막을 수만 있다면 누가 그것을 주도하든 상관없다고 생각했다. 그것은 지금도 마찬가지였고 류젠 가 안에 자기보다 먼저 진상을 간파하는 사람이 나타나도 이상할 게 없다고 생각했을 정도다. ……하지만 이 상황에서 아야카가 탐정 역을 자처하고 나설 줄은 꿈에도 몰랐다.

가모는 힐끔거리며 나머지 세 사람 쪽을 봤다. 겐지와 쓰키에도 받은 충격이 제법 컸는지 어안이 벙벙한 얼굴로 그녀를 돌아봤다. 하지만 아마미야만은 진지한 표정으로 그녀의 말에 고개를 끄덕였다.

“저도 아직 자세한 이야기는 못 들었습니다. 하지만…… 아가씨가 중요한 사실을 찾아내신 것만은 틀림없습니다.”

그 말을 들은 가모는 피식 새어 나오려는 헛웃음을 간신히 억눌렀다. 그 사이에 겐지가 당황스러운 표정으로 아야카에게 질문을 던졌다.

“그게 정말이니, 아야카? 대체 누가 이런 끔찍한 짓을 벌인 거니.”

그 질문에 그녀는 괴로운 듯이 눈을 감고 크게 심호흡을 한 뒤 결연한 표정으로 입을 열었다.

“21일 밤부터 오늘 아침까지, 크게 나누어 보면 네 가지 사건이 발생했어요. 첫 번째는 아버지와 고우키 내종숙이 살해당하고 그 시신이 참혹하게 토막 난 채 발견된 것. 두 번째는 할아버지가 실종되고 피자 화덕에서 불에 탄 시신이 발견된 것.”

흥분한 기색으로 이야기를 늘어놓는 소녀가 당장이라도 숨이 끊어질 듯 헐떡였기에 가모가 도움에 나섰다.

“세 번째는 도네가와 씨가 독살된 것. 네 번째는 소지로 님과 쓰키히코 씨가 살해된 것, 그렇지?”

“그리고 첫 번째 사건이 불가능 범죄처럼 보였던 이유는 아버지의 머리와 내종숙의 몸통을 건물 밖으로 옮기는 게 불가능했기 때문이죠."

가모는 그것이 사실이라고 인정하며 고개를 끄덕였다.

"그날 밤에는 소지로 님을 비롯한 몇몇 사람들이 오락실에서 밤을 새웠기 때문이지. 그 상황에서 별장 건물 밖으로 시신 일부를 옮기기는 어려웠을 거야."

"아무도 건물 밖으로 머리와 몸통을 옮길 수가 없었다면, 발상을 거꾸로 하면 돼요. ……살인범은 시신 일부를 건물 밖에서 안으로 옮긴 거라고."

아야카의 이야기를 이해하기 어려운지 겐지가 당황스러운 표정으로 중얼거린다.

"그럼 살해 현장은 건물 안이 아니라 밖이라는 소리야?"

"저희 아버지의 경우, 그렇게 생각하면 전부 설명돼요."

"그런데 규이치 형은 그날 밤에 별장 건물 안에 있었어. 정확한 시간은 기억이 안 나지만, 아마미야가 내선으로 전화가 왔다고 했으니까."

겐지의 말을 보충하듯이 아마미야가 입을 연다.

"겐지 님이 말씀하신 대로 9시 20분쯤에 전화를 받았습니다."

"그 전화를 건 사람은 저희 아버지가 아니었어요."

"네?"

"아버지가 건물 안에 있는 것처럼 보이게 하려고 살인범이 위장한 거죠. ……아마 사실은 이랬을 거예요. 아버지는 살인범과 건물 밖에서 만나기로 약속했어요. 범인에게 속았다는 사실을 모르는 아버지는 저녁 식사 후에 곧장 밖으로 향하셨을 거예요."

저녁 식사 후 곧장 밖으로 나갔다면 소지로 부자는 아직 오락실에 없었을 시간이다. 그러니까 7시 10분까지는 그 사이에 규이치가 소지로 부자의 눈에 띄지 않고 밖으로 나갈 수 있었다는 말이 된다. 여기까지는 가모가 들었던 이야기와 모순되는 점도 없었다.

"그렇다면 규이치 씨는 약속 장소에서 살해당했겠구나."

가모가 그렇게 중얼거리자 아야카는 그를 올려다보며 고개를 끄덕였다.

"그리고 끔찍하게도, 살인범은 아버지의 머리뿐만 아니라 팔과 다리까지 잘라 냈죠."

아마미야가 당황한 표정으로 눈을 깜빡였다.

"이상한 말이군요. 팔과 다리가 잘린 사람은 고우키 님이시니까요. 살인범은 고우키 님의 몸통을 절단해서 누에 그림의 너구리를 표현하려고……."

"비유는 단순히 misleading이에요."

아야카의 말에 어리둥절한 표정을 짓고 있는 아마미야를 향해 겐지가 설명을 더했다.

"풀어서 설명하자면 '사람을 잘못된 방향으로 이끈다'라는 뜻이야. 무언가로 주의를 돌려서 진상을 보지 못하게 하는 거지."

가모도 쓴웃음을 지으며 입을 열었다.

"인간은 희한한 생물이라 이유를 알 수 없는 일에는 기를 쓰고 달려드는 주제에 하나라도 그럴싸한 이유를 찾으면 거기서 만족하고 돌아서 버린단 말이죠. ……살인범은 '누에 그림을 완성하려고 시신을 절단했다'라고 믿게 함으로써 우리가 제대로 조사하지 못하도록 교란시킨 겁니다."

여기까지 이야기를 듣고서 조금 전부터 생각에 잠겨 있던 쓰키에가 잠긴 목소리로 말했다.

"정리해 보면, '구라모리에서 발견된 머리', '구즈 강에서 발견된 몸통', '대욕장에서 발견된 팔다리'가 전부 규이치 오빠의 몸이었다는 뜻이야?"

"네, 아버지의 것이라고 믿었던 시신 일부야말로 고우키 내 종숙의 것이었죠."

"그래도 여전히 의문은 남아. 살인범이 잘라 낸 팔과 다리를 어떻게 건물 안으로 들고 들어온 건지는 모르잖아."

"팔다리를 옮기는 정도라면 굳이 문을 이용할 필요도 없어요. ……직접 본 건 아니지만 아버지의 팔은 팔꿈치와 어깨 한가운데 위치에서 절단됐고, 다리는 무릎 아래가 절단됐죠? 그렇다면 대욕장 방범창 사이로도 넣을 수 있었을 거예요."

그런 말을 들어도 쓰키에는 여전히 반신반의하는 눈치였

다. 하지만 별장 안에 있는 방범창을 직접 확인해 보고 다닌 가모는 그녀의 추측이 타당하다는 것을 알았다.

아야카는 계속해서 설명했다.

“대욕장에 설치된 방범창은 창살의 간격이 12센티 정도예요. ……살인범은 아버지의 팔다리를 방수포에 싸서 지하 정원으로 옮긴 뒤 창문을 통해 대욕장 안에 넣었을 거예요.”

가모는 홀린 듯이 자신의 팔다리를 내려다봤다.

그의 키는 180센티 정도 되었지만 방금 아야카가 말한 대로 팔다리의 일부만 옮긴다면 12센티 틈새로 통과시킬 수 있을 것 같았다. 가모보다 키가 작고 마른 체형의 규이치라면 더 여유롭게 창살 사이로 팔다리를 통과시킬 수 있을 것이다.

“그러고 보니까 전에 아마미야 씨가 그랬지? 규이치 씨와 고우키 씨는 두 분 모두 키가 167센티 정도라고.”

그렇게 말하며 가모는 아야카의 일기에 ‘규이치와 고우키는 외견이 닮았다’라고 적혀 있던 부분을 떠올렸다. 그 말을 들은 겐지가 고개를 살짝 끄덕이며 말한다.

“네……. 워낙 무참히 잘려 있었으니 정말 두 사람의 신체가 바뀌어 있었다고 해도 눈치 챌 사람은 없었을 겁니다.”

규이치와 고우키의 머리가 물에 닿지 않는 곳에 놓여 있었던 데에 비해 그 외의 부위는 강변, 대욕장, 개인실에 달린 욕조 등에서 물에 잠긴 채로 발견됐다. ……이것도 살인범이 의도적으로 한 짓임이 분명했다. 머리를 제외한 다른 부위의 피부를 물에 불게 만들어서 시신 일부가 바뀌었다는 사실을 눈치 채지 못하게 할 의도로.

아야카는 계속해서 담담하게 말을 이어 나갔다.

"아버지의 방에서 발견된 목이 없는 시신에 샴푸가 뿌려져 있었던 것도…… 몸에서 나는 담배 냄새를 지우려고 한 짓일 거예요. 아버지는 담배를 안 피우셨으니 아버지의 시신처럼 보이게 하려면 그럴 수밖에 없었겠죠."

그녀의 설명은 빈틈이 없었기에 가모는 속으로 탄성을 지를 수밖에 없었다. 잠시 뒤 아마미야가 당혹스러운 표정으로 중얼거렸다.

"그러니까 결국, 그날 밤에 대체 무슨 일이 일어났던 겁니까?"

그 말에 자극받은 듯 그녀는 크게 숨을 들이쉬고 설명을 시작했다.

"우선 살인범은 저희 중 몇몇 사람에게 수면제를 먹였을 거예요. 생각해 보세요, 당고모도 그날 밤에는 졸음이 몰려와서 참기 힘들었다고 하셨죠? 저나 당고모 외에도 심하게 졸음이 몰려왔다거나 피로를 느꼈다고 하신 분들이 있었어요. 할아버지와 도네가와 아주머니, 이 두 분이요."

생각에 잠긴 듯 손끝으로 턱을 문지르며 겐지가 입을 열었다.

"살해된 두 사람과 오락실에 있던 네 사람을 제외한 모두가 졸음을 느꼈다는 말이구나?"

"살인범은 D 카시오페이아에게 정보를 얻어 누가 작은할아버지와 함께 오락실에서 밤을 새웠는지 알았을 거예요. 그래서 목격당할 위험성을 줄이기 위해 그 외에 사람들에게 수면제를 먹였어요. ……그렇게 준비를 마친 뒤 살인범은 적당히 핑계를 대서 아버지를 밖으로 불러낸 뒤 살해했을 거예요."

자기도 모르게 그 모습을 상상한 가모는 얼굴을 찌푸렸다.

어둠 속, 랜턴 빛에 드러난 것은 머리 위로 도끼를 번쩍 쳐들고 흉악한 짓을 저지르려 하는 살인범의 모습……. 그 인물은 우비 등을 준비해서 자신에게 피가 튀지 않도록 대책도 확실히 세웠을 것이다. 설령 손에 피가 묻었다 해도 바로 옆에는 구즈 강이 있으니 별장으로 돌아가기 전에 씻어 낼 수도 있었을 것이다.

"살인범은 잘라 낸 머리를 산책로 옆에 두었어요. 다음 날 아침에 산책하는 사람들이 발견하기를 기대하면서. 그리고 몸통은 구즈 강변에 유기했죠. 아버지의 옷을 벗겨 누구의 몸통인지 알아볼 수 없게 만들어서요……."

살인범은 자신이 입었던 우비와 규이치의 옷을 구즈 강에 버림으로써 범행을 마무리 지었을 것이다. 그 광경을 상상한 가모는 참을 수 없는 오한을 느꼈다.

아야카는 더욱 괴로운 표정을 지으며 계속해서 설명했다.

"그런 뒤 살인범은 아버지의 팔다리를 방수포에 싸서 지하 정원으로 향했어요. 사전에 대욕장에 있는 창문을 열어 두면 살인을 저지른 후에 집어넣는 것도 가능했을 테니까요."

이전에 가모는 아마미야와 겐지에게 이런 이야기를 들었다. 대욕장을 이용하는 사람이 적고, 특히 저녁 식사 후에 온천에 들어가는 사람은 고작해야 고우키 정도라고……. 대욕장에 방수포로 싼 팔다리를 던져 넣은 살인범은 여유롭게 자리를 떴을 것이다. 고우키만 죽이면 다른 사람에게 목격당할 걱정 없이 여유롭게 현장을 조작할 수 있다는 사실을 알았을 테니까.

아야카는 다시 입을 열어 나지막한 소리로 설명을 계속했다.

"그 후 별장으로 돌아온 살인범은 고우키 내종숙을 살해했어요. 아마 살해 현장은 대욕장이 아닌 '원숭이' 방이었을 거예요."

"'개'도 아니고 굳이 규이치 오빠 방에서 범행을 저질러야 할 이유가 있었을까?"

도중에 끼어들어 날카로운 질문을 던진 사람은 쓰키에였다. 여기서 아야카는 처음으로 자신만만한 표정을 지었다.

"살인범이 내종숙을 '원숭이' 방으로 불러냈을 텐데 방법은 저도 아직 모르겠어요. ……하지만 살인범이 아버지의 목숨을 빼앗으면서 그 방의 열쇠를 훔쳤을 거예요."

아마미야가 무언가 깨달은 듯이 고개를 들며 말했다.

"살인범은 그 열쇠로 원숭이 방에 들어간 뒤 욕실에서 고우키 님을 교살한 거군요? 그런 다음 고우키 님이 가지고 있던 '개'의 열쇠를 빼앗고 규이치 님의 옷으로 갈아입힌 겁니다."

"네. 아버지는 평소에 늘 같은 옷만 입으셨으니까 저녁 식사 때 입었던 옷과 다른 옷을 입혔다 해도 알아볼 수 있는 사람이 없었을 거예요. ……살인범은 옷을 갈아입힌 뒤 고우키 내종숙의 목을 잘랐어요. 그리고 몸에다 샴푸를 뿌려서 담배 냄새를 없앤 뒤 아버지의 몸인 것처럼 위장했죠."

살인범은 이때도 몸에 피가 튀지 않도록 우비를 준비했을까? 아니면 뒤집어쓴 피를 물로 씻어 낸 뒤 원숭이 방을 나간 걸까? 어느 쪽이든 가모에게는 구역질나는 일이었다.

"그리고 살인범은 고우키 형의 머리를 무언가로 싸서 대욕장으로 옮겼구나?"

겐지가 멍하니 중얼거리는 것을 듣고 아야카는 슬픈 표정으로 고개를 끄덕였다.

"원래 입으셨던 옷도 아마 그때 탈의실에 같이 가져다 놓았을 거예요. ……대욕장에는 방범창을 통해 안에 넣었던 팔다리가 있었죠. 살인범은 아버지의 팔다리와 고우키 내종숙의 머리를 '개'의 열쇠와 함께 놓아둠으로써 내종숙의 몸통만 사라진 것처럼 보이게 상황을 연출한 거예요."

그렇게 생각해 보면 규이치와 고우키의 목이 너덜너덜하게 절단되어 있었던 이유도 설명이 된다.

고우키의 머리와 규이치의 몸통, 규이치의 머리와 고우키의 몸통을 맞춰 봤자 몸에 남은 상처가 일치할 리 없다. 다른 사람의 몸이라는 사실을 알아채지 못하게 하려고 일부러 그렇게 한 것이다.

가모가 다시 생각에 잠겼을 때, 쓰키에가 작은 소리로 외쳤다.

"잠깐만! 방금 말한 게 가능했던 사람은 몇 명 없잖아?"

그 질문에 아야카는 핏기가 가신 굳은 얼굴로 입을 열었다.

"맞아요. 살인범이 혼자서 범행을 저질렀다면…… 그런 짓을 할 수 있었던 사람은 그날 밤 건물을 드나들었던 사람뿐이니까."

그 말에 트레일러 안이 한없이 고요해지며 천장을 두들기는 빗소리만이 울렸다. 이윽고 겐지가 당혹감을 감추지 못하고 머뭇거리며 입을 열었다.

"그런데, 그 조건을 만족하는 사람은 네 명밖에 없어."

"밖에서 담배를 피웠던 쓰키에 씨, 장작 창고에 갔던 아마미야 씨, 정원에서 산책했던 겐지 씨, 아침 일찍 청소하러 나갔던 도네가와 씨. ……이렇게 네 사람이죠."

가모가 보충하듯이 그렇게 말하자 아야카가 고개를 크게 끄덕였다.

"그중에 도네가와 아주머니는 살인범이 아닌 게 확실해요.

아주머니가 밖에 계셨던 시간은 15분도 안 되니까."

"확실히 그래. 규이치 씨를 살해하고 몸을 절단하기에는 너무 짧은 시간이야. 뒤집어쓴 피를 해결할 시간도 필요할 테니까…… 적어도 범행을 저지르는 데 30분은 필요했을 거야."

그렇게 말하며 가모는 남은 세 사람에게로 시선을 돌렸다. 그들은 새파랗게 질린 얼굴로 아야카를 보고 있었다.

"맙소사, 그럼 이 중에 살인범이 있다는 말입니까?"

아마미야의 질문에 아야카는 괴로운 듯이 시선을 아래로 떨구었다.

"한 번만 더 확인할게요. ……아마미야 아저씨는 몇 시부터 몇 시까지 장작 창고에 계셨죠? 오락실에서 소지로 작은할아버지와 합류한 시간은요?"

한순간 말문이 막혔던 아마미야는 이내 숨을 한 번 크게 들이쉬고 아야카의 질문에 대답했다.

"저는 7시 20분에 밖으로 나가서 대략 8시 반까지 밖에 있었습니다. 별장으로 돌아온 후에는 곧장 제 방으로 갔다가 대략 9시 반에 오락실로 향했습니다."

"별장 밖에서 한 시간, 안에 돌아와서도 1시간은 알리바이가 없군요. ……유감스럽지만 그 정도 시간이면 일련의 범행을 저지르는 데는 충분해요."

그녀의 판정을 듣고 겐지가 쓴웃음을 지었다.

"네가 보기에는 나도 마찬가지겠구나. 나는 8시 전에 밖으로 나가서 9시 전까지는 정원을 돌아다녔단다. 별장으로 돌아온 뒤에도 아마미야가 방으로 부르러 온 10시 45분까지는 알리바이가 없지."

"네, 삼촌은 건물 밖에서 1시간 계셨고 안으로 돌아온 뒤에도 1시간 반 이상은 알리바이가 없으니까 범행을 저지르는 데는 문제가 없었죠."

여기까지 이야기를 듣고서 쓰키에가 체념한 듯이 한숨을 내쉰 뒤 말했다.

"나는 7시 10분 전에 나가서 40분쯤에는 돌아왔어. ……같은 논리로 따지자면 밖에 나가 있던 시간은 35분 정도, 건물로 돌아온 뒤에는 알리바이가 없지."

다른 사람에 비하면 건물 밖에 있었던 시간이 짧았지만 그녀를 용의자에서 제외하기에는 충분하지 않았다. 아야카는 눈을 감고 계속해서 말을 이어 나갔다.

"마지막으로 살인범은 한 가지 일을 더 꾸몄어요. 아버지가 건물 안에 있는 것처럼 보이게 하려고 내선으로 전화를 한 거죠."

그 말에 가모는 고개를 끄덕였다.

"전화는 오후 9시 20분쯤에 걸려 왔다고 했는데, 그 시각에는 세 사람 모두 자기 방에 있었지?"

"네, 누구든 상황을 그럴싸하게 꾸며 낼 수 있었다는 뜻이죠. ……전화가 걸려 왔다는 아마미야 아저씨의 이야기가 거짓말일 수도 있고, 겐지 삼촌이나 쓰키에 당고모가 아버지의 목소리를 흉내 내서 전화를 걸었을 수도 있어요."

그녀는 가차 없이 말했다. 아마미야는 절망적인 눈빛으로 거짓말을 한 적이 없다고 주장하기 시작했고, 쓰키에는 자기가 어떻게 규이치의 목소리를 흉내 낼 수 있겠느냐는 말을 반복하며 무죄를 호소했다. 겐지만이 아무 말 없이 시선을 침대 위로 떨구고 있었다.

하지만 아야카는 추궁하던 기세를 꺾을 생각이 없는 듯했다. 그녀는 고개를 들고 천천히 입을 뗐다.

"누가 살인범인지는, 할아버지가 실종되고 불에 탄 시신이 발견된 두 번째 사건과 작은할아버지와 쓰키히코 당숙이 희생된 네 번째 사건을 되짚다 보면 저절로 알게 될 거예요."

이 말에 겁을 먹었는지 그때까지 반론을 계속하던 쓰키에와 아마미야가 입을 다물었다.

그녀는 세 번째 사건에 대해서는 언급하지 않았다.

그 이유는 가모도 알고 있었다. ……이 사건은 유일하게 불가능 범죄가 아니었으며 누구나 도네가와에게 독을 탈 기회가 있었다. 그런 이유로 세 번째 사건을 되짚어 봤자 살인범을 알아내기는 어려웠기 때문이다.

살인범을 알아내면 그 후에 일어났던 일을 거꾸로 되짚으며 살인범이 언제 독을 섞어 넣었는지 짐작해 볼 수 있겠지만, 지금은 그녀가 말한 대로 두 번째 사건과 네 번째 사건이 어떻게 일어났는지를 추리해 보는 수밖에 없어 보였다.

아야카는 겐지와 아마미야와 쓰키에 세 사람을 순서대로 본 뒤 다시 입을 열었다.

"안타깝게도 나머지 두 사건은 평범한 사고방식으로는 진상을 밝혀낼 수가 없어요. ……살인범은 범행에 D 카시오페이아를 이용했으니까."

이 말이 의미하는 바를 깨달았는지 겐지가 눈을 부릅떴다.

"설마, 범행을 저지르는 데 시공 이동이 이용됐다는 말은 아니겠지?"

그녀가 대답하기도 전에 아마미야에게서 먼저 반론이 날아들었다.

"이상한 이야기군요. 적어도 두 번째 사건에서는 시공 이동을 쓰지 않은 게 확실합니다. 시공 이동에는 네 가지 제약이 있어서 마음대로 쓸 수 없다고 말씀하지 않으셨습니까."

가모도 아마미야의 의견에 동의했다.

건물 안에서 다른 곳으로 이동하려고 하면 못해도 한 변이 3미터인 정육면체 범위 안의 모든 것이 함께 이동하기 때문에 천장이나 바닥에 파인 흔적이 남을 수밖에 없었다. 반대로 건물 밖에서 안으로 이동하려고 해도 도착 지점에 생기는 오차 때문에 마음먹은 대로 이동할 수가 없었다.

쓰키에도 가세해서 눈썹을 치켜올리고 반론을 시작했다.

"네 번째 사건도 마찬가지야. 정말 우리 중에 살인범이 있고, 그 사람이 시공 이동을 했다고 쳐도 사건은 해결되지 않아."

그 말을 듣고 겐지는 침대 시트를 손가락으로 가볍게 톡톡 두드리다 이윽고 고개를 끄덕였다.

"쓰키에 말이 맞아. ……범행을 저지르려면 문을 부술 수밖에 없었을 거고 두 사람이나 살해하고 소지로 숙부님의 팔을 자르려면 못해도 1시간은 필요했을 거야."

"맞아요, 그 정도는 걸렸겠죠."

아야카는 전혀 당황하는 기색 없이 그렇게 대답했고, 겐지도 온화한 말투를 유지하며 이야기를 계속했다.

"하지만 범행에 필요한 시간을 벌겠다고 미래로 이동하는 건 별 도움이 안 돼. 두 시간 뒤로 이동하게 되면…… 살인범에게 있어 1초가 다른 사람들에게는 2시간 1초가 되니까 말이야. 살인범은 오히려 2시간을 손해 보게 돼."

"맞습니다. 시간을 벌기 위해서는 과거로 이동할 수밖에 없죠. 그런데 가까운 과거로는 이동할 수 없다고 하지 않으셨어요?"

자신 없다는 투로 그렇게 물은 사람은 아마미야였다.

가모가 생각하기에도 그의 의견은 타당해 보였다.

이전에 호라가 이런 설명을 한 적이 있다. 가까운 과거로 시공 이동을 하게 되면 같은 시간에 같은 사람이 두 명 존재하는 부자연스러운 상황이 발생하기 때문에 타임 패러독스를 일으키게 된다고.

하지만 아야카는 가볍게 고개를 가로저으며 두 사람의 의견에 반박했다.

"아뇨, 시공 이동을 이용해서 시간을 버는 일은 가능했어요. ……왜냐하면 시공 이동을 한 사람은 살인범이 아니라 저희니까요."

*

"……대체 언제, 우리가 시공 이동을 했다는 거야?"

아야카가 한 말을 머릿속으로 되풀이하며 가모는 곧장 그렇게 물었다.

"캠핑 트레일러에 들어가자마자 곧장 이동되었을 거예요. 그때만큼은 한 사람만 트레일러 밖에 있고 나머지 사람들은 전부 차 안에 있었으니까."

그 말을 들은 가모는 기억을 더듬기 시작했다.

"내가 기억하기로는 트레일러 안이 안전한지 확인하려고 맨 처음 들어간 사람이 겐지 씨와 아마미야 씨, 이 두 사람이었지? 그 후에 우리와 교대하듯이 겐지 씨가 담배를 피우려고 밖으로 나갔어. 겐지 씨가 돌아온 뒤에는 아마미야 씨가 우산을 가지러 차 밖으로 나갔고. ……마지막으로는 내가 밖으로 나갔나."

마찬가지로 그때 일이 떠올랐는지 아마미야가 의아하다는 투로 중얼거린다.

"그런데 겐지 님은 5분 만에 차로 돌아오셨고 저도 밖에 있었던 시간은 몇 분 안 됩니다. 심지어 가모 씨는 밖에 계셨던 시간이 1분도 안 됐고요."

"그 정도 시간이면 충분해요."

그녀의 말에 아마미야는 입을 반쯤 벌린 채로 굳어 버렸다. 아야카는 계속해서 설명했다.

"호라가 그랬죠? 이동시킬 수 있는 건 인간만이 아니라고…… 인간이 함께한다면 한 변이 6미터인 정육면체 크기까지는 이동시킬 수 있다고."

그렇게 말하며 아야카는 두 팔을 벌려 트레일러 전체를 가리켰다.

"보세요, 이 트레일러는 대략 2미터×4.5미터×2미터밖에 안 되는 크기예요. D 카시오페이아가 충분히 이동시킬 수 있는 크기죠."

조금 전부터 미간을 찌푸린 채 생각에 잠겨 있던 쓰키에가 입을 열었다.

"……그러니까 살인범은 트레일러 째로 우리를 이동시켰다는 말이야?"

"네, 그렇게 생각하면 정문이 부서지는 소리를 못 들었던 이유도 설명이 돼요. 그때 저희는 이 세계에 존재하지 않았을 테니까 애초에 소리가 들릴 리 없었던 거죠.”

그렇게 말하며 주머니를 뒤적인 아야카의 손에는 찢어진 노트 일부가 들려 있었다. 그녀는 볼펜을 꺼내서는 종이에 무언가를 적으며 설명을 계속했다.

“저희가 트레일러에 들어온 시각이 오후 8시 50분쯤. 살인범은 트레일러 어딘가에 D 카시오페이아를 숨기고 혼자서만 차 밖으로 나갔어요. 그것을 확인한 D 카시오페이아는 트레일러를 통째로 이동시켰고요.”

그녀는 종이를 사람들이 볼 수 있도록 들어 올렸다. 거기에는 다음과 같이 적혀 있었다.

출발 시각	도착 시각	오차
PM 9시	PM 10시	−2시간
PM 9시	AM 0시	0시간
PM 9시	AM 2시	+2시간

※PM 9시에 시공 이동, 목적지는 다음 날 AM 0시로 설정했다고 가정.

“이런 식으로 목적지를 오전 0시로 설정해도 실제 도착 시각은 오후 10시부터 오전 2시 사이에 무작위로 도착하게 돼요. 세 번째 제약 때문에 ±2시간의 오차가 생기게 되니까.”

가모는 머릿속으로 재빨리 계산하며 고개를 끄덕였다.

“그래, 틀린 말은 아냐. ……오후 10시로 이동하면 우리도 모르는 새에 1시간이 지나 있겠지. 우리와 함께 이동하지 않은 살인범은 그만큼 시간을 벌 수 있을 거야. ……오전 2시로 이동하면 상황은 더 심각해. 살인범은 5시간이나 벌 수 있을 테니까."

겐지는 이 설명이 이해가 가지 않는 듯 고개를 갸웃거리며 말했다.

"살인범이 트레일러 밖에 있었다면 차 안에는 시공 여행자가 존재하지 않는 상태였을 겁니다. 이런 상태에서 D 카시오페이아가 어떻게 이동한 거죠?"

"시공 이동 장치는 대략 1미터 안에 있는 인간이라면 누구든 강제적으로 시공 여행자로 선택할 수 있다고 했습니다. 그렇다면 트레일러 안에 누가 됐든 한 사람만 있으면 충분하다는 뜻이죠."

이 일은 가모도 이미 경험했다. 그는 아무런 예고도 없이 호라에게 시공 여행자로 선택받아 과거로 보내졌으니까…….

아야카는 계속해서 설명했다.

"살인범은 그렇게 번 시간을 이용해서 범행을 저질렀어요. 그런 후에 살인범은 현관홀에서 느긋하게 기다렸을 거예요. 시공 이동을 한 트레일러가 나타나기만을."

돌연 쓰키에가 무언가 깨달은 듯 고개를 들었다.

"설마, 트레일러가 원래 주차되어 있던 곳에서 몇 미터 이동된 것도?"

"물론 바람 때문이 아니었어요. 시공 이동 때 발생하는 오차 때문에 위치가 어긋났던 거예요. 트레일러가 이동하면서 지면이 조금 파였겠지만 주위는 이미 물바다였으니 그 흔적은 아무도 발견할 수 없었을 거예요. ………그리고 살인범은 시치미를 떼며 이동을 끝내고 나타난 저희와 합류했고 D 카시오페이아를 회수했어요."

"그럼 시계는 어떻게 설명할 거야? 시간을 뛰어넘었으니 우리가 가지고 있던 시계는 실제 시각과 몇 시간이나 차이가 났을 거야. 물론 살인범이 가진 시계도 우리와 시간이 맞지 않았을 거고."

쓰키에의 반론에 아야카는 고개를 가로저었다.

"그날 밤 저는 회중시계를 침대 사이드 테이블 위에 올려두었고 겐지 삼촌도 아마미야 아저씨도 손목시계를 풀고 계셨어요. 그러니까 살인범은 아무도 보지 않는 틈을 타 시곗바늘을 돌릴 수 있었을 거예요."

실제로 가모가 기억하기로도 겐지의 손목시계는 사이드 테이블 위에, 아마미야의 손목시계는 주방 근처에 놓여 있었다. 아야카가 말한 대로 시계를 조작하기가 어렵지는 않아 보였다.

가모는 끊임없이 비가 내리는 창밖을 보며 입을 열었다.

"그렇게 생각하면 네 번째 사건을 일으킬 수 있었던 사람은 혼자서 트레일러 밖으로 나갔던 사람…… 그러니까 나, 겐지 씨, 아마미야 씨가 되겠구나?"

"그중에서 첫 번째 사건에서도 범행을 저지를 수 있었던 사람은 겐지 오빠, 아마미야 두 사람이야."

그렇게 말한 사람은 쓰키에였다. 하지만 그녀의 목소리에는 자신이 용의선상에서 벗어났다는 기쁨은 없고, 그저 슬픔만이 담겨 있었다. 그에 비해 겐지와 아마미야는 그저 서로의 얼굴만 멀뚱히 볼 뿐, 아무 말도 하지 않았다.

가모는 당장이라도 균형이 무너질 것 같은 위태로운 침묵을 이어 가는 두 사람을 가만히 응시했다.

그곳에는 살인범과 희생자인 두 사람이 있었다.

희생자 쪽은 눈앞에 있는 남자가 살인범임을 확신하고 있을 것이다. 그럼에도 그 사실을 받아들이기 힘들어서 아야카가 펼친 추리가 틀렸다는 것에 마지막 희망을 걸고 있을지도 모른다. 살인범 쪽은 상대에게 죄를 덮어씌우는 데 주력하고 있을 것이다.

그러나 한 가지만은 헤아릴 수조차 없었다. ……살인범은 대체 어떤 심정으로 아야카의 이야기에 귀를 기울이고 있는 것일까? 지금도 이 사건의 진상이 밝혀질 리 없다며 대수롭지 않게 여기는 것일까. 아니면 점점 목을 조여 오는 상황에 전전긍긍하고 있을까.

"……마지막으로 남은 두 번째 사건 역시 시공 이동이 얽혀 있어요."

아야카의 말에 퍼뜩 정신이 든 가모가 쓴웃음을 지었다.

"내 존재를 알고 곧장 D 카시오페이아와 살인범이 계획을 변경한 모양이로구나."

"호라가 말한 대로 그녀는 시공 이동이 실제로 존재한다는 사실을 여러 사람이 알고 있다고 판단했을 거예요. 그리고 타임 패러독스를 이용해서 할아버지의 목숨을 빼앗았죠."

"이번에는 타임 패러독스입니까?"

당황한 표정으로 그렇게 중얼거린 사람은 아마미야였다.

"네, 살인범은 할아버지 방에 미리 D 카시오페이아를 숨겨 두었어요. 그녀는 할아버지가 저녁 식사 후에 방으로 돌아오기를 기다렸다가 기회를 봐서 할아버지를 과거로 보낸 거예요. 그것도 가까운 과거로."

그 말을 듣고 겐지는 길게 한숨을 내쉬며 어두운 표정으로 말했다.

"그 결과 타임 패러독스가 생겨서 할아버님의 존재가 이 세상에서 지워졌다고 생각하는 거구나?"

아야카는 힘껏 고개를 끄덕였다.

"가령 10분 전으로 이동하면 타임 패러독스의 영향으로 10분 전의 세계에서 존재했던 할아버지는 사라지게 돼요. ······ 그리고 세계 전체가 10분 전으로 돌아가게 되겠죠."

"그래, 그러면 할아버님이 이동되면서 생겼을 바닥이나 천장의 흔적도 처음부터 존재하지 않았던 게 되겠구나."

"할아버지는 아마 씻기 위해 옷을 벗어 의자 위에 걸쳐 두셨을 거예요. D 카시오페이아는 그게 몇 시 몇 초인지를 기억했다가 그 시간을 목적지로 설정해서 할아버지를 이동시켰을 거예요. ……이 방법을 쓰면 저희에게 범행을 목격당할 일도 없고 살인범은 자기 방에 있으면서 범행을 저지를 수 있죠."

시공 이동의 네 번째 제약에 근거해 생각해 봐도 두 사람이 나누고 있는 대화는 타당하게 들렸다.

하지만 가모는 그것이 사건의 진상이라고는 생각하지 않았기에 곧바로 반문했다.

"타임 패러독스가 발생했다고 생각한 근거는?"

"할아버지 방에서 용의 열쇠가 발견됐기 때문이에요."

"아, 구부러진 열쇠 말이구나."

"저녁 식사 시간에는 당연히 할아버지도 열쇠를 가지고 오셨을 거예요. 그 열쇠가 '용'에서 발견되었다는 말은…… 가모 아저씨와 제가 2층을 감시하기 전까지는 할아버지가 '용'에 계셨다는 것을 뜻해요."

사람들이 '용'의 문을 부수고 안으로 들어갔을 때, 가모는 곧장 구부러진 열쇠를 회수했다. 그때까지는 살인범도 열쇠를 몰래 바꿀 기회가 없었던 게 확실했다.

그녀는 계속해서 설명을 이어 나갔다.

"할아버지가 방에 계셨다면 감시의 눈을 피해 범행을 저지를 방법은 하나밖에 없어요. ……바로 타임 패러독스를 이용한 살인이죠."

이 말을 듣고 겐지가 당황한 표정으로 중얼거린다.

"그런데 용 조각이 달린 네쓰케는 피자 화덕 옆에서 발견됐잖아?"

"그건 불에 탄 시신이 할아버지라는 인상을 강하게 주기 위해서 살인범이 일부러 둔 거예요. ……저녁 식사 시간에 살인범은 할아버지에게서 네쓰케만 훔쳐냈어요. 할아버지는 단순히 네쓰케를 잃어버린 거로 생각하셨겠지만요."

아마미야가 몇 번이나 눈을 끔뻑이며 말했다.

"그럼 피자 화덕에서 발견된 시신은 대체 누구였던 겁니까?"

"살인범이 외부에서 별장으로 들여온 것 같은데, 무슨 목적으로 그랬는지는 저도 잘 모르겠어요. ……가모 아저씨가 나타나면서 D 카시오페이아와 살인범은 계획을 변경할 수밖에 없었을 거예요. 변경 전의 계획이 어떤 것이었는지 알 방법이 없으니까 시신을 준비한 이유도 알 수가 없어요."

여기까지 말하고서 그녀는 눈을 내리깔며 기어들어 가는 목소리로 계속해서 설명했다.

"그리고…… 정말 끔찍한 이야기지만 살인범은 시신을 건물 밖에 보관하고 있었을 거예요. 하지만 구라모리에 사는 산짐승이 그 냄새를 맡은 거죠."

가모는 자기도 모르게 잔뜩 흥분해서 말했다.

"설마, 시신의 다리가 짐승에게 뜯어 먹혀서…… 시신에 다리가 없었다고 생각하는 거야?"

"네. 살인범은 하는 수 없이 그 시신을 호랑이의 뒷다리로 보이게끔 이용하기로 했어요. 시신만 태워 버리면 할아버지의 시신이 아니라는 사실을 들키지 않을 거라고 생각했으니까."

한동안 침묵이 이어진 뒤 생각에 잠겨 있던 아마미야가 질문을 던졌다.

"아직 이해되지 않는 점이 있습니다. 주인 어르신이 정말로 시공 이동을 하셨다면 방 안 어딘가에 모래시계가 있었겠죠? 방을 수색했을 때 그런 것은 발견되지 않았습니다."

그의 반론에도 아야카는 전혀 당황하는 기색을 보이지 않았다.

"맨 처음 '용'에 들어갔을 때는 할아버지를 찾으러 들어갔을 뿐이라 방 안을 자세하게 살펴보지는 않았을 거예요. 엽총 수색 때도 찾고 있던 물건은 엽총과 탄환 24발이 든 보관함이었죠? 자그마한 모래시계를 찾고 있던 게 아니었으니까 못 보고 지나쳤다고 해도 이상한 일은 아니에요."

"아니 뭐, 그럴 수도 있겠지만……."

"결국 오후 2시는 되어서야 가모 아저씨와 제가 그 방을 다시 조사하러 갈 수 있었어요. 그 사이에 살인범은 모래시계를 회수했을 거고요."

그 말을 듣고 가모는 누가 '용'에 들어갔고 누가 들어가지 않았는지를 떠올리며 입을 열었다.

"경첩을 부순 직후에 방에 있었던 사람은 저, 아야카, 겐지 씨, 이렇게 세 사람뿐이었습니다. 그리고 엽총을 찾으려고 별장 안을 수색할 때 '용'을 담당했던 사람은 소지로 님, 쓰키히코 씨, 쓰키에 씨, 이렇게 세 사람이었죠. ……우리 중에서 모래시계를 회수할 기회가 없었던 사람은 아마미야 씨밖에 없다는 말이 됩니다."

"실제로는 그때 말고도 저희끼리 흩어져서 건물 안을 수색하러 간 적이 있죠. 그때 아마미야 아저씨는 겐지 삼촌과 함께 행동하셨을 거예요. ……삼촌, 아마미야 아저씨는 '용'에 들어간 적이 없죠?"

겐지가 바닥으로 향해 있던 시선을 들며 조용히 대답했다.

"그래, 그 방에는 들어간 적이 없어. 그건 확실해."

이것은 실질적으로 자신이 살인범이라고 인정하는 말처럼 들렸다. 아야카의 추리에 따르면 살인범의 조건을 모두 충족하고 '용'에서 모래시계를 회수할 수 있었던 사람은 겐지 밖에 없었기 때문이다.

그 말을 듣고 아야카는 크게 한숨을 내쉬었다.

"그럼 삼촌은 범행을 인정하는 거네요?"

겐지는 아야카를 똑바로 보며 말했다.

“나는 살인범이 아니야. 아야카도 2층 복도를 감시했다면 알겠지? 그날 밤 나는 일찌감치 내 방으로 돌아갔어. 내가 어떻게 방에서 빠져나온 다음 피자 화덕에다 시체를 태웠겠어.”

“시체를 태우지는 않더라도 준비 정도는 더 이른 시간에 할 수 있었을 거예요. 동물에게 뜯어 먹혔다는 사실을 알게 된 시점에 삼촌은 시체를 보호하려고 문을 닫을 수 있는 피자 화덕에다 옮겼을 테니까. 그 후 저녁 식사 준비 중에 주방을 몰래 빠져나와서 화덕에다 장작을 던져 넣고 일정 시간이 지나면 불이 붙도록 손을 써 두면 가능해요.”

“그렇다면 할아버님 방에 모래시계는 어떻게 숨겼다는 거야?”

겐지의 목소리는 여전히 고요했다. 반면 아야카의 표정은 평소 같지 않게 싸늘하게 굳어 있었다.

“가모 아저씨에게 조사를 맡기기로 한 후 삼촌은 할아버지의 방으로 가서 이야기를 나눈 적이 있죠. 그때 손을 써 두었을 거예요.”

“물론 그럴 수도 있겠지만, 어디에?”

“회중시계 안이요.”

이 대답을 듣고 겐지는 눈을 동그랗게 떴다가 이내 쓴웃음을 지었다.

“그래, 류젠 가 회중시계에는 비밀 공간이 있으니까 말이지.”

호라의 크기는 지름이 대략 1센티 정도에 높이는 3센티 정도였다. 그에 비해 ‘용’에 있던 회중시계 안의 비밀 공간은 1센티×4센티×2센티. 즉, 시공 이동 장치를 넣기에 충분한 공간이 있다는 말이 된다.

아야카는 거기서 그치지 않고 계속해서 겐지를 추궁했다.

“회중시계에 숨기면 쉽게 들키지는 않을 거라고 생각하셨죠?”

“글쎄, 뭔가를 숨기기에는 좋은 장소가 아닌 것 같은데. 모래시계를 회수하려면 뚜껑을 열어야 하는 데다 그때 소리가 날 테니까.”

“아뇨, 삼촌한테는 어려운 일이 아니었을 거예요. 왜냐하면 삼촌은 같은 시계를 가지고 계시니까요.”

이 말에 겐지는 할 말을 잃은 듯 보였다.

“설마 다른 사람들의 눈을 피해서 가지고 있던 회중시계와 D 카시오페이아가 든 회중시계를 바꿔치기했다는 소리야?”

“네, 그럴 기회는 충분했으니까요. 방을 조사하러 갔을 때도 서랍장 옆에 계셨고 방에서 나올 때도 맨 마지막에 서 계셨죠. ……그리고 그것 말고도 증거는 또 있어요.”

이 말에는 트레일러 안에 있던 모두가 숨을 멈출 수밖에 없었다. 가모는 곧장 되물었다.

“증거라니?”

"할아버지 방에 있었던 회중시계는 6시 46분을 가리키며 멈춰 있었어요. 그런데 이건 말이 안 되는 일이거든요."

"그게 왜? 그날 아침에 멈췄을지도 모르는 일인데."

겐지가 의아하다는 듯이 되묻는 것을 듣고 아야카는 고개를 절레절레 가로저었다.

"그 시계는 류젠 가를 상징하는 소중한 물건이에요. 그래서 할아버지는 꼬박꼬박 시계태엽을 감으셨어요. ……삼촌, 할아버지가 어째서 저녁 식사 후에, 8시 30분에는 꼭 방으로 돌아가셨는지 아세요?"

"그걸 우리가 어떻게 알…… 아니 잠깐만, 설마!"

그렇게 중얼거리던 겐지의 얼굴이 갑자기 굳어 버렸다. 그 모습을 본 아야카는 슬픈 표정으로 말을 이어 나갔다.

"저처럼 회중시계를 늘 가지고 다니셨으면 언제든 태엽을 감으셨을 거예요. 그런데 할아버지는 그러지 않으셨죠. 시간을 정해서 태엽을 감아 주지 않으면 방에 덩그러니 남겨진 시계는 멈춰 버리잖아요."

"그러니까 할아버님은 매일 꼬박꼬박 오전과 오후 8시 30분경에 태엽을 감으셨다는 말이야? 그래서 오후 8시 30분에는 꼭 방으로 돌아가셨던 거고?"

"네. 그 회중시계가 정말 할아버지의 것이었다면 8시 30분 전후를 가리켰을 거예요. 6시 46분에 멈춰 있던 그 시계는 할아버지의 것이 아니라는 말이죠."

가모는 아야카의 추리에 놀라움을 감추지 못하고 할 말을 잃고 말았다. 그 대신 쓰키에가 불쑥 중얼거렸다.

"……류젠 가의 유대를 상징하는 회중시계가 이 사건의 진상을 밝혔다는 뜻이구나."

아야카는 다시 한번 겐지 쪽으로 고쳐 앉고서 그의 눈을 들여다보며 필사적으로 호소했다.

"제발 여기서 그만두세요. 삼촌은 하타 레이토라는 분을 흠모하셨죠? 그래서 그 마음을 D 카시오페이아에게 이용당한 거예요. 삼촌은 속은 거라고요."

"아니…… 나는 살인범이 아냐. 네 추리가 틀렸어."

겐지는 그렇게 말했지만 가모는 그런 그를 싸늘한 눈으로 응시했다.

"부정한다고 없던 사실이 되는 게 아닙니다. 살인범이 누구인지 알았으니 해야 할 일은 하나뿐이죠."

"저를 어쩌시려고요?"

"우선은 몸을 뒤져서 모래시계가 있는지 확인할 겁니다. 그래도 발견하지 못하면 트레일러와 별장 건물 안을 다시 수색할 수밖에 없겠죠."

가모의 제안에 다른 세 사람은 고개를 끄덕였지만 겐지만은 어깨를 한 번 으쓱했다.

"그러시죠, 원하신다면야."

"상당히 여유가 넘치시는군요. ……거기 세 사람은 겐지 씨가 뭔가를 숨기려고 하지는 않는지 감시해 주시겠습니까?"

가모는 그렇게 말하고서 겐지에게 자리에서 일어나라고 지시했다. 그는 순순히 자리에서 일어나 지시받은 대로 트레일러 뒤쪽으로 걸어가서 두 손을 들어 올렸다.

"그래 봤자 아무것도 못 찾을 겁니다."

겐지가 그렇게 중얼거리는 것과 거의 동시에 누군가 유리를 건드리는 소리가 가모의 귀에 희미하게 들렸다.

"……그렇죠, 찾을 장소를 착각해서야 되겠습니까."

가모는 그렇게 말하며 뒤돌아봤다. 의아한 표정을 짓고 있는 아야카와 쓰키에의 뒤편에서 아마미야가 벽에 걸린 랜턴 쪽으로 오른손을 뻗고 있었다. 조금 전에 들은 소리는 그가 낸 소리인 듯했다. 가모와 눈이 마주친 그는 잠깐 놀란 표정을 보였다가 이내 미안하다는 듯이 말했다.

"신체검사를 하기에는 어두운 듯해서 랜턴을 켤까 했습니다. 혹시, 제가 괜한 짓을 한 겁니까?"

그 말을 들은 가모는 현재 상황에 만족하며 싱긋 웃어 보였다.

"그 '불'은 당신이 생각하는 물건이 아닐 겁니다."

아마미야는 그의 말에 홀린 듯이 자신의 오른손을 내려다봤다. 그의 손가락 틈에서 웅얼거리는 목소리가 들려왔다.

"공교롭게도 저는 D 카시오페이아가 아닙니다."

그것은 틀림없는 호라의 목소리였다.

너무 놀란 나머지 아마미야가 몸을 움츠리며 오른손을 펴는 바람에 모래시계는 바닥에 대굴대굴 떨어지고 말았다. 그럼에도 불구하고 1만 년이라는 오랜 세월도 버텨 낸 모래시계에는 자그마한 흠집조차 나지 않았다.

가모는 자기 앞으로 굴러온 호라를 주워 들며 말했다.

"보시다시피 살인범은 겐지 씨가 아니라 아마미야 씨였습니다."

*

"……덫이었군요?"

찌부러져 가는 목소리로 아마미야가 중얼거렸다.

짤막한 난투 끝에 가모와 겐지는 그를 바닥에 쓰러뜨려 완벽히 제압했다. 가모의 안경이 희생되고 아마미야의 몸에 타박상이 조금 생긴 정도로 아무도 크게 다치는 일 없이 끝이 났다.

가모는 아마미야의 질문에는 대답하지 않고 그의 두 손을 꽁꽁 묶었다. 트레일러 문을 칭칭 감을 때 썼던 밧줄이 또 큰 역할을 했다. 밧줄이 느슨하게 묶이지는 않았는지를 확인한 후 가모는 바닥에 떨어뜨리고 만 안경을 주워 들었다. 안경테는 휘고 렌즈에는 금이 갔다. 그는 안경 쓰기를 포기하고 테이블 위에 올려 두었다.

저항해 봤자 소용없다는 걸 알았는지 아마미야는 침대에 걸터앉았다. 아야카도 쓰키에도…… 조금 전까지 살인범 취급을 받던 겐지도 혼란스러움을 감추지 못하고 그런 그를 가만히 응시했다. 아마미야는 꽁꽁 묶인 두 손목에다 시선을 떨구고 쓴웃음을 지었다.

"이상하다고는 생각했습니다. ……떠들기 좋아하는 호라가 트레일러에 들어온 뒤로는 한마디도 하지 않았으니까요."

"네, 호라는 랜턴 속에서 D 카시오페이아인 척하며 기다리고 있었으니까요."

가모가 대답하자 말꼬리를 물며 그의 손안에 있던 호라가 말참견을 했다.

"그래서 입이 얼마나 근질근질했는지 모릅니다."

가모는 셔츠 주머니에 들어 있던 펜던트의 줄을 잡아당겼다. 물론 그 끝에 모래시계는 없었다. 조금 전까지 그가 목에 걸고 있던 것은 줄뿐이었으니까.

그것을 본 아마미야가 길게 한숨을 내쉬었다.

"그럼 그녀는, D 카시오페이아는 어디에 있습니까?"

"……어젯밤에 제가 불시에 소지품 검사를 하겠다고 미리 말씀드렸던 것 기억하십니까?"

"그랬죠."

"불시에 하겠다는 예고 자체가 앞뒤가 안 맞는 말이지만…… 그렇게 말해 두면 소지품 검사를 경계해서 D 카시오페이아를 트레일러에 두고 갈 거라고 생각했죠. 그래서 저는 핑계를 대서 먼저 트레일러로 돌아온 다음 모래시계가 어디에 숨겨져 있는지 찾기로 했습니다."

가모는 그렇게 설명하며 서랍장 속에서 와인병을 꺼냈다.

병 안에 든 무언가가 바쁘게 반짝반짝 빛을 발했기에 녹색 병은 밝아졌다가 어두워지기를 반복했다. 가만히 집중해서 들어 보니 멀리서 새된 목소리가 들려왔지만 그것도 물과 유리병에 가로막혀 거의 알아들을 수가 없었다. ……병 안에는 D 카시오페이아가 들어 있었다.

그 사실을 알아차린 아마미야가 적의를 그대로 드러내며 가모를 노려봤다.

"그녀까지 당신 손에 들어간 겁니까. 아무래도 저희 둘은 이제 승산이 없나 보군요."

겐지는 그런 그를 빤히 쳐다보다가 이윽고 평소의 모습으로 돌아가 차분한 말투로 입을 열었다.

"……혹시 아야카가 추리를 시작하기 전부터 가모 씨는 살인범이 아마미야라는 사실을 알고 계셨습니까?"

가모는 아마미야의 일거수일투족을 감시하며 고개를 끄덕였다.

"네, 알았습니다."

그 말을 들은 아야카는 얼굴을 새빨갛게 물들이며 쫑알거렸다.

"다 알면서 왜 더 빨리 말씀해 주지 않으셨어요?"

당장이라도 울음을 터트릴 것 같은 그녀를 앞에 두고, 가모는 고개를 숙이는 것 외에는 할 수 있는 일이 없었다. 아야카가 한 말은 정론이었으니까.

"사과할게. 트레일러에서 호라에게 D 카시오페이아에 관한 이야기를 들었을 때부터 내 안에서는 추리가 점점 형태를 이루기 시작했어. 하지만 그게 정말 이 사건의 진상인지 아닌지 자신을 가질 수가 없었어. 논리적으로 보이더라도 구체적인 물적 증거가 있었던 게 아니니까. ……그래서 트레일러 안에 있는 동안 덫을 놓을 준비를 했어."

"덫이요?"

"그래. 아마미야 씨가 덫에 걸리면 내 추리가 탁상공론이 아니라는 게 증명될 테니까."

아야카의 눈에서 한줄기 눈물이 흘러내렸다.

"그래도 제가 추리를 펼치지 못하게 막을 수는 있으셨잖아요. ……정말 믿기지 않을 정도로 끔찍한 말들을 삼촌에게 퍼부었는데."

그 모습을 보기가 힘들었던지 겐지가 쓴웃음을 짓는다.

"난 괜찮으니까 마음 쓰지 마. 네가 나를 추궁하고 비난하는 것도 아마미야의 계획 중 하나였을 테니까."

그 말을 들은 아마미야도 아야카에게 싱긋 웃어 보였다.

"아직도 눈치 못 채셨습니까? 아가씨가 가짜 정답에 도달

할 수 있었던 것도 제가 저장고에서 그리 유도했기 때문입니다."

아마미야는 비정한 한마디에 얼어붙은 아야카의 모습을 만족스러운 표정으로 감상한 뒤, 다시 가모를 똑바로 바라보며 입을 열었다.

"보아하니 가모 씨는 제가 아야카 아가씨에게 잘못된 추리를 하도록 유도했다는 사실을 눈치채고 계셨나 보군요?"

"네. 뭔가 바람을 넣었구나, 하고 짐작하긴 했습니다."

"그렇군요. 그래서 아야카 아가씨가 잘못된 추리를 시작해도 막지 않고 제가 어떻게 행동하는지 그냥 두고 보기로 하신 겁니까. 저를 함정에 빠뜨리려고."

여기까지 듣고서 쓰키에가 고개를 절레절레 흔들며 끼어들었다.

"그런데 아야카가 잘못된 추리를 하고 있다고 느끼진 못했어. 내가 듣기에는 전부 완벽했는걸."

"……그럼 첫 번째 사건부터 다시 되짚어 볼까요."

가모는 그렇게 말하고서 크게 숨을 한 번 들이쉰 뒤 본격적으로 설명을 시작했다.

"참고로 첫 번째 사건은 아야카의 추리와 제 추리가 기본적으로 같습니다. 규이치 씨를 건물 밖에서 살해한 뒤 팔다리만 대욕장에 가지고 들어왔다. 피해자 두 사람의 머리와 몸통을 바꿔치기함으로써 살인범은 불가능 범죄를 완성했다."

아마미야가 씩 웃으며 고개를 끄덕인다.

"네, 맞습니다. ……우선 저는 규이치를 구라모리로 불러냈습니다. 은밀히 할 이야기가 있다고 속였더니, 이 성실하기 짝이 없는 규이치는 누구보다 일찍 밖으로 나왔고 저녁 식사에 섞어 두었던 수면제로 인해 곯아떨어지고 말았습니다. 저한테 죽을 운명인지도 모르고 말이죠."

그는 슬픈 미소를 짓고 있었지만 거기에는 한 점의 후회도 없어 보였다.

"그렇게 규이치 씨를 살해하고 시신을 해체한 거군요."

"네, 거기서부터는 아야카 아가씨가 추리한 대로입니다. 물론 장작 창고에 쌓여 있던 장작은 알리바이를 만들려고 제가 미리 준비해 둔 것들입니다. ……그나저나 고우키라는 인간은 참 한심하지 않습니까? 예전부터 도박에 미쳐서 돈에 쪼들리고 있다는 사실은 알았지마는, 제가 도벽이 있는 척 연기를 좀 했더니 우스울 정도로 미끼를 덥석 물지 뭡니까."

그 말을 들은 아야카는 무언가가 생각난 듯 눈을 번쩍 떴다.

"도쿄 본가에 몇 번이나 도둑이 들었는데, 설마."

"짐작하신 대로, 고우키가 저를 협박해서 같이 도둑질을 한 겁니다. 훔친 물건은 고우키가 팔아 치웠는데, 저한테는 땡전 한 푼도 안 주더군요."

절망에 빠진 아야카의 눈을 빤히 보며 아마미야는 즐거운 듯이 떠들어 댔다.

“그날 밤에는 제가 먼저 고우키에게 제안했습니다. ‘원숭이’ 방 열쇠를 훔쳐 올 테니까 규이치가 자리를 비우면 돈이 될 만한 게 있나 물색해 보자고요……. 밖에서 도둑이 든 것처럼 꾸미겠다고 하니까 고우키도 마음을 푹 놓더군요.”

그 말을 들은 가모는 자기도 모르게 끙 하고 앓는 소리를 냈다.

“그런 식으로 고우키 씨를 원숭이 방으로 유인한 겁니까?”

“준비가 다 될 때까지는 본인 방에서 기다리라고 말해 놓고, 같이 원숭이로 향했습니다. 방심하는 사이에 고우키를 습격하는 건 서운할 정도로 쉬웠습니다. 참고로 규이치 때는 미리 건물 밖에 숨겨 놓았던 도끼를, 고우키의 시신을 토막 낼 때는 건물 안에 남겨 두었던 손도끼를 이용했죠.”

“그렇다면 그날 밤 손도끼는 건물 안에 숨겨 두었겠군요?”

“네, 방수포와 함께 지하 창고 천장 뒤편에 대충 쑤셔 넣었죠. 최악의 경우 다른 사람이 그것을 발견하더라도 단숨에 진상을 파악하지는 못할 거라고 생각했는데…… 다행스럽게도 끝까지 발견되지 않았습니다. 그리고 다음 날 밤에는 손도끼와 방수포를 회수해서 구라모리로 간 다음 나무 옹이구멍 안에 숨겨 놓았습니다. ……자, 이것 외에 다른 사건들도 올바르게 추리한다면 전부 이야기하겠다고 약속드리죠. 어떻습니까?”

아마미야는 그렇게 말하고서 사근사근하게 웃었다.

무슨 게임이라도 하듯이 그런 말을 하는 행위 자체가 가모 입장에서는 참기 힘든 일이었지만, 지금은 받아들일 수밖에 없었다.

"한 가지만 더 묻죠. 당신은 처음부터 겐지 씨가 범인으로 보이게끔 일을 꾸몄을 겁니다. ……겐지 씨가 정원으로 산책하러 나갔던 것도 우연이 아니었죠?"

그 말을 들은 아마미야가 쿡쿡 웃기 시작했다.

"예, 물론 제가 꾸민 일입니다. 하지만 겐지 씨는 왜 산책을 하러 나갔었는지 아무한테도 털어놓지 못하셨습니다. 가모 씨가 알고 있는 정보만으로는 추리하기가 힘드시겠지만요."

가모는 그에게서 시선을 돌려 겐지에게 물었다.

"그날 밤, 신사에 가신 이유를 말씀해 주시겠습니까?"

겐지는 고민하는 듯 바닥으로 시선을 떨구더니 이윽고 마음을 굳힌 듯 입을 열었다.

"지금으로부터 약 2주 전, 회사로 검은 봉투가 도착했습니다."

"검은 봉투요?"

"네, 안에는 편지와 사진 7장이 들어 있었죠. 수신자에는 제 이름이 적혀 있었지만…… 그 사진은 제 것이 아니었습니다."

겐지가 그 이상 말하기를 주저하자 아마미야가 이어서 이야기를 계속했다.

"저는 봉투 안에 한 소녀의 사진을 넣어 두었습니다. 그것도 남자와 함께, 입에 담기도 민망한 모습이 담긴 사진만 골라서요."

"이런 질문 드리기는 좀 그렇지만, 겐지 씨가 관계를 가졌던 여성의 사진이었습니까?"

이 말을 들은 겐지는 더욱 씁쓸한 표정을 지었다. 그 모습을 본 아마미야가 재미있다는 듯이 말했다.

"아뇨, 아닙니다. 겐지 씨는 의외로 포기가 빠른 분이시라서요. 본인에게 그런 불상사가 생겼다면 사건이 발생한 시점에 숨기기를 포기하셨을 겁니다."

가모는 이제 이 질문을 한 것이 몹시 후회됐다.

겐지는 사진에 찍힌 소녀를 지키려고 완고하게 입을 다물고 있는 게 분명했다. 짐작건대 사진에 찍힌 소녀는 아야카였을 것이다.

"봉투를 보낸 사람은 함께 동봉한 편지에다 자신이 그 사진 안에 같이 찍혀 있는 사람이라며 돈을 준비하지 않으면 사진을 뿌리겠다고 저에게 돈을 요구했습니다. 남자의 얼굴은 사진으로 봐서 알고 있었지만 경찰은커녕 아무한테도 말하지 말라는 협박 때문에 상대의 신원을 밝히기도 어려웠습니다. ……일주일 후에 돈을 건네받을 장소를 지정한 편지가 도착했고, 저는 지시대로 21일 밤에 신사로 향했습니다. 그곳에서 돈과 필름을 교환하기로 했기 때문이죠."

"하지만 그것은 겐지 씨를 건물 밖으로 끌어내기 위한 거짓말에 지나지 않았죠."

"네, 그렇습니다. 저는 신사에서 한 시간 가까이 기다렸지만 바람을 맞고 말았습니다."

가모는 잠시 뭔가를 곰곰이 생각하다가 다시 입을 열었다.

"……그러고 보니까 다이가 님의 방에 들어갔을 때 겐지 씨는 서랍장을 계속 신경 쓰셨죠. 그것도 설마?"

"네. 저는 회중시계가 아닌 다른 물건에 정신이 팔린 상태였습니다."

"이제야 어렴풋이 알 것 같군요. 처음에 들어갔을 때는 서랍 안에 검은 봉투가 들어 있는 모습을 보았거든요. 다음에 봤을 때는 봉투가 사라지고 없었는데…… 그때 방 안에 있었던 사람은 저하고 아야카, 겐지 씨밖에 없었습니다. 아야카는 저와 함께 행동하고 있었으니 그 봉투를 가져갈 수 있었던 사람은 겐지 씨밖에 없었죠."

겐지는 놀란 듯이 눈을 동그랗게 떴다가 이내 쓴웃음을 지었다.

"이미 알고 계셨군요. 말도 없이 그런 짓을 해서 죄송합니다. ……제가 받은 협박장과 같은 봉투가 보이길래 또 사진이 들어 있을까 봐 불안했습니다. 그래서 얼른 숨겼는데 나중에 확인해 보니 아무것도 들어 있지 않더군요."

아야카는 사진의 정체에 대해서는 전혀 모르는 눈치로 어리둥절한 표정을 지으며 이 이야기를 들었다. 아마미야는 그녀를 똑바로 보며 말했다.

"그 봉투를 서랍 안에 넣은 사람도 저입니다. 물론 겐지 씨가 다이가 님의 방에서 수상한 행동을 취해 주셨으면 했거든요. ……이참에 어떻게 된 일인지도 밝혀 볼까요. 사진에 찍힌 소녀는 겐지 씨가 생각하는 사람이 아닙니다."

"뭐라고?"

"이런저런 사정으로 그녀와 똑같이 생긴 소녀가 한 명 더 있거든요. 사진에 찍힌 소녀는 그쪽입니다."

그가 가리키는 사람이 누구인지는 말하지 않아도 뻔했다. ……아야카의 쌍둥이 동생인 아야노였다.

그걸 알고 있으니 아야카의 사진이 아니라는 사실을 알아도 가모는 전혀 기쁘지 않았다. 겐지와 쓰키에의 표정이 어두운 이유는 두 사람도 같은 생각을 했기 때문일 것이다. 한 소녀에게 불행이 닥친 것은 틀림없었다.

아마미야는 비밀 이야기라도 하듯 이야기를 계속했다.

"소녀는 한 학생을 사랑했지만 그 학생은 돈의 유혹에 넘어가 버렸습니다. 그리고 소녀를 재우고서 사진을 찍었습니다. 그것을 제가 사들여서 이용한 겁니다."

이 이상 추궁하면 아야카가 사진의 진실을 알아챌 수밖에 없다고 판단한 가모는 일부러 이야기를 다른 데로 돌리기 위해 입을 열었다.

"두 번째 사건으로 넘어가죠. 이번에 제가 추리한 내용은 아야카와 상당히 다릅니다."

예상대로 아야카는 곧바로 그 이야기에 발끈하며 달려들었다.

"제 추리가 틀렸다는 뜻이에요?"

"일단 두 번째 사건에 D 카시오페이아는 사용되지 않았어. 살인범은 시공 이동을 하지 않고 다이가 님을 살해한 거야."

이 말에 아마미야를 제외한 모두가 숨을 삼켰다. 홀로 초연하게 침대 위에 앉아 있던 살인범이 말했다.

"재미있는 말이네요, 제가 뭘 어쨌다는 뜻인지."

그런 그에게 가모는 도리어 질문을 던졌다.

"이번 사건에는 시공 이동이라는 특수한 기술이 얽혀 있습니다. 하지만 그 특수성이 사건 해결을 어렵게 하기는커녕 돕기만 해서야 재미가 없어도 너무 없지 않겠습니까?"

"그럴지도 모르죠."

"실제로 타임 패러독스를 이용한다는 아야카의 추리로는 설명되지 않는 부분이 있었습니다. ……피자 화덕에 들어 있던 시신이 그 예죠. 아야카는 살인범이 신원 불명의 시신을 별장까지 가져온 것으로 생각했지만 지금은 그러기에 적당한 날씨가 아닙니다."

그 말을 듣고 겐지가 이해했다는 듯이 고개를 끄덕이며 끼어들었다.

"듣고 보니 그렇군요. 습도가 높아서 시신이 금방 부패할 겁니다."

"냉장고는 식사 준비를 할 때 확인해 봤으니 그 안에 시신이 없었던 것은 확실합니다. 다른 장소에 시신을 며칠씩이나 보관했다면 어느 정도는 부패가 진행되었을 겁니다. ……하지만 그 불탄 시체는 손상이 없는 부위에서 부패 냄새가 나지 않았습니다. 그러니까 외부에서 가져온 시신이 아니라 다이가 님의 시신이었다는 소리죠."

당혹스러운 표정을 지으며 아야카가 반론한다.

"그런데 시곗바늘이 회중시계가 바뀌치기 되었다고 말해 주잖아요."

가모는 아야카의 회중시계를 꺼내 들고 거기에 새겨진 용 장식을 응시했다.

"멈춘 시곗바늘은 회중시계가 바꿔치기 되었다는 사실을 나타냈던 게 아냐. 그건 다이가 님이 저녁 식사 후에 방으로 돌아가지 않으셨다는 증거지."

"네?"

"다이가 님은 저녁 식사 후에 방으로 돌아갈 생각이 없으셨고 오랜 시간 방을 비워 둘 계획이셨어. 그래서 평소와는 달리 저녁 식사에 전에 태엽을 감고 방을 나오셨던 거야. ……

되도록 시곗바늘이 늦게 멈추도록."

그 말을 들은 아마미야의 웃음소리가 커졌다. 아야카는 그 표정을 보고 가모의 추리가 옳았음을 깨달았다. 그럼에도 역시 당혹감을 감추지 못하고 그녀가 말했다.

"네, 물론 할아버지는 7시쯤에 식당에 계셨어요. 그 전에 태엽을 감으셨다면 6시 46분에 시계가 멈추었다고 해도 이상한 일은 아니에요. 하지만."

"근거는 그것뿐만이 아냐. ……방에 있던 휠체어에서 넥타이핀이 튀어 올랐던 일 기억해?"

"네, 어쩌다 보니 책상 위에 두었던 게 떨어져서 할아버지도 모르는 사이에 휠체어에 들어갔던 거겠죠."

"다이가 님은 그 핀을 며칠 전에 잃어버리셨을 거야. 만약에 그 휠체어를 매일 이용하셨다면 분실한 다음 날 아침에는 휠체어를 펼쳤을 때 핀이 튀어 올라서 '여기 있었구나' 하셨겠지. ……그러지 않았던 건 다이가 님이 그 휠체어를 요 며칠새 사용하지 않으셨기 때문이야."

"그럼 설마?"

"맞아, 그 방에 있던 휠체어는 예비용이고 계단 옆 공간에 놓여 있던 게 바로 평소에 사용하시던 휠체어였어. ……평소에 사용하던 휠체어가 방 밖에 있었다는 말은 다이가 님은 역시 방으로는 돌아가지 않으셨다는 뜻이지."

말이 끝나기가 무섭게 아야카가 얼굴을 찌푸리며 반박했

다.

"그런데 방 안에는 문에 맞는 열쇠도 있었어요. 그건 할아버지가 방에 돌아오셨다는 증거예요."

"그 구부러진 열쇠는 '용'의 문에 맞는 열쇠가 아니었어."

"말도 안 돼. 아저씨가 직접 열쇠 구멍에다 넣어 보기도 하셨잖아요?"

"살인범은 가짜 답안이 그럴싸하게 보이도록 열쇠를 방 안에다 놓아두어야 했어. 그래야 다이가 님이 방에 들어왔던 것처럼 보일 테니까. 그래서 살인범은 술수를 부렸지. ……너도 방 안을 살펴봐서 알겠지만 애초에 열쇠가 구부러질 만한 일은 일어나지 않았잖아? 그건 살인범이 고의로 구부린 거야."

"구부려서 뭘 어쩌려고요?"

"멀쩡한 열쇠를 주웠으면 내가 당장이라도 문에다 열쇠를 넣어 보고 진짜인지 아닌지 확인했을 테니까. 그런데 사라진 다이가 님을 찾기도 바쁜 상황에서 구부러진 열쇠를 똑바로 펴서 확인할 여유가 있었겠어? 살인범은 그 점을 노린 거야."

이번에는 쓰키에가 의아하다는 듯이 입을 열었다.

"시간을 번다고 해서 상황이 달라지진 않을 것 않은데요."

"아뇨. 살인범은 저희가 다이가 님의 옆방, 그러니까 토끼의 문도 경첩을 부술 거라고 예상했습니다. 제가 어떻게 해서든 출입이 금지된 방을 조사할 거라고 예상했던 거죠. ……그리고 별장 문은 전부 마호가니 색에 같은 모양이었습니다. 겉만 봐서는 구분할 수가 없죠."

쓰키에는 고개를 끄덕이며 그의 말에 수긍했다. 가모는 계속해서 설명을 이어 나갔다.

"아마미야 씨는 용과 토끼, 두 방의 경첩을 모두 부쉈고 문을 떼어 낸 뒤에는 복도에 서 계셨습니다. 저희가 방 안을 조사하는 동안 틈을 봐서 복도에 있는 두 개의 문을 바꿔치기하고 다이가 님의 방 옆에다 토끼의 문을 가져다 두는 게 어려운 일은 아니었을 겁니다."

"그렇다면 구부러진 열쇠는 토끼의 열쇠였습니까? 결과적으로 토끼 방의 열쇠를 토끼 문에다 맞춰 보아서 열쇠가 일치했다는 뜻입니까?"

참기 힘들다는 듯 호라가 끼어 들었다.

"맞아. 구부러진 열쇠는 다른 방 열쇠에 비해 훨씬 낡은 느낌이었어. 다이가 님이 보관하고 계셨던 열쇠를 살인범이 손에서 넣어서 이용했던 거야."

여기까지 이야기를 듣고서도 아야카는 여전히 받아들이기 힘들어하는 모습이었다.

"……그럼 할아버지는 어디로 사라지셨죠?"

"2층에 올라와 있던 계단 승강기, 2층에 있던 휠체어 두 대, 이 두 가지만 봐도 다이가 님이 2층으로 올라오셨던 건 확실해. 실제로 내가 청소 도구실에 틀어박히기 전부터 계단 옆에는 휠체어가 있었으니까 말이야."

"아마미야 아저씨가 아저씨와 저의 감시를 피해서 할아버지를 살해할 수 있는 장소 따위는 2층 어디에도 없어요."

"아니, 우리 눈을 피할 수 있는 장소가 딱 한 군데 있어. ……바로 소화물용 리프트야."

아야카는 이해하기 어렵다는 표정으로 변했고 쓰키에와 겐지도 당황한 얼굴로 서로의 얼굴을 쳐다봤다. 모두의 생각을 대표하듯 겐지가 입을 열었다.

"하지만 그 리프트에는 저도 들어가기 힘든걸요. 한 단의 크기가 고작 110센티×70센티×27센티밖에 안 되는 걸 직접 보셨잖습니까?"

"물론 그렇지만 그 리프트는 특수한 장소입니다. 1층에서 간단히 조작하기만 해도 리프트에 실린 물건을 2층에서 1층으로 옮길 수 있으니까요. 저희에게 들키지 않고 다이가 님을 1층으로 빼돌릴 수 있는 유일한 방법이기도 하죠. ……실제로 다이가 님이 2층에서 사라지신 이상, 그 좁은 공간에 계셨다고 생각할 수밖에 없습니다."

난폭하기까지 한 그의 논리에 겐지가 얼굴을 찌푸렸다.

"할아버님도 젊은 시절에는 키가 170센티 정도는 되셨습니다. 아무리 연세가 있고 병 때문에 몸이 굳으셨다고는 하나, 그런 곳에 계셨을 것 같지는 않습니다."

그의 반론을 무시하듯 가모는 일방적으로 이야기를 계속했다.

"다이가 님은 당뇨병이 악화되어 부득이하게 휠체어 생활을 할 수밖에 없는 몸이 되셨다고 하셨죠? 당뇨병은 치료를 소홀히 하면 무서운 결과를 낳는 병이라…… 신체 말단으로 가는 혈류가 감소해서 괴사하게 되는 경우가 있다고 하더군요."

겐지는 그가 하는 말의 뜻을 깨닫고 얼굴이 굳어 버렸다.

"설마…… 할아버님이 당뇨 합병증으로 두 다리를 절단하셨다는 말입니까?"

"네, 아마 그럴 겁니다. 하지만 쌍둥이였던 부친과 숙부 사이의 혈육 싸움을 직접 목격하셨던 다이가 님은 친족들에게조차 자신의 약점을 내보일 수 없으셨죠. 그래서 다리를 절단했다는 사실도, 두 다리가 의족이라는 사실도 계속 숨길 수밖에 없으셨을 겁니다."

현대를 살아가는 가모 입장에서는 병으로 다리를 잃은 게 '약점'이라고 생각하는 사고방식 자체가 이해할 수 없는 것이었다. 하지만 다이가가 어렵게 살아남은 시대는…… 장애에 대한 차별이 현대보다 뿌리 깊게 박혀 있었을 것이다.

가모는 계속해서 말을 이어 나갔다.

"피자 화덕에서 발견한 시신의 다리는 살해 당시 절단된 게 아니었다. 그렇게 생각하면 절단된 부위를 찾을 수 없었던 것도 당연한 일입니다. ……그리고 살인범은 애초에 다이가 님에게 다리가 없다는 사실을 숨기기 위해 시신을 태웠습니다."

"토막 낸 시신들로 누에 그림을 완성하려고 했던 또 한 가지 이유가 그거였구나. 할아버지의 시신에만 다리가 없다는 사실에 사람들이 의혹을 품지 않도록."

쓰키에의 애처로운 혼잣말을 듣고 가모가 고개를 끄덕였다.

"그렇습니다. 아무에게도 들키지 않도록, 살인범은 모두가 곤히 잠든 시간에 시신을 피자 화덕으로 옮겼을 겁니다. ………겐지 씨는 저희가 청소 도구실에 들어가고 곧장 방으로 돌아가 아침까지 나오지 않으셨습니다. 그러니까 시신을 옮길 기회가 없었다는 말이 됩니다."

그 말을 듣고 겐지는 입가에 힘없는 미소를 띠며 말했다.

"의혹을 풀어 주셔서 정말 감사합니다. ……그러고 보니까 피자 화덕 안에 남은 재에서 광칠한 목재 파편을 봤는데. 장작에다 광칠을 했을 리는 없으니까, 그건 타다 만 의족의 일부였겠군요?"

"아마 그럴 겁니다."

아야카는 고개를 떨군 채 울먹이는 목소리로 말했다.

"할아버지가 너무 가엾어요……. 그런데 아마미야 아저씨는 어떻게 할아버지를 리프트에 태운 거죠?"

"의족을 벗은 다이가 님의 신장은 110센티밖에 안 되는 공간에도 충분히 들어갈 정도가 되었을 거야. ……게다가 다이가 님의 팔은 잘 단련되어 있었어. 평소에도 일상생활을 하는데 다른 사람의 도움은 크게 필요 없으셨지?"

"맞아요, 늘 그 점을 자랑스럽게 생각하셨어요."

"그렇다면 2층 계단 옆에다 휠체어를 세우고 내린 다음 휠체어를 접어서 그림 뒤에 숨기는 것도, 완력으로 이동해서 스스로 소화물용 리프트에 타는 것도 가능하셨을 거야."

이 점에 대해서는 아무도 반박하는 사람이 없었다. 가모는 호흡을 고른 뒤 이야기를 계속했다.

"그런데 다이가 님이 의족에 대해서 철저히 비밀로 하셨더라도 곁에서 시중을 드는 사람한테까지 비밀로 하지는 못하셨을 거야. ……그러니까 적어도 도네가와 씨와 아마미야 씨는 그 사실을 알았겠지. 어때요, 제 말이 틀렸습니까?"

나지막한 웃음소리가 들리고, 입술을 일그러뜨린 아마미야가 고개를 들었다.

"정답입니다. 저와 도네가와 씨는 어르신의 다리가 어떤 상태인지 알고 있었습니다."

"그렇다면 이야기는 간단해집니다. 아마미야 씨는 살인범의 의도를 깨달은 척하며 '범인이 다음으로 노릴 가능성이 큰 사람은 호랑이의 소지로 님, 뱀의 쓰키히코 님, 닭의 도네가와 씨다'라고 다이가 님에게 바람을 불어넣었을 겁니다. 그러고는 감시하기에 딱 좋은 장소가 있다며 권했겠죠. 다이가 님만이 들어갈 수 있는 장소, 살인범의 허를 찌르는 장소……

소화물용 리프트를."

그 말을 들은 아마미야는 고개를 크게 끄덕이며 입을 열었다.

"그날 밤 저는 저녁 식사 준비 시간에 어르신의 방으로 갔습니다. 그리고 누에 그림에 관해 이야기하는 김에 미리 망가뜨려 놓은 토끼 방의 열쇠를 침대 밑에 두었습니다. ……워낙 저에 대한 신뢰가 두텁다 보니 아무런 의심 없이 이야기를 들으시더군요. 끝에 가서는 제가 유도할 필요도 없이 스스로 소화물용 리프트에 들어가겠다고 말씀하기 시작하셨습니다. 그래서 저는 제 방에서 도네가와 씨의 방을 감시하겠다고 적당히 둘러댔죠."

여기까지 이야기하고서 그는 흐뭇한 미소를 지었다.

"그나저나 탐정 소설을 좋아하는 인간들은 참 재미있습니다. 자기가 소설 속 주인공이라도 되는 줄 아는지 스스로 위험에 뛰어드니 말입니다. 살인범을 제 손으로 잡겠다며 의욕을 불태우시더군요."

"……하지만 다이가 님이 아무런 무기도 없이 살인범을 숨어서 기다리지는 않으셨을 겁니다. 엽총을 가지고 리프트에 숨어 계셨죠?"

"정확히 보셨습니다. 제가 몸을 지킬 수단이 필요하다며 엽총을 꼭 가지고 가시라고 권했거든요. 저는 어르신께 엽총과 탄환이 보관된 로커 열쇠를 받아서 그것들을 챙긴 다음 리프트에 넣었습니다."

"다이가 님이 리프트에 탈 때 혹시라도 의구심을 가지실까 봐 그랬습니까?"

가모가 그렇게 묻자 아마미야는 고개를 끄덕이며 대답했다.

"무모한 노인이라지만 아무리 그래도 총이 없으면 겁을 먹을지도 모르는 일이니까요. 움직이기 편하시라고 진베이로 갈아입혀 드리고, 저는 겸사겸사 의자 위에 비슷한 색의 진베이를 준비해 두었습니다. 당신들이 시공 이동을 이용한 거라고 믿어 주기를 기대하면서요. ……저녁 식사 후에 어르신은 몰래 소화물용 리프트로 향하셨습니다. 저로서는 식후에 내어드린 커피 속의 수면제가 효과를 발휘할 때까지 그저 기다리고 싶었지만, 한 가지 문제가 있었습니다. 바로 당신입니다, 가모 씨."

"저요?"

"아야카 아가씨의 일기를 읽었을 당신이 있었기에 예정되어 있던 범행의 순서를 바꿀 수밖에 없었지만…… 솔직히 말하자면 저도 D 카시오페이아도 많이 고민했습니다. 호라라는 모래시계에 대해 아는 바가 없다 보니, D 카시오페이아가 존재한다는 사실을 당신에게 전했는지조차 짐작할 수 없었으니까요. 하지만 당신은 '이곳'에 오고 나서도 한참 동안 다른 사람이 감추고 있을지도 모르는 또 하나의 모래시계를 찾으려고 하는 모습은 보이지 않더군요."

아무 말도 못 하는 가모를 향해 아마미야는 이야기를 계속했다.

"그래서 저희는 깨달았습니다. 호라는 맬리스에 대해 이야기하기를 꺼렸던 나머지 D 카시오페이아가 존재한다는 사실조차도 가모 씨에게 전하지 않았다는 것을요. 모래시계가 하나 더 존재한다는 사실을 모르니 당연히 당신은 일기의 내용에 의지해 청소 도구실에 숨어들 거라고 예상했습니다. …… 아니나 다를까 어르신을 따라 식당을 나서려고 하는 가모 씨의 모습이 보이더군요. 그래서 저는 말을 걸어서 발을 묶었습니다."

"……그래서 제가 20분을 허비하게 된 거군요."

"20분이면 어르신도 무사히 리프트에 타실 테니까요. 그 후에 저는 적당히 때를 봐서 리프트를 1층으로 내리기만 하면 됐습니다."

"지금 생각해 보니 1층으로 내려가는 리프트 소리를 청소 도구실에 숨어 있으면서 들었던 것 같군요. 그때는 산사태가 일어나기 전에 보이는 전조 현상이라고 생각해서 저도 아야카도 그냥 넘겼는데 이제야 아귀가 맞는군요."

아마미야는 그 말에 아주 조금 놀란 모습을 보이다가 이내 말을 이어 나갔다.

"그런 뒤 저는 잠이 든 어르신의 목을 졸라 살해하고 용의 열쇠를 회수했습니다. 그대로 남겨 둘 수는 없었으니까요. 그리고 시신과 의족을 피자 화덕에 넣은 뒤 불을 붙여 화덕 앞에다가 용 모양의 네쓰케를 던져 놓는 걸로 그날 제가 해야 할 준비는 모두 마쳤습니다. ……이어서 다음 날에는 경첩이 부서진 용의 문과 토끼의 문을, 틈을 봐서 바꿔치기했죠."

한동안 아무도 말을 잇지 못했다. 처음으로 입을 연 것은 호라였다.

"세 번째 살인은 도네가와 씨의 입을 막으려고 저지른 것이었군요?"

"네, 두 번째 사건이 성립하려면 의족에 대해 아는 사람을 미리 죽여 둘 필요가 있었습니다. ……다행히 가모 씨가 방범창을 조사해 봐야겠다고 말씀해 주신 덕분에 도네가와가 저희를 방 안으로 들여보내 주었지요. 그때 아무도 보지 않는 틈을 타 컵에다 독을 듬뿍 묻혔습니다."

그는 일상사를 들려주듯 도네가와를 어떻게 죽였는지 이야기했다. 가모는 자신의 행동이 그녀를 죽음으로 내몰았다는 사실을 알고 아무 말도 할 수 없었다.

아마미야는 도전적인 눈으로 그의 얼굴을 들여다보며 말했다.

"자, 그럼 네 번째 사건도 설명해 보시겠습니까?"

가모는 상대를 똑바로 노려보며 다시 입을 열었다.

"아야카의 추리는 대체로 옳았습니다. 이 사건에는 정말 시공 이동이 사용되었으니까요."

그 말을 들은 겐지는 무어라 설명하기 힘든 표정으로 그를 봤다.

"바로 조금 전에는 시공 이공을 트릭과 연관 짓는 게 안이한 생각이라고 하지 않으셨습니까?"

"깊이 생각해 보지 않고 바로 트릭으로 연결 지으면 사건이 재미없어진다고 했죠. 하지만 네 번째 사건은 시공 이동에 약간의 속임수도 더해졌습니다."

"네, 물론 살인범과 희생된 두 사람을 제외하고 그 외 모든 사람을 시공 이동 시킨다는 방법이 좀 의외이기는 했습니다."

겐지는 그렇게 말하면서도 아직 반신반의하는 눈치였다. 가모는 계속해서 설명을 이어 나갔다.

"일단은 아야카의 추리에 어떤 문제점이 있는지부터 생각해 보죠. ……첫 번째는 저희가 아침 6시가 될 때까지 직접 체감한 시간입니다. 원래는 오후 9시부터 오전 6시까지 9시간이어야 하지만."

그는 아야카가 메모해 놓은 종이에다 볼펜으로 몇 가지 정보를 추가했다.

출발 시각	도착 시각	오차	체감 시간
PM 9시	PM 10시	－2시간	8시간
PM 9시	AM 0시	0시간	6시간
PM 9시	AM 2시	＋2시간	4시간

※PM 9시에 시공 이동, 목적지는 다음 날 AM 0시로 설정했다고 가정.

"보시다시피 원래 저희에게는 9시간이 있어야 했지만 체감 시간이 짧게는 4시간이었을 수도 있다는 말이 됩니다. 아무리 둔감한 사람도 알아챌 수 있는 수준이니 D 카시오페이아도 이렇게 엉성한 계획을 세우지는 않았을 겁니다."

"아, 그렇구나……."

아야카는 의기소침한 모습으로 들리지 않게 웅얼거렸다.

"두 번째는 수염입니다. ……특히 저는 '이곳'에 온 후로 한 번도 면도를 못 했으니 보나 마나 상태가 엉망일 테고 겐지 씨도 지난번에 트레일러에 있었을 때부터 수염이 제멋대로 나 있었죠."

그 말에 홀린 듯이 겐지도 뺨에다 손을 대고 쓴웃음을 지었다.

"저도 첫째 날 이후로는 면도를 못 했으니까요."

"그에 비해 아마미야 씨는 수염이 별로 자라지 않았습니다. 특히 지난번에 트레일러 안에서 봤을 때는 그랬습니다. ……

한편 시신으로 발견된 소지로 님과 쓰키히코 씨 역시 면도를 한 지 얼마 안 된 사람처럼 보였습니다."

눈을 가늘게 뜨고 기억을 더듬던 쓰키에가 고개를 끄덕였다.

"그러고 보니 그랬어요. 아버지의 콧수염은 단정하게 정돈되어 있었고 오빠도 수염은 없었어요."

"특히 쓰키히코 씨는 제가 기억하기로, 뒷문에다 바리케이드를 쌓을 때부터 이미 수염이 조금 자라 있었습니다. 그렇다면 시신으로 발견되기 전에 면도했다는 말이 되는데, 쓰키히코 씨의 머리카락이나 이마에는 먼지와 진흙이 그대로 묻어 있었죠. ……목욕도 세수도 제대로 하지 않고 수염만 깎았다는 게 이상하지 않습니까? 이런 일이 생긴 이유는 살인범이 두 사람의 수염을 깎았기 때문입니다."

"그런데 다른 것도 아니고 왜 하필 수염이죠?"

아야카의 질문에 가모는 자신의 턱을 집게손가락으로 가리키며 말했다.

"수염이라는 게 얼마나 자랐느냐에 따라 대략 며칠이 지났는지 알 수 있는 기준이 되거든. ……그러면 여기서 질문. 우리는 25일 정오 무렵에 산사태가 일어난다는 사실을 알아. 그런 우리를 산사태로 몰살하려면 어떻게 해야 할까?"

이 말을 들은 호라가 인공 지능답지 않게 비명을 질렀다.

"설마! D 카시오페이아는 몇 시간 뒤가 아니라 24시간 뒤로 이동한 겁니까?"

"맞아. 우리는 오늘이 24일이라고 믿고 있지만 사실은 25일이야."

"과연…… 중력파 계측치에 큰 오차가 발생했던 이유가 이제야 이해됩니다. 오늘이 25일이라면 계측치와 완벽하게 일치합니다."

여기까지 듣고서 이제야 이해한 듯 아야카가 두 손으로 입을 틀어막으며 중얼거렸다.

"그렇구나. 산사태가 일어나는 날짜와 시간을 안다고 해도 지금이 며칠인지를 정확히 모르면 아무 소용도 없어. ……이게 저희를 확실하게 죽음으로 몰아넣으려고 아마미야 아저씨가 마지막으로 놓은 덫이었어요?"

"새로운 희생자를 늘리고 너희를 죽음으로 이끄는 게 네 번째 사건의 진짜 목적이었어. 면도도 우리가 트레일러 안에서 보낸 일수와 마지막으로 희생된 두 사람이 보낸 일수가 다르다는 사실을 들키지 않으려고 했던 거야."

어느새 이야기를 듣고 있는 아마미야의 눈에 깊은 체념의 빛이 깃들었다. 그것은 가모의 추리가 정확하다는 사실을 무엇보다 잘 대변해 주었다.

*

어디선가 딩딩동, 딩딩동, 하는 소리가 들려왔다.

가모는 그것이 회중시계의 동력이 거의 바닥났음을 알리는 소리라는 걸 깨달았다. 그는 주머니 속에 넣어 두었던 시계를 꺼내 뚜껑을 열었다.

"캠핑 트레일러에서 시공 이동을 한 지 아직 11시간 반밖에 안 됐으니까…… 적어도 앞으로 30분 동안은 D 카시오페이아가 아무 힘도 쓸 수 없다는 소리지."

그 말을 들은 아마미야는 흠칫 놀라는 모습을 보였다가 이내 입술을 깨물며 말했다.

"그러고 보니, 아야카 아가씨가 마지막으로 시계태엽을 돌렸던 게 저희가 맨 처음 트레일러에 들어왔을 때였나요? 제가 밖으로 나가고 D 카시오페이아가 시공 이동을 하기 직전이었죠?"

"그 후에 아마미야 씨가 이 시곗바늘을 조작했을 테니까 이 시계가 가리키는 9시 33분이라는 시간은 엉터리일 겁니다. 하지만 이 회중시계는 타이머로도 쓸 수가 있거든요. 여하튼 이 특수 주문품은 12시간이면 태엽이 완전히 풀리도록 설계되었으니까요."

아마미야는 꽁꽁 묶인 채로 두 손을 들어 올리는 시늉을 하며 어깨를 으쓱했다.

"그런 식으로 그녀의 시공 이동 기능이 부활할 때까지 남은 12시간을 확인했단 말이군요. ……하지만 제가 시곗바늘을 돌릴 때 태엽을 함께 감았을 가능성도 있을 텐데요. 그건 염두에 두지 않으셨습니까?"

"이 시계는 태엽을 감을 때 큰 소리가 납니다. 아무에게도 들키지 않고 바늘에 손을 댈 수는 있어도 태엽을 감을 수는 없었을 겁니다."

가모는 그렇게 말하며 회중시계의 태엽을 감았다. 끼릭끼릭 익숙한 소리가 들린다. 살인범은 체념한 듯이 중얼거렸다.

"네, 맞습니다. ……결국 제가 가장 경계해야 할 대상은 류젠 가의 회중시계였군요? 그리고 미래에서 온 당신에게도 감탄했습니다. 역시 맬리스의 선조답군요."

가모는 비아냥대는 그를 무시하고 회중시계의 문자판에 시선을 떨구었다.

"시간이 없으니 D 카시오페이아가 기능을 회복하기 전에 이 사건에 대해 전부 털어놓으시죠."

"좋습니다. 우선은 네 번째 사건부터 시작할까요……. 사실대로 말하자면 여러분을 캠핑 트레일러에 태운 채로 이동시킨다는 발상은 저한테서 나왔습니다. 가모 씨가 트레일러에 모여 밤을 새우면 어떻겠냐고 제안하시는 것을 듣고 순간 떠올랐습니다. 다행히 쓰키히코도 자기 입으로 건물에 남겠다고 해 주지 뭡니까. 뭐, 그게 아니었어도 적당히 살살 구슬려서 건물에 남도록 유도할 생각이었지만요."

목구멍으로 갈라진 웃음소리를 내며 그는 계속해서 말했

다.

“우선 저는 홍차에 수면제를 넣었습니다. 물론 소지로와 쓰키히코가 거세게 저항하면 곤란했으니까요. 그런 후 안전한지 확인해 보겠다는 핑계로 다른 사람보다 먼저 트레일러로 향했습니다. 그리고 차 안에 혼자가 된 틈을 노려 D 카시오페이아를 랜턴 속에 숨겼습니다.”

“왜 하필 랜턴 속이지?”

겐지가 의아하다는 표정을 짓자 그 모습을 본 가모가 쓴웃음을 지었다.

“거기는 뭔가를 숨기기에 의외로 안전한 곳입니다. 애초에 그날 밤 저희를 밝혀 주었던 것은 랜턴의 불빛이 아니라 D 카시오페이아였거든요.”

이 말에는 겐지도 어처구니가 없다는 표정을 지었지만 아마미야는 당연하다는 표정으로 고개를 끄덕였다.

“네, 그녀가 모은 에너지로 시간과 공간도 뛰어넘을 수 있는데 주위를 밝히는 정도야 그녀에게는 쉬운 일이었죠. ……그래서 트레일러 안의 유일한 광원인 랜턴 속에 넣어 두면 트레일러 안을 뒤지든 몸을 뒤지든 절대로 찾을 수 없을 거라고 생각했습니다.”

“호라가 조명을 대신할 수 있다는 사실은 이미 본인에게 들은 거라 알고 있었습니다. ……게다가 한 번이지만 제가 랜턴에 부딪친 적이 있죠?”

"그러고 보니 회중시계 태엽을 감으려는 겐지 씨를 막는 데 필사적이었던 나머지 랜턴에 손목을 부딪쳤었죠. 저도 그때는 아주 약간이지만 식은땀이 흐르더군요."

가모는 손목에 손을 대고서는 그때 일을 떠올리며 말했다.

"그때 보니 랜턴이 전혀 뜨겁지 않더군요. 여기가 2018년이었다면 열이 나지 않는 LED 조명이 있었겠지만, 1960년에는 그런 기술이 없었으니까요. 결국 그 랜턴 안에 들어 있던 건 이 시대에 존재해서는 안 될 물건이었단 뜻이죠."

그 말을 들은 아마미야는 길게 한숨을 내쉬었다.

"고작 그런 일로 꿰뚫어 볼 줄이야……. 미끼로 내놓은 추리로 시간을 벌고 산사태가 일어나기 직전에 가모 씨만 데리고 시공 이동을 할 예정이었는데 말입니다."

그는 빛을 발하는 와인병을 분하다는 듯이 한 번 본 뒤 네 번째 사건에 관한 설명을 계속했다.

"그날 밤 트레일러 안에는 평소 담배를 즐기는 겐지 씨와 쓰키에 씨가 있었습니다. 비가 얼마나 오느냐에 따라 달라질 수도 있지만 담배 연기를 싫어하는 아야카 아가씨를 배려해서 두 분이 담배를 피우러 밖으로 나갈 가능성이 크다는 건 알고 있었습니다."

"그리고 그날 밤은 겐지 씨가 맨 먼저 밖으로 나갔죠."

"덕분에 저도 안심하고 범행을 저지를 수 있었습니다. …… 사전에 모의한 대로 D 카시오페이아는 제가 밖으로 나가기만을 기다렸다가 24시간 뒤로 이동했습니다. 여러분이 트레일러와 함께 사라진 뒤 저는 구라모리의 나무 옹이구멍 속에 숨겨 놓은 도끼와 손도끼, 그리고 엽총을 꺼냈습니다."

"그런 다음 정문을 부숴 건물 안으로 침입했고?"

"네, 소지로도 쓰키히코도 수면제가 잘 들어 저항 한 번 받지 않고 방 안까지 들어갈 수 있었습니다."

"하지만 곧바로 살해하진 않았겠죠."

가모가 날카롭게 되받아치자 그는 고개를 끄덕였다.

"죽은 지 하루하고도 반나절이나 지난 시체를 죽은 지 9시간도 안 됐다고 꾸몄다가는 누군가에게 거짓말을 들킬 염려가 있었으니까요. 그래서 주사기를 이용해 두 사람에게 추가로 수면제를 투여했습니다. 그렇게 하고서 저는 느긋하게 시간을 보내며 기다렸습니다."

여기까지 말하고서 아마미야는 슬픈 표정으로 눈썹을 찡그리며 고개를 절레절레 흔들었다.

"하지만 안타깝게도 저는 한 가지 실수를 저지르고 말았습니다. 다음 날 오후 5시쯤 두 사람의 숨통을 끊으려다 처음으로 그 사실을 깨닫게 됐죠."

"수염 말입니까?"

"네, 두 사람 다 생각보다 수염이 많이 자라 있었습니다. 기껏 여러분에게서 24시간을 빼앗았는데 자라난 수염 때문에 그 사실을 들켰다가는 시공 이동을 안 하느니만 못한 상황이 될 테니까요. 어쩔 수 없이 저는 두 사람의 수염과 저의 수염을 깎기로 했습니다."

하지만 들키지 않으려고 꾀했던 일도 결국은 빼앗긴 24시간을 알아차리게 하는 계기만 만들어 준 셈이 됐다.

거기서 멈추지 않고 가모는 계속해서 질문했다.

"그런 다음 두 사람을 살해했습니까?"

"쓰키히코는 목을 매달아 죽은 것처럼 보이게 살해하고, 소지로는 총을 쏜 다음 양팔을 잘라 냈습니다. 이번에는 시간도 있었고 마음 편히 씻어도 될 만한 상황이라 몸에 튄 피를 처리하기도 쉬웠습니다."

가모는 아마미야가 흠뻑 젖은 꼴로 트레일러에 돌아왔던 일을 기억해 냈다. 그때 머리가 젖어 있었던 이유는 비 때문일까, 아니면 몸에 튄 희생자의 피를 물로 씻어 내었기 때문일까?

"……범행을 저지른 후에는 적당히 자리를 잡고 트레일러가 나타나기만을 기다렸던 겁니까?"

"목적지는 24일 오후 9시로 설정했지만 빌어먹을 오차 때문에 실제로는 오후 10시가 넘어 도착했습니다. 만일의 경우에 대비해 오후 7시에는 현관 포치에서 기다렸으니 저는 3시간도 넘게 기다린 셈이죠. 조금만 더 늦었으면 감기에 걸릴 뻔했습니다."

생긋이 웃으며 그가 말했다.

"D 카시오페이아에게 들었는데, 가모 씨가 살던 미래에는 다들 스마트폰인지 뭔지 하는 시계 달린 무전기를 쓴다지요? 그 무전기는 전지가 금방 닳는 물건인데다 만에 하나 전지가 남아 있다고 해도 그녀의 힘으로 내장된 시계를 고장 낼 수 있다고 들었습니다. ……그래서 트레일러로 돌아온 뒤로 저는 오히려 다른 분들이 가지고 계신 평범한 시계가 더 신경 쓰였습니다. 다행히 비가 내린 탓에 여러분들이 손목시계와 회중시계를 풀어 놓고 계셨기에 시곗바늘을 돌리는 일이 어렵지는 않았습니다. ……자, 저는 여기까지 설명해 드리면 되겠습니까?"

"결국, 네 정체가 뭐야?"

겐지가 곧장 던진 질문은 그 자리에 있는 누구나가 궁금해하던 것이었다. 아마미야가 고개를 살짝 움츠린다.

"제 정체가 궁금하십니까? 하타 레이토는 부친인 류젠 다이가와 똑같았습니다. 마찬가지로 그분에게도 사생아가 있었으니까요. ……전쟁터로 나가기 전, 그분과 하타 가의 먼 친척뻘인 아마미야 스즈토 사이에서 태어난 아이가 저입니다."

눈이 휘둥그레진 사람들의 모습을 보고 그들을 비웃듯 아마미야의 입가가 일그러진다.

"저는 아버지를 뵌 적이 없습니다. 제가 태어나고 얼마 안 가 어머니는 돌아가시고 아버지의 외삼촌이셨던 히로미쓰 진외종조부님 밑에서 자라게 되었으니까요. 그분은 저의 존재를 계속 류젠 가에 숨기셨습니다. 혹여나 제 존재로 소란이 일어나 아버지의 입장이 위태로워질까 염려하셨겠죠. ……그래서 48년에 아버지가 실종되실 때까지는 저도 진외종조부님이 제 친아버지인 줄 알았습니다."

"그래서, 하타 레이토가 살해된 후에 대체 무슨 일이 있었던 겁니까?"

가모가 되묻자 아마미야는 담담하게 이야기를 계속했다.

"아버지가 실종되셨다는 사실을 알고 진외종조부님은 아버지가 류젠 가 사람에게 살해된 게 틀림없다고 확신하셨습니다. 그리고 그분의 직감이 틀리지 않았다는 건 쓰키에 씨가 증명해 주셨지요? ……그 후로 매일, 그분은 질리지도 않고 류젠 가에 대한 증오를 저에게 계속 토해 내셨습니다. 그분은 오로지 제게 어떻게 복수해야 하는지, 어떻게 사람을 죽여야 하는지만 가르쳐 주셨습니다. 류젠 가에 대한 증오로 정신이 나가 버린 그분은 저를 그저 복수의 도구로만 보셨을 겁니다."

"그런 끔찍한 일을 겪으셨다니……."

아야카는 오히려 그를 동정 어린 시선으로 보았지만 아마미야는 그것을 우스워하기만 했다.

"저는 제가 불행하다고 생각하지 않습니다. 그분이 잘 가르쳐 주신 덕분에 기꺼이 제 한 몸 바쳐 류젠 가에 복수하기로 결심하게 됐으니까요. 하지만 그러던 어느 날, 저는 D 카시오페이아와 만났습니다. 그녀는 평범하고 무지했던 저를 다시 태어나게 해 주었습니다."

그렇게 말하는 아마미야의 눈에는 광신적인 빛이 번뜩였다. 그는 계속해서 이야기했다.

"히로미쓰 진외종조부님으로 말할 것 같으면 저를 본인 지배하에 두려고 안달이 난 분이셨습니다. 그래서 강도를 당한 것처럼 보이게 위장해서 죽였습니다. ……감사하게도 그분은 돌아가시기 전에 류젠 다이가의 친구를 협박해서 제가 류젠가에 거두어질 수 있도록 미리 손을 써 두셨습니다. 그 사실을 알았을 때는 눈물이 나올 정도로 기뻤습니다. 아, 이제야 복수를 시작할 수 있겠구나, 하는 생각이 들었으니까요."

가모는 깨달았다. 분명 아마미야는 동정 받아 마땅한 환경에서 자라났지만 그의 내면은 그럴 만한 가치가 없다는 것을. 하타 히로미쓰는 악마를 만들어 냈고, 그 악마에게 목숨을 빼앗겼다.

그는 진저리를 치며 옆에 놓아둔 와인병을 쳐다봤다.

"결국…… 어떻게 보면 아마미야 씨도 D 카시오페이아의 피해자군요. 원래부터 삐뚤어진 성격으로 태어났는지, 그 녀석 때문에 그렇게 되었는지까지는 모르겠지만."

느닷없이 아마미야가 큰 소리를 내며 웃었다.

"그렇게 따지면 가모 씨도 호라의 피해자가 아닙니까? 강제로 가모 씨를 과거로 날려 보내고, 알고 싶지도 않은 미래까지 까발렸으니까. ……게다가 가모 씨는 자신이 속았다는 사실조차 아직 모르시잖습니까."

뭔가를 아는 듯한 그의 말투에 가모는 얼굴을 찌푸렸다.

"제가 뭘 모른다는 거죠."

"저는 가모 씨에게 거짓말은 하지 않았습니다!"

호라는 화가 났는지 붉은빛을 뿜었다. 아마미야는 D 카시오페이아가 든 와인병을 보며 말했다.

"이왕이면 그녀에게 직접 이야기를 들어 보시겠습니까?"

가모는 녹색병을 손에 들고 주저 없이 코르크 마개를 뺐다. 주방 싱크대에다 대고 병을 거꾸로 들자 물에 섞여 모래시계가 싱크대로 굴러 떨어졌다.

"……이제야 내 이야기를 들을 마음이 생긴 거야?"

희미하게 빛나는 또 하나의 모래시계에서는 호라보다 톤이 높고 날카로운 여자의 목소리가 들려왔다. 가모는 지체 없이 질문을 던졌다.

"말해 봐, D 카시오페이아. 내가 호라에게 속았다니 그게 무슨 말이야?"

"당장 그녀를 다시 병에 넣으세요!"

호라의 외침이 들렸지만 가모는 그의 지시에 따르지 않았다. 그 모습을 본 D 카시오페이아가 쿡쿡대며 웃었다.

"2018년으로 돌아가면 레나와 함께 살아가는 미래가 기다리고 있을 것 같지? 호라가 그렇게 믿게 만들었을 테니까 말이야. 근데, 그건 거짓말이야."

"안 됩니다, 귀를 기울여서는!"

"너는 좀 닥치고 있어, 마이스터 호라. ……잘 생각해 보면 알 거야. '류젠 가의 저주'를 계기로 두 사람이 맺어졌잖아. 저주가 사라지면 두 사람이 만나는 운명도 사라지지 않을까? 미래가 바뀌어서 레나가 네 곁에 없어도 정말 괜찮아?"

이 말에 아야카가 숨을 삼켰다. 가모도 이 사악한 모래시계가 하는 말이 옳다는 것을 모르지는 않았다. 그렇기에 속을 알 수 없는 미소를 입가에 띠며 말했다.

"……그 정도는 진즉에 알고 있었어."

예전에 호라는 '가모의 성격이 아카이브에 기록된 데이터와 크게 차이가 난다'라고 했다. 그는 그것이 레나와 만나서 생긴 일임을 깨달았고, 동시에 감당할 수 없는 절망감이 그를 덮쳤다.

호라의 아카이브에는 D 카시오페이아가 과거를 바꾸기 전에 일어났던 일이 전부 기록되어 있다. 그 안에 기록된 그의 성격이 현재와 다르다는 말은 '류젠 가의 저주'가 존재하지 않는 미래에서는 그가 레나와 만나지 못할 운명이라는 것을 뜻했다.

예전부터 가모는 그녀와 결혼하게 된 것을 기적에 가까운 일이라고 생각했다. 그 직감은 틀리지 않았고, 두 사람은 D 카시오페이아가 과거를 바꾼 불균형한 세계에서만 만날 수 있는 운명이었다.

가모의 말에 가장 먼저 동요한 사람은 아마미야였다. 그는 외계인이라도 보는 듯이 이해할 수 없다는 눈빛으로 가모를 빤히 봤다. D 카시오페이아도 몹시 당황한 목소리로 말했다.

"다 알면서…… 왜 나를 적대하는 거야?"

"넌 살인범이고 미래를 엉망으로 만들려고 하는 범죄자니까."

"하지만 난 너를 해치려고 하는 적이 아냐."

"아니, 넌 내가 맬리스의 선조라서 죽이지 못하는 것뿐이잖아?"

"잘 좀 생각해 보라니까. 고지식한 호라하고 다르게 난 네 입맛에 맞게 미래를 바꿔 줄 수 있어. 네가 원하는 대로 레나와 살게 해 주고 병에 걸리면 2050년으로 보내 줄게. 더 나은 의료 환경에서 치료받을 수 있게 해 준다니까."

D 카시오페이아의 유혹에도 가모는 힘차게 고개를 가로저었다.

"필요 없어. 면역이 폭주해서 생기는 병은 스트레스 같은 게 원인이라니까 말이야. ……'류젠 가의 저주'가 사라지면 아내가 오랜 세월 동안 받았던 스트레스도 사라질 거야. 그러면 아내가 급성 간질성 폐렴에 걸리는 미래도 사라지겠지."

"하지만 건강해진 아내 옆에 넌 없어."

"괜찮아. 그 사람이 건강하기만 하다면……. 나와 만나지 않더라도 다른 행복을 손에 넣을 수 있을 테니까."

그렇게 말하며 가모는 셔츠 주머니 속에 든 호라를 내려다 봤다.

"전에 네가 그랬지. 시공 이동 장치는 불에 약하다고."

"네. 필요에 따라 시공 여행자가 저희를 파괴할 수 있도록 처음부터 시공 이동 장치에는 약점을 만들어 두었습니다. ……그것이 열입니다. 불 속에 넣으면 AI를 포함한 모든 데이터가 소실됩니다."

가모는 계속 무언가를 외치는 D 카시오페이아를 집어 들어 주방에 있던 재떨이에 던져 넣었다. 아마미야의 외침도 모래시계의 날카로운 비명도 무시하고, 그는 회중시계를 확인한다.

"시각은 9시 55분. D 카시오페이아가 시공 이동 능력을 되찾기까지 이제 남은 시간이 없어. ……누구, 라이터나 성냥 가진 분 없으세요?"

겐지와 쓰키에가 성냥과 라이터를 내밀기에 그는 그것들을 받아들었다. 그런 뒤 하얀 수건을 조금 찢어 그것으로 D 카시오페이아를 대충 감았다. 모든 준비가 끝날 때까지 3분이 채 걸리지 않았다.

그는 불이 붙은 성냥을 재떨이 속에 떨어뜨렸다.

에필로그

눈을 뜨자 익숙한 광경이 눈앞에 펼쳐졌다. 돌담과 올벚나무…… 주차장 구석에는 H 의료센터가 보인다.

"…… 돌아왔구나."

"목적지를 2018년 5월 19일 13시 20분으로 설정했습니다만 태양의 위치로 짐작건대 15시는 지난 것 같습니다."

호라의 보고를 듣고 가모는 자기도 모르게 웃음을 터트렸다.

"그 정도 오차는 상관없어. ……그나저나 쌀쌀하다."

그는 비에 젖은 상의를 벗고 두 팔을 손으로 문질렀다. 그가 시공 이동을 할 때 빗방울이며 지면의 일부도 함께 옮겨진 듯 그를 중심으로 대략 1.5미터 안의 지면만 축축하게 젖어 있었고, 함께 날려 온 흙과 풀이 흩어져 있다.

그 후 가모는 D 카시오페이아를 완전히 불태워 버렸다.

모래시계는 순식간에 주황색 불꽃에 싸이더니 얼마 안 가

산산이 조각나 버렸다. 그 모습을 바라보는 아마미야는 산송장처럼 완전히 질려 버린 얼굴을 하고 있었다.

아야카를 포함한 네 사람은 저항할 기력조차 잃어버린 아마미야를 끌고 트레일러를 나와 고진노야시로 신사로 향했다. 물론 앞으로 일어날 산사태를 피하기 위해서였다.

무리의 끄트머리에 있던 가모는 호라에게만 들리도록 조그맣게 속삭였다.

"미래로 돌아가자."

셔츠 주머니 속에 있던 호라가 의외라는 듯이 되묻는다.

"괜찮으시겠습니까, 아직 작별 인사도 나누지 못했는데."

그는 우산에 그려진 무늬를 가볍게 두드리며, 아무것도 모른 채 앞으로 걸어가는 아야카 일행의 뒷모습을 바라봤다.

"우리가 해야 하는 일은 이미 다 끝냈잖아? 아야카한테 회중시계는 돌려주었고, 별장 열쇠며 네쓰케, 나이프도 트레일러에 두고 왔어. 별문제 없을 거야."

"그래도."

"솔직히 말하자면 신사까지 따라가도 뭐라고 하면서 헤어져야 할지 모르겠어. ……어차피 미래로 돌아가야 하는데 여기 오래 머물면 머물수록 헤어지기가 힘들어질 거고, 고맙다는 말이라도 들으면 뻘쭘해질 거야."

"알겠습니다. 시공 이동 준비를 하겠습니다."

가모는 우산을 힘껏 내던지고서 비를 온몸으로 맞으며 아야카 일행을 불렀다.

“그럼 난 2018년으로 돌아갈게.”

수십 미터 앞에 있는 아야카가 어떤 표정을 짓고 있는지 그에게는 보이지 않았다. 그제야 처음으로 안경을 트레일러에 두고 왔다는 사실을 깨달았다.

“가모 아저씨!”

빗소리와 함께 그녀가 자신을 부르는 소리가 들려온다.

“가까스로 건진 목숨이잖아……. 꼭 행복해져야 해.”

아야카가 자신을 향해 달려오는 모습을 보고 가모는 가슴이 뜨거워졌다. 줄곧 미래로 돌아가기만을 고대했었는데, 그런 마음과는 별개로 역시 이별은 괴로웠다. 하지만 다음 순간, 네 사람의 모습이 점점 희미해지더니 어느 순간 사라지고 말았다.

그리고 현재, 가모는 H 의료센터 2층을 올려다보고 있다.

“호라, 미래는 바뀌었겠지?”

“논리적으로도 그럴 겁니다. 류젠 가는 ‘시노의 참극’에서 전멸할 운명을 피했고, D 카시오페이아가 걸 ‘저주’도 사전에 방지했으니까요.”

그 말을 들은 가모는 흐뭇하게 미소 지었다.

“이로써 아내를 공포에 떨게 했던 원인은 전부 사라졌어. 급성 간질성 폐렴이 발병하는 운명도 피했을 거야.”

“레나 씨의 병은 스트레스가 발병의 원인으로 짐작되니까요. 분명 지금은 건강하게 살고 계실 겁니다.”

어느 사이엔가 가모는 조용히 미소 지으며 울고 있었다.

그와 레나를 맺어 준 것은 ‘류젠 가의 저주’였다. 그 저주가 사라진 지금, 다시 태어난 세계에 존재하는 레나는 그의 존재조차 모르는 다른 사람일 게 분명했다. 각오는 이미 되어 있었을 터인데도 흘러넘치려고 하는 눈물은 막을 수 없었다.

“……그녀가 어디선가 행복하게 살고 있다면, 그걸로 됐어.”

그는 그렇게 말하고서 두 손으로 마른세수를 했다. 몇 번쯤 심호흡을 하고 나니 마음도 조금은 진정되기 시작했다. 그 후로 그는 다시 한번 주위를 둘러보고서는 어쩔 줄 몰라 했다.

“그런데 앞으로 난 어떡하지? 뒤바뀐 미래 세계에서 내가 어떤 일을 하고 어디에서 살고 있는지, 기본적인 것조차 모르는데.”

“그야 지금은 과거를 바꾸기 전의 기억이 남아 있으니까요. ……하지만 한 달도 되지 않아 과거의 기억은 희미해지고 바뀐 후의 세계에 순응하도록 새로운 기억이 흘러들어 올 겁니다.”

그 말을 들은 가모는 놀랐다.

“뭐야, 기억을 계속 유지할 수 있는 게 아니야?”

“완전하게 유지하기는 어렵습니다. 그것은 별개의 세계를 담고 있는 저만이 할 수 있는 일이니까요.”

"……나는 지금의 나를 잊고 싶지 않아."

"그렇다면 문장으로 남기시면 됩니다."

호라가 웃으며 그렇게 말하자 가모의 눈이 휘둥그레졌다.

"그런 일이 가능해? 뭐 어떤 원리인지는 모르겠지만 사라질 기억은 기록으로 남겨도 사라질 거라고 생각했는데."

"안심하십시오. 제가 가모 씨의 PC를 크래킹할 테니까요."

"뭐?"

"당신이 쓴 글을 제가 대신 보관해 두었다가 나중에 데이터를 당신의 PC에다 돌려놓으면 됩니다. 제 아카이브에 저장되는 순간 어떤 것도 침범할 수 없는 상태가 되니까요."

"너한테 내 글을 보여 주기는 싫지만…… 어쨌든 고마워."

"뭘요."

가모는 고개를 몇 번 가볍게 끄덕인 뒤 병동 쪽을 바라보며 생각에 잠긴 듯이 중얼거렸다.

"만약에 말이야…… 미래가 예상보다 많이 바뀌어서 맬리스가 태어나지 못하게 되면 어떻게 되는 거야?"

"어려운 질문이군요. 당신이 과거로 이동할 이유도 없어질 테고 그렇게 되면 맬리스가 태어나지 못하게 되는 계기도 사라지게 되겠죠."

"어떻게 보면 그것도 타임 패러독스겠구나?"

"하지만 이 세계는 자정 능력을 가지고 있으니까요. ……제 경험에 비추어 말씀드리자면, 당신의 자손 중 누군가가 맬리스의 역할을 대신 완수하게 될 테고, 마찬가지로 미래에서는 D 카시오페이아가 태어날 겁니다."

"범죄자의 선조가 되는 미래는 바뀌지 않는다는 말이구나. 그리고 현재의 내가 아닌 또 다른 내가 D 카시오페이아가 일으킬 또 다른 '시노의 참극'을 막기 위해 또다시 과거로 이동하게 될 테고?"

"맞습니다. 현재의 제가 아닌 또 다른 제가 안내인이 되어서 말이죠. 결과적으로 D 카시오페이아의 계획은 이번에도 무너질 겁니다. ……어쩐지, 새로운 미래를 보는 게 기대되기 시작했습니다."

"너 말이야, 이제는 말하는 게 인공 지능 같지 않아."

그런 대화를 나누며 가모는 주차장 출구를 향해 걸음을 내디뎠다. 어디로 갈지 정하지는 않았지만 이상하게 마음은 가벼웠다.

그러나 몇 걸음도 가지 못하고 그는 제자리에 우뚝 섰다.

"어, 뭐지?"

그곳에는 낯익은 차가 서 있었다. 그가 예전부터 탔던 것과 똑같은 색, 똑같은 차종이다. 그가 가까이 다가가 확인해 보니 번호판까지 모두 일치했다.

그는 바지 주머니 속에 계속 넣어 두었던 리모컨 키를 꺼냈다. 조심스럽게 리모컨 키를 누르자 자동차 잠금장치가 해제됐다.

"……이상한 일이군요. 정말 가모 씨의 차인데요."

호라도 그와 마찬가지로 당혹스러움을 감추지 못하는 목소리였다.

가모는 결심한 듯 문을 힘껏 열고 차 안을 확인했다. 조수석에는 가방이 있고, 열린 가방 틈으로 자료가 언뜻 보인다. ……"행복을 부르는 도시 전설~기적의 모래시계~(가제)"라고 적혀 있다.

"대체 왜!"

가모는 자기도 모르게 소리를 지르며 가방 속에 손을 찔러 넣었다. 마찬가지로 낯익은 지갑과 명함 케이스가 굴러 나온다. 가모는 지갑에서 면허증을 꺼내 보고 닷새 전과 마찬가지로 멍하니 운전석에 주저앉고 말았다.

그 면허증의 주인은 가모였고, 기재되어 있는 주소가 과거를 바꾸기 전과 같았다. 명함 케이스를 열어 보았지만 근무처와 직함…… 모든 게 똑같았다.

"설마, 우리가 과거를 바꾸는 데 실패한 거야?"

"말도 안 됩니다. D 카시오페이아는 분명히 파괴되었습니다."

"그런데 현실을 봐. 이대로라면 레나는 지금도 입원해 있을지도 몰라."

그는 초조함을 견디지 못하고 차에서 뛰어내려 병동으로 향했다.

"어머, 가모 씨?"

돌연 그를 불러 세우는 소리가 들려와 가모는 흠칫하며 뒤돌아봤다. 구급차 전용 출구 옆에 처음 보는 간호사가 서 있었다.

"안경을 벗고 계셔서 제가 잘못 본 줄 알았어요. ……부인께서 아까부터 기다리고 계세요. 통화하고 싶은데 핸드폰이 연결이 안 된다면서 난처해하셨어요."

"아내가 지금도 ICU에 있습니까?"

그가 불안한 마음을 숨기지도 못하고 되묻자, 간호사는 어리둥절한 표정을 지었다.

"아뇨. 병실은 그대로예요. C-2 병동이요."

가모는 그 말을 듣자마자 고맙다는 인사도 하는 둥 마는 둥 하고 달리기 시작했다.

간호사실에 들러 '가모 레나'의 병실 번호를 물어보니 정말로 그녀는 C-2 병동에 있었다. 숨이 끊어질 듯 내달려 개인 병실에 도착한 그는 노크를 한 뒤 문을 열었다.

그곳에서 그는 침대에 누워 있는 레나의 모습을 발견했다.

그가 가장 먼저 확인한 것은 산소마스크였다. 그녀는 링거를 맞고 있었지만, 코나 입에는 아무것도 달고 있지 않았다. 그는 안도한 나머지 그 자리에 주저앉고 말았다.

"당신, 무슨 일 있었어?"

읽고 있던 잡지를 침대 위에 내려놓고 레나가 의아하다는 표정으로 그를 빤히 봤다. 가모는 허둥대며 고개를 절레절레 흔들었다.

"아무 일도 아냐. 건강한 모습 보니까 마음이 놓여서 그런 거야."

"응, 경과가 좋대……. 글피에는 예정대로 퇴원할 수 있을 거야."

가모는 그 말에 고개를 끄덕여 대답하면서도 어떻게 자신들이 부부로 있을 수 있는지 어리둥절하기만 했다. 그녀가 입원한 이유도 알 수 없었다.

레나는 침대에서 몸을 일으키더니 장난꾸러기 같은 표정을 지었다.

"아이참, 왜 이렇게 엉망이야. 물에 젖은 생쥐 꼴에 며칠이나 옷도 못 갈아입은 사람처럼."

그 말에 자기가 입고 있는 옷을 내려다본 가모는 쓴웃음을 지었다.

"어쩌지, 이러다 병실 더러워지겠다. 일단 집에 가서 옷 갈아입고 다시 나올게."

레나는 어쩐 일인지 신난 표정으로 그를 빤히 보다가 조금 후에 질문했다.

"안경은 어쨌어?"

"얘기하자면 길어."

"……응, 알아."

그는 잘못 들은 것이 아닐까 의심했다. 하지만 레나는 조용히 미소 지으며 침대 옆에 있는 서랍장을 손가락으로 가리켰다. 귀중품을 보관할 수 있는 자물쇠가 달린 서랍장이다. 지금은 자물쇠에 열쇠를 꽂아 둔 상태다.

서랍을 열어 보니 안에는 지갑과 입원 관련 서류 다발이 들어 있었다. 그리고 더 안쪽에는 이질적인 무언가가…… 오래되어 보이는 금속제 안경 케이스가 들어 있었다. 물론 그의 것은 아니다.

케이스 뚜껑을 열어 본 가모는 자기도 모르게 숨을 삼켰다.

누렇게 색이 변한 신문지 위에는 부서진 안경이 들어 있었다. 안경테는 부식돼서 검은색 코팅이 뜨고, 금이 간 렌즈는 샛노랗게 변했다. 하지만 모습이 얼마나 변했든 그는 언뜻 보기만 해도 알 수 있었다.

이것은 가모가 쓰던 검은 테 안경이 틀림없었다. 캠핑 트레일러 테이블 위에 두고 온 게 그에게는 고작 2시간 정도 전의 일이었다. 바로 그 안경이 오랜 시간을 거쳐 그의 곁으로 돌아왔다.

"이건?"

레나가 환하게 웃으며 고개를 끄덕인다.

"맞아, 당신이 58년 전에 두고 온 안경."

그 말을 들은 순간, 가모는 전부 알 것 같았다. 그녀가 이 안경을 가지고 있다는 말은 살아남은 류젠 가 사람들이 그의 안경을 트레일러에서 회수했다는 뜻이었다. 그리고 그들이 레나에게 자초지종을 들려준 것이다.

가모는 그들이 무사히 대피했다는 사실에 안도하며 중얼거렸다.

"보아하니, 미래에 관한 엄청난 스포일러를 들었나 보네."

레나는 생글생글 웃으며 이야기를 계속했다.

"슬하에 자식이 없으셨던 아야카 할머니는 나를 무척 예뻐해 주셨어. 말도 마, 어릴 적에는 내가 할머니 댁에 갈 때마다 당신 이야기를 해 주셨거든? 도마는 목숨을 구해 준 은인이고…… 내가 어른이 되면 만나게 될 운명의 사람이라고 말이야."

그 말에 가모는 얼굴을 붉힐 수밖에 없었다. 아야카는 '명탐정'도 모자라 그에게 '운명의 사람'이라는 이상한 설정까지 추가한 모양이었다.

"거참, 괜히 민망하네."

하지만 그 순간 처음으로 레나가 슬픈 표정을 지었다.

"아야카 할머니는 이날을 무척 기대하셨어. 과거로 여행을 떠났던 당신이 돌아와서 재회하게 될 날을……. 하지만 그건 이룰 수 없으셨어. 아야카 할머니는 심장병으로 2004년에 세상을 떠나셨거든."

바로 조금 전까지 그는 아야카와 함께 있었다. 아직 중학생에다 건강하기만 했던 그녀가 이미 세상을 떠났다니, 도무지

받아들일 수가 없었다.

가모가 고개를 떨군 채로 아무 말도 못 하고 있자 레나가 조용히 이야기를 이어 나갔다.

"아, 맞다…… 결혼식 때 겐지 할아버지랑 쓰키에 할머니도 오셨는데 기억나? 물론 그때는 두 분 다 당신이랑 초면인 척 하셨지만."

그가 기억하는 결혼식은 친한 지인을 모아 진행했던 소규모 결혼식이었다. 그곳에 류젠 가에서 참석한 손님은 없었다. 이것은 과거가 바뀌기 전의 기억이다.

가모는 고개를 가볍게 가로저었다.

"미안, 지금 나한테는 그날의 기억이 없어. 이상하게 들리겠지만 이제 막 과거를 바꾸고 돌아온 길이라 지금 난 아무것도 몰라."

"괜찮아. 조금씩 적응해 나가면 되니까."

"혹시 아는 게 있으면 말해 줄래? '시노의 참극'이 일어난 후에 무슨 일이 있었는지."

그녀는 아무 말 없이 안경 케이스를 가리켰다. 가모는 아, 하고 무언가 깨달은 듯 안경 밑에 넣어 둔 오래된 신문을 꺼냈다. 1960년 당시의 신문을 스크랩한 것이다.

첫 번째 장에는 아마미야 히로야가 어떤 경위로 체포되었는지 적혀 있었다. 그는 구조대가 오기 전에 자살을 도모했지만 미수로 그치고 그 후에는 경찰에 연행되었다고 한다.

두 번째 장은 그의 죽음을 알리는 기사가 실려 있었다. 아마미야는 자살을 시도하다 입은 상처 때문에 파상풍에 걸려 사건 발생 3주 후에 병원에서 사망했다고……. 그는 범행을 인정한다고 진술했지만 끝까지 자세한 내용은 진술하기를 거부했다고 한다.

"그렇구나, 결국은 아마미야도 목숨을 잃었단 말이지."

가모는 무어라 표현할 수 없는 감정을 느끼며 오래된 신문을 안경 케이스에 다시 넣었다.

"……자세한 이야기는 겐지 할아버지께 듣도록 해."

그는 그 말을 듣고 깜짝 놀랐다가 곧 환한 웃음을 지으며 고개를 끄덕였다.

"겐지 씨는 지금도 건강하시구나?"

"그럼, 건강하시다는 말로도 부족하지. 슬슬 당신이 과거에서 돌아올 때가 되었다고 도쿄 본가에서 목이 빠지게 기다리고 계실 거야."

이제는 80대 중반이 되었을 겐지의 모습이 가모는 도저히 상상이 가질 않았다. 어찌 됐든 58년이라는 시간 동안 그가 어떻게 살았는지 듣고 싶은 이야기가 산더미처럼 많았다.

"당장 오늘 밤에라도 찾아갈게. ……나중에 당신이 도쿄 본가 주소랑 전화번호를 가르쳐 주어야겠지만 말이야."

레나는 핸드폰을 꺼내 들고서 말했다.

"우리가 결혼할 때도 겐지 할아버지께서 정말 많이 도와주셨거든? 퇴원하면 유키나랑 같이 셋이서 인사드리러 가자."

"……유키나?"

그는 기억해 냈다. 아내가 유산하지 않았더라면 두 사람의 아이가 이번 주에 태어날 예정이었다는 사실을. 동시에 선물로 들어온 아기용품이 의자 위에 올려져 있다는 사실도 그제야 눈치챘다.

새로운 세계에서 보내는 첫날은 찬란함으로 가득한 하루가 될 것 같은 예감이 들었다.

*

버스 정류장 벤치에는 열두 살쯤 되어 보이는 소년이 앉아 있었다.

차분하고 서글서글한 인상을 주는 눈매였지만 그 눈에는 나이에 걸맞지 않은 슬픔이 깃들어 있었다. 주위를 오가는 어른들은 아무도 그를 신경 쓰지 않았다.

"……기적의 모래시계에 대해 들어 봤어?"

소년이 깜짝 놀라며 고개를 들어 보니 검은 테 안경을 쓴 남자가 눈앞에 서 있었다.

학교 친구들 사이에서 꽤 유명한 이야기였기에 소년도 모래시계 도시 전설을 알고 있었다. 하지만 지금은 그런 것보다 무섭다는 생각이 먼저 들었기에 그는 벤치에서 일어나 도망치려고 했다.

하지만 남자가 셔츠 주머니에서 꺼낸 것을 보고 걸음을 멈췄다. 은색 체인 끝에는 하얀 모래가 든 모래시계가 달려 있었다. 남자는 비밀 이야기라도 하듯 소곤소곤 말을 이어 나갔다.

"너한테만 이야기하는 건데, 이게 그 모래시계야. 나는 이미 기적을 선물 받았으니까 이번에는 네가 써."

남자는 모래시계를 떠넘기듯이 소년에게 건넸다.

"이걸 왜 저한테……."

소년이 당황한 모습으로 그렇게 중얼거리자 자리를 떠나려던 남자가 뒤돌아보며 씩 웃는다.

"글쎄? 널 새로운 소유주로 정한 건 내가 아니라 그 녀석이라서."

남자가 턱짓으로 가리킨 것은 어떻게 봐도 모래시계였다.

"이상한 이야기네요, 모래시계가 소유주를 정한다니."

"이유는 직접 듣도록 해."

남자는 그 말만을 남기고서 혼잡한 거리 속으로 모습을 감췄다. 소년은 난처한 표정으로 손안에 든 모래시계를 내려다봤다. 모래시계는 그의 주의를 끌려는 듯 빛을 발하기 시작했다.

수상 소감

호죠 기에

이번 제29회 아유카와 데쓰야 상에 제 작품을 선정해 주셔서 정말 감사합니다.

어린 시절부터 저는 틈이 날 때마다 공상에 빠져들고는 했습니다. 해를 거듭하며 소설이나 영화를 접하는 동안 궁금증 하나가 제 머릿속에 자리 잡았습니다.

—아무도 본 적 없는, 궁극의 재미를 추구하는 이야기란 어떤 것일까?

막연하고 어린아이 같은 이 궁금증은 아마 평생이 걸려도 답을 찾지 못하겠죠. ……제가 생각해도 참 성가신 생각에 사로잡힌 것 같지만 아마도 이것이 제 창작의 원동력이 아닐까 싶습니다.

이 작품은 부족한 제가 이상적인 본격 미스터리에 한 걸음 다가가고 싶다는 마음 하나로 써 내려간 이야기입니다. 그렇게 완성한 작품이 이러한 영예를 안게 되어 대단히 영광스럽게 생각합니다. 그리고 독자 여러분이 제 작품을 읽고 조금이라도 즐거워해 주신다면 그보다 더 큰 행복은 없을 것입니다. 앞으로도 정진하겠으니 부디 지켜봐 주십시오.

마지막으로 심사위원, 도쿄 소겐샤 관계자분들께도 진심으로 감사드립니다. 또한 저를 이날까지 지탱해 준 가족, 친구, 그리고 대학 미스터리 연구회 회원분들께도 감사드립니다.

시공여행자의 모래시계

초판 1쇄 | 2024년 4월 17일

지은이 호죠 기에 | **옮긴이** 김지윤

펴낸이 서인석 | **펴낸곳** 제우미디어 | **출판등록** 제 3-429호

등록일자 1992년 8월 17일 | **주소** 서울시 마포구 독막로 76-1 한주빌딩 5층

전화 02-3142-6845 | **팩스** 02-3142-0075 | **홈페이지** www.jeumedia.com

ISBN 979-11-6718-430-6

*파본은 구입하신 서점에서 교환해 드립니다.

제우미디어 트위터 twitter.com/jeumedia

제우미디어 페이스북 facebook.com/jeumedia

만든 사람들

출판사업부 총괄 김금남 | **책임편집** 민유경

기획 신은주, 장재경, 안성재, 최홍우 | **제작** 김용훈

디자인 총괄 크리에이티브그룹 디헌